neue frau
herausgegeben von
Angela Praesent
und Gisela Krahl

LISA ALTHER

Fünf Minuten im Himmel

Roman

Deutsch von
Cornelia Holfelder-von der Tann

Rowohlt

Die Originalausgabe erschien 1995 unter dem Titel
«Five Minutes In Heaven» bei Dutton Signet, a division
of Penguin Books USA, Inc., New York

Veröffentlicht im Rowohlt Taschenbuch Verlag GmbH,
Reinbek bei Hamburg, September 1997

Das Gedicht «Verdammte Frauen» wird zitiert
aus Baudelaire, «Sämtliche Werke/Briefe»,
Hg. Friedhelm Kemp und Claude Pichois, Bd. 3
(«Die Blumen des Bösen»), Hanser Verlag 1989.
Umschlaggestaltung Nina Rothfos
(Foto: The Image Bank/Jean Mahaux)
Gesamtherstellung Clausen & Bosse, Leck
Printed in Germany
1690-ISBN 3 499 22141 1

Für Jody,
Scout
und Dill

Der einzige Sieg in der Liebe ist die Flucht

Napoleon

Prolog

I

Zwei Männer hievten einen Ziegenbock mit zusammengebundenen Hufen aus dem Kofferraum einer blauen Limousine. Als sie ihn unten über den gefliesten Hof schleppten, klappte sein bärtiges Maul auf, und er begann zu hecheln und panisch mit den Augen zu rollen.

Diese Franzosen aßen alles, was nicht schneller war als sie, sinnierte Jude und dachte an den Wochenmarkt in der Rue Mouffetard, gleich bei der Wohnung, die sie damals während ihres Auslands-Studienjahrs gemietet hatte: reihenweise feuchtglänzende Nieren, Lebern, Herzen und Zungen, der Größe nach sortiert. Ein ganzer Zoo von Vögeln, die mit schlaffen, gefiederten Flügeln an ihren verdrehten Hälsen baumelten. Kaninchen mit zottigen Fellresten und aufgeschlitzten Bäuchen, die zur näheren Inspektion luden. Aber wie Simon einmal über seine englischen Landsleute gesagt hatte: Kein Volk, das Tiere liebt, wird jemals Ruhm für seine Küche ernten.

Jude zündete sich eine Zigarette an und sank in einen gepolsterten Korbsessel, der mitten im Sonnenlicht stand, das durch die türartigen Glasfenster ihrer Wohnung im sechsten Stock des fahrstuhllosen Altbaus hereinschien. Dennoch, Paris hatte manches für sich. Zunächst einmal war es nicht New York. Und nachdem sie die letzten Monate damit zugebracht hatte, Anna in ihrem Bett im Roosevelt-Krankenhaus zerstoßenes Wassereis einzuflößen, war sie froh über die Abwechslung.

Angefangen hatte alles an jenem Abend auf Simons Terrasse in der Nähe von Provincetown, als ein Nordwind den

Sand aufgewirbelt und die Brandung zum Schäumen gebracht hatte. Anna war gerade gestorben. Jude war den ganzen Nachmittag lang am Strand auf und ab marschiert und hatte beobachtet, wie sich die Farbe des Meeres mit der des Himmels veränderte – genauso, wie sich Annas Augen entsprechend ihrer Stimmung und ihrer Umgebung verändert hatten.

Als Jude keine Lust mehr hatte, zu laufen, kletterte sie eine Düne hinauf, grub mit den Händen eine Kuhle aus, legte sich bäuchlings hinein und schmiegte sich in den weichen Sand, als sei er Annas Körper. Mehrere Stunden lag sie so da, die Augen geschlossen, die Hände unter den Oberschenkeln, und lauschte dem Tosen der Brandung, dem Zischen der Gischt auf dem feuchten Sand, dem Geschrei der Möwen, dem windgezausten Dünengras, das klirrte wie Messerklingen. Und erinnerte sich daran, wie Anna und sie sich damals von dem Kongreß in Boston weggestohlen hatten, um den Strand entlangzugaloppieren, durch die auslaufenden Wellen, und dann von den Pferderücken zu gleiten und von einer hohen Düne aus zuzugucken, wie glänzendschwarze Wale vor dem fernen Horizont auftauchten und ihre Fontänen in die Luft bliesen.

Als sich der Himmel blutrot färbte, stapfte sie zum Haus, zu Simons taktvollem Geplauder und einem stärkenden Abendessen: Brathähnchen und Kartoffelpüree. Sie deckten den Tisch auf der Terrasse und aßen mit Blick auf das immer dunkler werdende Meer. Während die laue Nachtluft in Simons schwarzen Locken spielte, redeten sie über Sandy und seine Opern, Anna und ihre Gedichte, die Wonnen der Liebe und die Sehnsucht, die blieb, nachdem sie einem genommen wurde.

Da erschien Jasmine, mit einem Turban und goldenen Kreolohrringen, auf dem Weg nach Paris. Sie schritt über die Terrasse, im Schlepptau drei junge Assistenten, zwei Frauen und einen Mann, alle in leuchtend weißen Hosen und Mondrian-Tops, als wollten sie gerade in Cannes an Bord einer Yacht gehen. Jasmine hatte sich ein Batiktuch umgewickelt und ähnelte ein wenig einer der zierlichen Stewardessen der Singapore Airlines auf dem endlosen Flug nach Australien, den Jude vor ein paar Monaten hinter sich gebracht hatte, um auf dem Festival in Adelaide an einer Podiumsdiskussion über Frauenverlage teilzunehmen.

Während Jude den Drang unterdrückte, sich ein Strandlaken vom Geländer zu schnappen, um ihre schmuddeligen grauen Sportshorts und ihr Whale-Watch-T-Shirt zu bedekken, küßten sich Simon und Jasmine mehrmals auf die Wangen und sahen sich in die Augen, als hätten sie nur noch zehn Minuten zu leben. Jasmines Vater hatte in der Résistance gekämpft, und Simons Vater war sein Verbindungsoffizier beim britischen Geheimdienst gewesen. Nach dem Krieg hatten die Familien immer wieder zu gegenseitigen Besuchen den Ärmelkanal überquert, und jetzt verkauften Simon und Jasmine einander Lizenzen für die Bücher ihrer Verlage. Jude hatte Jasmine das erstemal mit Simon auf der Frankfurter Buchmesse getroffen. Sie war ihr dann bei der Messe der American Booksellers Association in Atlanta und bei der feministischen Buchmesse in London wiederbegegnet, und sie hatte mit ihr in Adelaide auf dem Podium gesessen. Sie bewunderte Jasmines Accessoires, von ihrer Intelligenz und ihrem Elan ganz zu schweigen.

Alle setzten sich um Simons Glastisch, um den von Jasmine mitgebrachten Veuve Clicquot zu trinken und Godiva-Pralinen zu knabbern. Zwischen Jasmines rudimentärem Englisch und Simons rudimentärem Französisch pendelnd, diskutierten sie über die Gabe der Französinnen, Accessoires einzusetzen. War sie angeboren oder erlernt? Jude schilderte, wie schon ein simples Tuch sie in größte Ratlosigkeit stürzte. Woher wußte Jasmine, welche Größe sie für welchen Anlaß zu wählen hatte? Erteilten französische Mütter ihren Töchtern Unterricht im Knotenschlingen? Und wie war es mit den Schuhen? Kein Paar hatte Jude zweimal an Jasmines Füßen gesehen. Sie waren entweder im selben Farbton wie ihre Kleidung oder standen in raffiniertem Kontrast dazu, oder aber sie hatten irgendein faszinierendes Detail, etwa silberne Absätze oder komplizierte Knöchelriemen. Im Moment trug sie goldene Sandalen mit hohen Absätzen und Zehenriemchen.

«Guckt mich doch an», sagte Jude und streckte ihre nackten sandigen Füße mit den unlackierten Zehennägeln in die Höhe. «Nicht einmal heute abend habe ich elegante Garderobe zu bieten.»

«Aber, meine liebe Jude», sagte Jasmine mit einem Blick aus Augen so dunkel wie geschmolzene Schokolade, «dafür sind Sie doch berühmt. Das ist Ihr Markenzeichen.»

Jude blinzelte. «Ach?» Ihr Ziel war es immer gewesen, sich so schlicht zu kleiden, daß niemand sie bemerkte.

«Ja, man bewundert Sie für Ihre Gleichgültigkeit gegenüber der Mode.» Jasmine schaute sie unschuldig an, aber die kleinen Fältchen in ihren Augenwinkeln verrieten ein gewisses spöttisches Amüsement.

Simon verkniff sich ein Grinsen.

«Danke», sagte Jude unsicher.

Das leise Seelüftchen hatte sich zu einer steifen Brise entwickelt, und die Strandlaken über dem Geländer knatterten wie Flaggen im Sturm. Sie gingen hinein. Während Simon in dem Natursteinkamin Feuer machte, zeigte Jude den anderen das Haus mit seinen Glasfronten zu den Dünen hin und den mächtigen handbehauenen Balken aus einer alten Vermonter Scheune. Die Gäste schienen ein bißchen verlegen, als sie in Simons Bad mit der gigantischen Massagewanne lugten, was Jude wieder zu Bewußtsein brachte, daß derartige Schloßführungen etwas typisch Amerikanisches waren.

Als Jasmine schon im Begriff war, samt ihrem Gefolge in einer Wolke von Eau de Quelquechose zu ihrer Pension in Provincetown zu entschwinden, legte sie Jude die knallroten Fingerspitzen auf den Unterarm und bot ihr einen Job als Literaturscout in Paris an. Jude war zu verwirrt, um zu antworten.

«Was hältst du von dieser Paris-Geschichte?» fragte Jude Simon, während sie, die Füße auf das Kaminmäuerchen gelegt, den Abend nachbereiteten. Die orangeroten Flammen tanzten in Simons neongrünen Augen, verwandelten sie in kleine leuchtende Kaleidoskope.

«Mach es, Jude», sagte Simon, eine moussegefüllte Schokomuschel kauend. «Simon sagt, geh. Aber laß deine Leichensammlung zu Hause. Das Leben den Lebenden.»

Es wirkte großmütig – immerhin wohnte und arbeitete Jude seit über zehn Jahren in Manhattan mit ihm. Aber vielleicht war er ihren Schmerz über Anna ebenso leid wie sie selbst.

«Was sollte diese komische Bemerkung über meine Kleidung?» fragte sie.

Simon lächelte. «Heißt wohl, daß sie dich mag.»

Jude lachte verblüfft auf.

«Wenn Leute sie langweilen, ignoriert sie sie. Wenn sie sie interessieren, provoziert sie sie. Wie eine Katze mit Mäusen.»

«Sehr charmant. Und warum hältst du es wirklich für eine gute Idee, daß ich den Job annehme?»

«Ein Tapetenwechsel würde dir guttun. Ein paar neue Gesichter und neue Neurosen könnten dich vielleicht von den alten ablenken.»

Hier saß sie nun jedenfalls, inmitten einer Kitschpostkartenszene, unter sich die Stadt – von den dunklen Hochhäusern von La Défense bis zum kuppelgekrönten Panthéon – und die Seine, die sich durchs Zentrum schlängelte und die Füße des Eiffelturms umkurvte. Sie hatte zwar ein Jahr in Paris studiert, aber diesen erstaunlichen Ausblick hatte sie nie genossen, denn tagsüber hatte sie auf der Rive Gauche in staubigen Hörsälen Vorlesungen über europäische Geschichte und kontinentale Philosophie gehört und nachts in den Kinos ihre Sprachkenntnisse erweitert.

In seinen Kriegsbriefen an ihre Mutter, die Jude als kleines Mädchen durchstöbert hatte, schilderte ihr Vater, wie er dieses Panorama von dem Platz vor Sacré Cœur aus gesehen hatte. Er beschrieb auch, wie ihn sein Sergeant durch die Straßen um die Place Pigalle gefahren hatte, am Fuß der Erhebung, auf der sich Jude jetzt befand. Er hatte hohes Fieber und eine Lungenentzündung gehabt, und sie waren auf der Suche nach einem Krankenhaus stundenlang herumgeirrt. Hohlwangige Frauen und Kinder hatten lärmend den Jeep umringt, sobald der Fahrer angehalten hatte, um nach dem Weg zu fragen. Eine junge Frau hatte trotz des eisigen Windes ihre Brüste entblößt und sie ihnen entgegengestreckt. Ein Gassenjunge hatte sich aufs Trittbrett gehockt und angefangen, ihre Kampfstiefel mit einem dreckigen Lappen zu bearbeiten. Judes Vater hatte ihnen sein ganzes Geld und all seine Zigaretten gegeben, ehe der Sergeant verzweifelt Gas gegeben hatte.

Die Sonne war heiß, Jude hatte Schweißperlen auf der Stirn. Sie drückte die Zigarette aus, stieß das hohe Glasfenster auf, fröstelte in dem Wind, der unten die cremefarbenen Kastanienblüten wiegte. Sie fiel wieder in ihren Sessel.

Am Horizont bildeten die Smokies eine blaue Wellenlinie, aus der Knubbel hervorragten wie die Knöchel einer Faust. Unten im Tal wälzte sich der träge ockerfarbene Fluß den Bergen entgegen. Er schwemmte einen belaubten Pappelast mit, auf dem fünf krächzende Krähen saßen. Wolkenfetzen drifteten am Sommerhimmel, sie rollten darüber hinweg wie brechende Wellen. Nach und nach fügten sie sich zu Mollys Gesicht zusammen, mit Flekken von Tiefblau als Augen. Mit ihrer für eine so kleine Person viel zu rauhen Stimme sagte sie: «Du denkst vielleicht, ich bin tot, Jude, aber das stimmt nicht.»

Jude fuhr hoch. Mollys Züge waren immer noch da, projiziert auf den silbrig-blauen Dunst über dem Bois de Boulogne. Offenbar konnte Jude ihr nicht entkommen, nicht einmal zwanzig Jahre später auf der anderen Seite des Ozeans.

«Prima», schnappte Jude. «Aber wo zum Teufel bist du?»

Als Mollys Gesicht sich wieder verflüchtigte, fischte Jude nach einer neuen Zigarette.

Erster Teil

*

Molly

2

Jude radelte auf ihrem lila Dreirad zum Nachbargrundstück, um die neuausgeschachtete Baugrube zu inspizieren. Mit wild rotierenden Stützrädern und schwarzen Zöpfen, die flogen wie die Zügel eines durchgegangenen Pferdes, kam von dem orangeroten Lehmhügel ein kleines Mädchen mit kurzen Hosen und nacktem Oberkörper heruntergesaust. Das Rad kippte auf halber Strecke um, und sie landete kopfüber am Fuß des Hügels. Sie stand lachend auf, die Lehmstreifen auf Brust und Backen sahen aus wie indianische Kriegsbemalung. Sie richtete ihr Fahrrad auf, streichelte den Sattel und murmelte: «Ruhig, mein Junge. Ist ja gut.»

«Bist du okay?» fragte Jude. Nie zuvor war ihr ein Mädchen begegnet, das wie sie keine Bluse anhatte. Diese kleine Radfahrerin hatte sogar eine ganz braune Brust, als ob sie nie eine trug. Während sich bei Jude helle Stellen abzeichneten, weil ihr Vater sie zwang, wenigstens beim Swimmingpool des Golfplatzes ein Top zu tragen.

«Das ist mein Hengst», erwiderte das Mädchen. «Ich nenne ihn Sturmwind, weil er so schnell ist. Wie heißt deiner?»

Jude sah auf ihr Dreirad und sagte: «Ich weiß nicht genau.»

Es war ihr peinlich, daß sie ihr Dreirad noch nie als Pferd gesehen hatte. Sie hörte Ace Kilgore auf der Wiese auf der anderen Straßenseite die Commie-Killer herumkommandieren. Sie hatten auch alle Fahrräder und richteten sie auf dem Hinterrad hoch, um die Bordsteinkante zu erklimmen. Ace konnte seines sogar in der Luft herumschwenken und dann in die Gegenrichtung davonfahren. Jude war das einzige Kind in der Nachbarschaft, das noch Dreirad fuhr. Aber bald war ihr Geburtstag, und ihr Vater hatte ihr ein Fahrrad mit Stützrädern versprochen.

Eine blonde Frau in einem mandarinenfarben geblümten Sommerkleid kam hinter dem Hügel hervor. Der lange Rock schwang um ihre Beine, während sie sich in ihren hochhackigen weißen Sandalen durch den Lehm vorantastete. «Du lieber Himmel, Molly, was hast du jetzt wieder angestellt?» Sie zog ein feines weißes Spitzentaschentuch aus ihrer weißen Handtasche und tupfte an dem Lehm auf Mollys Backe herum. «Großer Gott, was soll ich bloß mit diesem wilden Kind machen?»

Molly schob ihre Hand weg. «Mommy, sei nicht so eine Zimperliese.»

Mollys Mutter lächelte Jude an. «Oh, hallo. Du bist sicher unsere neue Nachbarin?»

«Wie heißt du?» fragte Molly und bückte sich, um an einem Stück Schorf auf ihrem Knie zu pulen.

«Jude.» Irgendwo in der Nähe klappte eine Fliegentür, und Jude hörte auf einer Veranda Eiswürfel in Gläsern klimpern.

«Ein hübscher Name», sagte Mollys Mutter. «Ich bin Mrs. Elkins, und das ist Molly.»

«Freut mich, Sie kennenzulernen, Mrs. Elkins», sagte Jude, wie ihr Vater es ihr beigebracht hatte.

Molly beobachtete den Schweif einer weißen Wolkenstute, der über eine ferne Hügelkuppe peitschte. Der Haargummi an ihrem einen Zopf war gerissen, und die Strähnen entflochten sich langsam, wie schwarze Schlangen, die aus dem Winterschlaf erwachten.

Mrs. Elkins lächelte. «Meine Güte, du bist aber höflich, Jude. Ich sehe schon, du wirst einen guten Einfluß auf Molly haben.»

Mollys blaue Augen wurden schmal und grau.

Zu Hause stellte sich Jude auf einen Stuhl vor den Badezimmerspiegel. Sie wischte mit einem Kleenex an ihrer

Backe herum und sagte mit zuckersüßer Stimme: «Großer Gott, was soll ich nur mit diesem wilden Kind machen?» Dann schob sie die Hand mit der andern Hand weg und sagte: «Ach, Mom, sei nicht so eine Zimperliese.»

«Was machst du, Miss Judith?» rief Clementine aus der Küche.

«Nichts. Spielen.» Sie fragte sich, ob sie Clementine wohl überreden könnte, ihr mit einem Kleenex die Backe abzuwischen. Wohl eher nicht. Sie hüpfte in die Küche, wo Clementine «Take Time to Be Holy» summte und Bohnen fürs Abendessen vorbereitete. Jude versuchte, auf ihren beschürzten Schoß zu klettern, aber sie streckte die Beine aus, so daß Jude auf das Linoleum herunterrutschte. Sie blieb dort liegen und fuhr mit dem Zeigefinger die Fugenlinien zwischen den imitierten roten Backsteinen nach. «Mich magst du auf der ganzen Welt am liebsten, oder, Clementine?»

«Ich hab dich lieb, Miss Judith. Aber ich hab meine Kinder, die's brauchen, daß ich sie am liebsten hab.»

«Aber ich brauch's auch.»

Clementine hatte ihre Strümpfe bis unter die Knie hinuntergerollt. Eine Laufmasche zog sich wie eine kleine Strickleiter die eine Wade hinunter und verschwand in ihrem klobigen weißen Schuh. Sie sagte, ihre Mutter habe sie Clementine genannt, weil sie schon als Baby so riesige Füße gehabt habe. Manchmal sang sie Jude das Lied von Clementine mit den großen Füßen vor, aus dem sie ihren Namen hatte: *«Light she was, and like a fairy / And her shoes were number nine. / Herring boxes without topses, / Sandals were for Clementine.»*

«Du hast deinen Daddy dafür, daß er dich am liebsten hat.»

«Hat er aber nicht. Er hat Momma am liebsten. Aber sie hat ihn nicht am liebsten, sonst wär sie nicht weggegangen.»

Clementine hielt inne, eine Bohne in der Hand, und sah auf Jude, die immer noch auf dem Boden lag. «Herzchen, ich hab dir doch gesagt, der liebe Gott hat deine Momma vorletztes Jahr zu sich heimgeholt.»

«Aber wo ist sie? Wo wohnt er?»

«Im Himmel, bei den Engeln.»

«Dann soll er mich auch dahin holen.»

«Still, Kind. Das bestimmen nicht wir. Der liebe Gott holt uns, wann er will und wohin er will.»

«Aber warum?» Jude stand auf und legte den Arm um Clementines Schultern, ein Bein durchgedrückt und das andere angezogen, ein Flamingo in einem roten Linoleumsumpf. Sie schnupperte Clementines vertrauten Duft nach Möbelpolitur, Schnupftabak und dem Vanilleextrakt, den sie sich immer hinter die Ohren tupfte, wenn ihr Mann sie abholen kam.

Clementine sah sie an. «Herzchen, zieh dir eine Bluse über. Warum gehst du immer ohne? Mädchen ziehen oben was an.»

«Ich will kein Mädchen sein.» Mit der Fingerspitze berührte Jude eine winzige silberne Kringellocke, die wie die Feder einer kaputten Armbanduhr unter dem roten Bandana hervorlugte, das sich Clementine wie eine Mütze um den Kopf geknotet hatte.

«Aber der liebe Gott hat dich nun mal als Mädchen gemacht. Man kann sich's nicht aussuchen. Genau, wie man sich's nicht aussuchen kann, ob man dunkle oder helle Haut will.»

Nachdem Jude bewiesen hatte, daß sie im Stehen pinkeln konnte, mußten die Commie-Killer sie wohl oder übel als Mitglied aufnehmen, obwohl sie ein Mädchen war und das kleinste Kind in der Nachbarschaft. Aber es war eine Sache der Fairneß, und die Mission der Commie-Killer war es nun einmal, der Gerechtigkeit im ganzen Land zum Sieg zu verhelfen. Sie trösteten sich damit, daß Jude ihnen versprochen hatte, sie nacheinander im Sprechzimmer ihres Vaters zu verstecken, während er Patienten untersuchte. Man mußte vor der Tür lauern, bis er zwischendurch ins Bad ging. Dann robbte man über den Fußboden und schlüpfte unter das wuchtige braune Ledersofa. Man konnte hören, wie er alle möglichen interessanten Dinge mit nackten Leuten besprach, die später wieder vollständig bekleidet durch die Stadt liefen. Aus einem bestimmten Winkel konnte man sogar einen Blick auf die Untersuchungsliege erhaschen.

Am Tag ihrer Initiation versteckte Jude ihr Dreirad in dem kleinen Fichtenwäldchen neben dem Pfad, der zu Ace Kilgores Hauptquartier führte. Auf der Wiese gegenüber von Sandy Andrews' Haus war eine Baugrube, der Besitzer des Grundstücks war irgendwann bankrott gegangen. Ace und seine Bande hatten in den verlassenen roten Lehmhügeln ein Netz von Gräben, Bunkern und Tunnels angelegt, wie ein Ameisenbau. Die Eltern versuchten, ihren Söhnen zu verbieten, mit Ace Kilgore zu spielen. Er bewarf kleine Kinder mit Kieselschneebällen und band Blechbüchsen an Hundeschwänze. Einmal hatten er und sein Trupp einen ausrangierten Kühlschrank auf die Bahngleise im Tal gewälzt, und die Lok war entgleist. Judes Vater sagte immer, er werde noch im Erziehungsheim landen. Alle Kinder in der Nachbarschaft bemühten sich, dem stumpfen Blick aus Aces schuhcremeschwarzen Augen auszuweichen. Wenn er merkte, daß man ihn anguckte, wurde man der heimlichen Spionage für die Russen bezichtigt und einem gnadenlosen Verhör unterzogen.

Dennoch schlichen sich alle Jungs aus Tidewater Estates zu den Treffen der Commie-Killer, außer Sandy Andrews, der ein Waschlappen war. Sie brachten ihre Mütter dazu, die Stoffabzeichen von den alten Army-Jacken ihrer Väter abzutrennen und auf ihre Ärmel zu nähen, und sie steckten sich die Auszeichnungen ihrer Väter an die Brust. Ace hatte die meisten, denn sein Vater war ein Kriegsheld gewesen. Jude überredete Clementine, die olivgrüne Uniformjacke ihres Vaters auf dem Speicher zu suchen. Sie stank nach Mottenkugeln, hatte aber die begehrten Aufnäher und Ehrenzeichen. Clementine erklärte sich bereit, sie auf Judes Jacke zu nähen, wenn ihr Vater es erlaubte. Aber der verbot ihr stattdessen jeden Umgang mit Ace Kilgore.

Bisher hatte Jude immer mit den Mädchen aus der Nachbarschaft bei Noreen Worth gespielt, aber sie hatte es satt, Puppen mit Taschentüchern zu wickeln und sich wie bei der Ausgießung des Heiligen Geistes auf dem Boden des Spielhauses zu wälzen und in Zungen zu reden. Außerdem behauptete Noreen, deren Vater ein Holiness-Prediger war, Jude sei keine gute Baptistin, weil in Judes Gemeinde alle nur still in den Kirchenbänken saßen. Und ein paarmal hatte sie auch mit Clementines Töchtern in Riverbend gespielt. Aber die hüpften immer nur Seil, mit zwei Stricken, die sie blitzschnell schwangen, wobei sie Verse sangen, die Jude nicht verstand. Und wenn Jude einzuhüpfen versuchte, landete sie jedesmal auf dem Boden, wie ein gefesseltes Kalb, das sein Brandzeichen bekommen soll. Deswegen fühlte sich Jude – trotz des strikten Verbots ihres Vaters – unwiderstehlich zu der Commie-Killer-Gang hingezogen.

Das Versteck war dunkel, bis auf den Schein einer Kerze, die im Lehmboden steckte. Die Jungs hatten sich bis auf die Unterhose ausgezogen, und Jude tat es ihnen schnellstens gleich. Ace verteilte ein paar runde Quaker-Oats-Dosen und hölzerne Kochlöffel. Einige trommelten, die anderen tanzten. Jude beobachtete sie aus dem Augenwinkel und ahmte ihre kriegstanzähnlichen Schlängel- und Hüpfbewegungen nach. Die mit einem goldenen Adler verzierte Colonelmütze seines Vaters rutschte Ace immer wieder über die Augen. Der Gedanke daran, endlich ein vollgültiger Verteidiger der Sache Amerikas zu sein, erregte Jude so sehr, daß sie Gänsehaut bekam. Sie glaubte irgendwo im hintersten Winkel der Höhle eine Katze maunzen zu hören.

Die Jungs knieten auf dem Boden, und Ace sprang im Kreis herum und zuckte vor jedem von ihnen mit dem Bekken, während die Trommler einen synkopierten Rhythmus schlugen. Sein Gesicht war schweißglänzend im Kerzenschein, und seine Lakritzaugen waren so groß und leer wie die Höhlen des Totenschädels auf dem Sekretär ihres Vaters.

Jude ging auf die Knie, aber Ace stieß sie mit dem Fuß weg. «Mädchen können da nicht mitmachen», knurrte er mit fremder Stimme. «Das machen nur Männer.»

Dann hockten sie sich im Kreis um die Kerze, und Ace plazierte einen Feuerwerkskörper auf seiner flachen Hand und streckte ihn Jude feierlich hin. Sie nahm ihn. Sein Lieutenant Jerry Crawford, ein langer, schlaksiger Junge, der Jude schüchtern anlächelte, wenn keiner hinsah, schleppte aus dem Dunkel einen Käfig an. Darin kauerte eine struppige halbverwilderte Katze, die Jude schon öfter hatte herumstreunen sehen. Ihre hellgrünen Augen leuchteten. Das eine Ohr war von einem Kampf zerfetzt und die Schwanzspitze im rechten Winkel abgeknickt. Einige der Jungs zogen Arbeitshandschuhe an, zerrten die Katze aus dem Käfig und drückten sie auf den Lehmboden. Jude kraulte ihr mit dem Zeigefinger die Stirn.

«Hör auf, mit Hiroshima zu schmusen», sagte Ace. «Sie ist ein böses Biest.»

«Warum nennt ihr sie Hiroshima?» fragte Jude.

Ace grinste; im Schatten der Colonelmütze blitzten seine Zähne wie Kaugummidragees.

«Was hat sie denn Böses getan?»

«Sie hat meinem Hund das Futter geklaut. Aber du fragst zuviel, Kleine. Halt den Mund und schieb ihr das Ding ins Loch.»

Jude sah auf den roten Feuerwerkskörper mit dem grünen Docht, dann auf die fauchende, zappelnde Katze.

«Wenn du ein Commie-Killer werden willst», sagte Ace, der jetzt ein Streichholz anzündete, «mußt du's tun. Und zwar sofort.»

Unheimliche Schatten tanzten an den Lehmwänden wie die Flammen des Hades, und Jude sah ihn entsetzt an. «Nein», hauchte sie. «Nicht, Ace. Laß sie laufen. Bitte.» Sie sah zu Jerry hinüber, der auf den Fußboden starrte.

«Beeilung! Mach schon!» befahlen die Jungs, während die Katze fauchte und schrie.

Jude rappelte sich hoch und rannte zum Ausgang, den Feuerwerkskörper fest umklammert.

«Geh doch Plätzchen backen mit Sandy Andrews, diesem Schwuli!» schrie jemand.

«Wenn du jemandem was sagst», rief Ace, «dann machen wir mit dir dasselbe.»

Jude taumelte durch das Grabenlabyrinth, glitschte immer wieder auf dem orangeroten Lehm aus. Sie würde Clementine holen. Clementine würde einschreiten.

Sie hörte einen Knall. Stolperte, fiel hin, lag in ihren Unterhosen in dem zähen Matsch, konnte zunächst vor Schreck nicht wieder aufstehen.

Als sie dann wie wild in die Pedalen ihres Dreirads trat, konnte sie vor Zornestränen kaum den Bürgersteig sehen. Sie hatte sich selbst gerettet und die Katze ihrem Schicksal überlassen. Sie war kein Commie-Killer, sie war ein Feigling. Und wenn sie jemandem etwas sagte, würde Ace dasselbe mit ihr machen. Sie konnte nicht seilspringen, und sie konnte nicht in Zungen reden. Die Commie-Killer waren keine Verteidiger der Demokratie, sie waren Mörder. Sie würde für immer und ewig allein sein, in einer schrecklichen Welt, wo gemeine Angeber nur zum Vergnügen die Schwachen quälten. Wenn sie doch nur im Himmel bei ihrer Mutter sein könnte.

Sie hörte auf zu treten, um sich mit dem matschverschmierten Unterarm über die nassen Wangen zu wischen.

«Nicht weinen, Jude», sagte eine heisere Stimme neben ihr. «Ich werde deine Freundin sein.»

Jude öffnete die Augen. Da stand Molly, barfuß, ohne Hemd, Besorgnis in den rauchgrauen Augen, die Hand auf Judes Lenkstange.

«Lieber nicht», sagte Jude. «Ich sitze in der Patsche. Sie werden mich vielleicht umbringen.»

«Mach dir keine Sorgen. Ich helfe dir.»

Jude stand im Altargang, und der Erwachsenenchor, in weißen Gewändern und roten Kutten, sang gerade «Jesus hat die Kindlein lieb». Der gefürchtete Ace Kilgore stand direkt vor ihr. Sein braunes Haar war säuberlich gekämmt, und er hatte einen roten Pünktchenschlips um. Sein Vater, der an diesem Morgen als Gottesdiensthelfer eingesetzt war und die Aufgabe hatte, die Kinder in das Sonntagsschulgebäude zu führen, trug den gleichen.

Ace und sein Vater hatten auch die gleichen schwarzen Augen, die das Regenbogenlicht, das durch die Buntglasfenster fiel, einfach zu schlucken schienen, statt es wie die Augen aller anderen Leute zu reflektieren. Die Erwachsenen mieden Mr. Kilgores Blick ebenso wie die Kinder den von Ace. Mr. Kilgore fing Judes Vater immer draußen vor der Kirche ab und versuchte, ein Streitgespräch über Senator McCarthy vom Zaun zu brechen. Mr. Kilgores Stimme wurde immer lauter und sein Gesicht immer röter, während er von Agenten des Bösen sprach, die wie Ungeziefer das ganze Land verseuchten.

Als Ace Jude hinter sich in der Schlange entdeckte, beugte er sich zurück und flüsterte: «Wir kriegen dich, scheinheilige Verräterin.»

Jude zuckte zusammen, sah die Katze am Boden kauern.

Molly, die neben ihr stand, sagte: «Halt's Maul, Blödmann.»

Ace sah sie erschrocken an. «Wer bist du denn?»

«Du wirst mich schon noch kennenlernen.»

«Warte nur, dich kriegen wir auch, du häßliche Ziege. Und dann lynchen wir dich mit deinen langen, schwarzen Zöpfen.»

Der Chor sang: «... ob gelb, ob rot, ob weiß, ob braun, Gott wird die Schönheit eines jeden schaun...»

«Und welche Armee soll dir dabei helfen, Katzenkiller?» fragte Molly, deren Augen jetzt ein kriegerisches Stahlgrau angenommen hatten.

Ace blinzelte Jude finster an. «Keine Bange, Kleine. Die Commie-Killer wissen, wie sie mit Ratten umzugehen haben. Und mit Freunden von Ratten auch.» Er zog seinen Schlips wie eine Schlinge nach oben, ließ den Unterkiefer herunterklappen und die Zunge heraushängen.

«Stopf dir doch das Maul mit einem Kotze-Sandwich», schlug Molly vor, während die Schlange sich vor den teppichbedeckten Altarstufen teilte, unter den Augen von Christus, der sich an dem goldenen Kreuz in Todesqualen wand. Jude war beeindruckt von dem Mut ihrer neuen Freundin. Niemand wagte es, so mit den Kilgores zu reden.

«Vielleicht könnte man einen der Tunnels zum Einstürzen bringen, wenn die Commie-Killer gerade drin sind», sinnierte Molly, während sie an dem langen Tisch saßen und Bildchen von Jesus mit kleinen Lämmlein ausmalten.

«Ich finde, wir sollten Sandy Andrews fragen, ob er uns hilft», sagte Jude. «Er ist ein Wunderkind.» Sie wählte einen dicken ockerfarbenen Stift für Jesu Haare und seinen Bart.

«Wieso?»

«Er hat sich selbst Lesen und Schreiben beigebracht, als er vier war, deshalb durfte er die erste und zweite Klasse überspringen. Mein Dad sagt, er ist so gescheit, daß sie ihn vielleicht woanders in die Schule schicken müssen. Ich bin froh, daß ich nicht so gescheit bin.»

«Glaubst du, er würde Mädchen helfen?»

«Vielleicht. Er hat keine Freunde. Er würde nie ein Lebewesen umbringen.»

«Warum sind manche Leute so gemein, Clementine?» fragte Jude, während sie Schokoladenguß von einem Rührstab leckte. Die Morgensonne, die durch das Küchenfenster fiel, färbte das rote Linoleum orange. Als sie an diesem Morgen aufgewacht war, hatte sich ihr Magen vor Angst zu einem Klumpen zusammengezogen. Die Commie-Killer würden sie schnappen. Sie würden mit ihr machen, was sie mit der Katze gemacht hatten. Dann war ihr ihre neue Freundin eingefallen, Molly, die versprochen hatte, ihr zu helfen, und ein schwacher Hoffnungsschimmer war in ihr aufgeglommen.

«Der Herrgott hat sie so gemacht, als Probe für die Gerechten.»

«Als eine Art Mutprobe?»

«Wie wenn der Herrgott dich jeden Tag prüfen will. Du mußt gut zu denen sein, die häßlich zu dir sind.» Clementine verteilte jetzt mit kurzen Strichen den Guß, so daß kleine Schokoladenwellen entstanden.

«Aber warum?»

«Weil sie sich eines Tags schämen, daß sie so häßlich zu dir waren, und zu Jesus finden. Und dann kriegst du eine goldene Krone.»

Jude musterte Clementine, stellte sie sich mit einer goldenen Krone auf ihrem roten Kopftuch vor. «Aber wenn sie nicht zu mir häßlich sind? Wenn sie zu irgendwas anderem häßlich sind?»

«Was hast du für häßliche Sachen gesehn, Miss Judith?» Sie hielt inne und starrte auf Jude, die ihre Zunge um einen

Metallstreifen des Rührstabs wand, um an den Guß auf der Rückseite zu kommen, der noch zuckrig knirschte.

«Nichts. Ich frage nur so.»

«Gute Menschen nehmen hin, was ihnen selbst getan wird. Aber du mußt für die kämpfen, die klein und schwach sind.» Sie kniff argwöhnisch die Augen zusammen.

Um ihrem Röntgenblick zu entkommen, ließ Jude den Rührstab in die Spüle fallen und schlüpfte durch die Küchentür. Molly sauste auf Sturmwind den Bürgersteig entlang. Sie hatte mit Wäscheklammern Spielkarten an die Speichen geklemmt, um ein surrendes Geräusch zu erzeugen, und sie trug eine Sonnenbrille und eine Wintermütze mit Ohrenklappen. Sie landete ihr Flugzeug auf dem Gehweg vor Sandy Andrews' Haus und machte dabei kunstvolle Zisch- und Knattergeräusche.

Sandy wässerte gerade mit dem Gartenschlauch die Büsche am Haus. Jude fiel auf, daß er statt der schwarzen Basketballstiefel, die zur Uniform der Commie-Killer gehörten, Socken und Sandalen trug. Die Büsche waren zu Pyramiden und Würfeln gestutzt und sahen aus wie dunkelgrüne Bauklötze.

«Hey, Sandy», rief Jude von ihrem Dreirad aus, das sie inzwischen «Blitz» getauft hatte. «Das ist Molly. Sie wohnt in dem neuen Haus bei uns nebenan.» Molly hängte ihre Kappe am Kinnverschluß über die Lenkstange.

«Hi», sagte Sandy, ohne aufzuschauen.

«Wir haben ein Problem.» Jude stieg von Blitz. «Hilfst du uns?»

Er sah sie gereizt an. «Wie soll ich das sagen? Ich weiß doch gar nicht, worum es geht.»

«Es könnte gefährlich für dich sein, wenn wir's dir sagen.»

Sandy stemmte die Hand in die magere Hüfte und sagte nichts, starrte nur in den Wasserstrahl, der aus der Düse kam. Die Sonne beleuchtete seinen Blondkopf von hinten und tauchte sein Gesicht, das von Sommersprossen übersät war wie von chronischen Masern, in Schatten. Er hatte am Haaransatz einen Wirbel, der aussah wie der Daumenabdruck eines Riesen und seinem Bürstenschnitt einen gewissen Pfiff verlieh.

«Ace könnte dich umbringen», setzte Jude hinzu.

Sandy sah sie an. «Dieser Faschist? Das soll er mal probieren.»

«Was ist ein Faschist?» fragte Molly, während sie Sturmwind mit den Lenkerfransen an einen Eibenzweig band.

«Egal. Kommt rauf in mein Baumhaus, da hört uns keiner.»

Noch nie hatte Sandy Jude in sein Baumhaus gelassen. Es gab eine Klappleiter mit einem Nummernschloß, und nur Sandy kannte die Kombination. Außerdem hatte Sandy, wie sich herausstellte, einen beigen Teppichboden, ein Bord mit der *World Book Encyclopedia* und ein Funkgerät mit massenweise Knöpfen und Schaltern, wie in Frankensteins Labor. Sandy sagte, er habe es aus einem Selbstbauset zusammenmontiert. Die Wände waren voller Postkarten mit den Kennungen von Amateurfunkern auf der ganzen Welt, mit denen er Kontakt hatte. Ein halbes Dutzend Schachbretter mit Spielen in verschiedenen Stadien waren vor der einen Wand aufgereiht. Auf dem Teppich stand ein Telefon.

«Guckt mal hier», sagte Sandy. Im Fenster stand ein Fernrohr auf einem Stativ. Jude schaute hindurch, direkt auf die Wehranlagen der Commie-Killer auf der anderen Straßenseite, ein Netz von Gräben und Wällen, das sich über die ganze Wiese zog. Als Sandy das Fernrohr vor ein anderes Fenster rückte, sah sie Mr. Starnes, der im Tal auf seinem keuchenden alten Trecker das Luzernenfeld am Flußufer mähte. Er trug einen zerbeulten Filzhut, den er sich fast ganz über die Ohren gezogen hatte, und spuckte Kautabaksaft aus dem Mundwinkel. Weiter flußabwärts pflückte seine Frau auf dem Feld Tabakblüten. Hinter ihr erhob sich der verwitterte Trockenschuppen. Und dahinter erstreckten sich die Berge, Kette an Kette, dazwischen tiefe Senken und Täler, wo Bäche flossen und Farmer mähten und ein Zug, hochbeladen mit Baumstämmen und Kohlebrocken, dahinkroch wie eine fette, träge Raupe.

«Aber ich kann das alles nicht alleine machen», schloß Sandy, nachdem er den Mädchen, die im Schneidersitz neben dem Telefon auf dem Teppich saßen, seinen Plan dargelegt hatte. «Meine Mutter läßt mich nicht mehr raus, wenn's dunkel ist.»

«Geht mir genauso», sagte Molly, «aber ich kann mich rausschleichen.»

Judes Vater merkte eigentlich nie, wenn sie nach Einbruch der Dunkelheit nicht da war, weil er damit beschäftigt war, Verbände zu wechseln oder Patienten am Telefon Ratschläge wegen ihres Sonnenbrands oder ihrer eingewachsenen Zehennägel zu geben oder Krankenberichte zu schreiben oder in die Notfallambulanz zu flitzen, um Wunden von Messerstechereien oder Motorradunfällen zu nähen.

«Vielleicht kannst du ja bei mir übernachten», sagte Molly, als sie die Baumhausleiter hinunterstiegen. «Dann können wir uns zusammen rausschleichen.»

Als sie auf den Rasen hinuntertraten, zog Sandy die Leiter hoch wie die Zugbrücke einer Burg.

Jude beobachtete von der Hintertür aus, wie Mr. Starnes, in alten Arbeitshosen und lehmverkrusteten Stiefeln, aus einem verrosteten roten Transporter stieg und einen in Sackleinen gehüllten Schinken von der Ladefläche hievte. Jude verzog das Gesicht. Clementine würde ihn in Scheiben schneiden und wässern, um das Salz herauszuziehen, und Jude und ihr Vater müßten für den Rest ihres Lebens davon essen, dazu Maisgrütze und Brötchen. Mrs. Starnes, in einer blumengemusterten Kittelschürze, dünnen weißen Söckchen und Halbschuhen, trug einen in Folie verpackten Kuchen. Da Clementine schon nach Riverbend zurückgefahren war, trat Jude auf die Hinterveranda hinaus, um sie zu begrüßen.

«Mein Dad ist gerade am Telefon. Er kommt gleich.»

«Gütiger Himmel, Jude, bist du groß geworden!» sagte Mrs. Starnes. Ihre Frisur sah aus, als hätte sie ihre Lockenwickler herausgenommen und dann vergessen, die Haare auszukämmen.

«Hmm.»

«In der Tat. Und du bist deinem Vater wie aus dem Gesicht geschnitten», sagte Mr. Starnes, einen Fuß auf die unterste Verandastufe gestützt.

Jude runzelte die Stirn. Sie wollte lieber aussehen wie ihre Mutter, denn ihr Vater hatte fast keine Haare mehr. Mr. Starnes' Stiefel roch nach Mist.

«Wo hast du denn deine Bluse gelassen?» fragte Mrs. Starnes.

Jude zuckte die Achseln und verschränkte die Arme vor der mageren Brust. «Ist zu heiß.»

«Jede Wette, daß du in ein paar Jahren nicht mehr ohne Bluse rumläufst», sagte Mr. Starnes schmunzelnd. Seine Augen waren genauso ausgeblichen wie seine Arbeitshosen und sahen aus wie helle Glasmurmeln.

Es hatte am späten Nachmittag geregnet, und gespaltene Blitzzungen waren auf die fernen Hügelkuppen herabgezuckt, als sei der Himmel ein See voll wütender Wassermokassinschlangen. Und dann, als die Sonne wieder durch eine Lücke in den schwarzen Wolkengebirgen gedrungen war, hatte sich ein Regenbogen über den Fluß gespannt, bis hin zu Mr. Starnes' Tabakschuppen. Der Prediger in der Sonntagsschule hatte gesagt, Gott habe die Regenbögen als Zeichen dafür erschaffen, daß er den Menschen vergebe, nachdem er sie wegen ihrer Verderbtheit zunächst hatte ersäufen wollen. Manchmal war Gott wie ein großes Kind.

Aber jetzt hatte es aufgeklart, und die Sonne war untergegangen, nachdem sie die Berge am Horizont mit dem Glanz von Traubengelee übergossen hatte. Ochsenfrösche hatten im Schilf am Flußufer zu quaken begonnen, und Glühwürmchen flackerten wie Geburtstagskerzen zwischen den dicht belaubten Ästen der Amberbäume im Tal.

«Also, dein Daddy», sagte Mrs. Starnes, «der ist schon ein besonderer Mensch.»

«Hmm», sagte Jude. Jetzt würde es wieder losgehen, die Geschichte jedes einzelnen Fadens, den ihr Vater und Großvater durch das verstümmelte Fleisch dieser Leute gezogen hatte, jedes einzelnen Vorfahren, den einer von ihnen gerettet hatte, indem er ihn etwa während einer stürmischen, eiskalten Winternacht beim Schein einer Laterne mit dem Tranchiermesser auf dem Küchentisch einer abgelegenen Berghütte operierte, nachdem er zuvor einen zum reißenden Strom angeschwollenen Bach zu Pferd durchquert hatte.

«Jawohl», sagte Mr. Starnes. «Ich weiß noch, wie mein Pa damals mit dem Arm in den Mähdrescher gekommen ist...»

Judes Vater erschien in der Tür, wie immer im weißen Hemd, den Kragen offen, die Ärmel bis zum Ellbogen aufgerollt. Mit einem Seufzer der Erleichterung nahm Jude den folienverpackten Kuchen entgegen. «Danke, Mrs. Starnes. Ich und mein Vater lieben Ihre Kuchen.» Sie schnupperte an der Folie und identifizierte Karamelglasur, ihre Lieblingssorte.

Ihr Vater sah sie an, eine Augenbraue hochgezogen, um ihr zu signalisieren, daß sie irgendeinen grammatikalischen Fehler gemacht hatte. Während sie den Kuchen in die Küche trug und sich ein dickes Stück abschnitt, überlegte sie, was es wohl gewesen sein konnte. Achselzuckend ging sie in den hinteren Flur, wo sie vorher Ozeandampfer gespielt hatte, ein Spiel, das Molly ihr am Nachmittag gezeigt hatte. Sie hatten Kabinennummern an alle Türen geklebt. Ihren Kuchen mampfend, schwankte sie auf ihrem Holzbein von einer Flurwand zur anderen. Von Nordwest zog Sturm auf, und es war höchste Zeit, die Schotten dichtzumachen, was immer das war. Sie stützte sich mit der freien Hand an den Vitrinen ab, die die Pfeilspitzensammlung ihres Vaters bargen. An seinen freien Tagen fuhren sie mit dem Jeep ins Tal hinunter und gruben den schwarzen Uferschlamm am Fluß um. Dann siebten sie den Matsch, und ihr Vater erzählte von den Menschen, die früher hier gelebt hatten – den Mound Builders, den Hopewell, den Copena, den Cherokee. Ein Stamm hatte den anderen abgelöst, das ging zurück bis zum Beginn der Zeit, als das Tal der Grund eines Binnenmeeres voll bizarrer Meeresgeschöpfe gewesen war. Als der Ozean ausgetrocknet war, hatte sich der Donnervogel vom Himmel herabgeschwungen und mit seinen Flügelspitzen die Bergsenken ausgehöhlt.

Die Pfeilspitzen und Mahlsteine stammten von den Nunnehi, den Unsterblichen Ahnen der Cherokee, Judes Vorfahren, die unter den Bergen und auf dem Grund des Flusses wohnten und erschienen, um ihren Abkömmlingen zu helfen, wenn sie in Not waren. Im Herbst, wenn der pfeifende Nordwind die Blätter von den Bäumen wirbelte, konnte man sie manchmal in den Wildwoods miteinander flüstern hören. Und wenn man im Sommer seine Angel am Fluß auswarf und der Haken sich verfing, wußte man, die Nunnehi hatten ihn gepackt, einfach nur, um einen daran zu erinnern, daß sie immer noch da waren. Und manchmal, wenn das Wasser ruhig war und ein sanfter Wind die Oberfläche wie Kordsamt rippte, konnte man einen Blick auf die Dächer ihrer Häuser auf dem Grund des Flusses erhaschen.

Als der Transporter der Starnes' davonfuhr, nahm Judes

Vater ihre klebrige Hand und führte sie in sein Arbeitszimmer, unbekümmert, obwohl die Wellen immer höher schlugen und das Schiff kurz vor dem Kentern war. «*Mein Daddy und ich* lieben Ihre Kuchen», sagte er. Er stellte das Radio an und ließ sich in seinem braunen Ledersessel nieder. John Cameron Swayze redete über die Gehirnwäsche, der gefangene Soldaten in Korea von den Kommunisten unterzogen wurden. «Mein Gott», seufzte Judes Vater. «Arme, geschundene Menschheit.»

«Warum bringen sie uns immer diese gräßlichen Schinken?» fragte Jude.

«Das ist die Bezahlung für Mr. Starnes' Blinddarmoperation.»

«Geld wäre besser.» Sie streichelte die Rückenlehne seines Sessels. Das Leder war voller Risse, wie das Innere eines Eiswürfels.

«Zweifellos. Aber sie haben keins. Außerdem betrachten manche Leute Landschinken als eine Delikatesse.»

«Ich nicht.»

«Ja, ich weiß.» Er lächelte.

«Daddy, warum sind manche Leute so gemein?» Jude hockte sich im Reitersitz auf die eine Armlehne des Sessels, das Gesicht zur Lehne. Das war ihr neues Pferd Wildfang. Die andere Armlehne gehörte Molly und hieß Bless. Am Nachmittag hatten sie unter Zuhilfenahme von Clementines Wäscheleine Mollys Boxer Sidney aus vollem Galopp mit dem Lasso eingefangen. Dabei hatten sie immer wieder «Git Along, Little Dogie» auf dem Plattenspieler laufen lassen – bis Clementine hereingestapft war und verkündet hatte: «Miss Judith, wenn ich noch ein einziges Mal ‹Yippiedijeidijoo› hören muß, hau ich deinem Daddy seine Einrichtung zu Klump und jag euch zwei mit dem Fleischmesser durch den Garten.» Beeindruckt waren die Mädchen auf Ozeandampfer umgestiegen.

«Tja, ich vermute, sie sind gemein, weil sie unglücklich sind.»

«Aber du bist auch unglücklich, und du bist nicht gemein.»

Er sah sie an. «Wie kommst du darauf, daß ich unglücklich bin, Kleines?»

«Weil du Mama vermißt.»

Er runzelte die Stirn und senkte den Kopf. «Das stimmt. Aber als sie noch da war, war ich glücklich. Menschen, die nie glücklich waren, sind gemein. Wir anderen sind einfach nur traurig.»

Sie roch sein Rasierwasser, wie Zimttoast. Sie beugte sich vor und leckte an seiner Backe. Die Stoppeln piekten sie in die Zunge, und das Zimtrasierwasser schmeckte enttäuschend bitter und überlagerte den süßen Geschmack der Karamelglasur.

«Laß das, Jude», sagte er unwirsch und wischte sich mit der Hand über die Backe. «Das kitzelt.»

Naserümpfend versuchte Jude, den ekligen Geschmack mit dem Handrücken von ihrer Zunge zu schrubben. Dann bäumte sich Wildfang auf und warf sie ab, auf den Schoß ihres Vaters. Sie legte den Kopf an seine Brust, steckte den Daumen in den Mund und fühlte sein Herz an ihrer Backe pulsen wie eine Froschkehle.

«Lutsch nicht am Daumen, Kleines, bitte. Du drückst dir dabei die Schneidezähne nach außen, und irgendwann siehst du aus wie Bugs Bunny.»

Jude kicherte.

«Meinst du nicht, du solltest eine Bluse tragen?» fragte er. «Du bist jetzt langsam ein großes Mädchen.» Er tätschelte ihren hellen glatten Bauch.

«Ich will kein Mädchen sein.»

«Wieso nicht?»

«Mädchen sind langweilig.»

«Dann willst du also lieber ein Junge sein?»

«Nein. Jungs machen einem immer angst.»

«Tja, was möchtest du denn dann sein?»

«Ich will im Himmel sein, bei meiner Momma.»

Er sagte nichts. Als Jude aufsah, waren seine Augen feucht und gerötet.

«Ich habe eine Freundin», sagte Jude aufmunternd. «Sie wohnt in dem neuen Haus nebenan. Sie heißt Molly. Sie kommt schon in die zweite Klasse. Und sie mag auch keine Blusen.»

«Das ist schön, Kleines. Freut mich, daß du jetzt ein Kind in der Nachbarschaft hast, das in deinem Alter ist. Ich will nicht, daß du mit Ace Kilgore und den anderen großen Jungen spielst. Die sind zu grob. Versprichst du mir, daß du dich von ihnen fernhältst?»

Jude sagte lange nichts. Sie log nicht gern. Aber eigentlich war es ja keine Lüge, weil sie ja jetzt wirklich vorhatte, sich von ihnen fernzuhalten, so fern wie nur möglich. «Ich versprech's», sagte sie schließlich. «Kann ich irgendwann mal bei Molly übernachten?» Sie kuschelte sich in seine Armbeuge.

«Sicher. Wenn ihre Eltern einverstanden sind.» Er sah auf ein Foto auf dem Beistelltischchen – Judes Mutter, die in einem tiefausgeschnittenen Abendkleid im Inneren einer Weinflasche steht.

«Warum ist sie in der Flasche?»

«Sie war nicht wirklich drin. Es ist ein Trickfoto. Das war eine Werbeanzeige für eine Weinkellerei.»

«Sie sieht hübsch aus.»

«Sie war die schönste Frau, die ich je gesehen habe.» Er blickte in die hintere Ecke der Zimmerdecke, wo eine Spinnwebe Clementines Staubwedel entgangen war. «Ich war damals im Praktikum in New York. Das erste Mal sah ich sie an einer Ecke beim Central Park, umringt von Fotografen. Sie hatte so einen altmodischen Wagenradhut auf, und der Wind wollte ihn ihr immer vom Kopf blasen. Ich habe sie einfach nur angestarrt, bis sie wütend wurde und den Leuten gesagt hat, sie sollten mich wegschicken.»

Mr. Starnes hatte behauptet, daß Jude aussah wie ihr Vater. Hieß das, sie war nicht schön wie ihre Mutter? «Warum ist sie gestorben?»

«Tja, ich war aus Frankreich zurückgekommen, aus dem Krieg, und wir waren sehr glücklich, weil wir uns wiederhatten. Also haben wir beschlossen, daß du ein kleines Brüderchen bekommen solltest. Aber deine Mutter bekam eine Gehirnblutung. Sie verlor das Bewußtsein, und das Baby starb in ihrem Bauch. Und dann ist sie gestorben.»

«Aber ich wollte gar kein Brüderchen.»

Mollys Mutter bestand darauf, daß Molly betete, obwohl Jude da war. Also knieten sie sich alle drei neben Judes Bett mit dem rosagetüpfelten Stoffbaldachin, und Molly sagte ihr Nachtgebet, in das sie auch Sturmwind und ihren Hund Sidney einschloß. Zum Schluß sagte sie: «Und behüte meine neue Freundin Jude und bewahre sie vor allem Übel. Amen.»

«Möchtest du jetzt dein Gebet sprechen?» fragte Mrs. Elkins Jude.

«Ich hab keins.»

«Aber du mußt beten, Jude. Es ist ganz leicht.»

Also murmelte Jude: «Lieber Gott, behüte meinen Dad und Clementine. Und Grandma. Und meine Mutter im Himmel. Und Mrs. Elkins. Und, lieber Gott, behüte meine neue Freundin Molly und bewahre sie vor allem Übel. Aber nicht Ace Kilgore. Amen.»

Mrs. Elkins sah Jude fragend an und strich ihr über den blonden Pagenkopf. Aber dann stand sie auf und klappte die Überdecke zurück. «Augen zu und gute Nacht, und nehmt euch vor den Mücken in acht!» rief sie, als sie die Tür hinter sich schloß.

Molly und Jude kletterten aufs Bett. Jede schnappte sich ein Kissen. Jedesmal, wenn Sidney auf die Matratze zu krauchen versuchte, schlugen sie ihn mit den Kissen zurück. Das Bett war ein Floß und trieb mitten auf einem Ozean voller blutgieriger Haifische mit blitzend weißen Zähnen. Sidney ließ sich auf die Vorderpfoten herab und wackelte hektisch mit seinem Schwanzstummel. Er fing an zu bellen.

«Ach, halt die Klappe, Sidney», knurrte Molly und ließ ihr Kissen fallen. «Haifische bellen nicht.» Sie warf sich auf das frisch gemangelte Laken.

Sidney kroch aufs Bett und zwängte sich zwischen Molly und Jude. Da lag er und hechelte traurig, im Takt mit den zirpenden Grillen im Garten. Mollys Vater schnarchte am anderen Ende des Flurs wie ein grollendes Ungeheuer in seiner Höhle. Er sah auch aus wie ein Monster, mit dunklen Kringelhaaren auf den Armen, mit Augenbrauen, die abstanden wie die Borsten einer Zahnbürste. Molly erzählte, daß er Farmern Rinderhäute abkaufte, die dann in der Gerberei von Sandy Andrews' Vater zerschnitten und zu Gürteln verarbeitet wurden.

Molly ging nach unten in die Küche, nur in ihrem kurzen Schlafanzughöschen. Als sie mit zwei kleinen Schälchen wiederkam, stand sie einen Moment im Türrahmen, der bloße Oberkörper sonnengebräunt und glatt, bis auf die kleinen rosa Brustwarzen. Ihr schwarzes Haar, das Jude noch nie offen gesehen hatte, umfloß ihr Gesicht wie das Haar von Judes Mutter auf dem Foto, das auf Judes Nachttisch stand. Auf diesem Bild, das an Judes erstem Geburtstag entstanden war, hielt sie ihre Wange an Judes dicke Pausbacke. Sie hatte eine weiße Rose im Haar, makellos weiße Zähne und helle verträumte Augen.

«Warum starrst du mich so an?» fragte Molly, als sie beim Bett angelangt war und Jude ein Schälchen mit Himbeersorbet reichte.

«Ich hatte noch gar nicht gemerkt, daß du schön bist», antwortete Jude.

«Bin ich nicht», sagte Molly, und ihre Augen funkelten im schwachen Schein der Straßenlaterne, der durchs Fenster fiel. «Wenn du meine Freundin sein willst, nimm das sofort zurück.»

Jude kreuzte heimlich die Finger und sagte: «Okay, ich nehm's zurück.»

An das gepolsterte Kopfteil gelehnt, leckten sie in gespanntem Schweigen das saure Sorbet von ihren Löffeln.

«Magst du Gott?» fragte Jude schließlich.

«Klar. Er ist okay.» Molly hielt ihren Löffel Sidney hin, der mit seiner großen rosa Zunge vorsichtig von dem Sorbet kostete.

«Ich nicht.»

«Warum?»

«Er hat meine Mutter zu sich nach Hause mitgenommen. Jetzt möchte sie gern zurück, aber er läßt sie nicht.»

Molly stellte ihr Schälchen aufs Bett, damit Sidney es vollends auslecken konnte. «Na ja, ich glaube, dann mag ich ihn auch nicht mehr.»

Jude befand, daß Molly ihre neue beste Freundin war.

Als in allen Häusern an der Straße die Lichter erloschen waren, schlüpften sie in ihre Shorts und schlichen auf Zehenspitzen die teppichbespannte Treppe hinunter und zur Haustür hinaus. Die Grillen waren so laut, daß es Jude vorkam, als säßen sie in ihrem Kopf. Schwärme von Glühwürmchen ließen den sternenübersäten Nachthimmel funkeln wie ein schwarzer Diamant. Jude und Molly trotteten über den strohigen Rasen, kalten Tau unter den bloßen Fußsohlen, Sidney an ihren Fersen.

Bei Sandys Haus fanden sie hinter den Büschen an der Hauswand den aufgerollten Schlauch, so, wie Sandy es versprochen hatte. Sie zerrten ihn über die Straße und hängten die Düse in einen der Commie-Killer-Gräben. Dann drehten sie den Hahn auf, der unten aus der Hauswand ragte.

Hinter die geometrisch gestutzten Eiben geduckt, schlug Jude nach einer angreifenden Mücke und fragte: «Was glaubst du, warum Ace so gemein ist?»

«Momma sagt, Leute werden gemein, wenn sie morgens mit dem falschen Fuß aufstehen», sagte Molly, einen Arm um den hechelnden Sidney gelegt.

Jude brach ein Zweigstückchen von dem großen dreieckigen Busch neben sich ab und schnupperte daran. Es roch wie die goldene Flüssigkeit, mit der Clementine den Linoleumboden in der Küche wischte. Sie hielt Molly den Zweig zum Schnuppern hin. Irgendwo in den Wildwoods rief eine Eule.

Wenn eine von ihnen einzunicken drohte, stieß die andere sie mit dem Ellbogen an, und sie starrten mit müdem Blick auf die Sternbilder über ihren Köpfen. Jude zeigte Molly die Plejaden und erzählte ihr, daß angehende Krieger der Cherokee Sterne zählen mußten. Sie erörterten das Problem, wie es wohl gewesen sein mußte, eine Brille zu brauchen, als die Brille noch gar nicht erfunden war. Dann erklärte Molly, die Sterne seien in Wirklichkeit Licht, das durch Löcher im Nachthimmel scheine. Hinter dem Schwarz sei alles weiß.

«Vielleicht ist deine Mutter ja dort», sagte Molly. «Hinter dem Himmel.»

«Stimmt das wirklich?» fragte Jude. «Oder hast du's dir nur ausgedacht?»

«Ich weiß nicht mehr.»

Als der erste Grauschimmer am östlichen Himmel erschien und eine fahlsilberne Mondsichel über den Grabsteinen auf dem Friedhof auf dem Hügel hing, drehten sie den Hahn zu und schleppten den Schlauch in den Geräteschuppen von Sandys Eltern.

«Sehr komisch», sagte Ace, als die beiden Mädchen am nächsten Morgen an dem verlassenen Bauplatz vorbeiradelten, mit dicken lila Ringen unter den Augen, als hätten sie sich geprügelt.

«Was?» fragte Molly.

«Das.» Ace zeigte auf das Meer von orangefarbenem Matsch, dort, wo einst das Commie-Killer-Hauptquartier gewesen war.

«Was ist denn passiert?» fragte Molly und blinzelte erstaunt mit den babyblauen Augen.

Jude biß sich auf die Innenseite der Unterlippe, um nicht zu grinsen.

«Das weißt du genau, Arschgesicht.»

«Hat's letzte Nacht wieder geregnet?» fragte Jude.

«Sagt euren Eltern, sie sollen schon mal anfangen, für eure Beerdigung zu sparen», sagte Ace und sah sie aus seinen mattschwarzen Augen an, als sei er Sergeant Friday in «Dragnet».

Jude radelte auf Blitz zu dem großen weißen Steinhaus einen Block weiter, um ihre Großmutter zu begrüßen, die von einer Reise nach Savannah zur Versammlung der Töchter der Konföderation zurückgekehrt war. «Ich habe deinem Großvater gesagt», hatte sie Jude einmal erklärt, «wenn er von mir erwartet, daß ich mein prächtiges Virginia verlasse, muß er mir ein neues Haus bauen. Ich hatte nicht vor, mein Leben in dieser primitiven Hütte zu verbringen.» Nachdem er seiner Braut eine neogeorgianische Villa gebaut und die Felder am Fluß an Mr. Starnes verpachtet hatte, hatte ihr Großvater den Rest seines ererbten Farmlands als Baugrund und Terrain für einen Golfplatz verkauft. Die so entstandene Siedlung hatte ihre Großmutter Tidewater Estates genannt. Jude und ihr Vater wohnten jetzt in der «primitiven Hütte», einem geräumigen Haus aus dicht verfugten Baumstämmen, das Judes Urgroßvater, ein Kräuterheiler, in dessen Adern Cherokee-Blut floß, errichtet hatte.

Jude erinnerte sich, wie sie die gestrickte Hülle von dem Dreier-Holzschläger abgezogen hatte, damit ihr Großvater den Ball von dem Tee im hinteren Garten über den Fluß schlagen konnte, direkt auf das erste Green des Golfplatzes, dessen Fairways sich über die Hügel wanden wie eine grasige Achterbahn. Dann war er das Steilufer zum Fluß hinuntergeklettert, hatte seinen Golfsack in ein Boot geladen und war hinübergerudert, um das Spiel fortzusetzen. Vor seiner Konversion zur Medizin war er linkshändiger Amateurliga-Baseball-Pitcher gewesen, und so hatte er einen Schlägerschwung, um den ihn die ganze Region beneidete.

Nach dem Tod ihres Mannes im letzten Jahr hatte Judes Großmutter zweimal auf der *Queen Elizabeth* den Globus umrundet und Jude von überall Postkarten und Trachtenpüppchen geschickt. Jude hatte die Briefmarken über heißem Wasserdampf abgelöst und in ein Album gesteckt. Den Püppchen hatte sie die kunstvoll gefertigten Nationaltrachten ausgezogen, um ihnen Gliedmaßen zu amputieren und Organe herauszunehmen. Dann hatte sie sich von Clementine Nadeln einfädeln lassen und die Schnitte damit zugenäht, so, wie sie es ihren Vater hatte tun sehen, wenn sie ihn zu Hausbesuchen auf Bergfarmen begleitet hatte.

Jude erklomm die Backsteinstufen, die von weißen Säulen flankiert waren. Sie stellte sich auf die Zehenspitzen und betätigte den Klopfring, der im Maul eines großen goldenen Löwenkopfs hing. Am Bordstein parkte eine Schlange von blitzenden Autos, ihre Großmutter veranstaltete vermutlich gerade ein Club-Meeting. Wenn sie gerade nicht auf hoher See war, hatte sie fast jeden Tag irgendein Treffen: Bridge-Club, Garten-Club, Junior Leage, Bibelkreis, Töchter der amerikanischen Revolution. Was Jude an ihrer Großmutter am besten gefiel, war, daß es sie offensichtlich immer freute, ihre Enkelin zu sehen. Wenn man sonst Erwachsene störte, die gerade mit anderen Erwachsenen zusammen waren, sahen sie einen meistens an, als wäre man ein Stinktier, das aus dem Wald hereinspaziert kam.

Eine junge Frau in einer gestärkten weißen Dienstmädchen-Uniform mit schwarzer Rüschenschürze öffnete die Tür. Jude hatte sie noch nie gesehen. «Du bist Miss Jude, nehm ich mal an.» Zwischen ihren Vorderzähnen klafften Lücken wie in einem kaputten Bretterzaun.

Jude nickte. Ihre Großmutter beschäftigte immer Bauernmädchen aus dem Teil Virginias, aus dem sie selbst stammte. Ihr Vater war Leiter eines Konföderierten-Veteranenspitals am Stadtrand von Richmond gewesen. Sie hatten auf der Farm der Eltern ihrer Mutter am Rapahannock-Fluß bei Fredericksburg gelebt, auf Land, das die Vorfahren der Familie angeblich von König James I. dafür erhalten hatten, daß sie bereit gewesen waren, England zu verlassen. Judes Großvater war wie der König der Trolle von den nebelverhangenen Bergen im Westen heruntergestiegen, hatte im Veteranenspital seine Assistenzzeit abgeleistet und in diesen Monaten das Herz der Tochter des Chefs gewonnen.

«Deine Grandma hat heute vormittag den Virginia-Club da», sagte das Hausmädchen. Daran gewöhnt, Tabak zu schneiden und Kühe auf Bergweiden zu hüten, begriffen die Mädchen Großmutters Vorstellungen von gehobener Lebensart ebensowenig wie Jude. Sie blieben selten länger als ein paar Monate.

Durch den Türbogen am Ende der Diele sah Jude Frauen in pastellfarbenen Sommerkostümen und Blumenhüten an Tischen mit bestickten Leinentischtüchern sitzen und von Großmutters mit silbernen Früchten verzierten François-Premier-Gabeln Chicken à la King aus Blätterteigpastetchen essen. Ihre Großmutter erklärte immer wieder, daß Jude diese Gabeln einst erben sollte, dabei konnte Jude gar nicht kochen. Wenn sie groß war, würde sie jeden Abend in das Wiggly-Piglet-Barbecue am Knoxville Highway gehen, wo Servierinnen in Hot pants, Cowboystiefeln und -hüten und Westernkrawatten am Wagenfenster die Bestellung aufnahmen.

Sandy Andrews' Mutter sagte gerade: «Ach, wissen Sie, mir gefällt Tennessee fast so gut wie Virginia.»

Judes Großmutter antwortete: «Schon, aber ich denke doch, in Virginia findet man einfach eine ganz andere Klasse Menschen, meinen Sie nicht, Mavis?»

Zum Glück hatte Großmutter bei Judes Geburt darauf bestanden, daß ihr Vater ihre Mutter über die Staatsgrenze in ein Krankenhaus in Virginia brachte, als die Wehen eingesetzt hatten – also würde Jude später auch an diesen Clubtreffen teilnehmen können.

Ihre Großmutter entdeckte Jude in der Tür. «Oh, hallo, Liebes!» Sie stand auf und ging ihr entgegen, auf Pfennigabsätzen, die so hoch waren, daß es aussah, als tanzte sie auf Spitzen. Ihr Seidenkostüm hatte den Blauton eines Rotkehlcheneis, und der Rock ging ihr knapp bis zum Knie. Auch ihr Haar war blau, und um den Hals trug sie die Perlenkette, die Jude ebenfalls bekommen sollte, wenn sie starb. Vorn in der Mitte hingen große cremerosa Perlen mit kleinen Knötchen dazwischen, und zum Verschluß hin wurden die Perlenkügelchen immer kleiner. Die Halskette war sehr hübsch, aber Jude wünschte, ihre Großmutter würde nicht immer vom Sterben reden. Als sie sich im Frühjahr einen silbernen Cadillac gekauft hatte, hatte sie zu Jude gesagt: «Das ist wohl der letzte Wagen, den ich auf Gottes grüner Erde kaufe.» (Offenbar schloß sie nicht aus, sich im Himmel weitere Autos zuzulegen.) Und jedesmal, wenn Jude sie jetzt sah, erklärte sie: «Schätzchen, das ist vielleicht das letzte Mal, daß du mich lebendig siehst, also schau noch mal gut hin.»

«Evelyn, holen Sie meinem kleinen Mädchen aus Virginia

ein Fruchteis», sagte ihre Großmutter. Als Evelyn in Richtung Küche verschwand, flüsterte sie: «Schätzchen, wo ist denn deine Bluse geblieben? Ein Mädchen aus Virginia geht niemals ohne Bluse.»

Evelyn kam wieder und streckte Jude eine Kartonpackung Eislutscher hin.

Ihre Großmutter sagte: «Aber, Evelyn, ich habe es Ihnen doch gezeigt. Denken Sie daran, Sie haben es jetzt mit der gehobenen Gesellschaft zu tun.»

Evelyn stampfte wieder in die Küche und brachte dann auf einem kleinen Silbertablett mit Monogramm ein paar Eislutscher.

Jude nahm einen mit Kirschgeschmack und sagte: «Danke, Ma'am.»

«Liebes, zu Dienstboten sagt man nicht ‹Ma'am›», murmelte ihre Großmutter.

An ihrem roten Fruchteis leckend, radelte Jude zu dem Friedhof am Ende des Häuserblocks. Wenn ihre Großmutter doch nur öfter daheim wäre. Wenn sie weg war, vermied es Jude, an dem großen, leeren Haus vorbeizufahren, weil sie sich dann traurig und einsam fühlte. Wenn es nun irgendwann wirklich das letzte Mal war, daß sie sie lebendig gesehen hatte, so, wie es ihr schon mit ihrer Mutter und ihrem Großvater ergangen war?

Auf dem Weg über die Wiese zu dem schmiedeeisernen Tor pflückte Jude Kleeblumen, bis sie zwei Sträußchen zusammenhatte. Auf der einen Seite ruhen Soldaten, die ihr Leben im Krieg zwischen den Staaten gelassen hatten, und Pioniermütter, die im Kindbett gestorben waren. Manchmal lagen ihre Kinder neben ihnen, mit eigenen kleinen Grabsteinen. Einige Gräber waren über den verrotteten Holzsärgen eingesackt, und etliche Grabsteine waren abgebrochen oder umgekippt.

Jude legte das eine Sträußchen an den Grabstein ihres Großvaters, einen roten Obelisken aus Granit, auf dem stand: «Ein Retter im Leben, nun errettet im Tod.» Sie sah seine freundlichen haselnußbraunen Augen hinter der dikken Drahtbrille, die auf seiner Adlernase hockte wie ein Rieseninsekt, die komischen Ohrläppchen, die herunterhingen wie die Lefzen eines Bluthunds, und das lustige kleine Doppelkinn, das sich, wenn er lachte, aufblähte wie die Kehle eines Froschs. Ihre Großmutter sagte, er habe Jude früher stundenlang mit gestreckten Armen hochgehalten und mit ihr Flugzeug gespielt, während ihr Vater im Bauch eines Truppentransporters auf dem Atlantik, inmitten feindlicher Torpedos und heulender Alarmsirenen, Soldaten operierte.

Jude erinnerte sich, wie sie auf der vergitterten Hinterveranda auf seinem Schoß gesessen und zugeguckt hatte, wie der Holsten den Smokies entgegenfloß. Er hatte ihr in seinem gedehnten Appalachendialekt Geschichten erzählt, von einem großen Zelt an einem Fluß in Belgien, wo er Männern Arme und Beine abgesägt hatte. Von einem unterirdischen Silo, voll mit gefangenen Deutschen, in das er auf einer Leiter hinuntergestiegen war, mit einem großen roten Kreuz auf der Brust, damit sie ihm nichts taten. Von matschigen, mit Granattrichtern übersäten Feldern, aus denen tote Bäume wie abgebrochene Zahnstocher emporragten. Von rostigen Stacheldrahtverhauen, die aussahen wie Brombeersträucher im Herbst. Von Männern mit Stahlhelmen, die an dem Draht hingen und schrien, während große Vögel herabstießen, um mit scharfen Schnäbeln und Klauen an ihren Wunden zu zerren.

Judes Großmutter war herausgekommen und hatte gefragt: «Charles, hältst du es wirklich für gut, dem Kind deine schrecklichen Kriegsgeschichten zu erzählen?»

Er hatte sie durch seine dicken Brillengläser angeguckt. «Sie muß wissen, woran sie ist. Ich wollte, ich hätte es gewußt. Die Soldaten im Krankenhaus deines Vaters haben mir immer nur erzählt, welche Ehre es für sie gewesen sei, dem Süden ihre Arme und Beine zu opfern. Und da wollte ich auch in einer Uniform marschieren und ein Held sein.»

«Jude ist ein Mädchen, Liebling, kein Junge.»

«Sie ist ein menschliches Wesen. Wir stecken alle zusammen in diesem Schlamassel. Und das ist wohl der einzige Trost.»

Einen Moment lang hatte es ausgesehen, als würde er anfangen zu weinen. Judes Großmutter hatte nach seiner Hand gegriffen, die so klein und zart war wie die einer Frau – diese Hand, die nicht zu schlagende Effetbälle geworfen hatte, mit der er chippen und putten konnte wie ein Profi, mit der er an unzugänglichen Stellen nach Gefühl operieren konnte. Als sie sie geküßt und gestreichelt hatte, sah er schon nicht mehr so unglücklich aus. Dann war Judes Großmutter wieder in die Küche gegangen, um an der Kartei von geheimen Familienrezepten zu arbeiten, für die sie als Präsidentin des Virginia-Clubs verantwortlich war. Sie behauptete, der South-Carolina-Club habe nichts vorzuweisen, was mit ihrem Brunswick Stew mithalten könne. Sie hatte das Eichhörnchenfleisch zeitgemäßerweise durch Rindfleisch ersetzt.

«Hast du mal auf Leute geschossen?» hatte Jude ihren Großvater gefragt. Sie saß aufrecht auf seinem Schoß und tätschelte ihm aufmunternd die Wangen.

«Nein. Ich mußte die, die getroffen wurden, wieder zusammenflicken, damit sie in ihre Schützengräben zurückkehren und noch mehr Deutsche töten konnten.»

«Aber warum?» hatte Jude gefragt und dabei seine eine Wange gemustert. Kurze Haare standen heraus wie kleine dunkelblaue Splitter. Sie hatte sich gefragt, ob sie ihn wohl piekten.

Ihr Großvater hatte achselzuckend geantwortet: «Die meisten Menschen sind so ängstlich wie Waschbären, die vor den Hunden auf einen Baum geflüchtet sind, und Menschen, die Angst haben, werden biestig.»

«Aber wovor haben sie Angst?»

«Angst vor dem Leben. Angst vor der Liebe. Angst vor dem Verlust. Angst vor dem Sterben. Einfach Angst.»

«Hast du Angst?»

«Manchmal.»

«Ich nicht. Ich werde nie Angst haben», hatte Jude gesagt, denn Ace Kilgore kannte sie noch nicht.

«Nicht, solange ich es verhindern kann, Kleines», hatte er gemurmelt und sie auf die gerunzelte Stirn geküßt.

Jude hockte sich ans Grab ihrer Mutter und legte das zweite Sträußchen auf die Kante ihres Steins, eines schlichten Rechtecks aus cremefarbenem Marmor mit verästelten grünen Adern, die wie Blitze aussahen. Ihre Inschrift lautete: «Zur Ruhe gekommen in den Armen des Herrn.» An einem Tag hatte ihre Mutter noch in ihrer prallen Schürze mit dem rosa Röschenmuster in der Küche gestanden und Karamel-Brownies gebacken. Am nächsten hatte sie schlafend in einem weißen Krankenhausbett gelegen und nicht mehr aufwachen wollen, nicht mal, als Jude ihr «Erhebt euch zum Lob des Herrn» direkt ins Ohr gesungen hatte. Und am Tag danach hatte man sie hier unter diesen Hügel gebettet, gewärmt von einer Decke aus wunderschönen weißen Blumen, die genauso rochen wie ihr Lieblingsparfüm. Und Judes New Yorker Großmutter hatte lautlos weinend am Grab gestanden, einen toten Fuchs um den Hals. Er hatte kleine Krallen und hellrot funkelnde Augen gehabt. Ihr Mann, Judes anderer Großvater, mit einem tief ins Gesicht gezogenen Gangsterhut, hatte sich immer wieder mit einem weißen Taschentuch den orangeroten Lehm von den glänzend schwarzen Schuhen gewischt.

Leise begann Jude, ihrer Mutter von Ace und der Katze zu

erzählen. Als sie bei dem Feuerwerkskörper angelangt war, hörte sie ein Rascheln in dem verdorrten Wolfsmilchkraut, das noch vom Winter übrig war. Als sie hochguckte, sah sie die Commie-Killer in Kampfanzug und Vermummung auf Knien und Ellbogen herankrauchen wie böse Insekten, die Gewehre quer in den Armbeugen.

Sie schoß hoch und sah sich um.

«So», sagte Ace und sprang auf, um das Gewehr auf sie zu richten. «Jetzt werden wir dir mal zeigen, was mit kleinen Mädchen passiert, die zuviel reden.» Die Colonelmütze seines Vaters rutschte ihm über die Augen.

Jude rannte in Richtung Bürgersteig. Jemand stürzte sie zu Boden. Obwohl sie um sich trat und biß, schleppten sie sie zu einem eingesackten Grab. Sie stießen sie hinein, und ein paar von ihnen drückten sie in das Loch, während die anderen Grabsteinreste darüber türmten.

«Paßt wie angegossen!» verkündete Ace. «Guck, wie du rumkommst, Kleine, sagte der Kreis zur Linie.» Und damit verschwanden die Commie-Killer.

Jude hörte eine einsame Zikade auf einem nahen Walnußbaum das fräsende Geräusch einer Kettensäge imitieren. Noch sechs Wochen bis zum ersten Frost, pflegte Mr. Starnes zu sagen. Sie drückte gegen die Steine über ihrem Kopf, aber sie ließen sich nicht bewegen. Sie überlegte, wieviel Lehm sie wohl von dem Skelett unter ihr trennte. Und wenn es nach ihr griff und sie hinunterzog, in seine knochigen Arme? Wenn sie ganz still lag, würde es vielleicht nicht merken, daß sie da war.

Sie hatte solche Angst, daß sie kaum atmen konnte. Und wenn die Steine herunterkrachten und sie zu einem menschlichen Pfannkuchen plattquetschten? Sie wünschte, ihr Großvater könnte ihr helfen, so, wie er es versprochen hatte, aber er lag auf der anderen Seite des Friedhofs und hatte vermutlich genauso große Angst wie sie.

Sie unterdrückte ihre Panik, um darüber nachzudenken, ob die kleinen blauen Härchen auf seinen Backen wohl weitergewachsen waren und er jetzt einen langen Bart und Dracula-Klauen hatte und Fußnägel, die eines Tages aus seinem Grab sprießen würden wie bleiche Spargelstangen.

Und wenn die Commie-Killer beim Wegschleppen der umgefallenen Grabsteine ein Nest von Schwarzen Witwen aufgestört hatten? Wenn die Schwarzen Witwen jetzt auf den Steinen über ihrem Kopf herumkrabbelten? Wenn sie nicht wußten, daß es nicht sie gewesen war, die ihr Heim zerstört hatte? Sie preßte sich so tief in das Grab, wie es nur ging. Aber dann fiel ihr das Skelett unter ihr wieder ein, und sie versuchte sich seitwärts aus seiner Reichweite zu winden.

So lag sie im Dunkeln, die Augen geschlossen, und atmete so wenig wie möglich. Der Prediger in der Sonntagsschule erzählte immer, daß die Natur das Wunderwerk Gottes sei. Aber was war mit den Schwarzen Witwen? Und mit den Mokassinschlangen? Und mit den Blutegeln und Mücken und Fledermäusen und Zecken und Wespen? Was war mit Ace Kilgore?

Allmählich ließ ihre Anspannung nach, und ihr Körper fügte sich in die Konturen des eingesackten Grabs. Ace hatte recht gehabt: Sie paßte hinein wie Aschenputtels Fuß in den gläsernen Schuh. So war es also, tot zu sein, es war gar nicht so schlimm. Wenn sie lange genug so liegenblieb, würde sie tatsächlich tot sein, und dann konnte sie zu ihrer Mutter in den Himmel, und sie brauchte Ace Kilgore nie wieder zu sehen.

Bauschige weiße Wolken trieben wie Segelboote mit gesetzten Spinnakern über ein indigoblaues Sommerhimmelmeer. Wunderschöne lächelnde Frauen in weißen Morgenmänteln lehnten bequem darauf und winkten im Vorübergleiten. Eine Frau mit lockigem schwarzem Haar und vollen roten Lippen sah genau aus wie Judes Mutter.

«Halt!» rief Jude. «Nimm mich mit!»

Aber sie schienen nichts zu hören.

Über ihr schnüffelte und fiepste ein Hund. Jude kniff die Augen fest zu. Sie wollte unbedingt zurück zu ihrer Mutter.

«Jude, bist du okay?» rief Molly durch einen Spalt zwischen den Grabsteinbrocken. Sidney war an ihrer Seite, er jaulte und kratzte wie wild an den Steinen herum.

«Ich glaube schon.»

«Keine Bange. Wir holen dich da raus», sagte Sandy, dessen sommersprossiges Gesicht jetzt über dem Lichtspalt erschien. «Ist nur eine Frage der Hebelkraft.»

Sie saßen in Sandys Baumhaus und tranken Traubensaftschorle durch Trinkhalme, die wie Schwanenhalslampen gebogen waren. Die Commie-Killer bauten auf der anderen Straßenseite ihr Grabensystem wieder auf. Unter einer Konföderierten-Flagge, die schlaff von einem im Matsch steckenden Stock hing, schufteten sie mit bloßem Oberkörper in der heißen Nachmittagssonne. Plötzlich klingelte das Telefon.

Sandy meldete sich und sagte dann: «Oh! Hi, Nicolai.» Er fischte nach einem Notizbuch. «Mal sehen, was ich heute für dich habe. Ah, ja, Dame nach C 4. Okay. Bis bald.»

«Moskau», erklärte er und strich sich über die Haare, vergeblich bemüht, den widerspenstigen Wirbel zu glätten. «Okay, erstens mal, Jude, spiel nie wieder allein. Wenn Molly dein Dreirad nicht gesehen hätte, würdest du immer noch in dem Grab liegen. Ich kann nicht den ganzen Tag an meinem Fernrohr sitzen und auf euch beide aufpassen. Ich habe gerade ein paar sehr wichtige Schachpartien laufen. Wieso spielst du nicht mit Noreen von nebenan?»

«Sie ist ein Mädchen», sagte Molly.

«Wir sind eigentlich keine Mädchen», sagte Jude. «Wir sehen nur so aus.»

Noreen war einverstanden, daß Jude und Molly ihre Söhne waren, wenn Sandy ihr Mann sein könnte.

«Okay», sagte Sandy draußen vor dem Bretterschuppen, der an die Garage von Noreens Eltern angebaut war, «aber ich bin die Sorte Vater, die den ganzen Tag im Büro ist. Und mein Büro ist mein Baumhaus. Und da dürfen mich nur meine Söhne besuchen.»

«Aber Pioniervater gehen nicht ins Büro», sagte Noreen, die in der Schuppentür stand. Ihr dunkles, naturgelocktes Haar war auf der einen Seite gescheitelt und auf der anderen mit einer roten schleifenförmigen Plastikspange zurückgezurrt. Ihr Brillengestell paßte zu der Spange.

«Sie gehen jagen, oder?» fragte Sandy und wandte sich in Richtung seines Gartens. «Tu einfach so, als sei ich von Bären gefressen worden. Tu so, als wärst du Witwe.»

«Mit dir zu spielen macht keinen Spaß», sagte Noreen.

«Tut mir leid.»

«Also, dann, kommt rein, Jude und Molly.» Noreen trat beiseite. «Setzt euch hin. Es gibt Abendessen.» Das Abendessen bestand aus getrockneten Lehmküchlein, serviert in Blättern von wildem Wein auf einer umgedrehten Orangenkiste.

Noreens «Töchter» waren ein zimperliches Häuflein in ausgestellten Shorts mit passenden Sonnen-Tops. Rote Plastikspangen hielten ihr Haar in bizarren Wülsten und Hupeln zusammen, als seien ihre Schädel deformiert. Die meisten von ihnen hätschelten Puppen und verbrachten die Mahlzeit damit, sie zu stillen und Bäuerchen machen zu lassen und ausschweifend ihre drolligen Babyerlebnisse zu erörtern.

«Schwester Serena, würdest du bitte unseren Bibeltext für heute vorlesen?» fragte Noreen.

Serena übergab ihre in Wickeltücher gehüllte Puppe ihrer Tischnachbarin, nahm eine Bibel und schlug sie bei dem Lesezeichen auf. «In meines Vaters Haus sind viele Wohnungen», las sie stockend und mit schriller Stimme. «Wenn's nicht so wäre, würde ich dann zu euch gesagt haben: Ich gehe hin, euch die Stätte zu bereiten? Und wenn ich hingehe, euch die Stätte zu bereiten, so will ich wiederkommen und euch zu mir nehmen, damit ihr seid, wo ich bin.»

«Halleluja! Gelobt sei der Herr!» kreischte Noreen, warf sich auf die Knie und bog sich wie von Krämpfen geschüttelt hintenüber.

Jude sah zu, wie die anderen Mädchen ihre Puppen weglegten und sich auf dem Boden wanden, wobei sie etwas lallten, was klang wie die Geheimsprache, in der sie sich in der Schule unterhielten.

Es stimmte also? «Damit ihr seid, wo ich bin.» Ihre Mutter würde kommen und sie zu sich in Gottes Haus holen. Das Haus des Herrn. Die Leute sagten, ihre Großmutter wohnte in einem richtigen Herrenhaus. Vielleicht sah Gottes Haus auch so aus. Aber wenn der Himmel viele Wohnungen hatte, war er dann eine Siedlung wie Tidewater Estates?

Plötzlich war draußen lautes Gejohle zu hören. Durch das Fenster des Spielhauses sah Jude die Commie-Killer: Mit Federbändern um Hand- und Fußgelenke vollführten sie eine Art Kriegstanz. Ace erschien in der Tür, mit einem Indianerkopfschmuck aus Hühnerfedern und einem um die knochigen Hüften gegürteten Geschirrhandtuch. Sein Gesicht und seine Brust waren mit Lippenstiftblitzen bemalt. Die Mädchen hielten in ihrem Gewälze inne und fingen an zu jammern. Ace gebot mit erhobenen Händen Schweigen und zeigte auf Molly und Jude. «Krieger wollen Die-zwei-die-ohne-Bluse-gehen. Squaws haben nichts zu fürchten.»

«Nein! Nehmt mir nicht meine Söhne!» Noreen sprang auf und schob sich schützend vor sie.

Ace schubste sie beiseite, und seine Krieger schleppten Jude und Molly hinaus in den Hof. Sie knoteten ihnen Seile um Hals und Handgelenke und führten sie in Richtung Wildwoods.

«Das sag ich meiner Momma!» schrie Noreen.

«Pssst, Liebling!» zischte ihre Mutter von der Gitterveranda, wo gerade eine Versammlung der Missionsgesellschaft stattfand. «Momma betet.»

«Sandy!» schrie Noreen zum Baumhaus hinüber. «Die Wilden haben deine Söhne verschleppt!»

«Laßt uns lieber los», sagte Molly, deren Hand- und Fußgelenke so an zwei junge Bäume gefesselt waren, daß ihr Körper ein X bildete. Ihre Rippen sahen aus wie ein Xylophon. «Mein Onkel ist bei der Staatspolizei.»

«Na und?» sagte Ace und prüfte mit dem Daumen die Klinge seines Taschenmessers. «Meiner auch.»

«Was habt ihr mit uns vor?» fragte Jude, die gleich daneben festgebunden war. Sie sah immer wieder den rot-grünen Feuerwerkskörper vor sich. Außerdem hatte sie Schuldgefühle: Nur wegen ihr saß Molly jetzt in diesem Schlamassel. Stumm beschwor sie die Nunnehi, die Unsterblichen Ahnen der Cherokee, von denen ihr Vater gesagt hatte, daß sie unter den Bergen und dem Fluß hervorkamen, um einem zu helfen, wenn man in Schwierigkeiten war. Aber niemand erschien.

«Wir haben uns noch nicht entschieden, Ma'am. Vielleicht spielen wir Kreuzigung, aber vielleicht überlassen wir euch auch einfach den Insekten zum Abendessen.» Er klappte sein Messer zu, steckte es in seinen Gürtel, trat dann direkt vor Molly hin und starrte ihr mit seinem stumpfschwarzen, bohrenden Blick in die Augen. «Bist du oder warst du je Agentin irgendeiner feindlichen Macht?» fragte er.

«Wie bitte?» fragte Molly und verzog verächtlich das Gesicht.

«Du willst also nicht reden?»

«Worüber?»

Er zog langsam eine Feder aus seinem Kopfschmuck. Lächelnd strich er damit über Mollys Achselhöhle.

«Bitte nicht, Ace», flehte Molly mit einer Winselstimme, die Jude noch nie bei ihr gehört hatte. «Ich bin kitzlig.» Sie begann, an ihren Fesseln zu zerren.

Entzückt machte Ace weiter. Die anderen Krieger zupften Federn aus ihren Armbändern und bearbeiteten nun gemeinsam die Achselhöhlen der beiden Mädchen.

Auch Jude konnte sich nicht beherrschen, und sie und Molly wanden sich und flehten schrill um Gnade.

Jude stand auf den Eingangsstufen zu dem Herrenhaus ihrer Mutter im Himmel, die von weißen Säulen flankiert waren. Ihre Mutter stand im Portal, in einem tiefausgeschnittenen smaragdgrünen Abendkleid, lächelnd und mit ausgebreiteten Armen. Der leichte Wind spielte in ihrem welligen, schwarzen Haar.

«Momma, bist du's wirklich?» fragte Jude.

Eine Sirene jaulte vom Ort her den Hügel herauf. Die Hände mit den Federn erstarrten, und die Jungen sahen sich an.

«Ich hab dir ja gesagt, mein Onkel kriegt euch», keuchte Molly.

«Ach du Scheiße!» flüsterte Ace, als er zwei breitkrempige Hüte hinter den Büschen auftauchen sah. Die Commie-Killer verschwanden im Unterholz, und die Folterfedern schwebten kreiselnd zu Boden.

Am Bordstein vor Sandys Haus stand ein grün-beiger Highway-Patrol-Wagen, auf dem Dach blinkte das Warnlicht. Mollys Onkel Clarence, mit Pistolenhalfter und kniehohen schwarzen Stiefeln, schubste Sandy hinten in den Wagen.

«Halt, Onkel Clarence!» rief Molly. «Was macht ihr denn da?»

«Wir nehmen ihn fest, Kleine.» Er schloß die Autotür. Sandy sah Molly und Jude durch das Seitenfenster an und zuckte hilflos die Achseln.

«Aber Sandy hat uns gerettet. Ihr müßt Ace Kilgore verhaften.»

«Wir sind hergekommen, um Sandy zu holen», sagte Onkel Clarence, während er um den Wagen herum zur Fahrertür ging, «und er hat uns erzählt, was da drüben los ist. Aber dieses Früchtchen hier hat die Telefonleitung angezapft. Er hat fast zwei Jahre umsonst in der Weltgeschichte herumtelefoniert. Er schuldet der Telefongesellschaft zweitausend Dollar, und dann kommt noch die Geldbuße dazu. Dein kleiner Freund hier sitzt ganz schön in der Bredouille, Missy.»

3

An Judes erstem Schultag ging Molly mit ihr den befahrenen Highway entlang, vorbei an dem Schild mit dem geflügelten Pferd vor der Texaco-Tankstelle. Auf dem letzten Stück zu dem Schulgebäude aus rotem Backstein, das so ähnlich aussah wie die psychiatrische Klinik am anderen Ende der Stadt, mit Gitterglasscheiben und einem Maschendrahtzaun um den Hof, versicherte ihr Molly, daß Noreens Schauergeschichten von einer Prügelmaschine im Büro des Direktors reine Erfindung seien.

«Das sagen sie immer, um den Erstkläßlern angst zu machen.»

Auf dem gefliesten Flur vor ihrem Klassenzimmer sah Jude einige Kinder heulend an den Armen, Rockzipfeln oder Beinen bestürzter Mütter hängen und darum betteln, wieder nach Hause zu dürfen. Die Szene erinnerte an die Sonntagsschulbildchen von den Sündern in der Hölle, die den Herrn um Erlösung anflehten.

Jude, die auf keinen Fall eine Heulsuse sein wollte, öffnete die Tür und marschierte in den Klassenraum. Sie setzte sich an den Tisch, den ihr die Lehrerin zuwies. Wenn die Lehrerin lächelte, berührte ihr Kinn fast die Nase, wie bei der Hexe in «Hänsel und Gretel». Auf dem hellen Holztisch vor Jude lagen ein Stück Packpapier und eine Schachtel mit nagelneuen spitzen Wachsstiften. Also begann Jude, eine bauschige weiße Wolke zu malen, rundherum Himmelblau, und darauf eine Frau mit einem weißen Morgenrock und lächelnden knallroten Lippen. Das Haar malte sie gelb, damit niemand merkte, daß es ihre Mutter war. Beim Ausmalen war ihr schon nicht mehr ganz so elend zumute. Sie mochte den öligen Geruch der Wachskreiden, die rauhe Oberfläche des Papiers unter ihren Fingerspitzen und die leuchtenden Farben, die sie kombinieren konnte, wie es ihr gefiel.

«Das ist sehr hübsch, Jude», sagte die Hexe über ihr Bild gebeugt. Sie roch wie vergammelte Blumen in einer Vase.

«Danke.»

«Ist das ein Engel?» Sie legte eine knochige Hand auf Judes Schulter.

«So was Ähnliches.» Jude würde niemals preisgeben, daß der Engel ihre Mutter war. Man konnte ja nicht wissen, was eine Hexe mit dieser Information anfangen würde.

«Na, wie gefällt dir die erste Klasse?» fragte Molly in der Mittagspause in der Cafeteria. Sie hatte sich von ihrem Zweitkläßlertisch davongestohlen, um das Erdnußbutter-Bananen-Sandwich aus ihrer Donald-Duck-Lunchbox mit Jude zu teilen.

«Ganz gut.» Jude wickelte den Stapel Oreo-Vanillekekse, den ihr Clementine mitgegeben hatte, aus dem Butterbrotpapier. «Blöd war nur, daß die Lehrerin sich darüber lustig gemacht hat, wie der eine Junge seinen Bleistift gehalten hat. Da hat er ihn nach ihr geschmissen. Und dann hat sie ihn im Garderobenraum gehauen.» Jude klappte einen der Kekse auseinander, um die Vanillecreme abzulecken. «Schule ist ganz schön gruselig, was?»

«Ja, aber Mädchen kriegen fast nie Ärger», sagte Molly. «Nur Jungen, weil sie immer sagen, was sie denken. Sie kapieren nicht, daß das keinen interessiert.»

Nach ihrem Imbiß standen Jude und Molly an dem hohen Pausenhofzaun, als einzige Mädchen in Blue jeans. Sie hielten sich an der Hand und sahen den Commie-Killern beim Softball zu. Nach Onkel Clarences Überraschungszugriff auf die Commie-Killer hatte Judes Vater einen Bulldozer angeheuert, um ihr Grabensystem zu zerstören. Und wenn sie

Jude jetzt auf dem Gehweg trafen, nannten sie sie immer «Staatsfeind Nummer eins».

Die Mädchen aus Noreens Clique waren in einer grasbewachsenen Ecke damit beschäftigt, sich gegenseitig zu kränken – um sich dann über ein Netzwerk todernster Unterhändlerinnen wieder zu versöhnen. Als Noreen Jude und Molly erspähte, kam sie herüberspaziert. Sie trug ein kariertes Kleid mit einem schwarzen Lackledergürtel, passend zu ihren Spangenschuhen. Ihr Bauch wölbte sich unter dem Gürtel wie ein Strandball.

«Warum drückst du dich die ganze Zeit mit diesem Erstkläßler-Baby rum?» fragte sie Molly.

«Weil sie meine Freundin ist.» Sie ließ Judes Hand los.

«Wenn sie dir auf die Nerven geht, kannst du ja rüberkommen und mit uns spielen.»

«Sie geht mir nicht auf die Nerven, Noreen.»

Jude drückte mit ihrer Schuhspitze einen Stein in den Sand. Sie sah Molly an, wohl wissend, welches Opfer es für sie bedeutete, eine Erstkläßlerin zur besten Freundin zu haben. Mollys Stimme klang zwar gelassen, aber ihre Augen waren eisig.

«Ihr seht aus wie Jungs in euren Jeans», sagte Noreen. «Hatten eure Mütter kein Geld, um euch zum Schulanfang ein neues Kleid zu kaufen?»

Erschrockenes Schweigen entstand, als Noreen wieder einfiel, daß Judes Mutter tot war. Sie machte auf dem Absatz kehrt und stapfte davon, wobei ihre glänzenden Lackschuhe einstaubten.

«Guck mal. Da ist Sandy.» Molly tippte Jude an die Schulter und zeigte quer über den Hof. Er saß an die Backsteinwand des Schulhauses gelehnt und spielte auf einem winzigen Steckschachbrett gegen sich selbst. Die Aufsicht, eine bucklige alte Frau mit einer marineblauen Brooklyn-Dodgers-Kappe, stand wild fuchtelnd neben ihm. Sandy klappte sein Schachspiel zusammen und steckte es in die Shortstasche. Die humpelnde Alte auf den Fersen, marschierte er zum Softballfeld.

Als die Commie-Killer ihn sahen, stöhnten sie, als hätten sie Bauchschmerzen. Einer rief: «Oh, nein, da kommt der Kriminelle!» Judes Vater, der mit dem Präsidenten der Telefongesellschaft auf der High School gewesen war, hatte Sandy zwar vor einer Anzeige bewahrt, aber die Commie-Killer konnten es einfach nicht lassen, ihn immerzu an sein Vergehen zu erinnern.

Die Lehrerin gab ihm einen Fanghandschuh und dirigierte ihn zum rechten Außenfeld. Dort stand er, die eine Hand in die Hüfte gestemmt, die andere mit dem Handschuh von sich gestreckt, als hielte er eine Bratpfanne, in die gleich ein Pfannkuchen fiele. Als Ace einen Flugball schlug und Sandy ihn in hohem Bogen auf sich zukommen sah, spiegelte sein Gesicht nacktes Entsetzen. Er fing ihn nicht, und Ace nutzte diesen Fehler zu einem Grand-Slam-Home-Run.

Beim nächsten Inning marschierte Sandy zum Schlägerfeld und wuchtete optimistisch einen schwarzen Louisiana-Slugger in Position. Ace winkte die Außenfeldspieler heran und rief: «Wird eh ein Aus!» Was es denn leider auch wurde.

Nach der Schule blieben Jude und Molly Schuhspitze an Schuhspitze an der Gehwegritze stehen, die die Grenze zwischen ihren Grundstücken markierte. Sie kreuzten die Arme, legten einander die Hände auf die Schultern und schauten sich lange an. Jude sah sich selbst und den Ahorn hinter sich in Mollys Augen. Die leuchtendblauen Iriskreise waren von speichenförmigen Linien durchzogen und sahen aus wie in klitzekleine Stücke zerteilte Mini-Blaubeerkuchen. Um die Pupille zog sich jeweils ein kleiner durchscheinend-goldener Ring, wie ein Life-Saver-Karamelbonbon, wenn man es lange genug gelutscht hatte. Als Jude in die schwarzen Pupillen sah, wurde ihr plötzlich ganz schwindlig, als würde sie in einen Strudel gesogen.

Sie lächelten feierlich, patschten sich gegenseitig auf die Schultern und deklamierten im Chor: «Du bist meine beste Freundin und wirst es immer bleiben.»

Nachdem Jude ihre Schuljeans aus- und ihre Spieljeans angezogen hatte, saßen sie an Mollys Küchentisch, wo sie eine Murmel auf dem Drehtablett kreisen ließen wie beim Roulette in Las Vegas. Molly hatte ihnen Cocktails aus verschiedenen Flüssigkeiten gemixt, die sie beide besonders gern rochen – Vanilleextrakt, Fichtennadelreiniger, Kirsch-Hustensirup. Aber ein Drink hatte scheußlicher geschmeckt als der andere. Jetzt erzählte Molly eine Geschichte, die ihre Lehrerin am Nachmittag vorgelesen hatte, von einem Waisenjungen, der von Wölfen aufgezogen wurde und nie sprechen lernte. Er wurde von Jägern entdeckt und in ein Häuschen am Waldrand gebracht, wo er künftig leben sollte.

Molly und Jude verbrachten den Rest des Nachmittags damit, auf allen vieren durch Mollys Haus zu krabbeln. Sie verständigten sich nur mit Gesten. Im Bad nahm Jude einen Kamm und zeigte ihn einer verblüfften Molly, die ihn drehte und wendete und dahinterzukommen versuchte, wozu er gut sein mochte.

«Was treibt ihr denn hier schon wieder?» Mollys Mutter lehnte im Türrahmen, mit ihrer sauberen Schürze und ihrem adretten Pagenkopf, die Arme vor der Brust verschränkt. Die Mädchen sahen sie mit schreckgeweiteten Augen an.

«Was geht hier vor?» fragte sie mit einem irritierten Lachen. Sie zischten aus dem Bad, um sich hinter dem Sofa im holzgetäfelten Wohnzimmer zu verkriechen, wo sie sich genauso geborgen fühlten wie in ihrer Wolfshöhle.

Jude war so begeistert von diesem Spiel, daß sie es auch beim Abendessen noch weiterspielte und die unbekannten

Köstlichkeiten bestaunte, die ihr ein schwarzes Wesen mit einer weißen Uniform und einem roten Tuch um den Kopf auf flachen runden Dingern servierte. Es war wunderbar, etwas zu essen vorgesetzt zu bekommen, wenn man sein Leben lang im Wald Maulwürfe gejagt hatte.

«Na, wie war dein erster Schultag?» fragte ein großes, blasses, haarloses Wesen am oberen Ende des glänzenden Holztischs.

Jude aß mit einem seltsamen silbernen Zweigende und starrte das Wesen an, außerstande, das merkwürdige Geheul zu entschlüsseln, das aus seinem Mund kam.

«Was ist, Kleines? Hat die Katze deine Zunge gefressen?»

Das dunkle Wesen führte Jude ein paar Stufen hinauf, zu einem Tümpel mit Wasser, und zog ihr den dreckigen Pelz aus. Jude stippte einen Zeh in den Tümpel. Das Wasser war heiß! Sie kannte nur eiskalte Waldteiche und Bäche. Sie stieg hinein. Wie köstlich, sich in dieser warmen Flüssigkeit zu aalen, während das freundliche schwarze Wesen ihren Balg mit einem kleinen glitschigen Stein abrieb, der nach vertrockneten Rosenblättern roch.

«Wie war's in der Schule, Miss Judith?»

Jude sah erstaunt auf das schwarze Wesen, dessen Mund seltsame Laute produzierte.

«Du willst's nicht sagen, was?»

«Was für ein hübscher Hund», sagte Mrs. Murdoch, die in dem Gang zwischen den Schulbänken auf und ab schlenderte und nun auf das Bild guckte, das Jude gerade gemalt hatte. «Ich denke, wir sollten ihn vorn an unsere Pinnwand hängen, Jude.»

«Das ist kein Hund», sagte Jude, ohne aufzuschauen. «Es ist ein Wolf.» Der Wolf saß in seiner Höhle im Wald und reckte witternd die Schnauze in die Morgenluft.

«Sprich lauter, kleines Fräulein. Ich höre nichts.»

«Ich habe gesagt, es ist kein Hund. Es ist ein Wolf.»

«Ein Wolf? Was für eine Idee! Warum ein Wolf?»

«Weil ich Wölfe mag. Ich finde sie nett.» Jude sah nun doch auf. Mrs. Murdochs knallroter Lippenstiftmund war viel größer als ihre eigentlichen Lippen, und ihre Augenbrauen waren ausgezupft und als schiefe schwarze Bögen wieder hingemalt. Sie sah aus wie ein verschmierter Clown.

Mrs. Murdoch lachte, so daß ihr Kinn wieder die Nase zu berühren schien. «Dir mögen Wölfe vielleicht gefallen, aber *nett* sind sie ganz gewiß nicht. Sie sind böse wilde Bestien. Denk doch nur mal an den Wolf in ‹Rotkäppchen›.»

Jude sagte nichts. Sie dachte an den Jungen, der im Garderobenraum verhauen worden war.

«Nun, Jude?»

«Hmm.»

«Du stimmst mir also zu, daß Wölfe böse, wilde Bestien sind?»

«Hmm.»

«Und wir wollen doch keine bösen, wilden Bestien an unserer Pinnwand, nicht wahr? Da würden wir uns ja nur zu Tode fürchten und nachts schlecht träumen. Aber dein Wolf könnte doch ebensogut ein Hund sein, oder nicht? Und dann könnten wir ihn aufhängen und anschauen, ohne uns zu fürchten.»

«Hmm.»

«Dann kannst du ja ein paar Buchstaben üben, indem du hier unten H-U-N-D hinschreibst.»

«Hmm», sagte Jude kleinlaut und malte H-U-N-D unter ihren Wolf. Vielleicht würde sie ja doch nicht Malerin werden, wenn sie groß war.

Mrs. Murdoch setzte sich vorn im Klassenzimmer an ihre kleine Heimorgel und trat wild in die Pedale. «Steht auf, Kinder!» schrie sie und wedelte mit den Händen. «Erhebt eure Stimmen zum Herrn!»

«Ich muß nach dem Essen noch mal ins Krankenhaus, Kleines», sagte Judes Vater, während er eine Scheibe von Mrs. Starnes' Schokoladenkuchen auf einen mit Trauben und Melonenschnitzen bemalten Dessertteller legte. Er reichte ihn Jude. «Krankenberichte schreiben. Mollys Mutter hat gesagt, du könntest bei ihnen übernachten. Ginge das?» Er nahm seine Gabel in die Hand und musterte sie.

Jude studierte sein gesenktes Gesicht, das unter dem leichten Stoppelbart rot anlief, während er mit den Gabelzinken spielte. Warum war er so verlegen? Er ging doch oft nach dem Abendessen noch mal ins Krankenhaus, wenn Clementine länger bleiben konnte. Was war da schon dabei? «Klar. Kein Problem, Dad.»

Am nächsten Morgen rannten Jude und Molly vor der Schule durch den Flur ins Bad, um sich die Zähne zu putzen. Mollys Vater stand vor dem Waschbecken und rasierte sich. Sein ganzer Körper war mit schwarzen Kringelhaaren bedeckt, bis auf seine Popobacken und ein bleiches kleines nacktschneckenartiges Ding, das aus einem Pelznest zwischen seinen Beinen lugte.

Schließlich fragte Molly: «Daddy, was ist das?»

Er schnitt sich ins Kinn, als er auf ihren ausgestreckten Finger schaute. Er bedeckte das Schneckending mit der freien Hand und sagte, während sich der Rasierschaum auf seinem Kinn rosa färbte: «Das ist mein Penis, und aus eurem Mund will ich dieses Wort nie hören!»

Molly und Jude krochen mit ungeputzten Zähnen aus dem Bad, suchten in Mollys Zimmer stumm ihre Schulbücher zusammen und wechselten Wolfssprache-Zeichen: Er hat einen Pelz. Ist er womöglich ein Bruder?

Judes Großmutter verteilte aus einer silbernen Terrine auf ihrer Sheraton-Anrichte Knoblauchmaisgrütze. Sie benutzte dazu einen schartigen Vorlegelöffel, den ihre Großmutter im Garten der Farm bei Fredericksburg vergraben hatte, damit ihn die Yankees nicht raubten. Da ihr entfallen war, wo sie ihren Schatz vergraben hatte, hatte Judes Urgroßmutter den Rest ihres Lebens damit verbracht, ihre Gärtner das Grundstück umgraben zu lassen. Eine Woche, nachdem sie ihn schließlich gefunden hatte, war sie gestorben.

«Kleine Mädchen gehen im Kleidchen zur Schule, Daniel», sagte ihre Großmutter gerade, «nicht in Jeans. Die ganze Stadt redet schon darüber.»

«Findest du es nicht traurig, Momma», sagte Judes Vater, während er seine gestreifte Sonntags-Seidenkrawatte lokkerte, «daß diese Stadt kein interessanteres Gesprächsthema hat als die Jeans meiner Tochter?»

«Spar dir deine vorlauten Bemerkungen, Daniel. Im Krankenhaus magst du ein wichtiger Mann sein, aber hier bist du immer noch mein Sohn.» Sie reichte ihm einen Teller, beladen mit Brathuhn, Maisgrütze, grünen Bohnen und einem Salat aus Kirschwackelpeter und geriebenen Karotten mit einer Mayonnaisenrosette darauf.

Er bestrich sich ein Maisbrötchen mit Butter und aß es, während seine Mutter fortfuhr, Judes Garderobe zu bekritteln.

Jude, die mit hochgerutschtem Rock dasaß, die Füße hinter die vorderen Stuhlbeine gehakt, konzentrierte sich ganz auf die gläserne Göttin in der Mitte des Tischs. Schleierkraut und pastellfarbene Löwenmäulchen sprossen aus ihrem Kopf. Sie hatte einen Bogen in der Hand und einen Köcher mit Pfeilen auf dem Rücken. Um ihre Beine, die mit langen Sandalenriemen umschnürt waren, hüpfte ein Rudel Hunde.

«Danke, Momma», sagte ihr Vater. «Da hast du sicher recht.»

Jude sah zu ihm hinüber und kratzte sich am Hals, der von dem Spitzenkragen juckte. Er stimmte seiner Mutter oft zu, solange er vor ihr saß, um dann hinter ihrem Rücken doch das Gegenteil zu tun. Hoffentlich war es diesmal auch so.

Befriedigt wandte sich ihre Großmutter wieder ihrem eigentlichen Thema zu: der Geschichte der Belagerung Fredericksburgs, die ihr als Kind von einem beinlosen Soldaten im Veteranenspital erzählt worden war: «Als die Yankees über den Rapahannock setzten, versteckte sich Leutenant Stevens hinter einer Steinmauer, um sie unter Beschuß zu nehmen. Plötzlich sah er mitten im Kugelhagel ein kleines Mädchen hinter einer kullernden Granatenhülse herlaufen. Er stürzte hervor, packte die Kleine und trug sie in eine Seitenstraße, wo er eine junge Frau in einem schmutzigen, zerrissenen Kleid auf einem Trümmerhaufen sitzen sah.

‹Ma'am›, sagte er, ‹ist das Ihr kleines Mädchen?›

Sie und das Kind streckten die Arme aus. ‹Sir›, sagte sie, ‹meine Kuh liegt erschossen dort drüben in dem Schuppen. Sie können sie zerlegen und das Fleisch mitnehmen, wenn Sie möchten.›

‹Danke sehr, Ma'am›, sagte er, ‹aber die Yankees rücken rasch vor, und es wäre mir eine Ehre, wenn Sie jetzt auf der Stelle mit mir kommen würden.›

‹Oh, danke sehr, Sir›, sagte sie und nahm seine ausgestreckte Hand mit einem scheuen Lächeln, als habe er sie gerade zum Tanz aufgefordert. ‹Es spricht wohl nichts dagegen.›

Während er sie die Straße hinaufführte, explodierte neben ihnen eine Granate. Als er wieder zu sich kam, sah er ein hungriges Schwein an den Stümpfen lecken, wo seine Beine gewesen waren. Mutter und Kind lagen tot neben ihm. Ein Stück hügelabwärts sah er Yankee-Soldaten in eleganten Kleidern, die sie aus den Häusern geraubt hatten. Sie tranken erlesene französische Weine aus der Flasche und tanzten um ein Freudenfeuer aus Chippendale-Stühlen.

Natürlich», schloß Judes Großmutter, «standen unsere noblen Südstaatenkavaliere gegen diese Barbaren auf verlorenem Posten.»

Es war ihre Lieblingsgeschichte. Sie war zwar gut, aber Jude hatte sie schon hundertmal gehört.

«Und noch etwas, Daniel», sagte ihre Großmutter, während sie Milchsoße über ihr Brathuhn verteilte.

Er sah auf, und von den grünen Bohnen auf seiner Gabel tropfte langsam das Speckfett. «Ja, Momma?»

«Dieses arme Kind hat keine Mutter. Und wenn du dich weiter die ganze Nacht mit diesem Flittchen von der Intensivstation herumtreibst, hat es wohl bald auch keinen Vater mehr. Es ist in dieser Stadt nicht unbemerkt geblieben, daß Jude praktisch bei den Elkins' lebt, während du dich mit deiner Konkubine in irgendwelchen dunklen Gassen verlustierst.»

«Ja, Momma», sagte er, seine Bohnen kauend, «da hast du sicher recht.»

«Was ist ein Flittchen?» fragte Jude, während sie die Tapete über der Anrichte musterte, die mit einem weißen säulengeschmückten Herrenhaus verziert war, umgeben von Frauen in Reifröcken und Sonnenhauben. So mußte das Haus ihrer Mutter im Himmel aussehen. Irgendwann demnächst würde sie Jude holen, um sie dorthin mitzunehmen. Es stimmte nicht, daß sie keine Mutter hatte. Daß keiner ihre Mutter sehen konnte, hieß noch lange nicht, daß es sie nicht gab. «Was heißt verlustieren?»

«Momma, willst du uns nicht ein bißchen von der Provence erzählen?» sagte ihr Vater.

«Von der Provence? Oh, die Provence war wundervoll. Wißt ihr, ich glaube, die Provence gefällt mir fast so gut wie Virginia. Bis auf dieses seltsame Essen. Und diese merkwürdige Sprache, die niemand versteht, außer den Franzosen.»

Ihr Vater lachte und fuhr sich mit der Hand über seine Glatze. «Also wirklich, Momma, du bist der einzige Mensch, den ich kenne, der in der ganzen Welt herumreist und überall nur Virginia sucht. Warum fährst du nicht gleich nach Virginia?»

Sie seufzte und tupfte sich mit ihrer Leinenserviette die roten Lippen ab. «Ach, weißt du, Virginia ist nicht mehr das, was es einmal war. Früher, vor diesem schrecklichen Krieg, war es ein liebliches Land mit sanften grünen Hügeln, wo glänzende Kühe weideten und Schwarzdrosseln sangen...»

«Darf ich bitte aufstehen?» fragte Jude und legte ihre Serviette auf das Damasttischtuch. Sie wollte nicht schon wieder das Loblied auf die Freuden des Plantagenlebens hören.

«Was ist ein Flittchen?» fragte Jude Clementine, als sie am nächsten Morgen zur Schule aufbrechen sollte.

Clementine wischte gerade mit dem goldenen Zeug, das so gut roch und so scheußlich schmeckte, den Küchenboden. «Wo hast du das Wort denn aufgeschnappt, Miss Judith?»

«Meine Großmutter sagt, mein Daddy treibt sich mit einem Flittchen rum.»

Clementine grinste, auf den Stiel ihres Wischmops gestützt. «Wirklich? Schön für ihn.»

«Was ist ein Flittchen?»

«Ein Flittchen ist... na ja, eine Frau, die gern bißchen Spaß hat.» Sie stopfte eine kleine Haarspirale unter den Rand ihres Kopftuchs zurück.

«Aber was ist mit meiner Momma im Himmel?»

«Herzchen, sei froh, wenn dein Daddy eine Freundin gefunden hat. Er ist ein guter Mann, und er ist so lang so einsam gewesen. Das heißt nicht, daß er deine Momma weniger lieb hat. Ich würd sogar sagen, er und deine Momma, das ist Ewigkeitsliebe.»

«Was ist das?»

«Ewigkeitsliebe ist Liebe, die so lang hält, bis beide tot und begraben sind und in der Ewigkeit weiterleben. Das, was ich denk, was du mit Miss Molly hast. Ewigkeitsliebe hört gar nie auf, egal, was ist.»

4

Jude operierte auf dem Schreibtisch in ihrem Zimmer eine Puppe, die ihr ihre Großmutter gerade aus Indien mitgebracht hatte. Sie hatte ihr den rot-goldenen Seidensari ausgezogen und ihn beiseite gelegt. Jetzt schnitt sie ihr sorgsam mit einer Schere den Stoffbauch auf. Sie steckte die Finger in den Schnitt und zog den Ballen Füllwatte heraus, der das tote Baby war. Wenn das Baby draußen war, so hoffte sie, würde sie die Mutter retten können.

Als sie den Schnitt mit rotem Faden zugenäht hatte, bemerkte Jude, daß die Patientin nicht mehr atmete. Sie drehte sie auf den Bauch und machte Wiederbelebungsversuche, indem sie ihr in kurzen Abständen auf den Rücken drückte und die Ellbogen hochzog. Aber sie wollte immer noch nicht atmen.

Noch nie hatte Jude einen Patienten verloren. Es schnürte ihr die Kehle zu, sie konnte kaum schlucken. Sie stolperte über den langen Flurteppich in das Schlafzimmer ihres Vaters mit den limonengrünen Wänden, der goldenen Steppüberdecke, den Samtvorhängen. Sie suchte auf dem Boden seines Wandschranks nach einem Schuhkarton, weil sie vorhatte, hinten im Garten ein Grab auszuheben, als Grabstein wollte sie einen Backstein nehmen. Sie fand schließlich einen Sarg, aber er war dummerweise voller Briefe.

Jude trug den Karton in ihr Zimmer, ließ sich auf ihr Bett fallen und betrachtete die französischen Briefmarken auf einigen Briefen. Sie zeigten den Kopf einer Frauenstatue mit gewelltem Steinhaar. Die Briefe hatten sich ihre Eltern geschrieben, als ihr Vater im Krieg gewesen war. Sie zog einen aus einem Umschlag mit einer amerikanischen Adler-Marke. Das Papier war hellblau und die Schrift klein und kritzelig. Mitten auf der Seite entdeckte Jude ihren Namen.

Sie war jetzt in der zweiten Klasse und gehörte im Lesen zu den Besten, und so gelang es ihr mit Hilfe des Wörterbuchs ihres Vaters, den Abschnitt zu entziffern, in dem ihr Name stand. «Deine Mutter und ich sind letzte Woche mit der Bahn in unsere Bundeshauptstadt gefahren. An einem Nachmittag besichtigten wir die National Cathedral. Wir betrachteten gerade die wunderschönen Buntglasfenster, als wir plötzlich merkten, daß Jude, die ich auf der Hüfte trug, sämtliche Opferkerzen auf einem Ständer hinter uns auspustete. Liebling, ich habe mit unserem Prachtkind wirklich alle Hände voll zu tun! Wie ich diesen gräßlichen Krieg verachte! Er hat so viele Männer von ihren Frauen und Kindern weggerissen, die sie doch brauchen...»

Das Briefpapier roch nach dem Lieblingsparfüm ihrer Mutter. Jude schloß die Augen und erinnerte sich, wie sie immer auf dem blaßgrünen Teppich im Schlafzimmer ihrer Eltern gesessen hatte, während ihre Mutter sich für den Abend hübsch machte. Jude hatte die feinen Ränder ihrer Seidenstrümpfe an dem Strapsgürtel festmachen dürfen. Es hatte Jude fasziniert, wie die kleinen gepolsterten Knöpfchen in die Drahtösen geglitten waren. Danach hatte ihre Mutter sie gebeten, die Nähte hinten an ihren Strümpfen zurechtzuziehen. Nachdem ihre Mutter in ihr Kleid geschlüpft war, hatte sie das Kristallglasfläschchen mit dem Narcissus-Parfüm von ihrem Frisiertisch genommen und sich mit dem Stöpsel die Handgelenke, den Hals und die Stelle hinter dem Ohrläppchen betupft. Jude hatte ihr Handgelenk auch hingestreckt und einen Tupfer abbekommen. Wenn ihre Eltern weggegangen waren, hatte sie im Bett gelegen, das Handgelenk an die Nase gehalten und den lieblichen Blumenduft ihrer schönen, entschwundenen Mutter eingeatmet.

Jude hielt sich den Brief an die Nase, sog den Geruch tief ein und guckte auf das Foto auf ihrem Nachttisch, auf dem ihre Mutter in die Kamera lächelte, Wange an Wange mit Jude, das Gesicht von wallendem schwarzem Haar umrahmt wie das eines Ertrinkenden von Seetang.

Da fiel Jude die arme Puppe ein, die sie auf dem Operationstisch hatte liegenlassen. Sie stand auf, wiegte sie ein bißchen in den Armen, schmiß sie dann ganz hinten in ihren Wandschrank und schloß die Tür.

Jude versteckte den Schuhkarton unter ihrem Bett und machte sich immer wieder über die Briefe her, sobald die Luft rein war. Eines Abends fragte Clementine, als sie Maisbrot aus der Küche hereinbrachte: «Miss Judith, was machst du bloß immer allein auf deinem Zimmer, statt daß du rausgehst und mit den andern Kindern spielst?»

«Nichts. Lesen. Denken.»

«Mir scheint, wir ziehen hier eine kleine Intellektuelle heran, Clementine», sagte ihr Vater, während er den Hackbraten aufschnitt. Er trug immer noch die hellgrüne Arztkleidung aus dem Krankenhaus und sah sehr gut aus in dem Kerzenlicht, das sich auf seiner Glatze spiegelte.

«Was ist eine Interlektuelle?» fragte Jude und schwang ihre Beine vor und zurück, weil sie spielte, daß sie auf einer Schaukel saß und ganz hoch hinausflog.

Er lachte: «Intellektuelle sind Leute, die wissen, was das Wort ‹intellektuell› bedeutet.»

«So was will ich gar nicht werden», sagte Jude stolz. «Ich will Missionsärztin werden. Oder ich werde Schuhmacher und mache Mädchenschuhe, die nicht doof sind.»

«Kommt fast aufs selbe raus», sagte ihr Vater. «Im einen Fall bringst du Seelenheil und im andern machst du Sohlen heil.» Er kippte vor Lachen fast auf seinen Teller.

Jude freute es, daß er plötzlich so heiter war. Aber es beunruhigte sie, daß er nicht mehr auf das Bild von ihrer

Mutter in der Weinflasche starrte, wenn sie zusammen in seinem braunen Ledersessel saßen und John Cameron Swayze hörten. Ihre Mutter schrieb in ihren Briefen, wie sehr sie ihn vermißte, und er verlustierte sich in dunklen Gassen mit einem Flittchen. Das war nicht richtig.

«Was ist denn so witzig?» Jude sah Clementine an, in der Hoffnung, von ihr etwas über den Grund für die plötzliche Heiterkeit ihres Vaters zu erfahren.

Aber Clementine zuckte nur die Achseln und humpelte in ihren weißen Riesenschuhen in Richtung Küche. Offensichtlich machte ihr ihre Arthritis zu schaffen, was hieß, daß es Regen geben würde.

Ihr Vater seufzte. «Ich wünschte, es *gäbe* hier irgendwelche Intellektuellen», sagte er und reichte ihr die viereckigen Maisbrotscheiben, «die meine Bonmots zu würdigen wüßten.»

«Hier ist keiner, nur wir Hühner», sagte Clementine im Hinausgehen in übertrieben gedehntem Appalachentonfall. Es war die Pointe von einem Witz, den sie alle liebten.

Als Jude und Clementine loskicherten, schüttelte Judes Vater den Kopf.

Jude und Molly kletterten in den alten Army-Jeep von Judes Vater. Als Jude noch kleiner gewesen war, hatte er sie oft in eine Decke gewickelt, und sie auf dem Rücksitz weiterschlafen lassen, wenn er nachts irgendwo in den Bergen Krankenbesuche gemacht hatte. Wenn sie aufgewacht war, hatte sie sich zu den erleuchteten Fenstern geschlichen und durch die Scheiben große, dünne Farmersleute mit hageren, hohläugigen Gesichtern gesehen. Manchmal hatte sie zugeguckt, wie ihr Vater bei Laternenlicht Furunkel aufstach oder Wunden nähte.

Er fuhr mit ihnen durch die Wiesen hinter dem Haus ihrer Großmutter und durch die Wildwoods bergab. Die olivgrüne Motorhaube wippte und hopste, und hinten klapperte die Hebehydraulik. Unter ihnen erstreckten sich die Berge, eine huppelige, verrückt gemusterte Quiltdecke in Rostbraun und Zartlila, Senfgelb und Dunkelgrün.

Während sie in den flachen, goldenen Strahlen der untergehenden Sonne den schwarzen Uferschlamm siebten, erzählte Judes Vater Molly von der Mutter seines Großvaters, Abigail Westlake, deren Vorfahren jahrhundertelang in Rindenhütten hier am Fluß gelebt und in dem langsam dahinfließenden Wasser gefischt und an den steilen Hängen der Wildwoods gejagt hatten. Später hatten sie ein Blockhaus errichtet und auf dem fetten Boden des Talgrunds Mais angebaut und Vieh geweidet. Zu Abigails Zeit hatten sie bereits ein Bretterhaus gebaut, in Charleston Sklaven gekauft, den christlichen Glauben angenommen, Englisch gelernt und die Kleidung der Weißen zu tragen begonnen. Abigails Bruder heiratete eine Missionarin aus Baltimore.

Eines Tages kamen weiße Soldaten mit Gewehren, um sie zusammenzutreiben und in ein Reservat in Oklahoma zu führen. Als ihr Bruder zu fliehen versuchte, schoß ihn ein Soldat in den Kopf. Abigail, die gerade vom Kräutersammeln kam, beobachtete das Ganze von den Wildwoods aus und versteckte sich in einer Höhle, während unten eine weiße Familie, die sie noch nie gesehen hatte, in das Haus ihrer Familie zog.

Nach ein paar Tagen fand sie ein Farmer aus der Nachbarschaft, halbtot vor Kälte, Hunger und Angst. Er brachte sie in seine Hütte auf dem Bergkamm. Er war erst vor kurzem nach Amerika gekommen, nachdem er von seinem kleinen Hof in den schottischen Highlands vertrieben worden war. Er stellte die Leute in ihrem Haus zur Rede und befahl ihnen zu verschwinden. Nachdem sie das Haus fügsam geräumt hatten, brannten sie es bis auf die Grundmauern nieder. Judes Vater zeigte auf das Fundament, das jetzt von Virginia-

Creeper überwuchert war. Ein früher Frost hatte die Blätter blutrot gefärbt.

Von Verwandten, die den Zwangstreck nach Westen überlebt hatten, erfuhr Abigail, daß ihre Eltern und ihre Schwestern in den Ozarks an Typhus gestorben waren. Während sie wochenlang im Bett lag und ihren Lebenswillen wiederzufinden suchte, erzählte sie dem Farmer von den großen Tanzfesten in diesem Tal, zu denen die Krieger mit rotschwarzen Keulen, zinnoberrot bemalten Gesichtern und scharlachrot und schwarz umrandeten Augen erschienen waren. Sie erzählte ihm von ihren Vettern und Cousinen, die in hirschledernen Hosen und bestickten Jagdhemden von den Bergen herabgeritten waren, um den hitzigen Ballturnieren auf dem Spielfeld unten am Fluß zuzusehen. Von den Schamanen, die den Ballspielern in ihren Lendenschurzen mit Kämmen aus Truthahnschwanzfedern die Haut ritzten, damit ihnen das blutige Gittermuster Glück brächte. Und von den Sehern, die vor einiger Zeit begonnen hatten, sich die Gesichter schwarz zu bemalen und das Ende des Volkes der Cherokee zu verkünden.

Der Farmer erzählte ihr, wie sie ihm seine Hütte in den schottischen Highlands über dem Kopf abgebrannt hatten, weil er sich geweigert hatte, einer Schafherde zu weichen. Er erzählte ihr, wie seine Frau und sein Baby gestorben waren, während er sie aus den Flammen geholt hatte. Wie er und sein kleiner Sohn in Ullapool an Bord eines Schiffes gebracht worden waren, dessen Ziel niemand kannte. Wie er sich in Cape Fear in South Carolina wiedergefunden hatte und über die Smokies gezogen war, auf der Suche nach einem unbewohnten Fleckchen, wo er in Frieden ein Stück Land bebauen konnte. Und wie die Cherokee seine Farm überfallen, sein Vieh gestohlen und seinen Sohn verschleppt hatten.

Die Trauer schaffte Verbundenheit zwischen ihnen, und obwohl sie sonst nicht viel gemein hatten, verliebten sie sich ineinander und heirateten. Ihr Sohn, Judes Großvater, lernte als Kind von seiner Mutter, welche Teile welcher Pflanzen gegen welche Krankheiten halfen. Als er zum Mann herangereift war, kamen Menschen aus der ganzen Gegend zu seinem neuen Blockhaus, um sich Kräuterheilmittel geben zu lassen. Im Krieg zwischen den Staaten flickte er Soldaten beider Lager zusammen, aber er weigerte sich, sich auf eine Seite zu schlagen, da er von seiner Mutter nicht nur die Heilkunst übernommen hatte, sondern auch eine gewisse Skepsis hinsichtlich der Machenschaften des weißen Mannes, wie immer dessen erklärtes Credo lauten mochte.

Jude sah von ihrer Schaufel auf und musterte ihren Vater. Er hatte die gleiche große, gekrümmte Nase wie ihr Großvater – wie der Indianer auf dem Fünfcentstück. Und seine Wangenknochen waren so ausgeprägt, daß seine mahagonifarbenen Augen aus Höhlen herauszulugen schienen. Während er redete, wurde das Tal lebendig. Es füllte sich mit bemalten Kriegern, die in Kanus den Fluß hinauf paddelten und in den Wildwoods mit Pfeilen Hirsche erlegten. Mit Mannschaften von Spielern in Lendenschurzen: In Netzen aus geflochtenem Eichhörnchenfell, die an löffelförmigen Schlaghölzern befestigt waren, fingen sie die Bälle. Mit Soldaten, die mit ihren Bajonetten kleine Kinder vor sich hertrieben wie Vieh. Mit brennenden Häusern und schreienden Menschen.

Aber wenn ihr Vater zu reden aufhörte, verschwand alles wieder und das Tal verstummte, bis auf das Schnarren der Grashüpfer in der welken Luzerne und das Krächzen einer Krähe im Wipfel einer Platane.

Ihr Vater kratzte Erde von einem spitzen Steinsplitter und gab ihn Jude. Sie und Molly betrachteten ihn. Er war glänzend schwarz, mit einer weißen Ader in der Mitte und Flügelzacken auf der Oberseite, um ihn an einem Pfeilschaft festzubinden.

«Heb das gut auf», sagte ihr Vater. «Das hat vielleicht vor langer Zeit ein Cousin von dir gemacht.»

Jude prüfte die scharf zugehauenen Kanten der Pfeilspitze mit den Fingerspitzen. Sie fand es merkwürdig, daß das alles sein sollte, was geblieben war: diese kleinen Steinstückchen, sie, ihr Vater und die Geschichten ihres Vaters, die er von seinem Großvater hatte, dem sie wiederum von seiner Mutter erzählt worden waren. In der Schule spielten sie ‹Stille Post›; alle saßen im Kreis, einer flüsterte seinem Nachbarn etwas ins Ohr, der wiederum seinem Nachbarn und immer so weiter. Wenn die Botschaft einmal im Kreis herum war, kam etwas völlig Falsches oder Blödsinniges heraus.

Sie fuhren hinauf zum Wiggly-Piglet-Barbecue. Draußen blinkte ein Neon-Schweinchen, und darunter der Slogan: «Heute schon Schwein gehabt?» Ein High-School-Girl mit Cowboyhut und Cowboystiefeln nahm ihre Bestellung auf: Schweinebratensandwichs und Erdnußbutter-Milchshakes. Als das Mädchen davonstolzierte, verkündete Molly, es habe unter seinen Hot pants Gänsehaut gehabt.

Als die Kellnerin das Alutablett am Seitenfenster festgeklemmt hatte, fragte Jude: «Warum sollten die Soldaten Abigail Westlakes Familie nach Oklahoma bringen?»

«Die weißen Siedler wollten ihr Land», sagte ihr Vater, der die eingewickelten Sandwichs verteilte. «Der Boden am Fluß ist sehr fruchtbar, weil es dort jahrhundertelang immer wieder Überschwemmungen gab.»

«Aber das ist nicht richtig, Leuten einfach ihr Land wegzunehmen.»

Er lächelte leise, während er sein Barbecue auspackte und noch Extra-Soße aus einem kleinen Pappnäpfchen auf den Kohlsalat auf seinem Fleisch kippte. «Nein, es ist nicht gerecht. Aber die Cherokee waren arglos. Sie glaubten, daß das Land allen gehörte. Sie kamen gar nicht auf die Idee, daß es ihnen jemand wegnehmen könnte.»

«Aber du hast gesagt, sie hatten Sklaven?»

«Ja.»

«Schwarze Menschen wie Clementine, die umsonst alle Arbeit machen mußten?» Aus einem Lautsprecher auf dem Dach des Restaurants sang Hank Williams schallend laut «I can't help it if I'm still in love with you».

«Ja.»

«Aber das ist auch nicht gerecht», sagte Jude. Die Barbecue-Sauce war so scharf, daß ihr die Nase lief.

«Nein, das ist ungerecht. Äußerst ungerecht.»

Jude saß neben Molly auf dem Rücksitz, sog ihren Milchshake durch den Strohhalm und grübelte, wie dieselben Menschen gleichzeitig recht und unrecht tun konnten. Sie sah zu Molly hinüber.

«Hat es dich traurig gemacht, wenn dein Großvater dir diese Geschichten erzählt hat?» fragte Jude, während sie beobachtete, wie das Cowgirl die Bestellung von zwei Halbstarken mit zurückgeschmalztem Haar aufnahm, die in einem Kabrio mit hochgezogenem Heck und chromblitzendem Auspuff saßen. Auf dem Kotflügel stand PARTYGIRL. Sie und Molly hatten schon beschlossen, hier als Serviererinnen zu arbeiten, wenn sie groß waren, damit sie auch das Cowgirl-Kostüm tragen durften.

«Ja. Es hat mich traurig gemacht, daß Menschen einander so behandeln können. Das macht mich immer noch traurig.»

«Warum tun sie das?» fragte Jude, entschlossen, diese Frage ein für allemal zu klären.

«Tja, die große Frage aller Zeiten.» Er knüllte sein Einwickelpapier und seine Serviette zusammen und stopfte beides in die Papiertüte.

«Aber wie lautet die Antwort?»

«Jude», sagte er, «ich fürchte, du wirst zu den Menschen gehören, die ihr Leben lang nach dieser Antwort suchen.»

«Aber wie lautet sie?» fragte Jude. Sie war so kribblig, als ginge es um einen Witz, dessen Pointe alle kannten, nur sie nicht.

«Tja, ich weiß es nicht genau, Kleines.» Er drehte sich um und betrachtete sie im Licht des blinkenden Neonschweins. «Die Cherokee haben immer gesagt, daß alle Geschöpfe, so unterschiedlich sie aussehen mögen, Erscheinungsformen des Großen Geistes sind. Und daß die, die andern unnötig Schaden zufügen, das Gleichgewicht des Universums stören und sich somit selbst schaden. Aber heute fühlen sich offenbar die meisten Leute als Einzelwesen, als etwas Besseres, und deshalb macht es ihnen nicht so viel aus, anderen weh zu tun.»

«Was glauben Sie?» fragte Molly.

«Was man durch Erfahrung weiß, ist keine Sache von Glauben oder Nicht-Glauben.»

Jude und Molly sahen ihn verständnislos an.

«Das heißt, ich sehe es so wie die Cherokee», sagte er.

Jude und Molly blickten sich an. Jude dachte, wenn jemand Molly weh täte, würde sie selbst den Schmerz auch spüren. Aber wenn jemand Ace Kilgore weh täte, wäre sie froh. Wohin gehörte sie dann?

Dein Daddy ist sehr nett, signalisierte Molly in Wolfssprache, während er ihren Abfall zur Mülltonne brachte und das Tablett dem gänsehäutigen Cowgirl zurückgab. Jude war stolz auf ihn.

Da Mollys Eltern verreist waren, übernachtete sie bei Jude und brachte ihr ein neues Spiel bei, das sie gerade erfunden hatte und das Pekannuß hieß. Jude lag auf Molly, Bauch an Bauch, Brust an Brust, Nase an Nase. Sie guckten sich schielend in die Augen. Dann fing Molly an zu kichern. Jude fühlte Mollys Brust und Bauch unter ihrem Körper beben und wogen und mußte ebenfalls kichern. Bald konnte sie nicht mehr sagen, wer kicherte und wer nicht.

Molly packte Jude an den Handgelenken und zwang sie

auf den Rücken. Dann rappelte sie sich auf die Knie und hockte sich rittlings auf Judes Brust. Sie nagelte Judes Arme über ihrem Kopf fest. Keuchend und mit triumphierender Miene sah sie auf Jude herab. Ihre Augen glühten, sie schienen plötzlich lila zu sein. «Ich würde dich auch mit einer Hand unterkriegen», verkündete sie mit ihrer heiseren Stimme.

«Wahrscheinlich hast du recht», sagte Jude. Aber sie hatte sich auch nicht besonders heftig gewehrt, da sie viel zu gespannt gewesen war, was Molly als nächstes vorhatte.

Ehe sie einschliefen, stellten sie einmütig fest, daß Pekannuß ein tolles Spiel war und daß sie es ganz oft spielen mußten, wobei sie sich mit dem Obenliegen abwechseln würden.

Durch die kahlen Äste vor der Öffnung der Höhle sah Jude hinunter auf den Fluß, der sich durch das Tal wand wie eine braune Schlange. Kühe standen bis zu den Knien im Wasser, und die schwarzen Flecken auf ihren geschwungenen Flanken sahen aus wie Kontinente auf einem Globus. Ein Habicht mit gespreizten Schwingen stieß hinab und schwang sich wieder empor, segelte dann in einer Windspirale aufwärts, die vom Tal herüberwehte. Die Smokies wellten sich wie blaue Sanddünen bis ans Ende der Welt. Feine Rauchfetzen stiegen aus den Talbuchten, wo Farmer ihren Tabak fermentierten.

Etwa zehn Meter tiefer befehligte Ace brüllend die patrouillierenden Commie-Killer, nicht ahnend, daß Molly und Jude hier oben saßen. Judes Vater hatte ihnen diese hoch am Felshang hinter einem dichten Gestrüpp von Berglorbeer verborgene Höhle gezeigt. Hier hatte sich auch Abigail Westlake versteckt, während unten die Soldaten ihre Familie davontrieben. Jude und Molly saßen mucksmäuschenstill auf einem Teppich aus Tannennadeln und spielten

Treck der Tränen. Sie hatten sogar Sidney dazu gebracht, sein friedliches Gehechel einzustellen.

Obwohl Jude ihr Bestes tat, Ace aus dem Weg zu gehen, beäugte sie ihn doch manchmal verstohlen auf dem Schulhof, im Pausenraum oder irgendwo draußen. Wenn sie und Molly Wolfsjungen waren, die unerkannt am Rand des Waldes zurechtzukommen suchten, dann war Ace ein Wolfsjunge, der sich geweigert hatte, die Wildnis zu verlassen. Er war völlig ungezähmt – beängstigend, aber auch faszinierend.

Die Commie-Killer stürmten im Namen der nationalen Sicherheit hangabwärts. Jerry Crawford, Aces bester Freund, bildete die Nachhut. Er war um einiges größer als Ace, duckte sich aber immer, um ihn nicht zu überragen. Zwei andere, Zwillingsbrüder mit glänzendem dunklem Haar, die Jude und Molly «die Pantherzwillinge» nannten, waren stärker und schneller als Ace. Aber sie zockelten immer hinter ihm her wie brave Wachhunde und führten seine schändlichen Befehle ohne jedes Zögern aus.

Als ihr Gebrüll verhallte, zog Jude Butterkekse und Erdbeerlimonade aus ihrem Rucksack. Sie reichte Molly eine Schokoladenzigarette und zündete sie ihr mit einem imaginären Streichholz an. Die Zigarette lässig im Mundwinkel, teilte Molly Karten für eine Runde Hin-und-weg aus. Sie stellten ihre Limoflaschen beiseite und begannen zu ziehen, zu tauschen und abzulegen, nach einem komplizierten System, das nur sie allein durchschauten, da dieses Spiel, bei dem die niedrigen Karten mehr zählten als die hohen, ihre eigene Erfindung war. Sie pafften und johlten, kicherten und fluchten.

Als das Spiel zu Ende war, legten sie mit den Karten den Grundriß der Hütte, die sie sich oben auf dem Kliff bauen würden, wenn sie groß waren. Sie würde voller Bücher und Schallplatten sein und ein Extrazimmer zum Zeichnen und Malen haben. Draußen würde es einen Stall für ihre Hunde und Pferde geben und eine umzäunte Koppel. Bezahlen würden sie das alles von dem Geld, das sie im Wiggly Piglet verdienten.

Jude musterte den Grundriß, der sich über den ganzen Tannennadelteppich erstreckte. «Wofür ist das Zimmer da?» fragte sie und zeigte mit dem Finger auf eins der Kartenrechtecke.

«Das hab ich noch angebaut», sagte Molly. «Für unsere Babys. Wir können ja jede eins kriegen.»

Jude sah sie an. «Oh, nein, auf gar keinen Fall ...»

«Aber das wäre doch lustig.»

«Babys bringen einen um.»

«Nicht immer.»

«Molly, ich will nicht, daß du stirbst. Versprich mir, daß du kein Baby kriegst.»

«Okay. Reg dich nicht auf, Jude. War nur so eine Idee.»

Mit einem Knoten im Magen sah Jude aus der Höhlenöffnung. Eine große weiße Wolke driftete vorbei wie ein gigantischer Wattebausch. Ihre Mutter lag darauf, in einem Badeanzug mit Röckchen, eine weiße Rose im schwarzen Haar.

«Ist was?» fragte Molly.

Jude hatte noch nie jemandem erzählt, daß sie manchmal ihre Mutter sah. Alle sagten, sie sei tot. Aber Molly war ihre beste Freundin. Sie erzählten sich doch alles. «Da ist meine Mutter.»

Molly guckte sich in der Höhle um. «Wo?»

«Da draußen. Siehst du die Wolke da?»

Molly guckte aus der Höhlenöffnung. «Ja, sieht wirklich fast aus wie eine Frau.»

«Nein, ich meine, meine Mutter ist auf der Wolke drauf. Sie liegt auf diesem Dings, das aussieht wie ein Thronsessel. In einem Badeanzug. Jetzt winkt sie uns.»

Molly starrte lange auf die Wolke. «Ich seh sie nicht, Jude», sagte sie schließlich.

«Echt nicht?» Jude blinzelte ein paarmal und sah dann wieder auf die Wolke. Ihre Mutter war immer noch da und warf ihr eine Kußhand zu.

«Nein, Jude. Aber ich glaube dir, daß sie da ist.»

Aber die Runzeln auf Mollys Stirn gingen nicht weg, auch nicht, als sie noch eine Runde Hin-und-weg spielten.

Schließlich ließ Jude ihr Blatt auf die Tannennadeln sinken. «Was ist?» fragte sie. Sie hatte Angst, Molly wollte vielleicht keine beste Freundin, die Gespenster sah.

«Nichts.»

Jude sagte achselzuckend: «Ist okay, wenn du's nicht sagen willst.»

Nach langem gespanntem Schweigen, das nur Sidneys Gehechel unterbrach, sagte Molly: «Noreen hat heute in der Schule einen Zettel rumgehen lassen, wo draufstand, wir wären Verliebte.»

«*Was?* Das ist ja wohl das Dümmste, was ich je gehört habe.»

«Und in der Nachmittagspause haben sie und ihre blöden Freundinnen alle gesungen: ‹Jude und Molly sitzen im Gebüsch und k-ü-s-s-e-n sich ...›»

«Aber ich kann gar nicht küssen», sagte Jude empört.

«Echt nicht?»

«Wie sollte ich denn?»

«Ich kann's dir ja beibringen», erbot sich Molly.

Jude sah sie überrascht an. «Woher kannst du's?»

«Ich beobachte manchmal meine Eltern – abends im Wohnzimmer, wenn sie denken, ich schlafe. Ich schleiche mich halb die Treppe runter und gucke durchs Geländer.» Sie legte die Karten weg, führte den Handrücken an den Mund und öffnete die Zähne, als wollte sie ein Stück herausbeißen. Dann preßte sie die Lippen fest auf ihre Hand, schloß die Augen und drehte Hand und Kopf in entgegengesetzte Richtungen.

«Okay. Versuch's mal», sagte sie zu Jude.

Jude tat es ihr nach und saugte mit gespielter Inbrunst an ihrem Handrücken.

«Gut», sagte Molly. «Jetzt probier mal das hier.» Sie umfaßte die Hand, die sie küßte, mit der anderen, drehte den Mund zur Seite und flüsterte: «Oh, Schatz, ich liebe dich so.»

«Oh, Schatz, ich liebe dich so», flüsterte Jude ihrer Hand zu, während sie sich vorzustellen versuchte, wie Mollys Mutter, die zart und zerbrechlich war wie eine Blüte, etwas so Widerliches mit Mollys Vater machte, der wie ein struppiger, schwarzer Bär aussah und auch so brummte.

«Genau. Du hast's kapiert», sagte Molly zufrieden.

«Aber warum läßt uns Noreen nicht einfach in Ruhe?» fragte Jude und ließ ihre begehrenswerte Hand in den Schoß fallen. «Wir haben ihr doch nichts getan.»

«Momma sagt, daß sie uns ärgert, heißt, daß sie uns mag.»

Sie ließen diese Perle der Erwachsenenweisheit eine ganze Weile auf sich wirken. Es klang ziemlich weit hergeholt.

«Was meinst du, was wir tun sollen?» Jude streckte sich auf den glatten, duftenden Tannennadeln aus, die Hände hinter dem Kopf.

«Vielleicht mußt du ihr beweisen, daß du ein Mädchen bist.»

«Wie?»

«Wenn du ihr zeigst, daß du keinen von diesen blöden Penissen hast, weiß sie, daß du kein Junge bist. Und wenn du kein Junge bist, können wir auch keine Verliebten sein.»

Jude kicherte. «Vielleicht wäre es besser, wenn wir einfach nicht so viel zusammen wären.»

«Wir lassen uns nicht auseinanderbringen», sagte Molly. «Das schafft keiner.»

Sie sahen einander zweifelnd an.

«Nein», sagte Molly.

«Aber wenn wir uns in der Schule gar nicht beachten»,

insistierte Jude, «werden sie denken, wir können uns nicht mehr leiden, und dann lassen sie uns in Ruhe.»

«Wir könnten uns ja trotzdem jeden Tag hier treffen», sagte Molly. Sie schien erleichtert.

«Ja. Hier sind wir sicher. Hier findet uns niemand.»

Als Jude an diesem Abend mit ihren Hausaufgaben fertig war, zog sie sich ihren Schlafanzug an und zerrte den Schuhkarton unter ihrem Bett hervor. Sie fischte einen von den Briefen ihrer Mutter heraus, schlüpfte unter die Decke und entzifferte einen weiteren Abschnitt: «Als wir heute nachmittag bei deinen Eltern im Garten waren und ich zuguckte, wie dein Vater seinen Golfball über den Fluß schlug, holte sich Jude einen Pappkarton aus der Garage. Sie spießte einen Stock senkrecht hinein und hängte ein Geschirrhandtuch drüber. Als ich sie fragte, was sie da mache, erklärte sie, sie baue ein Schiff, damit sie den Fluß hinunter und übers Meer segeln und ihren Daddy in Frankreich besuchen könne. Unser Kind ist wirklich das Licht meines Lebens in diesen finsteren Zeiten, Liebling. Ich danke dir für sie und für die Liebesnächte, die sie hervorgebracht haben.»

Lächelnd las Jude den Abschnitt noch ein paarmal. Sie war das Licht im Leben ihrer Mutter gewesen. In diesem neuen Wissen so geborgen wie in den Armen ihrer Mutter, schnupperte sie den Parfümduft des Briefes, liebkoste ihren Handrücken mit den Lippen und dachte daran, wie ihre Mutter sich in ihrem langen, glänzenden Nerzmantel über Judes Bett gebeugt und ihr die leuchtend roten Lippen auf die Wange gedrückt hatte. Wenn sie aufgewacht war, bevor ihre Eltern heimkamen, war sie aufgestanden und hatte in den Spiegel geguckt und den roten Lippenabdruck auf ihrer Wange berührt und gewußt, daß bald alles wieder gut sein würde.

Am nächsten Tag spielte Jude gerade mit den anderen Zweitkläßlern ‹Der Stier ist los›, als sie sah, wie Molly

Noreen half, das lange Gras in der entgegengesetzten Ecke des Hofs zu einem Labyrinth miteinander verbundener Kuhlen herunterzutrampeln. Noreen war offenbar Mutter Hase und Molly der Vater. Die anderen Mädchen waren wohl die Hasenbabys, da sie daumenlutschend und näschenwackelnd durch die Grasgemächer hoppelten.

Jude suchte Mollys Blick und funkelte sie finster an. Als Noreen gerade nicht hinsah, signalisierte Molly in Wolfssprache: Keine Angst. Du wirst immer meine beste Freundin sein. Ich werde niemals mit Noreen Pekannuß spielen.

Inzwischen hatte Oscar, der zweimal sitzengeblieben war und doppelt so groß war wie die anderen Zweitkläßler, die kleine, schwächliche Mary, die Judes Hand hielt, als schwächstes Glied in der Kette seiner Widersacher identifiziert. Er stürmte mit hervorquellenden Augen und geblähten Nüstern auf die beiden zu. Als Jude vor seinen stampfenden Füßen zu Boden ging, blendete sie den Schulhof einfach aus, als drehte sie den Senderknopf am Radio weiter.

Und da war ihre Mutter. Sie stand in ihrem langen Nerzmantel im Portal ihres himmlischen Herrenhauses und erwartete Jude mit ausgebreiteten Armen.

«Wie ist es dir ergangen, du Licht meines Lebens?» fragte sie.

Jude hatte ihren Wecker auf Mitternacht gestellt. Sie schlich ins Schlafzimmer ihres Vaters und lauschte seinem leisen, gleichmäßigen Schnarchen. Sie hatte ein schlechtes Gewissen, weil sie ihn wecken mußte, wo er doch immer so hart arbeitete, aber es ging nicht anders.

«Daddy?» flüsterte sie.

Er fuhr aus tiefem Schlaf hoch, trainiert durch lange Jahre nächtlicher Störungen in Gestalt von Menschen, die an die Hintertür pochten, um blutüberströmte Opfer ländlicher Familienfehden zu ihm zu bringen.

«Ich hab gekotzt», verkündete sie mit ihrer jämmerlichsten Stimme. Es war nur eine kleine Lüge, weil ihr tatsächlich die ganze Zeit zum Kotzen war, seit sie Molly mit Noreen Vater Hase hatte spielen sehen.

Er fühlte mit kühler Hand ihre Stirn und Wangen. Dann stand er auf, brachte sie wieder in ihr Zimmer, deckte sie gut zu, legte ein Handtuch vor ihr Bett und sagte, sie solle ihn rufen, wenn es noch mal passierte.

Am nächsten Morgen kam er in seinem marineblauen Cordbademantel in ihr Zimmer und steckte ihr ein Thermometer in den Mund, bevor er ins Bad ging, um sich zu rasieren. Als er draußen war, hielt sie das Thermometer an die Birne ihrer Nachttischlampe. Dann rubbelte sie sich wild mit der Wolldecke über Brust und Arme, bis sich so etwas wie ein rötlicher Ausschlag einstellte.

Als ihr Vater in einem weißen Hemd und nach Zimttoast duftend wiederkam, las er das Thermometer im Lampenlicht ab, legte eine leicht feuchte Hand auf ihre Stirn, fuhr prüfend mit den Fingerspitzen über den Ausschlag und befahl ihr, heute im Bett zu bleiben.

Das Ergebnis war, daß Jude die ganze Woche im Bett verbrachte, das Essen genoß, das Clementine ihr auf einem Tablett brachte, und Arthur Godfrey im Radio hörte, während Clementine neben ihrem Bett bügelte. Ihr Vater durchforstete die Krankenhausbibliothek nach einer Erklärung für den mysteriösen Ausschlag und das Fieber. Molly kam jeden Nachmittag nach der Schule vorbei und brachte ihr Bonbons oder Kekse, die sie in ihrer Lunchbox aufgespart oder von ihrem Taschengeld in dem Drugstore am Highway gekauft hatte.

«Wie geht's Noreen?» fragte Jude jeden Nachmittag.

Und jeden Nachmittag antwortete Molly mit abgewandtem Blick: «Gut.»

Wenn Molly gegangen war, zog Jude den Brief hervor, in

dem ihre Mutter sie das Licht ihres Lebens nannte. Sie schnupperte seinen Duft und dachte daran, wie sie die Waden ihrer Mutter gestreichelt hatte, wenn sie die Nähte hinten an ihren Strümpfen hatte zurechtrücken dürfen.

Am Freitag nachmittag antwortete Molly auf Judes immergleiche Frage: «Wir haben uns gestritten, Noreen und ich. Wir reden nicht mehr miteinander.»

Zur Erleichterung ihres Vaters war Jude zum Wochenende wieder auf den Beinen.

Am Nachmittag nach Judes plötzlicher Genesung von ihrer geheimnisvollen Krankheit arbeiteten sich Jude und Molly mit ihren Rucksäcken durch das Gewirr von Felssimsen und Lorbeersträuchern die Wildwoods hinauf. Sie hatten befunden, daß es sicher gut wäre, in ihrer Höhle Pekannuß zu spielen, um nach dieser schwierigen Woche einen neuen Anfang zu machen. Doch als sie unter dem Kalksteinvorsprung ankamen, fanden sie abgehackte, welkende Lorbeerzweige auf dem grünen Waldboden. Und auf dem hellgrauen Fels stand in großen roten Buchstaben TOD DEN MANNWEIBERN!

Im Innern der Höhle lagen ihre Spielkarten, zerfetzt und zerknüllt, über den ganzen Nadelteppich verstreut. Und mitten auf dem Boden, kalt und steif und mit einem Halsband aus Blut um die Kehle, war ein Baby-Kaninchen. Molly und Jude sahen sich an.

«Ich glaube, wir müssen mit Sandy reden», flüsterte Jude und tastete nach Mollys Hand.

Molly entzog sie ihr, um in Wolfssprache zu signalisieren: Laß uns hier abhauen, sie haben sich vielleicht irgendwo versteckt und beobachten uns.

Sandy ließ die Baumhausleiter hinab, und sie kletterten hinauf, als sei ein Schwarm wild gewordener Hornissen hinter ihnen her. Aus einem Plattenspieler in der Ecke schrie jemand in den höchsten Operntönen. Eine große schwarze Schreibmaschine stand auf dem Tisch. Überall lagen Papierstapel herum.

«Ich schreibe einen Roman», sagte Sandy, dessen blondes Haar so verstrubbelt war, als hätte er sich mit dem Handmixer gekämmt. «Es geht um Entfremdung auf dem Pausenhof. Das ist eine Metapher für das Leben.»

«Was ist Entfremdung?» fragte Molly, während sie sich im Schneidersitz auf dem Teppich niederließen.

«Was ist eine Metapher?» fragte Jude.

«Ach, egal», sagte Sandy seufzend. «Was gibt's?»

«Wir haben Probleme», sagte Jude.

«Wie üblich.» Sandy lächelte verkniffen. «Was ist es diesmal?»

«Du hast bestimmt schon diesen Tratsch in der Schule gehört», sagte Molly. «Daß Jude und ich Verliebte sind?»

Er nickte. «Die Lösung ist ganz einfach. Ich wollt's euch die ganze Zeit schon sagen, aber ihr habt mich ja nicht gefragt.»

«Was?» riefen Jude und Molly im Chor.

«Tragt Kleider und Spangenschuhe.»

Sie sahen sich an.

«Das ist die einzige Möglichkeit.» Sandy zeigte auf die Socken und Sandalen an seinen Füßen. «So laufe ich zu Hause rum, aber in der Schule trage ich Basketballstiefel. Ich spiele Softball, obwohl ich Schach lieber mag. Wenn ihr so ausseht wie sie und tut, was sie tun, lassen sie euch in Ruhe. Wenn ihr allein seid, könnt ihr ihr selbst sein. Spielt ihr Spiel, aber seid euch drüber im klaren, daß es ein Spiel ist. Tut einfach so, als wärt ihr Doppelagenten. Wie in ‹Meine drei Leben›. Das ist das Thema meines Romans: die Kluft zwischen Schein und Wirklichkeit. Er heißt *Die Nackten und die Bekleideten*.»

«Könnte hinhauen», sagte Molly. Sie musterte Jude und fing an zu kichern.

«Was?» fragte Jude.

«Du in diesen blöden Spangenschuhen!» Molly wälzte sich vor Lachen auf dem Teppichboden. Sandy und Jude taten es ihr nach, und das Baumhaus wackelte auf seinen Ästen.

Als sie sich wieder beruhigt hatten und japsend auf dem Boden lagen, sagte Molly: «Sandy, du bist ein Genie.»

«Das sagt man mir nach.»

An diesem Abend las Jude im Bett einen weiteren Abschnitt aus den Briefen ihrer Mutter, mit der Taschenlampe unter der Bettdecke verkrochen. Diese Heimlichtuerei war unnötig, da ihr Vater sie aufbleiben ließ, solange sie wollte. Aber die Schule zeigte Wirkung: Sie begann den Kitzel der Angst vor dem Erwischtwerden durch eine strafende Autorität zu genießen.

«Liebling, Jude wacht nachts auf und schreit, und nichts kann sie trösten, es sei denn, ich nehme sie zu mir ins Bett. Im Halbschlaf stelle ich mir manchmal schon beinahe vor, du wärst es, der da neben mir liegt. Sie ist ein amüsantes kleines Geschöpf, aber ich brauche dich, Liebster, ich brauche das, was nur du mir geben kannst. Du bist mir alles...»

Jude zerriß den Brief in kleine Fetzchen, brachte sie ins Bad und spülte sie die Toilette hinunter. Dann stopfte sie den Schuhkarton ganz hinten in ihren Schrank und legte ihre tote Puppenpatientin oben drauf. Es war nicht so wichtig, ob ihre Mutter sie am liebsten hatte oder nicht, denn Molly und sie würden Spangenschuhe tragen und den Rest ihres Lebens gemeinsam in ihrer Hütte auf dem Kliff verbringen.

5

Eines Nachmittags bremste Ace sein Fahrrad direkt vor ihnen, als sie von der Schule am Hang über dem Highway nach Hause marschierten. Er trug helle Baumwollhosen mit einer Fahrradklammer am einen Bein, ein Oxfordhemd mit Nadelstreifen und makellos weiße Slipper, und er roch nach Old Spice. Ein leichter Schatten überzog seine Oberlippe, und sein kastanienbraunes Haar war mit Pomade zu einer starren Bürste frisiert. Er lächelte, daß seine Zahnspange in der schwachen Herbstsonne glitzerte, und sagte mit überkippender Stimme: «Hey, Mädels. Wie geht's?»

«Gut, danke», sagte Jude und musterte ihn mißtrauisch über die Bücher hinweg, die sie mit beiden Armen an ihre Brust drückte. Er hatte immer noch dieselben stumpfen, dunklen, gequälten Augen, aber alles andere an ihm schien anders, seit er auf der Junior High war. Sie und Molly hatten gehört, daß die Commie-Killer jetzt einen Tanzkurs im Jugendzentrum machten, für den Fall, daß die Absolventinnen von Miss Melroses Benimmkursus sie für den Debütantinnenball im Virginia Club zu ihren Begleitern erkoren. Die Vorstellung von einem Saal voll solcher Gorillas, die in Smoking, kariertem Kummerbund und passender Fliege übers Parkett walzten, hatte ihnen schon so manchen Lachanfall beschert.

«Toller Tag heute», sagte er.

Als sie zusammen weitergingen, bemerkte Jude, daß er an der Hand, die das Fahrrad schob, bis aufs Fleisch abgekaute Nägel hatte.

«Ganz nett», sagte Molly und musterte diesen adretten jungen Rotarier neugierig aus dem Augenwinkel.

Seit Jude und Molly vor drei Jahren dazu übergegangen waren, in der Schule Röcke anzuziehen, konnten sie zusammen in der Cafeteria essen und auf dem Schulhof herumlaufen, ohne von Noreen oder Ace und deren Cliquen behelligt zu werden. Und nach der Schule schlüpften sie in ihre Jeans und preschten auf ihren neuen Pferden durch die Wildwoods und den Fluß entlang. Jude machte es eigentlich gar nicht viel aus, daß ihr Vater seine Krankenschwester geheiratet und aus der Intensivstation in ihr Haus geholt hatte, denn sie übernachtete jetzt meistens bei Molly, wo sie mit Sidney unter dem gepunkteten Baldachin lagen, aneinandergekuschelt wie ein Wurf junger Hunde. Das einzig Störende an diesem Arrangement war, daß sie manchmal mitten in der Nacht aufwachte und Mollys Eltern in deren Schlafzimmer streiten hörte. Manchmal rumste es, als ob jemand etwas durch die Gegend warf. Und dann weinte Mollys Mutter. Aber Molly schien das alles einfach zu verschlafen.

«Hört mal, Mädels», sagte Ace und fuhr sich mit der Hand über seinen neuen Bürstenhaarschnitt. «Mill Valley hat Tidewater Estates zu einem Football-Spiel herausgefordert. Aber wir sind nur acht Spieler. Wär's vielleicht möglich, daß ihr zwei mitspielt?»

Molly und Jude sahen sich an. Womöglich war das ein Trick. Die alten Wunden waren zwar verheilt, aber die Narben waren immer noch Mahnung genug.

«Wir brauchen ein vollständiges Team, sonst haben wir keine Chance.» Er lächelte sie gewinnend an, und Jude dachte, daß er bestimmt eine steile Karriere als Pferdehändler vor sich hatte.

«Dann wären wir aber trotzdem erst zehn», sagte Molly und bückte sich in ihrem gestärkten Stufenrock, um ihren einen weißen Kniestrumpf hochzuziehen.

«Fällt euch sonst noch jemand ein?»

«Wie wär's mit Sandy?» fragte Jude.

Ace lächelte höflich. «Sandy?» fragte er skeptisch. «Sandy Andrews? Sandy Andrews auf einem Football-Feld?»

«Ich habe letztes Jahr mit ihm Werfen geübt», sagte Jude. «Damals hat er gerade an seinem Aerodynamik-Projekt für den Bezirks-Physikwettbewerb gearbeitet. Und glaub mir, Sandy versteht was vom Werfen.»

«Wenn Sandy nicht mitspielt, spielen wir auch nicht», erklärte Molly.

Ace seufzte und lächelte großmütig, ein völlig neuer Bestandteil seines eher begrenzten mimischen Repertoires. «Okay. Aber ihr müßt ihn fragen. Mich kann er nicht besonders leiden.»

«Ich weiß nicht, ob das so gut ist», sinnierte Jude, als Ace den Hügel hinab davonfuhr. «Clementine sagt immer, Leoparden legen ihre Flecken nicht ab, es sei denn, man schrubbt sie tüchtig.»

«Aber er sieht ganz schön geschrubbt aus», sagte Molly. «Wir können ihm doch eine Chance geben. Wenn er uns nervt, steigen wir einfach aus.»

Auf der Wiese, die einst ihre Schützengräben durchzogen hatten, sahen die ehemaligen Commie-Killer verblüfft zu, wie Sandy immer wieder den Ball über die Köpfe der attakkierenden Tackles in Judes oder Mollys ausgestreckte Arme warf. Beeindruckt, ernannte ihn Ace zum Quarterback und Jude und Molly zu Ends.

Dann teilten sie sich in zwei gegnerische Reihen auf. Immer wieder lauerten sie wie dreibeinige Pit-Bulls, um dann auf ein Signal von Ace hin zusammenzuprallen. Beim zehntenmal krachte Aces Schulterpolster gegen das von Molly. Er grinste sie mit zusammengebissenen Zähnen an und trieb sie rückwärts über das Feld, während sie wilde Grimassen schnitt und mit aller Kraft versuchte, ihre Stollen in den Grasboden zu graben und ihn aufzuhalten.

Beim anschließenden Tackling-Training stürzte sich Ace immer wieder im Flug auf Molly, riß sie zu Boden und begrub sie unter sich. Einmal blieb er einfach wie ein Zementsack auf ihr liegen und grinste zu Jude empor, während sich Molly unter ihm bäumte und wand.

«Runter, du fetter Kloß!» schrie Molly.

Jude spürte, wie sich ihre Hände zu Fäusten ballten, während sie dastand und zuguckte. Offenbar hatte auch der geläuterte Ace Kilgore noch ein paar seiner alten Tricks auf Lager.

Nachsichtig lachend, ließ er sich von Molly seitlich abwälzen.

«Geh doch zum Teufel, du Arsch», fauchte sie, während sie sich mit rotem Gesicht und schiefem Helm hochrappelte.

Jude beugte sich zu ihr und fragte leise: «Bist du okay?»

«Klar bin ich okay», schnappte sie und funkelte Ace finster an, während sie ihren Helm zurechtrückte.

Wolken sausten wie Hockey-Pucks über den knallblauen Himmel. Noreens Truppe trug rot-weiße Cordröcke, zweifarbige Halbschuhe und Pullis mit dem Emblem der Junior High School. Die meisten hatten flotte Pferdeschwänze.

«Mädchen?» riefen die Mill Valley Butchers, als sie von ihren Rädern stiegen und Mollys schwarze Zöpfe unter ihrem leuchtend roten Helm hervorhängen sahen.

«Die da kenn ich», sagte einer und zeigte auf Jude in ihrem roten Trikot und den gepolsterten khakifarbenen Kniehosen. «Die ist erst in der Fünften.»

«Die Commandos spielen mit Fünftkläßlerinnen! Oh, Mann!» Sie schlugen sich fassungslos lachend auf die Helme.

«Wenn das hier rum ist, lacht ihr nicht mehr», fauchte Ace hinter seinem Plastik-Gesichtsschutz.

«Das wollen wir erst mal sehen, Bubi», höhnte Joe Sneed, «wir stampfen euch in Grund und Boden.»

Joes großer Bruder Clyde, ein ehemaliger High-School-Football-Star, der bei den Marines war und gerade Urlaub hatte, machte den Schiedsrichter. Die Jungs beider Teams guckten immer wieder zu ihm hinüber, als er jetzt auf dem Feld stand, mit seinem strengen blonden Militärschnitt und aufrecht wie ein Linienrichterstab. Er hatte das Ausbildungscamp in Paris Island überlebt und in Korea Kommunisten getötet.

Die Butchers gewannen die Auslosung, und Joe verwandelte den Kickoff der Commandos in einen Touchdown, indem er wie ein Schlachtroß durch das scharlachrote Laub stampfte, das wie ein Schwarm Kardinalsvögel von den Wildwoods her über das Feld wehte.

«Tut mir leid, Jungs», murmelte Joe den Butchers zu, als sie über das Feld zurücktrabten, wobei ihre Schulterpolster wie Sättel hüpften. «Hätt ich mir gleich denken können, daß das hier reine Zeitverschwendung ist.»

Sandy spazierte eine Zeitlang in seinen Stollenschuhen auf dem hinteren Feld herum, die Hände in die Hüften gestemmt. Er beobachtete die Butchers und prüfte mit angefeuchtetem Zeigefinger die Windverhältnisse. Jude und Molly flohen nach jedem Anspiel an die Seitenauslinien, während die Butchers die Linie der Commandos über den Haufen rammten und den Ballträger massakrierten. Es drohte ein langer und blutiger Nachmittag zu werden, und Jude war schleierhaft, wieso sie und Molly darauf verzichtet hatten, auf ihren Pferden den Fluß entlang zu galoppieren, um sich statt dessen von einer finsteren Schlägerhorde in Stücke reißen zu lassen.

Schließlich verkündete Sandy im Huddle: «Okay, ich bin soweit.»

Jerry Crawford gab den Ball durch die Beine an Sandy. Die Linie der Commandos schloß sich plötzlich zu einer Mauer, was Sandy die Muße gab, so überzeugend einen Flankenwurf mit zwei Handoffs zu Ace und den Panther-Zwillingen anzutäuschen, daß die Butchers die drei weit das Feld hinunterjagten, ehe sie merkten, daß der Ball immer noch bei Sandy war. Derweil schlugen Jude und Molly im Mittelfeld so schnelle Haken, daß die Butchers zusammenrasselten wie Panzer. Sandy warf einen perfekten Drallpaß zu Jude, die ihn aus der Luft pflückte und ohne Feindberührung über die Torlinie flitzte.

Noreens Cheerleader drehten auf, begannen wild zu hopsen, zu wirbeln und radzuschlagen. Sie schüttelten die rotweißen Pompons und warfen Arme und Beine nach einer komplizierten Choreographie. Mit derselben Inbrunst, mit der sie einst in Zungen geredet hatten, brüllten sie im Chor: «Heidiheyheidiho! Iddliwiddliwaddliwo! Die Commandos schlagen alle! Immer und in jedem Falle!»

Die Butchers schlichen nach ihrer Niederlage zurück ins Mill Village, und Molly lud die Commandos und die Cheerleader ein, diesen ersten Sieg in ihrem Keller mit Coke und Karamel-Brownies zu feiern.

«Ich hab eine Idee», sagte Noreen und schwenkte ihre leere Colaflasche wie eine Fee ihren Zauberstab. «Wir spielen Flaschendrehen!»

Die Jungen in ihren Footballuniformen sahen einander an, grinsten nervös und erröteten unter ihrer frisch erblühten Akne. Dann sahen sie auf die Cheerleader, die sich dekorativ um die Stahlträger drapiert hatten, auf denen die Kellerdecke ruhte.

«Gute Idee», sagte Ace und schnappte Noreen die Flasche aus der Hand. «Ich fange an. Ihr Mädels setzt euch alle hier im Kreis.»

Molly und Jude setzten sich wie bei einem Lagerfeuer im Schneidersitz auf das schwarzmelierte Linoleum. Noreen und die anderen Cheerleader sanken auf die Knie, die Füße seitlich arrangiert und die Hände so hinter sich aufgestützt, daß sich die Brust hervorwölbte wie bei frühlingstrunkenen Rotkehlchen. Ace trat in die Mitte des Kreises, hockte sich hin und versetzte die Flasche auf dem Linoleum in Schwung. Sie trudelte immer langsamer, bis sie schließlich vor Molly anhielt. Molly und Jude sahen sich an.

«Tja, so sind die Spielregeln», sagte Molly. Sie stand auf und verschwand in ihrer Footballuniform mit Ace hinter der Heizungsanlage.

Jude sah Jerry die Flasche drehen, betete, daß sie nicht bei ihr landete, und fragte sich, was wohl im Dunkeln hinter der Heizung vor sich ging. Würde Molly ihren alten Erzfeind wirklich küssen? Würde sie seufzen und stöhnen, so wie damals in der Dritten, als sie ihren eigenen Handrücken geküßt hatte?

Jude verfolgte in stummer Verzweiflung, wie die Flasche langsam austrudelte. Sie zeigte auf Noreen, die quietschend aufsprang und einen koketten kleinen Cheerleader-Hopser vollführte. Als sie und Jerry auf die Heizung zusteuerten, tauchten Ace und Molly wieder auf. Molly wurde rot. Sie sah Jude nicht an. Aber Ace grinste, daß seine Zahnspange im Licht der mit einem japanischen Lampion bedeckten Glühbirne nur so funkelte.

Als Sandy dran war, zeigte die Flasche auf Jude.

«Sie ist zu klein», sagte Molly rasch. «Sie ist erst in der Fünften.»

«Sie ist bloß ein Jahr jünger als ich», sagte Sandy. «Ich habe zwei Klassen übersprungen, das ist alles. Komm, Jude.» Er streckte die Hand aus.

Im Dunkel unter den spinnwebverhangenen Heizungsrohren flüsterte Sandy: «Gott sei Dank hab ich dich erwischt.»

«Du sagst es», sagte Jude. «Müssen wir das wirklich tun?»

«Am besten, wir bringen's hinter uns.»

Als sie sich umarmen wollten, verhakten sich ihre Arme.

Dann stießen ihre Nasen zusammen, und sie fingen an zu kichern. Schließlich schaffte es Sandy, ihr ein Küßchen auf den Mund zu drücken, ehe sie sich beide vor unterdrücktem Prusten krümmten.

Hinterher zogen Jude und Molly sich um und marschierten zu der Weide hinter dem Haus von Judes Großmutter, wo ihre Pferde standen. Judes Vater hatte sie von einem Freund von Mr. Starnes gekauft, der Tennessee Walkers für Pferdeschauen zurichtete. Diese beiden Wallache hatten den Kriterien nicht genügt, aber sie waren wunderbar zum Reiten, weil sie so glücklich darüber waren, nicht mehr mit Gewichten an den Hufen im Kreis gehen zu müssen, daß sie beim Laufen förmlich durch die Luft zu schweben schienen. Da Tennessee Walkers ursprünglich gezüchtet worden waren, damit Plantagenbesitzer ihre Ländereien vom Pferderücken aus inspizieren konnten, vermochten die beiden unverdrossen endlose Meilen zurückzulegen, in einem schnellen Schritt, der für den Reiter so bequem war wie die Bewegung eines Schaukelstuhls. Sie hatten zwar hochvornehme Namen und Stammbäume, aber Jude nannte ihr Pferd Feuerkopf wegen einer flammenförmigen Blesse auf der Stirn, und das von Molly hieß Pal, weil es ein Palomino war, mit blaßweißer Mähne und ebensolchem Schweif.

Am Wochenende ritten Jude und Molly immer flußabwärts, durch Wiesen von Rispen-, Timotheus- und Schwingelgras, vorbei an Tabak- und Maisfeldern, über Schwemmland voller Pappeln, Ahornbäume, Platanen und Styraxbäume mit Hängelianen von wildem Wein, die sich in dem talabwärts wehenden Wind bewegten wie Urwaldschlangen. Nach einem Picknick in der Sonne am Flußufer machten sie sich wieder auf den Heimweg, über die dicht mit Eichen und Hickoreybäumen und Eschen bewaldeten Hügel. Im Herbst fielen ihnen saftige, orangefarbene Khakipflaumen in den Schoß, wenn sie unter den übervollen Ästen hindurchritten. Und im Frühling explodierte in dem finsteren Wald plötzlich eine Blütenpracht von Hartriegel und Judasbäumen in Rosa, Lila und Weiß, wie ein Feuerwerk, das nicht verlosch.

An diesem Nachmittag, nach dem Flaschendrehen, galoppierten sie durch Mr. Starnes' Luzernenfeld neben den schräg hängenden Uferweiden. Von Sidney umhüpft und umbellt, lenkte Molly ihren Pal zum Fluß. Mit einem Satz von der Uferkante landete Pal im Wasser, und die aufspritzende Fontäne glühte orangerot in der untergehenden Sonne wie ein orangeroter Funkenregen.

Als Molly durch und durch naß war, trieb sie Pal wieder in Richtung Ufer. Immer wieder versuchte er, die zerklüftete Lehmkante zu überwinden wie ein flußaufwärtswandernder Lachs eine Stromschnelle. Molly warf den Kopf zurück und lachte. Das dunkle Haar flog ihr ums Gesicht, die Schenkel schlossen sich fest um Pals angespannte Muskeln, und die Hände manövrierten den Strick, den sie als Zügel an seinem Halfter befestigt hatte. Für einen Augenblick stockte Jude der Atem. Molly sah aus wie die Göttin auf der Glasvase ihrer Großmutter, die Jägerin mit dem umgehängten Bogen und den Hunden, die ihr um die Knie sprangen.

Wieder auf festem Grund, grub Molly die Fersen in Pals Flanken und legte sich lang auf seinen Hals. Er preschte davon, daß die Erdklumpen spritzten. Als seine cremefarbene Mähne emporwehte und sich mit ihrem dunklen Haar vermengte, sah Molly spöttisch zu Jude zurück. Jude legte sich nach vorn, und Feuerkopf schoß hinter Pal her wie eine Rakete. Jude konnte unter dem nassen Stoff von Mollys hellblauem Arbeitshemd jede Muskelkontraktion sehen.

Als Jude und Molly schließlich oben auf dem Kliff über ihrer Höhle in einem Hain von Rieseneichen von den Pferderücken glitten, waren die Tiere fleckig von weißem Schaum und dunklem Schweiß. Die Mädchen plumpsten lachend und nach Luft schnappend auf ein Bett von ledrigen malvenfarbenen Blättern. Die Pferde schnaubten und stampften und keuchten. In den Wipfeln der mächtigen alten Bäume hingen Kugeln aus Mistelzweigen, so groß wie Medizinbälle.

Als sie wieder zu Atem gekommen waren, stützten sich Molly und Jude auf den Ellbogen auf und schauten hinunter auf die indigoblauen Berge, lauter gezackte Wellenlinien, die vom zinnoberroten Rachen des Sonnenuntergangs verschluckt wurden. Jude roch Mollys Schweiß und das verwesende Eichenlaub unter ihnen, durch das sich Millionen Regenwürmer fraßen. Mollys Atem bewegte Judes Haar und kitzelte an ihrem Ohr. Plötzlich sah sie wieder Aces selbstgefälliges Grinsen, als er hinter der Heizung hervorgekommen war, und Mollys gesenkten Blick.

«Willst du immer noch, daß wir uns hier oben eine Hütte bauen, wenn wir groß sind?» fragte sie Molly.

Molly drehte den Kopf zu ihr hin. «Klar. Du nicht?»

«Doch. Aber wir haben lange nicht mehr drüber geredet.»

«Was sollen wir denn sonst tun?» Molly streckte den kleinen Finger aus und hakte ihn in den von Jude.

«Diese Küsserei war ganz schön blöd, was?» sagte Jude erleichtert.

Molly antwortete nicht.

Judes Haut prickelte vor ängstlicher Anspannung. «Findest du nicht?»

«Doch», stimmte ihr Molly schließlich zu. «So was kann nur Noreen einfallen.»

«Sandy und ich sind einfach nicht dahintergekommen, was wir mit den Armen machen sollten.»

«Echt? Warte. Ich zeig's dir.»

Sie sprang auf, packte Jude an der Hand, zog sie hoch und drapierte Judes Arme um ihren Körper. Unter ihren Fingerspitzen fühlte Jude den feuchten Baumwollstoff von Mollys

Hemd und die festen Muskeln auf ihrem Rücken. Dann legte Molly ihrerseits die Arme um Jude, so daß die eine Hand ihre Schulter und die andere ihre Taille umfaßte.

«Siehst du? Ganz einfach.» Mit verschmitztem Blick schob sie sich näher an Jude heran und küßte sie fest auf den Mund.

Als sich Mollys Brust gegen ihre preßte, überkam Jude ein erschreckendes Gefühl. Es war süß und gleichzeitig komisch im Magen, wie wenn man zuviel Fudge gegessen hatte. Sie bekam eine Gänsehaut, und ihre Arme und Beine begannen zu zittern.

«Was ist?» fragte Molly.

Jude öffnete die Lider und sah direkt in Mollys Augen, die jetzt so blau waren wie ihr Hemd. «Ich weiß nicht», sagte sie. Als ihre Hand Mollys Rücken hinunterglitt, ertastete sie zwischen den Schulterblättern ein Gummiband. «Was ist denn das?»

«Das ist mein neuer Büstenhalter», sagte Molly. Sie ließ die Arme sinken und trat einen Schritt zurück.

«Warum trägst du einen Büstenhalter?» Mütter trugen Büstenhalter. Lehrerinnen trugen Büstenhalter. Marilyn Monroe trug einen Büstenhalter. Aber Kinder doch nicht.

«Um meinen Busen zu stützen.»

«Aber du hast doch gar keinen.»

«Hab ich wohl.» Molly lächelte.

«Wo? Zeig her.» Jude griff an ihr Hemd und öffnete den obersten Knopf.

«*Jude.*» Errötend wandte sich Molly ab, um ihr Hemd wieder zuzuknöpfen.

«Entschuldigung», sagte Jude und sah ihr verunsichert zu.

Am nächsten Nachmittag, als Molly beim Zahnarzt war, schlüpfte Jude durch die Drehtür in Fine's Kaufhaus an der Hauptstraße. Sie vergewisserte sich, daß niemand sie beobachtete, und huschte in die Wäscheabteilung. Überall erhoben sich weibliche Torsi aus beigefarbenem Plastik, in der

Taille abgetrennt, einige ohne Köpfe und Arme, andere zu grotesken Posen verrenkt, die Armstümpfe wie zu einer blutigen Umarmung ausgestreckt. Jede Puppe trug ein anderes BH- oder Unterrockmodell.

Jude biß die Zähne zusammen und marschierte mitten hinein wie in einen Zauberwald, wo Eindringlinge in Stücke zerhauen und in BH-tragende Statuen verwandelt wurden. Sie griff ins nächste Regal und schnappte sich die erstbeste Packung. Nachdem sie ihr Erspartes auf den Glastresen gezählt hatte, schob sie es der kaugummikauenden Verkäuferin hin und floh.

In ihrem Zimmer riß sie sich das Flanellhemd vom Leib und inspizierte die blasse Region um ihre kleinen rosa Brustwarzen. Dort schien sich nichts verändert zu haben. Aber Molly wußte immer vor Jude, was zu tun war. Auf dem Pappschächtelchen las Jude, daß es sich um einen Büstenhalter der Größe 65 B handelte. Sie zog die weiße Stoffkonstruktion aus der Packung und versuchte dahinterzukommen, welches Gummiband wohin gehörte. Es war genauso verwirrend wie ihr erster Versuch, Feuerkopf das Zaumzeug anzulegen. Als sie das Ding schließlich an Ort und Stelle hatte, ging sie zu ihrem Wandschrank, um sich im Türspiegel zu betrachten. Die Stoffkörbchen blähten sich vor ihrer Brust wie aufluvende Segel. Mit einem stolzen Lächeln zog sie das Hemd wieder an und knöpfte es zu. Dann drehte sie sich zur Seite, um ihr neues frauliches Profil zu bewundern.

Nach jedem Football-Spiel gab es zur Feier des Tages eine Runde Flaschendrehen in Mollys Keller. Irgendwann hatte Jude jeden geläuterten Commie-Killer mindestens einmal geküßt. So höflich und zuvorkommend waren diese einstigen Marodeure – selbst Ace Kilgore –, daß Jude zugeben mußte: Menschen konnten sich ändern. Doch sosehr sie sich bemühte, Mund und Hände richtig zu postieren, sie empfand doch nicht viel mehr als Ungeduld, wenn die Jungen die Lippen auf ihre preßten und mit den Händen über das Gummiband fuhren, das locker zwischen ihren Schulterblättern hing. Also stellte sie sich vor, sie sei ein Waisenkind, das von Wölfen aufgezogen worden war und nur aus Höflichkeit an den Riten dieser seltsamen Wesen am Rand des Waldes teilnahm.

Eines Nachmittags im Frühwinter verkündete Noreen, Flaschendrehen sei langsam langweilig. Alles nickte zustimmend, außer Sandy, Molly und Jude, die sich argwöhnisch fragten, was Noreen wohl statt dessen vorschlagen würde. Ihr neues Spiel hieß ‹Fünf Minuten im Himmel›. Die Namen der Mädchen wurden auf kleine Zettelchen geschrieben und zusammengefaltet. Jeder Junge durfte einen der Zettel ziehen. Dann wurden er und das Mädchen, das er gezogen hatte, für fünf Minuten zusammen in den Wandschrank gesperrt, um «der Natur freien Lauf zu lassen». Da die Teilnehmerzahl an diesem Tag neun Paare ergab, errechnete Noreen, würde eine Runde eine dreiviertel Stunde dauern. Etliche Teilnehmer mußten jedoch schon vorher zum Essen nach Hause, weshalb sie vorschlug, immer drei Paare gleichzeitig einzusperren, eins im Wandschrank, eins hinter der Heizung und eins draußen auf der Treppe, und so die Spieldauer auf eine Viertelstunde zu reduzieren. Diejenigen, bei denen erst später gegessen wurde, konnten ja, wenn sie wollten, noch eine zweite Runde spielen.

Jude sah mit wachsender Panik zu, wie Noreen die Namen der Mädchen auf ein Blatt Papier schrieb, dieses in kleine Streifen riß und die Fetzchen zusammenfaltete. Sie bemerkte, daß Noreen, als sie glaubte, daß niemand hinguckte, ihr eigenes Zettelchen mit einem kleinen Kreuzchen markierte und dabei Jerry Crawford zuzwinkerte. Dann mischte sie die Lose in dem kleinen Körbchen, in dem die Kekse gelegen hatten. Die ersten drei Jungen zogen. Jerry faltete seinen Zettel auseinander und blickte bedeutungsvoll zu Jude. Noreen wiederum sah bestürzt auf Jerry und funkelte dann durch ihre neue weiße Schmetterlingsbrille wütend Jude an.

Jerry kam zu Jude herüber, ergriff ihre Hand und zog sie zu dem Schrank, der ihm zugewiesen worden war. Er enthielt ein wahres Sportlerparadies – ein Crocket-Spiel, einen Fußball, eine Angelausrüstung, zwei Gewehre, eine Fahrradpumpe, einen Sattel nebst Zaumzeug, Golfschläger und Footballschuhe, diverse aufblasbare Schwimmtiere. Vom obersten Bord hing ein Badminton-Netz. Jerry zog die Tür zu, und er und Jude standen im Finstern. Jude fragte sich, was sie wohl in jenen fünf Minuten, die sich vor ihnen ausdehnten wie die sandige Weite der Sahara, miteinander anfangen sollten.

Als Jerry sich vorbeugte, um sie zu küssen, verfing er sich im Badminton-Netz. In dem Bemühen, sich zu befreien, zog er das Netz vom Bord, zusammen mit mehreren Schlägern und Federbällen. Jude verstrickte sich ebenfalls, und sie verbrachten die ersten zwei Minuten im Himmel mit dem Versuch, sich zu entheddern. Schließlich löste Jerry das Problem, indem er das Netz zerriß.

Endlich frei, schlang er die Arme um sie und preßte seine Lippen auf ihre. Sie fühlte flaumige Härchen auf seiner Oberlippe, als er sie an ihrer rieb. Dann bohrte er seine glitschige Zunge zwischen ihren Lippen hindurch in ihren Mund. Sie versuchte, sie mit ihrer Zunge wieder hinauszuschieben. Das schien ihn zu ermutigen. Er atmete schneller und ließ seine Zunge vor- und zurückschnellen wie eine alarmierte Schlange. Jude drehte den Kopf weg, denn sie befürchtete, sich übergeben zu müssen. Jerry umfaßte ihre Taille, zog ihre Hüften an seine, vergrub sein flaumiges Gesicht an ihrem Hals und begann zu saugen wie ein blutrünstiger Vampir. Sie fühlte eine seltsame harte Beule in seinen

Footballhosen. Das Ding drückte gegen ihren Bauch wie eine versteckte Pistole.

Die Tür flog auf. Da stand Noreen mit zutiefst verärgerter Miene. «Die Zeit ist um!» verkündete sie wie eine Lehrerin, die bei einem IQ-Test Aufsicht führte. «Die nächsten.»

«Und? Wie findest du ‹Fünf Minuten im Himmel›?» fragte Molly, als alle weg waren. Sie schnappte sich den Besen und begann, die Kekskrümel auf dem Linoleum zusammenzufegen.

«Nicht besonders.» Jude steckte die Colaflaschen in die Pappträger zurück und guckte jedesmal auf der Unterseite des Bodens nach dem Herkunftsort. Bislang war St. Louis das weiteste.

«Hat's dir nicht gefallen?»

«Dir?»

«Ich fand's okay.»

Jude dachte, daß Molly ja auch Sandy als Partner erwischt hatte. Kein Wunder, daß es ihr nichts ausgemacht hatte. Sandy machte bei diesen blöden Spielen immer nur das absolute Minimum. «Jerry hat mir die ganze Zeit die Zunge in den Mund gesteckt. Das war eklig.»

Molly hielt im Fegen inne und sah sie an. «Magst du keine Zungenküsse?»

«Was?»

«So heißt das.»

«Das hat einen Namen? Ich dachte, er hat es erfunden.»

«Du brauchst nur ein bißchen Übung. Warte, ich zeig's dir.»

Sie ließ den Besen fallen und kam auf Jude zu. Jude sah sie nahen, in ihrem roten Football-Trikot, und ihr wurde ganz seltsam. Wollte Molly das wirklich mit ihr machen? Aber mit Molly würde es vielleicht nicht ganz so eklig sein.

Molly hob eine Hand und legte Daumen und Zeigefinger so zusammen, daß ein kleiner Ring entstand. Sie befeuchtete ihre Lippen mit der Zunge und führte den Ring an den Mund. Von Jude beobachtet, liebkoste sie die Öffnung mit Lippen und Zunge.

«Versuch's mal», sagte sie.

Jude gehorchte und sah dabei Molly an, fasziniert von den unerwarteten Talenten ihrer Freundin, die sie so gut zu kennen glaubte.

«Ich wette, nächstes Mal gefällt's dir besser», sagte Molly und drückte Judes Oberarm.

Jude musterte Molly, die sich nach dem Besen bückte. Plötzlich beunruhigt, fragte sie sich, wo Molly die Zungenküsserei gelernt hatte.

Als Mrs. Elkins eines Abends zum Gutenachtsagen in Mollys Zimmer kam, hielt sie ein rosa Buch in der Hand. Auf dem Einband stand: *Wunder des Lebens – zur Vorbereitung auf die christliche Ehe.* Sie setzte sich auf die Bettkante unter dem getüpfelten Baldachin und sah auf Sidney, der freundlich hechelte und das Zimmer mit seinem sauren Hundefutteratem füllte.

«Kinder, es gibt da etwas, worüber wir sprechen müssen», sagte sie nervös.

Jude und Molly, die in ihren Schlafanzügen unter der Decke lagen, sahen sie beunruhigt an.

«Ihr habt euch sicher schon gefragt, wie das geht mit dem Kinderkriegen und so?»

Die Mädchen sahen sich an.

«Also gut, es ist folgendermaßen», sagte sie und schnappte nach Luft. «Der Daddy steckt seinen Pipihahn in die Pipiöffnung von der Mommy, und dann wächst in ihrem Bauch ein Baby. Ach, da, lest selbst.» Sie streckte ihnen das rosa Buch hin. Japsend rannte sie hinaus.

Fasziniert von der Vorstellung, daß Mr. Elkins' kleiner, bleicher Pipihahn irgendwie in Mrs. Elkins' nie gesichtete Pipiöffnung gelangt sein sollte, brachten Molly und Jude mehrere Stunden damit zu, aufgeregt kichernd die zeichnerischen Darstellungen dieser unglaublichen Prozedur zu studieren. Molly stellte stockend fest, daß ein Zungenkuß ja nichts anderes war als diese unappetitliche Aktion, nur eben mit der Zunge. Sie sahen sich entsetzt an, als ihnen aufging, daß sie das beide schon mit diversen Jungen gemacht hatten. Hieß das, sie waren nicht mehr «unberührt», wenn das Buch doch sagte, daß es so wichtig war, es noch zu sein, wenn man sich in der Hochzeitsnacht seinem frisch angetrauten Ehemann hingab?

Als Jude gegen Mitternacht in einen Erschöpfungsschlaf sank, war ihr endlich klar, daß ihr Vater ihre Mutter umgebracht hatte, und zwar mit einem dieser harten Dinger, die wie Handgranaten in den Hosen der geläuterten Commie-Killer lauerten.

6

Judes Großmutter sah von dem Brötchen auf, das sie gerade mit der scharfen Soße zu tränken im Begriff war, und sagte: «Daniel, du erziehst dieses Kind wie einen Jungen. Football und ungesattelte Pferde und mit dem Jeep über die Wiesen. Und dieser ganze Pfeilspitzenquatsch. Du magst ja in New York studiert haben, aber du bist genauso ein Wilder, wie dein Vater einer war. Ich muß sagen, ich bin zutiefst schokkiert!»

«Ja, Momma. Da hast du sicher recht.»

Jude war klar, daß es ihren Vater nicht im geringsten kümmerte. Er strahlte seine Frau an, deren Bauch von neuem Leben schwoll. Tante Audreys karottenrote Toupierfrisur umrahmte ein Fuchsgesicht mit feinen, scharfen Zügen. Es machte ihr zu schaffen, daß Jude sie nicht Mutter nennen konnte, aber jedesmal, wenn Jude es versuchte, schnürte sich ihre Kehle zusammen, und sie mußte keuchen, als hätte sie Asthma. «Tante Audrey» war ein Kompromiß. Jude bemühte sich ja, sie zu mögen, aber sie hatten nichts gemeinsam außer Judes Vater. Also war Jude seinetwegen höflich zu Tante Audrey, und Tante Audrey war aus demselben Grund höflich zu ihr. Judes Vater behauptete immer, sie habe eine Mutter bekommen, aber sie hatte vielmehr das Gefühl, einen Vater verloren zu haben.

«Immerhin trag ich jetzt Blusen», murmelte Jude.

«Wie bitte?» blaffte ihre blauhaarige Großmutter. «Sprich so, daß ich dich verstehen kann, Mädchen.»

«Nichts, Ma'am.»

«Wenn du so weitermachst, meine Liebe, kommst du nie

in die Auswahl für den Debütantinnenball vom Virginia Club. Und ich werde das Komitee nicht bitten, deinetwegen die Standards zu senken, nur weil ich die Vorsitzende bin.» Sie legte den Löffel resolut in die silberne Sauciere zurück.

Jude unterdrückte die Bemerkung, daß sie im Moment nur eins wollte – dieses gräßliche Essen hinter sich bringen, damit sie mit Molly reiten gehen konnte. Jetzt, da Molly auf der Junior High School war, Jude aber immer noch auf der Grundschule, sahen sie sich nur nach Schulschluß und am Wochenende. In den Wildwoods war plötzlich die Blütenpracht ausgebrochen, und unten im Tal grünten die Luzernen. Die Luft war weich und dampfig, und der Boden würde unter den Hufen schmatzen, wenn Pal und Feuerkopf in dem Sonnenlicht, das durch die hellgrünen Weiden drang, das Flußufer entlanggaloppierten.

Tante Audrey sagte: «Genau, Jude. Und du mußt ja langsam daran denken, daß du einen Mann finden willst, wenn du groß bist.» Sie zupfte selbstgefällig an ihrem gewölbten rosa Umstandskleid.

Jude sah sie an. Wenn sie einen Mann wollte, konnte sie sich ja irgendeinen Vater schnappen. Tante Audrey machte immer Scherzchen, die außer ihr niemand lustig fand. Sie konnte einem fast leid tun.

Als Jude an diesem Abend auf ihrem Bett lag und ihren Bibelkunde-Hausaufgabentext über die Bedeutung der Löwen in der Danielsgeschichte las, rief ihre Großmutter an, um mitzuteilen, daß Jude und Molly für Miss Melroses Benimmkursus in Fine's Kaufhaus angemeldet seien.

Jude starrte den Hörer an.

«Dort werdet ihr lernen, wie man sich anzieht und geht und sitzt», verhieß ihre Großmutter.

«Aber das kann ich schon, Grandma.»

«Nicht so, wie es sich gehört. Nicht wie eine junge Virginia-Belle.»

Um richtig zu gehen, mußte man einen Fuß genau vor den anderen setzen wie auf einem Hochseil und die Hüften als Balancierhilfe hin und her schwenken. Mathematikbücher auf den Köpfen, stolzierten Molly, Jude, Noreen und noch ein paar andere angehende Benimmexpertinnen im Kielwasser von Miss Melrose (deren glänzende falsche Wimpern und Krallennägel etwa zwei Zentimeter lang waren) durch die Schuhabteilung, die Rolltreppe hinunter, an dem Amputierten-Gruselkabinett in der Wäscheabteilung vorbei und in die Kosmetikabteilung, wo sich verschiedene Duftwasser gegenseitig den Rang streitig machten.

«Seht her, Mädchen», sagte Miss Melrose hinter dem Glastresen und nahm einen Wattebausch und eine Flasche mit karamelfarbener Flüssigkeit, die aussah wie eine Urinprobe. «Jetzt, in diesem Moment, sind eure hübschen kleinen Unschuldsgesichter nichts weiter als häßliche alte Zellfriedhöfe.»

Mit dem getränkten Wattebausch demonstrierte sie an Noreens fettiger Stirn das Abtragen dieser Friedhöfe und die korrekte Tagespflege. Dann versprach sie, beim nächsten Mal die Geheimnisse des Lidstrichs zu enthüllen. Die Hausaufgabe bestand darin, die ersten zehn Besteckdekors in ihrem Handbuch *Wie werde ich eine richtige Dame?* auswendig zu lernen. Miss Melrose kündigte an, daß sie sie abfragen werde.

«Und vergeßt nicht, das nächste Mal ein Paar hochhackige Schuhe mitzubringen», rief sie ihnen nach, als sie durch die Drehtür auf die Straße hinausdrängten, «damit wir noch einmal das Gehen üben können.»

«Schreck, laß nach», murmelte Jude, als sie und Molly sich in dem weichen Frühlingsabendlicht auf den Heimweg machten. Sie wanderten die Hauptstraße hinauf, vorbei an den Schaufenstern des Kaufhauses. Jude registrierte bei jedem Schritt, daß sie sämtliche Vorschriften mißachtete – ein schlurfendes Latschen, fast entenartig. Aber Ace behauptete, alle guten Sprinter hätten Plattfüße, und tatsächlich war Jude schneller als alle anderen im Football-Team.

Molly schwieg, was Jude verunsicherte. Sie hatte während der Gesichtswasser-Demonstration beunruhigend aufmerksam geguckt. Demnächst würde sie falsche Wimpern und eine Make-up-Kruste tragen, genau wie Miss Melrose.

«Ich muß dir was sagen», sagte Molly, als sie an der roten Backsteinkirche vorbeikamen, deren weißen Turm ein Kreuz aus brotschimmelfarben verwittertem Kupfer krönte. «Ich hoffe, es kränkt dich nicht.»

«Was denn, um Himmels willen?»

«Ich mache am Freitag abend eine Party in unserem Keller.»

«Eine Pyjama-Party?»

«Eine richtige Party, mit Jungs und Mädchen. Eine Dirty-Shag-Party.»

«Aber du kannst doch gar keinen Shag tanzen.»

«Doch, Jude, kann ich wohl. In der Junior High machen sie in der Mittagspause Tanzpartys in der Turnhalle. Um Geld für gute Zwecke zu sammeln.»

«Na ja, dann kannst du mir's ja bis zum Wochenende beibringen.»

«Jude», sagte sie leise und schuldbewußt, «es ist nur für Leute von der Junior High.» Sie starrte auf den Bürgersteig.

«Okay», sagte Jude schließlich. «Dann sehen wir uns eben erst Samstag morgen. Wir können zusammen ‹Fury› gucken. Und vielleicht reiten gehen. Oder am Nachmittag mit meinem Dad Pfeilspitzen suchen.»

«Prima», sagte Molly. «Du weißt ja, du bist meine beste Freundin. Daran wird sich nie was ändern.»

«Ja, ich weiß.»

Sie hatten die Gehwegritze zwischen ihren beiden Grundstücken erreicht. Um der alten Zeiten willen legten sie einander lachend die Hände auf die Schultern, sahen sich in die Augen und deklamierten im Chor: «Du bist meine beste Freundin und wirst es immer bleiben.» Molly schien erleichtert, weil sie ihr Geständnis los war, und Jude gelobte im stillen, ihr immer das Gefühl zu geben, daß sie tun konnte, was sie wollte.

Nach dem Abendessen und den Hausaufgaben standen Jude und Molly in ihren Shorts vor dem Spiegel in Mollys Bad und drehten sich die Haare auf büchsengroße Lockenwickler. Dann verhüllten sie die Lockenwickler mit elastischen Silberlamé-Haarnetzen, die aussahen wie Astronautenhelme. Sie kletterten in Mollys Bett und versuchten, eine einigermaßen bequeme Schlafposition zu finden, die ihnen am Morgen keinen steifen Hals eintragen würde.

Als Jude sich schließlich auf der Seite eingerichtet hatte, den Rücken an Mollys Brust, versuchte sie sich zu entspannen, obwohl ihr das Ohr gegen die Schulter drückte. Molly zuckte ein paarmal irritiert mit den Beinen. Seufzend setzte sie sich auf.

«Was ist?» fragte Jude und drehte sich um, um sie im schwachen Schein der Straßenlaterne anzusehen.

Molly steckte die Hand unter die Decke und fuhr über Judes eine Wade. «Deine Beine. Es kitzelt, wenn wir so liegen. Kannst du sie nicht rasieren?»

«Doch, ich schätze schon», sagte Jude. «Ich bin noch nie drauf gekommen.» Sie strich mit der Hand über Mollys Wade. Sie war seidig-glatt.

Molly lehnte ihren Kürbiskopf an das gepolsterte Kopfteil. «Jude», sagte sie, «weißt du, es ist nicht leicht, eine Sechstkläßlerin als beste Freundin zu haben, wenn man auf der Junior High ist.»

Jude setzte sich auf und sah sie an. «Das ist sicher schwer», sagte sie, eingedenk ihres Schwurs, Molly immer ihre Freiheit zu lassen. «Willst du, daß wir uns weniger oft sehen?»

Molly sagte eine ganze Weile nichts.

Bitte, Molly, verlaß mich nicht, schrie Jude innerlich. Aber sie biß die Zähne zusammen und ließ sich nichts anmerken, so wie beim Bluffen bei Hin-und-weg.

«Nein», sagte Molly schließlich. «Aber bitte denk dran, dir die Beine zu rasieren.» Sie rutschte ganz auf die andere Seite des Betts und zog sich die Decke bis unters Kinn.

Jude lag im Dunkeln und lauschte auf Mollys leises, regelmäßiges Atmen. Sie roch das blumige Eau de Cologne, mit dem Molly sich jetzt immer nach dem Baden besprengte. Sie wollte die Hand über die Bettlakenkluft strecken und Mollys Haar streicheln. Oder sich auf sie rollen und mit ihr daliegen, Nase an Nase, Arm auf Arm und Bein auf Bein, und mit ihr im Chor kichern und ihr schielend in die Augen gucken. Aber sie waren keine Kinder mehr.

Der schlafende Sidney japste und schnuffelte auf seinem Kissen in der Ecke. Unten am Fluß quakten Baby-Frösche, und irgendwo an einem mondhellen Berghang bellte ein Hund.

Als Jude schließlich in den Schlaf hinüberdriftete, träumte sie lauter wirres Zeug: daß sie ihr Portemonnaie verlor und zu spät zur Schule kam und daß ihr Fahrrad einen Platten hatte und daß sie auf einer Party plötzlich all ihre Zähne in der Hand hatte. Dann wurde sie jäh wach. Vom Ende des Flurs kam das Grollen von Mollys Vater, gefolgt von der hohen klagenden Stimme ihrer Mutter. Warum konnten sie nicht einfach nett zueinander sein und Ruhe halten? Schließlich waren sie Eltern. Jude fischte sich ein Papiertaschentuch vom Nachttisch, zerriß es, stopfte sich einen zusammengeknüllten Fetzen in jedes Ohr und versuchte, das unverständliche Gezanke zu ignorieren.

Kurz vor Tagesanbruch fiel sie in erschöpften Tiefschlaf.

Sie und Molly lagen auf einem Floß unter einer heißen Frühlingssonne und trieben den Fluß entlang, vorbei an Trauerwei-

den voller senffarbener junger Triebe. Das Floß schaukelte sachte in der Strömung, über ihnen kreisten krächzende Krähen. Sonnenstrahlen flirrten wie Kolibriflügel über ihre Haut.

Das Floß tanzte, und das Wasser bewegte sich immer schneller und schneller. Sie und Molly rollten aufeinander zu und schmiegten sich aneinander, verflochten ihre Beine und umschlangen sich mit den Armen. Während sie immer weiter flußabwärts getragen wurden, fanden sich ihre Münder. Jede begann, die Lippen der anderen mit der Zunge zu liebkosen.

Die Strömung wurde noch heftiger, als ginge es auf einen Wasserfall zu. Die zerfurchten roten Ufer sausten auf beiden Seiten vorbei. Und dann wälzte sich eine riesige Wasserwand den Fluß hinunter und hob das Floß himmelwärts, wirbelte es empor wie eine Windhose ein Herbstblatt. Und Jude fühlte einen betörend-süßen Schmerz durch ihren Körper pulsen, als würde sie von Bienen zu Tode gestochen, die ihr Honig in die Adern spritzten.

Und dann explodierte die ganze Welt wie ein Feuerwerk. Stücke von Mollys und ihrem Fleisch flogen davon, in das tosende Wasser und den wilden Himmel. Und sie waren nicht mehr Molly und Jude. Sie waren jede die andere und alles zugleich. Die Berge und die Bäume und die Vögel, die in den schaukelnden Ästen sangen. Der Fluß und die Wiesen und die Kühe, die das fette Gras weideten. Das alles war ein Ganzes. Es war es immer gewesen und würde es immer sein, aber sie hatte noch nie Augen gehabt, es zu sehen.

Als Jude im ersten Licht der aufgehenden Sonne erwachte, merkte sie, daß sie und Molly in der Mitte des Betts lagen, Brust an Brust, eng umschlungen, die Beine ineinander verflochten. Mollys Lider öffneten sich flatternd, und sie starrte mit leerem Blick in Judes nur wenige Zentimeter entfernte Augen, als könnte sie sich nicht mehr erinnern, wer Jude oder wer sie selbst war. Langsam wich die Leere aus ihren Augen, und an ihre Stelle trat Bestürzung. Sie löste sich schleunigst aus dem Knäuel und rutschte auf die andere Seite des Betts.

Jude sah sich verwirrt um und entdeckte, daß ihre Riesenlockenwickel ringsum auf dem Fußboden lagen und ihre Frisuren für diesen Tag ruiniert waren.

In der Schule saß Jude wie im Nebel ihren Unterricht ab. Sie ließ immer wieder Revue passieren, was zwischen ihr und Molly geschehen war. Es tröstete sie, zu wissen, daß Molly jetzt im Arbeitsraum der Junior High saß und ebenfalls herauszufinden versuchte, was es zu bedeuten hatte.

Sie beobachtete ein graues Eichhörnchen auf dem Ast einer Eiche vor dem Klassenzimmerfenster. Es hockte auf den Hinterpfoten und knabberte einen Apfelbutzen, den es aus dem Papierkorb gefischt hatte. Sein buschiger, zuckender Schwanz lag an seinem Rücken wie ein Irokesenkamm. Während Jude ihm zusah, dachte sie, daß sie jetzt vielleicht endlich verstand, was ihr Vater ihr immer zu erklären versuchte. Unter ihren verschiedenen äußeren Erscheinungsformen waren sie und das Eichhörnchen von derselben Kraft beseelt. Der Kraft, die sie und Molly letzte Nacht zueinander gezogen hatte. Die Cherokee nannten diese Kraft den Großen Geist, und Clementine nannte sie Ewigkeitsliebe.

Jude kroch über den Rasen auf Mollys Haus zu und versuchte sich einzureden, sie sei ein von Wölfen aufgezogenes Waisenkind, das gerade aus dem großen Wald gekommen war. In Wahrheit war sie nichts als eine kleine Spannerin. Aber ihr Vater und Tante Audrey waren im Krankenhaus, um das Baby zur Welt zu bringen, also würde sie niemand vermissen. Sie lag im Gebüsch und spähte durch ein Kellerfenster. Molly tanzte mit Ace zu «The Twelfth of Never». Ace hielt ihren Arm in einer Art verkehrtem Polizeigriff hinter seinem Rücken. Mollys Haar war zu neckischen dunklen Kaskaden frisiert. Ihre Augen waren geschlossen, und sie hatte ihre Wange an Aces dicken Hals gelegt. Jude bemerkte plötzlich, daß Molly tatsächlich die Hüften hatte, die zu schwenken sie im Benimmkursus angehalten wurden.

Dann fiel auf einmal der Strom aus, und das Licht erlosch. Aber der Song lief weiter: «Hold me close. Never let me go...» Also war es offenbar doch kein Stromausfall.

Es blieb dunkel, bis Jude Mrs. Elkins von der Treppe her rufen hörte: «... und ich bestehe darauf, daß das Licht anbleibt, Molly. Wenn ich es noch einmal sagen muß, gibt es hier keine Kellerpartys mehr.»

Als das Licht wieder anging, stand Molly einen Schritt von Ace entfernt, der sich mit dem Handrücken über den Mund wischte. Mollys Lippen wirkten geschwollen. Aber wie konnte sie heute abend Ace Kilgore küssen, nach dem, was letzte Nacht auf dem Floß zwischen ihnen passiert war?

Sidney näherte sich schnuppernd Judes ausgestrecktem Körper. Er ließ sich winselnd neben ihr nieder und legte das Kinn auf ihre Schulter. Jude schlang den Arm um ihn. Sie sahen zu, wie Molly mit einer Hand Aces muskulöse Schulter knetete, als sie weitertanzten, und Jude überlegte, wie sie das Licht ausmachen könnte, damit Mrs. Elkins weitere Partys untersagte. Sie schloß die Augen und konzentrierte ihre ganze Willenskraft darauf, daß das alles verschwunden wäre, wenn sie sie wieder öffnete.

Ihre Mutter saß auf einer weißen wattigen Wolke und preßte mit der einen Hand einen altmodischen Wagenradhut auf ihren Kopf. Sie lächelte und winkte mit der freien Hand. Jude guckte ihr nach, beunruhigt, daß sie sie nach all den Jahren wiedersah, denn gewöhnlich erschien ihre Mutter immer dann, wenn schwere Zeiten auf Jude zukamen.

Als Jude am nächsten Morgen durch Mollys Hintertür trat, saß Molly am Küchentisch vor einem Schälchen Cornflakes. Sie hatte dunkle Ringe unter den Augen, genau wie Jude.

Jude hatte die ganze Nacht wach gelegen und darüber nachgedacht, wie sie auf Mollys Verrat reagieren sollte.

Sie ließ sich auf den Stuhl neben Molly plumpsen und fragte: «Und? Wie war deine Party.»

«Schön. Danke», sagte Molly, ohne aufzuschauen. Sie kippte ihr Schälchen, um die restliche Milch auszulöffeln.

«War es lustig?»

«Ja. War es.» Molly sah sie immer noch nicht an. Und sie schien verärgert zu sein. Hatte sie womöglich bemerkt, daß Jude ihr nachspioniert hatte? Jude hatte sich geschworen, Molly ihre Freiheit zu lassen, aber damals hatte sie geglaubt, Molly wollte mit ihr zusammensein.

Jude gab sich einen Ruck und fragte: «Willst du heute morgen reiten gehen oder so?»

«Ich kann leider nicht.» Molly lehnte sich zurück und balancierte auf den hinteren Stuhlbeinen wie eine Äquilibristin im Zirkus. «Ich habe meine Tage.»

«Was für Tage?»

«Ich habe Bauchkrämpfe.»

«Hast du zu schnell gegessen?»

«Nein, ich meine, ich habe meine Regel.» Molly warf sich mit dem einen Handrücken die wellig-schwarzen Haare aus der Stirn.

«Deine was?»

«Meine Periode. Du weißt doch, so wie's in dem Buch stand, das meine Mutter uns letztes Jahr gegeben hat.»

«Willst du mich veräppeln?»

«Nein.»

«Seit wann?»

«Seit gestern.»

«Dann kannst du jetzt Kinder kriegen?»

«Ja, scheint so», sagte Molly. Es klang irgendwie erfreut.

«Molly, um Himmels willen, paß auf.» Jude packte ihren Unterarm. «Von Babys kann man sterben.»

«Deine Tante Audrey hat auch grade eins gekriegt, und sie ist noch am Leben.»

«Das war nur Glück.»

«Also, ehrlich, Jude», sagte Molly und entwand ihren Arm unwirsch Judes Griff, «werd mal langsam erwachsen.»

Jude sah sie zornig an. «Okay», fauchte sie. «Krieg ein Kind. Stirb dabei. Laß dich neben all den anderen toten Müttern auf dem Friedhof begraben. Da landest du sowieso, wenn du dich mit Ace Kilgore einläßt.»

Molly sah sie schuldbewußt an. «Was hat Ace damit zu tun?»

Jude schwieg und überlegte, ob sie beichten sollte, was sie durchs Kellerfenster beobachtet hatte. «Noreen hat mir gesagt, du bist in ihn verknallt», murmelte sie schließlich.

«Was geht dich das an?»

Jude war entsetzt von Mollys verächtlichem Ton, entsetzt, daß sie nicht bestritt, in Ace verknallt zu sein, entsetzt, daß sie so eine Frage überhaupt stellen konnte. «Wie könnte es mich nichts angehen?» fragte sie leise.

«Wie meinst du das?» fragte Molly und wandte den Blick ab.

«Nach neulich nacht... du weißt schon...»

«Ich weiß nicht, wovon du sprichst.» Molly ließ die vorderen Stuhlbeine auf den Boden krachen, stand auf und stellte das Schälchen in die Spüle.

Jude sah ihr ungläubig zu und fühlte sich unendlich einsam. Das wichtigste Ereignis in ihrem bisherigen Leben war nur ein Traum gewesen. Und das unauflösliche Band, das es zwischen Molly und ihr geknüpft hatte, existierte nur in ihrer Phantasie.

7

Also, Mädchen, wenn ihr die Knie schön zusammenhaltet und euren Verehrer anlächelt, während ihr die Beine unters Armaturenbrett schwingt, könnt ihr in den kleinsten Sportwagen steigen, ohne gleich all eure weltlichen Schätze zur Schau zu stellen.» Miss Melrose demonstrierte ihre Technik auf ihrem Stuhl. Die Teilnehmerinnen des Benimmkursus ahmten eifrig ihre Bewegungen nach, obwohl keiner der Jungen, den sie kannten, Auto fahren konnte.

Während Jude ihre weltlichen Schätze unter einem imaginären Armaturenbrett in Sicherheit brachte, bemerkte sie, daß Molly sich die Fingernägel rosa lackiert hatte. Jetzt, da sie auf der Junior High war, rasierte sich auch Jude die Achselhöhlen und die Beine. Und sie schminkte sich jeden Morgen aufwendig. Dank Miss Melrose wußte sie, daß man vor Ostern oder nach dem Labor Day niemals weiße Schuhe trug und daß in Hühnersalat kein dunkles Fleisch gehörte. Aber Molly war ihr immer einen Schritt voraus.

Außer in der Schule. Obwohl sie sich bei den Einstufungstests extra nicht besonders angestrengt hatte, war Jude in einen Begabtenkurs gesteckt worden, zusammen mit den ganzen Langweilern, die im Pausenraum Rechenschieberspielchen spielten, während die coolen Kids in der Turnhalle Dirty Shag tanzten, um Geld für Zerebralgelähmte zu sammeln. Außerdem war Jude als Sprecherin der Siebten in die Schülervertretung gewählt worden, wo sonst vor allem Schüler saßen, die Episkopale oder Presbyterianer waren und in den großen, schicken Häusern der Manager-Siedlung des Yankee-Hüttenwerks am Poplar Bluff wohnten.

Aber Molly hatte ihr nicht mal zum Wahlsieg gratuliert. Und immer wenn Jude ihr etwas von den Ideen zu erklären versuchte, die sie in dem Begabtenkurs kennenlernte, sagte Molly nur achselzuckend: «Ich fürchte, das ist mir zu hoch, Superhirn.»

Statt auf Feuerkopf durch die Wildwoods zu preschen, saß Jude jetzt manchmal nach der Schule mit Sandy oben in seinem Zimmer und diskutierte mit ihm über den Urknall, die natürliche Selektion und die Relativitätstheorie. Durchs Fenster konnten sie sehen, wie Noreen hinten in ihrem Garten Molly auf die bevorstehende Cheerleader-Auswahl vorbereitete. Manchmal drangen ihre Hymnen durch das offene Fenster herein.

«Vom Scheitel bis zum großen Zeh
auf unser tolles Team ich steh!»

Dann unterbrachen Jude und Sandy ihre Erörterung der Hegelschen Dialektik und kicherten. Und Jude runzelte selbstkritisch die Stirn, weil sie sich wie eine Verräterin vorkam.

Als sie und Molly in der Dämmerung von Miss Melroses Benimmkursus nach Hause spazierten, wobei sie bei jedem Schritt die Hüften schwangen, verkündete Jude: «Mein Dad sagt, er läßt uns am Samstag nachmittag zur Übung mit dem Jeep den Berg hinterm Friedhof runterfahren.»

«Oh, Jude, ich fürchte, da kann ich nicht.»

«Aber es wäre doch toll, Auto fahren zu können, oder?»

«Samstag nachmittag habe ich leider schon was vor.»

«Was denn?»

«Jude, ich bin nicht deine Sklavin. Ich brauche dir nicht über jeden Schritt Rechenschaft abzulegen.»

«Entschuldigung.»

Schweigend liefen sie an Gärten voller Tulpen vorbei. Seit Jude begriffen hatte, daß ihr Erlebnis mit Molly auf dem Floß nur ein Traum gewesen war, wußte sie nicht mehr, wie sie sich ihr gegenüber verhalten sollte. Es schien unmöglich, den natürlichen Gleichklang wiederherzustellen, der in der Kindheit zwischen ihnen geherrscht hatte, und für diesen schmerzlichen neuen Abstand fehlte jedes Raster. So kam es zwischen ihnen oft zu peinlichem Schweigen oder gereizten Ausbrüchen, gefolgt von hektischen Versuchen, zu jener Harmonie zurückzufinden, die ihnen einst so mühelos und selbstverständlich erschienen war.

«Ich mag weiße Tulpen am liebsten, und du?» sagte Molly schließlich.

«Ich auch», nahm Jude die Entschuldigung an.

«Also, ich gehe mit Ace zum See. Mit dem Motorboot von seinem Vater rumfahren.» Sie bemühte sich, es beiläufig klingen zu lassen.

Jude sah sie an. Molly und Ace tanzten oft bei den Turnhallenpartys in der Schule miteinander. Und obwohl Molly es nicht zugab, hatte Jude den Verdacht, daß sie abends miteinander telefonierten. Manchmal saßen sie in der Mittagspause zu dritt auf der Tribüne, um beim Basketball zuzugucken. Ace und Molly gingen nicht fest miteinander und verabredeten sich auch nie für abends, aber Jude wußte, daß Molly oft in Gedanken bei ihm war.

«Aber warum ausgerechnet Ace?» fragte sie schließlich aus aufrichtiger Neugier. «Das kapiere ich nicht. Hast du vergessen, wie gemein er zu uns war?»

«Er hat sehr nette Seiten, die du nicht kennst, Jude. Er tut vielleicht hart, aber innen drin ist er ein trauriger, ängstlicher kleiner Junge.» Sie lächelte liebevoll, so, wie wenn sie von den Possen ihres Hundes erzählte.

«Erspar mir bitte die Einzelheiten.»

«Und außerdem hat es Gründe, daß er so gemein war.»

«Zum Beispiel?»

«Sein Vater ist nicht besonders nett.»

«Sein Vater ist der beste Anwalt in der Stadt. Mein Dad sagt, er war im Krieg ein großer Held.»

«Mehr kann ich nicht sagen.»

Jude musterte sie aus dem Augenwinkel. «Wir haben nie Geheimnisse voreinander gehabt, Molly.» Sie kamen an weiteren Tulpen vorbei. Jude haßte sie plötzlich. Vor allem die weißen.

«Ich hab's Ace versprochen.»

«Dann ist Ace dir jetzt also wichtiger als ich?»

«Nein, natürlich nicht, Jude. Aber er braucht mich. Ich glaube, ich kann ihm helfen.»

Als sie an der Gehwegritze ankamen, die die Grenze zwischen ihren Grundstücken markierte, wandten sie sich einander zu. Mollys Blusenkragen guckte aus ihrem Pulloverausschnitt. Darauf entdeckte Jude einen winzigen Dolch aus einer Stecknadel, einem Stückchen roter Plastikschnur und ein paar kleinen bunten Perlen. Noreen war die Schöpferin dieser Mode, die inzwischen die ganze Schule überschwemmt hatte. Sie und die anderen Cheerleader fabrizierten richtige Sets, bestehend aus einem solchen Dolch und einem Mini-Schwert. Sie verkauften sie an die Jungs und spendeten das Geld für Muskelschwundkranke. Die Jungen trugen Dolch und Schwert gekreuzt auf ihren Kragen, bis sie fest mit einem Mädchen gehen wollten, dem sie den Dolch dann schenkten.

«Was ist das?» fragte Jude und zeigte auf Mollys Dolch, als wäre er ein Skorpion.

Molly fuhr zusammen und sah dann rasch weg. «Ace hat mich heute gefragt, ob ich ihn tragen will.»

Jude sagte eine ganze Weile gar nichts. Sie würde diese Schlacht verlieren, aber sie wollte verdammt sein, wenn sie es irgendwem leicht machte. «Und was ist mit mir?»

«Aber Jude, du bist ein Mädchen», sagte Molly sanft. «Du bist meine beste Freundin, aber Ace ist mein Freund. Warum legst du dir nicht auch einen Freund zu? Dann könnten wir uns zu viert für's Kino verabreden. Wie wär's mit Jerry Crawford? Ace sagt, er mag dich.»

«Was ist mit unserer Hütte?» fragte Jude hartnäckig. Sie wollte keinen Jerry Crawford. Sie wollte Molly.

«Welche Hütte?»

«Die Hütte, die wir uns auf dem Kliff über unserer Höhle bauen wollten. Mit der Koppel für Feuerkopf und Pal.»

«Aber da waren wir noch klein, Jude. Das war doch ein Spiel.» Sie sah Jude liebevoll-besorgt an.

Jude hatte das Gefühl, als täte sich in ihrem Magen ein Loch auf, wie eine Falltür zur Hölle. Sie hatte gewußt, daß sie verlieren würde, aber ihr war nicht klar gewesen, daß sie bereits verloren hatte.

«Bitte, tu mir das nicht an, Molly.»

Molly lachte halbherzig. «Aber ich tu dir doch gar nichts an.»

Während Jude zu sich nach Hause ging, dachte sie, wenn sie so ein komisches Ding zwischen den Beinen hätte wie Mollys Vater oder die Jungs hinter der Heizung, könnte sie mit Molly zu langsamer Musik tanzen und fest mit ihr gehen und all das tun, was sie wollte, seit sie auf der Junior High war. Aber so blieb ihr nichts, als sich ihre Hütte allein zu bauen, ohne Molly, die irgendwo anders wohnen würde, mit Ace Kilgore und ihren Monsterbabys.

Tante Audrey war oben und redete mit Daniel Junior, dem neuen Baby, das freudig gluckste. Jude ging in die Küche und schnitt sich ein Stück von Mrs. Starnes' letztem Kuchen ab – Schoko-Fudge mit Buttercreme. Sie trug ihren Teller ins Wohnzimmer und setzte sich in den braunen Ledersessel, auf dessen Armlehnen sie und Molly geritten waren, um mit Clementines Wäscheleine Sidney zu fangen. Sie griff zu dem Tischchen hinüber, öffnete die Schublade, zog das gerahmte Foto von ihrer Mutter in der Weinflasche heraus und stellte es auf den Tisch. Ihr Vater steckte es jetzt immer in die Schublade. Er erklärte, es mache Tante Audrey etwas aus, wenn es da stehe. Und Jude stellte es jedesmal zurück, ohne zu erklären, daß es ihr etwas ausmachte, wenn Tante Audrey in dem Bett schlief, wo er ihrer Mutter das Baby gemacht hatte, das sie umgebracht hatte.

Aber die beiden Babys, die Tante Audrey gekriegt hatte, hatten *sie* nicht umgebracht, also würde Jude ihre Theorie revidieren müssen. Und sie mußte zugeben, daß sie süß waren, ihre beiden kleinen Halbbrüder mit dem zahnlosen Grinsen und den winzigen Fingerchen und den eindringlichen blauen Augen. Sie mümmelte ihren Kuchen und starrte auf das Foto ihrer schönen Mutter, die in einer Flasche gefangen war wie eine exotische Blume. Sie fragte sich, ob ihre Mutter sie genauso abgöttisch geliebt hatte, wie Tante Audrey ihre Babys zu lieben schien. Wahrscheinlich schon, dachte sie, nach ihrem Gesichtsausdruck auf dem Foto zu urteilen, dem an ihrem Bett, auf dem Judes Wange an ihrer Wange lag.

In einer Art riesigem Zirkuszelt, das mitten auf dem Jahrmarktsplatz am Stadtrand stand, nahm ein Erweckungsprediger mit einer vanillefarbenen Stirntolle und einem Dauerlächeln der Baptistenjugend aus der ganzen Gegend das Gelübde ab, hinfort dem Tanzen, Trinken, Kartenspielen, Fluchen und den «schändlichen Freuden des Fleisches» zu entsagen. Jude saß auf einem Klappstuhl neben Jerry Crawford und verfolgte, wie Molly und Ace sich dem Menschenstrom anschlossen, der durch den Mittelgang nach vorn zum Podium drängte, um wiedergeboren zu werden. Sie war entsetzt, daß Molly so leichthin einen Schwur leistete, von dem angesichts ihrer Hin-und-weg-Leidenschaft klar war, daß sie ihn niemals halten würde. Offenbar verwandelte Ace sie in eine Lügnerin. Sie benahm sich sehr seltsam, seit sie fest mit ihm ging. Ihre blauen Augen hatten ihren Glanz verloren, und sie ging wie ein Roboter, so, als hätte ein böser Zauberer sie hypnotisiert.

Die Errettungskandidaten scharten sich hinter dem händeschüttelnden Prediger, die Gesichter dem Publikum zugewandt. Jude suchte Mollys Blick und signalisierte in Wolfssprache: Was zum Teufel machst du da?

Molly sah weg und lächelte stolz zu Ace empor. Der unablässig grinsende Bote des Herrn breitete die Arme aus, als wollte er über ein Hochseil balancieren, und erbat Gottes Segen für «diese künftige Elite unserer großen kriss-lichen Nation», die gelobt hatte, hinfort ein neues Leben zu führen, «reingefegt durch den Besen Christi!»

Nach der Veranstaltung zwängte sich die Baptistenjugend aus Judes Gemeinde wieder in den heugepolsterten Lieferwagen. Während der Wagen stadtwärts rumpelte, begann irgendwer, «Jacob's Ladder» zu singen.

Jerry beugte sich herunter und suchte im Dunkeln Judes Lippen. Sein zahnpastafrischer Atem strich warm über ihre Wange. Jude wandte den Kopf ab und tat so, als sei sie ganz darauf konzentriert, die zweite Stimme zu «If you love Him, why not serve Him?» richtig hinzubekommen. Jerry seufzte und grabbelte im Heu nach ihrer Hand. Seine Hand stülpte sich über ihre wie ein kopulierender Seestern.

In der Mitte von «This Light of Mine» fingen alle an, Taschenlampen zu schwenken. In den umherhuschenden Lichtstrahlen erspähte Jude in der hinteren Ecke Ace und Molly. Sie lagen tief ins Heu gewühlt, die Körper aneinandergepreßt, und schnappten mit den Lippen wie halbtote Fische. Offenbar hatten sie beschlossen, die Auflagen bezüglich der schändlichen Freuden des Fleisches zu ignorieren.

Molly hob kurz den Kopf, und ihr glasiger Blick fiel genau auf Judes Gesicht. Sie starrten sich einen endlosen Moment lang an, und Jude hatte das Gefühl, ihr Herz müßte hier und jetzt, auf diesem Bett aus Heu, in tausend scharfe Splitter zerspringen. Noch immer Molly anstarrend, schob sie Jerry ihren Kopf entgegen und öffnete ihre Lippen unter seinen. Zornigen Blicks beobachtete sie, wie Molly ihr dabei zusah, wie sie Jerrys Zunge in ihren Mund sog und seine rauhe Krustentierhand auf ihrem knospenden Busen plazierte.

Auf dem Heimweg von der Schule, unter dem fliegenden roten Texaco-Pferd, verkündete Molly, daß sie und Ace sich zu einer Freizeit der Baptistenjugend in Virginia angemeldet hätten. Sie drängte Jude, sie und Jerry sollten doch auch mitkommen, aber inzwischen hatte Jude ihr Waterloo akzeptiert. Sie hatte versucht, Molly vor Ace zu retten, schließlich aber begriffen, daß Molly gar nicht gerettet werden wollte.

Da sie nichts mehr zu verlieren hatte, sagte Jude: «Ich würde nicht mal mehr in den Himmel wollen, wenn ich wüßte, daß Ace Kilgore auch dort ist.»

Mollys Augen starrten sie eisblau an. «Ace ist vielleicht manchmal nicht besonders nett», fauchte sie, «aber wenigstens ist er nicht langweilig.»

«Soll das heißen, daß ich dich langweile?» Jude biß die Zähne zusammen, um nicht loszuheulen.

«Nein, du langweilst mich nicht», lenkte Molly hastig ein. «Es ist nur – manchmal fühle ich mich irgendwie von dir erstickt, Jude. Als ob du immer nur willst, daß wir uns oben auf dem Kliff eine Hütte bauen und auf ewige Zeiten Kinder bleiben.»

«Na ja, bei Ace Kilgore brauchst du keine Angst zu haben, daß er dich erstickt», knurrte Jude, «weil er wahrscheinlich sowieso bald im Gefängnis landet.»

«Wenn hier jemand Angst haben muß, im Gefängnis zu landen, dann wir beide», sagte sie und starrte auf den Bürgersteig.

«Was soll das heißen?»

«Bestimmte Sachen, die wir gemacht haben – das war nicht richtig.»

«Zum Beispiel?»

«Ach, du weißt schon.» Molly starrte auf die andere Straßenseite. «Pekannuß und das ganze Zeug.»

«Was war daran falsch?» Damals hatte es sich nicht falsch angefühlt. Es hatte sich richtig angefühlt – für sie beide. Molly zerstörte nicht nur ihre Zukunft, jetzt modelte sie auch noch ihre Vergangenheit um.

«Zwei Mädchen dürfen so was nicht miteinander machen.»

«Wer sagt das?» fragte Jude matt.

«Gott», erwiderte Molly mit ruhiger, fester Stimme. «In der Bibel steht, eine tüchtige Frau ist ihres Mannes Krone.»

Jude blieb stehen und sah sie an. «Seit wann kümmert dich, was in der Bibel steht?»

«Seit ich bei der Erweckung Gott als meinen Herrn und Meister angenommen habe.» Sie sah Jude trotzig an. Ihre Augen waren jetzt steingrau.

Jude klappte der Unterkiefer herunter. Es nun auch noch mit Gott aufnehmen zu wollen war hoffnungslos. Sie ergab sich in ihre Niederlage. «Aber ich liebe dich, Molly», sagte sie weich.

Einen Moment lang sah Molly sie verwirrt an, als ob ihr jetziges Selbst mit einem früheren kämpfte. «Ich dich vielleicht auch, Jude», sagte sie schließlich mit belegter Stimme. «Aber nicht so.»

«Wie?» bohrte Jude. Sie sah Molly scharf an.

Molly sagte eine ganze Weile nichts, starrte nur auf einen Trupp roter Ameisen, die eine tote Wespe über den Asphalt zerrten. «Nicht so wie in der Nacht auf dem Floß.»

Am Samstag nachmittag, als die baptistische Jugend zu ihrer Freizeit aufgebrochen war, kam Judes Vater in die Küche und fragte: «Wollt ihr zwei denn jetzt mit mir Auto fahren?»

Jude lag bäuchlings auf dem roten Linoleumboden. «Molly ist weg.»

Er sah zu ihr herunter. «Ach?»

«Sie ist auf einer Freizeit in Virginia.»

«Wolltest du nicht mit?»

«Nein.» Jude hatte die ganzen letzten Tage zwischen Euphorie und Verzweiflung geschwankt. Der Traum von Molly und ihr auf dem Floß war also doch kein Traum gewesen. Oder wenn es doch einer gewesen war, hatte Molly ihn auch geträumt. Gemeinsam hatten sie etwas sehr Wichtiges erlebt. Nach fast zehn Jahren enger Freundschaft hatten sie die Grenzen überwunden, die zwei Menschen normalerweise trennten. Sie waren eins geworden – miteinander und mit der ganzen Schöpfung. Nichts und niemand würde Jude dieses Wissen je wieder nehmen können. Aber genau das versuchte Molly. Zuerst hatte sie so getan, als wäre es nie passiert. Und jetzt behauptete sie, es sei nicht wichtig gewesen.

An diesem Nachmittag hatte Jude sich gezwungen, der Tatsache ins Auge zu sehen, daß Molly Ace liebte, *weil* er so schrecklich war. Molly gefiel sich in der Rolle, einen Sünder zu erretten, ein wildes Tier zu zähmen, einen Gesetzlosen wieder auf die richtige Bahn zu bringen. Weil er ein schlimmer Junge war, konnte sie sich als braves Mädchen fühlen. Außer sich einer Persönlichkeitstransplantation zu unterziehen und noch schlimmer zu werden als Ace, gab es für Jude keinen Weg, ihn auszustechen.

Am Abend, als sie zusammen im Wohnzimmer saßen und über Sid Caesars Gags in der «Show der Shows» lachten, ließ Tante Audrey Jude den kleinen Danny halten. Danny war knuddelig und duftete wunderbar in seinem Flanell-Strampelanzug. Jude hielt ihn hoch und ließ ihn mit seinen dicken Beinchen auf ihrem Schoß herumtapsen und so tun, als liefe er. Dann grabschte er mit seinen perfekten kleinen Fingern nach ihrer Unterlippe. Er umklammerte sie und sah Jude mit seinen treuherzigen, vertrauensvollen, forschenden Augen an. Er war so unkompliziert und unschuldig und verletzlich, wollte alles in seiner Reichweite anfassen und untersuchen, wollte immerzu gestreichelt werden, egal von wem und an welcher Stelle seiner samtweichen Haut. Wie konnte ein so bezauberndes Geschöpf zu einem Ace Kilgore werden? fragte sich Jude.

Ihr Vater hielt seinen älteren Sohn Sam auf dem Schoß. Sam trug ebenfalls einen Flanellschlafanzug mit Füßlingen. Er zappelte, so, wie auch Jude früher gezappelt hatte, und kletterte auf dem Sessel herum, um sich so nahe wie möglich an den großen Körper seines Vaters zu kuscheln. Dann spielte er mit Jude Verstecken. Er hielt sich die Augen zu, denn er dachte, wenn er sie nicht sah, könne sie ihn auch nicht sehen. Ihr Vater lachte, bis sein Gesicht puterrot war. Jude freute sich, ihn so glücklich zu sehen.

Molly war auch glücklich, mit jemand anderem als Jude. Aber Jude war kein einsames mutterloses Kind mehr. Sie war Klassenbeste und kurz davor, Schriftführerin der Schülervertretung zu werden. Der Schulsprecher, ein Neuntkläßler aus Pittsburgh, der am Poplar Bluff wohnte, hatte sie für nächstes Wochenende zu einer Party bei sich zu Hause eingeladen. Sie hatte ihr eigenes Leben, unabhängig von Molly und ihrem Vater, genau wie sie ihr eigenes Leben hatten, unabhängig von ihr.

Das Telefon klingelte. Ihr Vater nahm ab. Sein fröhliches Gesicht verzerrte sich. «Ich komme», sagte er, und seine Stimme klang plötzlich fremd und erschreckend.

Er stand einen Moment wie versteinert da, die Hand auf dem Hörer, ehe er sich Jude zuwandte. «Kleines, Molly hatte einen Autounfall. Ich muß in die Klinik.»

Tante Audrey schlug sich die Hände vors Gesicht und brachte kein Wort heraus.

Jude sah ihn aus ihrem Sessel an. «Kann ich mit?»

«Vielleicht bleibst du besser hier.»

«Ist es schlimm?»

«Ziemlich schlimm.»

«Ich komme mit.»

Jude saß mit Mollys Eltern im Wartezimmer, Menschen in stockfleckigen weißen Kitteln rannten eilig umher. Aces Eltern waren auch da. Jude sah immer wieder zu Mr. Kilgore hinüber und versuchte herauszufinden, wieso er nicht nett war. Bis auf die stumpfschwarzen Augen sah er aus wie jeder andere Vater in der Stadt. Es waren auch noch andere Eltern da, die Jude nicht kannte.

Sieben Mitglieder der Baptistenjugend hatten in einem Auto gesessen, das ein Junge von der High School fuhr. Ace hatte ihn angestachelt, auf der kurvigen Bergstraße immer mehr Gas zu geben. Er hatte gejohlt, als der Tacho fünfzig Meilen anzeigte, dann sechzig und siebzig. Molly, die am offenen Rückfenster auf Aces Schoß gesessen hatte, hatte den Fahrer angebrüllt, er solle langsamer fahren. Die anderen Mädchen hatten geschrien und geweint.

Das Auto war aus einer Kurve getragen worden, über den Randstreifen geschlittert und eine steile Böschung hinuntergerollt. Beim ersten Überschlag war Molly halb aus dem Fenster geschleudert worden. Beim zweiten hatte das Auto sie unter sich begraben.

Mollys Mutter hielt Judes Hand und weinte leise. Mollys Vater tigerte in dem Raum auf und ab. *Jude war auf einer Eisscholle und trieb lautlos über ein silbrig zugefrorenes Meer.*

Ace kam an Krücken herausgehumpelt und erklärte seiner Mutter: «Ich hab ja versucht, sie festzuhalten. Ich hab versucht, sie wieder reinzuziehen. Ich hatte sie um die Taille gefaßt, aber dann standen wir plötzlich auf dem Kopf, und sie ist mir weggerutscht...» Er sah Jude an und verstummte. Sie erwiderte seinen Blick. Er humpelte zwischen seinen Eltern zur Tür hinaus.

Stunden später wurde Molly auf einer Trage herausgerollt. Ihr dunkles, welliges Haar war abrasiert, und säuberliche Catgut-Nähte zogen sich über ihren Schädel wie das Muster auf einem Softball. Ihr Gesicht war schwarz und lila. Der eine Arm war eingegipst. Von ihrer Nase und ihrer Hand führten Plastikschläuche zu flüssigkeitsgefüllten Beuteln, die eine Krankenschwester an einem Ständer hinterherschob.

Judes Vater erschien in grüner OP-Kleidung, die fleckig war von Mollys Blut.

«Wird sie wieder gesund?» fragte Jude. Erwachsene starben. Aber Jugendliche doch nicht.

«Ich habe getan, was ich konnte.» Aber seine braunen Augen waren so schmal, als wollten sie sich in den Höhlen über seinen vorstehenden Wangenknochen verkriechen.

Jude, ihr Vater und die Elkins' folgten der Trage in ein kleines Zimmer und sahen zu, wie die Pfleger den Körper auf ein schmales weißes Bett hoben. Judes Vater rettete andauernd Leuten das Leben, jedenfalls erzählten das alle. Er würde Molly retten.

«Geh nach Hause, und ruh dich ein bißchen aus», sagte Mollys Mutter zu Jude, während sie den leblosen Arm ihrer Tochter streichelte.

«Gute Idee», sagte Judes Vater. «Ich bin fix und fertig. Wir sind bald wieder da.»

Während ihr Vater duschte und sich umzog, packte Jude ein paar Sachen in eine Papiertüte – *Mademoiselle* und *Seventeen,* als Lektüre für Molly, wenn sie wieder wach war; Nagellack, damit sie Mollys Nägel lackieren konnte, die bei dem Unfall abgebrochen waren; ein Stück von Mrs. Starnes' Orangenblütenkuchen, Mollys Lieblingssorte, in Alufolie eingewickelt.

Als Jude zum Wagen ging, um dort auf ihren Vater zu warten, sah sie Sidney an der Hintertür sitzen. Sie hockte sich hin und streichelte ihn. Als sie aufschaute, sah sie Molly unter dem Maulbeerbaum neben der Garage stehen.

«Oh, du bist schon wieder da?» sagte Jude und stand auf. Sidney erhob sich ebenfalls und sah winselnd zu Molly hinüber.

Als Jude auf sie zuging, merkte sie, daß es gar nicht Molly war. Es war nur ein Schatten, den die Äste im Mondlicht warfen. Aber Sidney starrte immer noch auf den Schatten und zitterte am ganzen Leib.

Als Jude und ihr Vater ins Krankenhaus zurückkamen, war Molly tot.

Jude weigerte sich, zur Beerdigung zu gehen. Sie wollte Noreen nicht am offenen Grab jammern und wehklagen hören wie nach einem verlorenen Football-Match. Und sie wollte Ace Kilgores Blick nicht begegnen. Sie lag auf ihrem Bett, aß Himbeersorbet und fragte sich, ob Molly jetzt wohl neben ihr läge, wenn sie mit auf diese Freizeit gegangen wäre. Molly hatte sie damals vor den Commie-Killern gerettet, aber sie hatte Molly nicht gerettet.

Sie hörte Sidney draußen jaulen. Sie holte ihn herein und ließ ihn auf ihr Bett springen und lustlos Himbeersorbet von ihrem Löffel lecken.

Sie schaute über ein weites, ödes Schneefeld, das unter einer gnadenlosen Sonne glitzerte. Sie sah hinauf in den eisblauen Himmel und suchte eine Wolke, auf der vielleicht ihre Mutter saß, aber der Himmel war leer.

Durchs Fenster sah sie Sandy und ihren Vater in Anzug und Krawatte vom Friedhof zurückkommen. Tante Audrey lief neben ihnen. Sie trug Danny, der in einen taubenblauen Schneeanzug eingemummelt war. Jude konnte ihre Atemwölkchen sehen. Ihr Vater kam herauf in ihr Zimmer. Er setzte sich aufs Bett und streichelte Sidney.

«Ich weiß nicht, was ich sagen soll, Jude. Aber ich weiß, wie dir jetzt zumute ist. Die Jahre vergehen, und das Leben geht weiter, und man trifft neue Menschen. Aber manche Menschen sind nicht zu ersetzen.»

Jude aß weiter von ihrem Sorbet. Wenn er einfach damals im Krieg in Frankreich gestorben wäre, wäre ihre Mutter noch am Leben. Und außerdem war er ein Quacksalber. Er hatte Molly nicht gerettet.

Irgendwann stand dann plötzlich Sandy in der Tür, noch immer in Anzug und Krawatte. «Es tut mir so leid, Jude.»

«Danke.»

«Die Erinnerung an Molly wird dir immer bleiben. Die kann dir niemand nehmen.»

Jude sah ihn an. «Mehr hab ich vielleicht nie gehabt.»

«Wie meinst du das?»

«Glaubst du, Träume sind wirklich?»

«Ich habe gelesen, sie sind Wunscherfüllungsphantasien. Aber vielleicht feuert das Gehirn auch einfach nur im Ruhezustand wild irgendwelche Neuronen.»

«Ich dachte, Molly und ich, wir würden uns lieben, aber vielleicht hab ich mir das ja auch nur eingebildet.»

«Nein, Jude. Molly hat dich geliebt.»

«Aber warum hat sie irgendwann damit aufgehört?»

«Sie hat nicht aufgehört. Aber ich glaube, sie hat Angst gekriegt.»

«Angst wovor?»

«Angst, anders zu sein. Angst, sich zu verlieren. Molly war nicht so stark wie du.»

Jude runzelte die Stirn. Das ergab keinen Sinn. Molly war älter. Sie hatte immer die Führung übernommen. Und Jude fühlte sich nicht stark. Ihr war nur danach, unter ihr Bett zu kriechen und nie wieder hervorzukommen.

Er patschte ihr unbeholfen auf die Schulter, und als sie schließlich wieder aufsah, war er weg.

An diesem Abend ging sie hinunter ins Sprechzimmer ihres Vaters und nahm sich eine elastische Binde. Sie zog ihre Bluse und ihren BH aus und bandagierte ihre knospenden Brüste so fest, daß es weh tat. Dann ließ sie Sidney zum Pinkeln nach draußen und holte sich noch mehr Himbeersorbet.

Als Clementine am nächsten Morgen hereinkam, lagen Jude und Sidney inmitten klebriger Sorbetschüsselchen auf dem Bett, obwohl es ein normaler Schultag war.

«Es tut mir so leid, Herzchen», sagte Clementine.

«Wenn Ewigkeitsliebe dauert, bis beide auf dem Friedhof liegen», sagte Jude, «sind wir immerhin schon halb am Ziel.»

«Mit der Zeit wird's besser, ich versprech's dir.»

Clementine streichelte ihren Rücken. Als sie die elastische Binde fühlte, knöpfte sie Judes Bluse auf und sah auf ihre stramm umwickelte Brust und die wundgescheuerte Haut an den Rändern der Bandage. «Was hast du denn da gemacht, Miss Judith?»

«Ich will keine Frau werden», sagte sie. «Wenn man eine Frau wird, liebt man einen Mann, und das ist das Ende.»

«Herjesses, mein armes verirrtes Lämmchen», flüsterte Clementine und nahm Jude in die Arme, wiegte sie und summte einen Gospelsong über Christus, der seine Herde in den sicheren Pferch führt, wenn es Abend wird.

Jude fuhr mit dem Fahrrad in die Stadt. Von ihrem Taschengeld kaufte sie einen Tontopf mit weißen Tulpen. Den Topf im einen Arm, radelte sie an dem großen weißen Haus ihrer Großmutter vorbei. Sie hatte gerade eine Ansichtskarte von der chinesischen Mauer bekommen, auf der stand: «Die Chinesen sind so höflich und wohlerzogen, fast wie die Leute in Virginia.»

Jude betrat den Friedhof und ging zu dem frischen Lehmhügel, unter dem Mollys zerschundener Körper jetzt lag. Als sie den Tontopf zwischen die welkenden Kränze stellte, wurde ihr klar, daß jede Geste von ihrer Seite, auch der Kauf dieser billigen Blumen, die in der Abendkälte dahinschrumpeln würden, sinnlos war. Sie und Molly waren schon vor fast einem Jahr füreinander gestorben.

«Du bist meine beste Freundin und wirst es immer bleiben», murmelte sie dem roten Lehmhügel zu. Sie verließ den Friedhof, schwang sich auf ihr Rad und fuhr durch den Tunnel von Ulmen, deren lepröse Glieder von Rauhreif überzogen waren.

Zweiter Teil

*

Sandy

8

Na, so was!» sagte Sandy, als er die Tür seiner Wohnung am Riverside Drive öffnete und Jude im cremefarbenen Blazer mit dunkelblauem Kellerfaltenrock und College-Slippern vor ihm stand. «Eine Jungakademikerin.» Er lächelte verschmitzt. «Sieh einer an.»

«Und ein Hippie», sagte Jude und musterte seine achteckige Nickelbrille, die verschossene Latzhose und das rotblonde Haar, das sich auf seinem Hemdkragen kringelte wie Ahornspäne.

Den Mittelpunkt des Wohnzimmers bildete ein elektrischer Heizofen, also setzten sie sich im trauten Schein der orangeroten Glühspiralen in klapprige skandinavische Billigsessel, aus deren Polstern der Schaumstoff quoll. Da sie sich acht Jahre nicht gesehen hatten, gab es nicht viel, worüber sie reden konnten, außer einer Vergangenheit, mit der Sandy radikal abgeschlossen hatte – seit Beginn seines Collegestudiums war er nicht mehr nach Hause gefahren. Sie sahen sich befangen an.

«Tee!» sagte Sandy. «Wenn die Engländer nicht wissen, was sie sagen sollen, machen sie immer Tee. Ich werde uns Tee machen, okay?»

«Wir sind aber keine Briten.»

«Nein, aber ich habe an der National Opera in London gearbeitet, als ich mich vor der Einberufung gedrückt habe. Da habe ich das Zeremoniell gelernt.»

Während Sandy in der winzigen Küche den Kessel mit Wasser füllte und Teebeutel aus einer Dose auf der Anrichte fischte, musterte Jude ihn von hinten. Er hatte zugelegt seit der High School, wie ein Fohlen, das zu einem Pferd geworden war. Er hatte jetzt einen stattlichen Brustumfang und muskulöse Arme. Zu Hause kursierte das Gerücht, daß er sein Physikstudium aufgegeben habe und aufgrund seines Asthmas für untauglich befunden worden sei. Die meisten jungen Männer, die Jude an der Vanderbilt University gekannt hatte, machten ihre Reserveoffiziersausbildung und warteten auf die Chance, im Mekong-Delta die Demokratie zu verteidigen. Vor die Wahl zwischen Kampf oder Flucht gestellt, hatten sich die meisten Männer in Judes Familie für letzteres entschieden, und so waren ihre Sympathien auf Sandys Seite. Wenn einer ihrer Ahnen auf irgendeinem fernen Schlachtfeld als Held gefallen wäre und die Evolutionskette seiner DNS ein jähes Ende gefunden hätte, wäre sie jetzt nicht hier.

Wo wäre sie dann? fragte sie sich, während sie aufstand und über das ramponierte Parkett zu den Fenstern wanderte. Ihr Blick fiel auf einen Luftschacht und dann auf den trüben Hudson und die Achterbahn des Palisades-Vergnügungsparks am anderen Ufer. Hinter dem Wohnzimmer, dessen Wände mit Plakaten für Met-Opern bepflastert waren – FIDELIO, DER FLIEGENDE HOLLÄNDER, DIE LIEBE ZU DEN DREI ORANGEN –, lag ein Flur mit mehreren Türen.

Die Eingangstür öffnete sich, und ein schlaksiger junger Mann mit schwarzen Locken und einem Seehundschnauzer erschien. Er trug eine abgewetzte braunlederne Motorradjacke mit Pelzkragen und eine dunkelblaue griechische Fischermütze. Er musterte Jude mit den grünsten Augen, die sie je außerhalb des Katzenreichs gesehen hatte, und sagte mit britischem Akzent: «Sandys Sandkastenfreundin, nehme ich an?»

«Stimmt. Jude.»

«Ich bin Simon. Einer von Sandys Mitbewohnern.»

«Wie viele hat er denn?»

«Zur Zeit vier, glaube ich.» Endlich lächelte er jetzt, wenn auch wohl eher aus Pflichtgefühl. «Bitte. Machen Sie sich's bequem, soweit das in diesen Schrottsesseln möglich ist.»

Sie setzten sich beide. Jude nestelte an einem ihrer Blazerknöpfe herum. Simon inspizierte das blaue Zopfmuster der Mütze in seinen Händen. Schließlich fragte Jude: «Woher kennen Sie Sandy?»

«Wir sind uns in einer Londoner Bar über den Weg gelaufen.»

«Sie sind Engländer?» Der Kessel in der Küche begann zu pfeifen wie früher das Mittagspausensignal in der Gerberei von Sandys Vater.

«Ja.»

«Aus London?»

«Ja.»

«Sind Sie schon lange in den Staaten?»

«Ein Jahr.»

«Und was machen Sie beruflich?»

«Ich bin Verlagslektor.»

Ein Mann aus den Südstaaten hätte jetzt schon seine gesamte Biographie ausgebreitet. Auf Engländer hatte sie der Benimmkursus nicht vorbereitet. Zum Glück kam Sandy mit dem Tee. «Ah, Simon. Wie ich sehe, habt ihr euch schon bekannt gemacht.»

«Ja. Sie hat mich ausgefragt. Wie ihr Amerikaner das immer tut.»

Jude sah ihn ein wenig fassungslos an. Sie versuchte doch nur, höflich zu sein.

Sandy deponierte mit spöttischer Miene das Teetablett auf einem Tischchen vor dem elektrischen Heizofen. «Ich spiele die Dame des Hauses, wenn es genehm ist», sagte er mit britischem Akzent. Er setzte sich, nahm einen kleinen irdenen Krug und gab einen Schuß Milch in jeden Becher.

«Also, Jude, was tun Sie denn in New York?» Simon sah in einem Anfall von Wohlerzogenheit von seiner Mütze auf.

«Ich promoviere an der Columbia University. Ich habe gerade meinen Magister an der Vanderbilt University gemacht.»

«Was studieren Sie denn?»

«Geschichte.»

«Und wo wohnen Sie?»

«West Sixty-Seventh Street, gleich beim Central Park. Bei meinen Großeltern – den Eltern meiner Mutter.»

Sandy reichte ihnen je einen Becher und streckte Jude dann ein Honigglas hin. Sie rührte ein paar Löffel Honig in ihren Tee.

«Und wie gefällt es Ihnen hier?»

«Bis jetzt ganz gut. Aber ich bin noch nicht lange hier –»

Simon kippte seinen Tee hinunter und stand auf. «Dann überlasse ich euch jetzt mal euren Erinnerungen an die schwülen Nächte in den Sklavenquartieren. Ich muß mich ausgehfein machen. War nett, Sie kennenzulernen, Jude.»

Er schlakste über den abgewetzten, modrig riechenden braunen Teppich davon.

«Schön, dich wiederzusehen, Sandy», sagte Jude, als Simon im dunklen Flur verschwunden war. «Das Erwachsenwerden steht dir gut.»

«Dir auch. Und? Hast du sämtliche Kommilitonen an der Vandy um den Verstand gebracht?»

Jude lächelte. «Ich habe mich nicht viel mit ihnen abgegeben.»

«Dreiundzwanzig und noch ungeküßt?»

«Sozusagen.»

Nach Mollys Tod hatte sich Jude ein paar Monate geweigert, mit Jerry Crawford auch nur zu reden. Sie hatte jedesmal aufgelegt, wenn er angerufen hatte, und war ihm auf den Schulfluren ausgewichen. Er erinnerte sie zu sehr an seinen besten Freund Ace Kilgore. Ace hatte Molly zwar nicht eigenhändig umgebracht, aber er hatte auf jeden Fall mit ihrem Tod zu tun gehabt, wie eine Art böser Geist.

Schließlich hatte Jude sich breitschlagen lassen, abends mit Jerry ins Kino zu gehen, und hinterher, vor ihrer Tür, hatte er wieder Ansprüche auf sein bereits erobertes Terrain erhoben, indem er ihr die Hand unter den Pullover und die Zunge in den Mund schob. Da hatte sie gemerkt, daß sie ihn vermißt hatte, vor allem den kreatürlichen Trost eines warmen Körpers. Sie war an seine Brust gesunken und hatte zaghaft mit den Fingerspitzen die Muskelberge zu beiden Seiten seines Wirbelsäulentals gestreichelt.

In jener Nacht war ihr Molly das erstemal im Traum erschienen – mit rasiertem, von Nähten überzogenem Schädel und Schläuchen in den Nasenlöchern, das Gesicht dunkelviolett wie eine überreife Pflaume. *«Hör auf mich, Jude»*, hatte sie sie beschworen. *«Paß auf, daß dir das nicht auch passiert.»* Und immer, wenn sich seither in Jude ein Hauch von Verlangen nach irgendwem geregt hatte, war ihr Molly als Medusa erschienen und hatte sie auf diese Weise gewarnt.

An der Vanderbilt University war Jude drei Jahre mit einem Kappa-Alpha-Mitglied namens Bradley Caldwell gegangen, einem blonden Ashley-Wilkes-Typ, dessen Eltern ein Antebellum-Haus in Natchez besaßen, das fester Bestandteil der Gartenclub-Frühlingstouren war. Bei ihren Besuchen dort war Jude immer in einer umgebauten Sklavenhütte einquartiert gewesen. Bradley hatte sie stets mit Respekt behandelt, einem Respekt, der fast schon an Ehrfurcht grenzte und offenbar selbst Molly beruhigte. Er wollte eine Jungfrau heiraten, und Jude sollte diese Jungfrau sein. Also hatten sie Jungfräulichkeit so spitzfindig definiert wie ein katholischer Priester das Zölibat.

Aber Bradleys Angebetete zu sein war Jude schließlich doch zu anstrengend geworden. Sie hatte die Geschichte beendet und den nächsten Zug nach New York genommen. Bradley, der bei einer Bank in Charlotte arbeitete, drohte allerdings gerade damit, seine Versetzung nach New York zu erwirken.

«Ich kann nur sagen, die müssen alle blind sein», sagte Sandy und nippte an seinem Tee.

«Danke, Sandy. Du hast vielleicht den Süden hinter dir gelassen, aber die Galanterie hast du dir trotzdem bewahrt.»

«Keine Bange. Wir finden dir einen galanten Yankee.»

«Ist das nicht ein Widerspruch in sich? Hier wirken alle immer so gehetzt und unfreundlich.»

«Ach, es gibt schon noch ein paar Kavaliere. Allerdings sind die meisten aus Tennessee. Wo wir gerade von galanten jungen Männern sprechen – was ist eigentlich aus Ace Kilgore geworden?»

«Er ist zu den Marines gegangen. Jetzt ist er in Vietnam.»

«Dann darf er ja endlich ein paar Commies zur Strecke bringen. Offenbar gibt es doch einen Gott.»

«Jerry Crawford ist in seinem Platoon. Sie kämpfen Seite an Seite wie Achilles und Patroklus.»

Sandy grinste.

«Wußtest du, daß Jerry nach der High School Noreen geheiratet hat? Sie ist jetzt Chefin des Nachbarschaftskomitees.»

Sandy fing an zu lachen.

Die Eingangstür flog wieder auf, und eine junge Frau in kniehohen mahagonifarbenen Stiefeln mit Pfennigabsätzen klackerte herein wie ein Paradepferd. Ihre Jeans waren so eng, daß sie ihr Hinterteil sicher nur mit Hilfe eines Schuhlöffels hineingezwängt bekam. Ihr hennarotes Haar war auf der einen Seite abrasiert und auf der anderen kinnlang.

«Mona, das ist Jude», sagte Sandy und sprang auf wie ein wohlerzogener junger Südstaatler.

«Freut mich», sagte sie zerstreut und streckte Jude eine

schwitzige Hand mit spitzen pflaumenfarbenen Nägeln hin, ehe sie im Flur verschwand.

«Wer ist Mona?» fragte Jude, als Sandy sich wieder in seinen Sessel sinken ließ.

«Auch eine Mitbewohnerin. Sie arbeitet an der Met in der Maske.»

«Erzähl mir von den anderen.»

«Simon kennst du ja schon. Dann ist da noch Earl, ein Tänzer aus Cincinnati. Und Tony, der ist Bühnentechniker bei der Met.»

«Eßt ihr immer zusammen?»

«So gut wie nie. Wir haben alle so viel zu tun und völlig unterschiedliche Arbeitszeiten. Aber manchmal machen wir zusammen Partys oder Essen zu irgendwelchen Feiertagen. Eine nette Mischung aus Unabhängigkeit und Gemeinschaft. Und außerdem kann sich keiner von uns was anderes leisten. Ach, übrigens, wie geht's deinem Dad?»

«Gut. Bald nachdem du weg warst, ist meine Großmutter gestorben. Herzschlag – auf einer Kreuzfahrt in der Südsee. Sie mußten sie in die Tiefkühltruhe packen, bis sie wieder an Land kamen.»

«Meine Mutter hat's mir erzählt. Tut mir wirklich leid. Sie war eine tolle Lady.»

«Danke.» Sie saßen eine Weile schweigend da und dachten an die elegante alte Frau mit ihren Seidenkostümen und Pfennigabsätzen und ihrer ureigenen Version vom Krieg zwischen den Staaten, der zufolge der Süden nicht etwa deshalb verloren hatte, weil er bei der Sezession keine Schießpulverfabriken gehabt hatte, sondern weil die Yankees einfach keine Gentlemen waren. Jude besaß jetzt das François-Premier-Silber und die Kette mit den hellrosa Perlen, aber das war eindeutig kein fairer Tausch.

«Danach sind wir in ihr Haus gezogen», sagte Jude. «Dad und Audrey haben jetzt vier Kinder.»

«Das muß komisch für dich sein.»

«Er ist glücklich, und das freut mich für ihn.»

«Hey, ich bin's, Jude, dein alter Freund Sandy. Du brauchst nicht so vorsichtig zu sein.» Er stellte seine Tasse auf das Tablett und lehnte sich in seinen Sessel zurück, die Beine langgestreckt.

«Na ja, ich glaube, ich war schon sauer auf Audrey, weil sie den Platz meiner Mutter einnehmen wollte. Aber daß Dad sie hatte, hat es mir leichter gemacht, an die Vanderbilt-Uni zu gehen. Und du, Sandy?»

«Was, ich?» Er verschränkte die Hände hinter seinem blonden Lockenkopf.

«Was treibst du denn hier so? Hast du eine Freundin?»

Er errötete genau wie früher – das Rot stieg wie die Quecksilbersäule eines Thermometers vom Hals über sein sommersprossiges Gesicht bis zum Haaransatz. Es war beruhigend zu wissen, daß manche Dinge sich niemals änderten.

«Ich habe zu viel zu tun.»

«An der Met?»

Er nickte. «Ich bin Bühnenmanager. Ich weiß, das klingt wie eine Spitzenposition, aber es gibt Dutzende davon.»

«Wie bist du von der Astrophysik zur Oper gekommen?»

«Physik war mir zu trocken. Ich hab's gern ein bißchen sinnlicher.»

«Haben sich deine Eltern sehr ereifert, als du das Physikstudium hingeschmissen hast?»

«Nicht besonders. Du weißt ja, sie vergöttern mich. Und außerdem ist die Oper eine ehrbare Institution.»

«Keine Ahnung. Ich war noch nie in der Oper.» Sie trank den Rest von ihrem Tee, der lauwarm und stark und süß von Honig war.

«Ich nehm dich mal mit.»

«Okay, aber denk dran, ‹Singen und Spielen› mochte ich früher schon nicht.»

Er lachte. «Es wird dir gefallen. Glaub mir. Die Oper ist fast so surreal wie das Leben.»

«Nun, was hast du heute gemacht, Liebes?» fragte Judes Großmutter mütterlicherseits, während sie aus einer grauen Keramikschüssel mit blauem Kornblumenmuster etwas auf Teller schöpfte, das aussah wie Bohneneintopf.

«Ich war bei einem alten Freund, der jetzt am Riverside Drive wohnt. Ich hatte ihn acht Jahre nicht gesehen, und inzwischen ist er ein richtiger Mann geworden. Es war ein ganz schöner Schock.»

«Dann weißt du ja jetzt, wie es für uns ist, dich zu sehen», murmelte ihr Großvater, während er ihr Rotwein einschenkte. Der Wein schien an diesem Tisch so reichlich zu fließen wie zu Hause der Eistee.

Jude sah diese beiden Menschen an, die sie bisher hauptsächlich über Weihnachtskarten und Geburtstagsgeschenke gekannt hatte – ihr Großvater, groß und distinguiert, mit vollem Silberhaar und ausdrucksstarken Rosinenaugen; ihre Großmutter mit dem goldenen Pincenez und dem kunstvollen Knoten aus graumeliertem Haar, der auf ihrem Kopf thronte wie ein flauschiges Kissen. Ein paarmal waren sie auf dem Weg in ihren Florida-Urlaub zu Besuch gekommen, und sie hatten sie immer wieder eingeladen, aber sie war bisher nie darauf zurückgekommen. Sie hatte den Eindruck, daß ihre Großeltern und ihr Vater einander nicht besonders mochten. Als die beiden sie am Vortag mit ihrem Chauffeur an der Grand Central Station abgeholt hatten, hatte sie im Wagen gesagt, ihr Vater ließe ihnen herzliche Grüße bestellen (was nicht stimmte). Sie hatten sich nur bedankt und nicht weiter nachgefragt.

Jude musterte das walnußgetäfelte Wohnzimmer mit den Bleiglasfenstern und Hängeschranktüren, krampfhaft auf der Suche nach einem Gesprächsthema. Das einzige, was sie gemeinsam hatten, war diese Frau, die schon fast zwanzig Jahre tot war, aber bislang war ihr Name noch kein einziges Mal gefallen. «Wie lange wohnt ihr schon hier?» fragte sie ihren Großvater, der sorgsam seine Leinenserviette auseinanderfaltete und auf seinem Schoß drapierte.

Jude wagte es, das Unaussprechliche auszusprechen: «Dann ist meine Mutter also hier aufgewachsen?»

Ihr Großvater verzog das Gesicht, als hätte er plötzlich Sodbrennen.

Ihre Großmutter nickte. «Du wohnst jetzt in ihrem alten Zimmer.»

«Wo ist sie zur Schule gegangen?» fragte Jude unbarmherzig weiter. Sie hatte nicht zuletzt deshalb beschlossen, an der Columbia zu promovieren und bei ihren Großeltern zu wohnen, weil sie die beiden kennenlernen und mehr über ihre Mutter erfahren wollte. Aber das würde nicht passieren, wenn sie die ganze Zeit um den heißen Brei herumschlich, so wie mit ihrem Vater. Ihr Vater ging jetzt ganz in seiner neuen Familie auf. Ihre Mutter hatte außer ihr niemanden mehr, der die Erinnerung an sie weitertragen konnte. Deshalb mußte Jude erst einmal wissen, worin diese Erinnerung bestand. Jude war damals in ihrem Junior-Jahr mit der vagen Vorstellung nach Paris gegangen, mehr über ihre Mutter herauszubekommen, deren Familie ursprünglich aus Frankreich stammte. Viele Frauen auf der Straße hatten die zierliche Figur und die dunkle Schönheit ihrer Mutter gehabt. Aber am Ende ihres Aufenthalts hatte sie nur noch krasser die Abwesenheit ihrer Mutter gespürt.

«Sie war auf einer Privatschule auf der East Side. Dein Großvater hat sie jeden Morgen auf dem Weg ins Büro dort abgesetzt, und unser Chauffeur hat sie wieder abgeholt – bis sie groß genug war, um mit ihren Freundinnen durch den Park zu laufen.»

«Wie war sie?»

Judes Großmutter sah ihren Mann an, der sich ganz auf seinen Eintopf konzentrierte. Sie sah sich im Zimmer um, als suchte sie einen Notausgang. Sie atmete tief ein und wieder aus. Dann sah sie Jude an, als bäte sie um Gnade.

«Sie war sehr... entschieden», antwortete sie schließlich. «Sie wußte genau, was sie wollte, und nichts konnte sie davon abbringen.»

Judes Großvater verriet mit keiner Miene, ob er dem zustimmte. Sie saßen eine Weile schweigend da, und Jude hätte nicht sagen können, ob diese Worte ihrer Großmutter positiv gemeint waren oder nicht. Unter anderem hatte Judes Mutter Judes Vater gewollt. Jude starrte in ihren Eintopf – Bohnen, Speck, Wurst und Schweinefleisch in Tomatensauce. Es war angenehm, einmal nicht Landschinken und Maisbrot zu essen. «Das schmeckt köstlich», sagte sie schließlich. «Was ist das?»

«Cassoulet», antwortete ihr Großvater. «Aus *Süd*frankreich. Damit du dich heimisch fühlst.» Er lächelte.

«Ach, du liebes bißchen», sagte Jude. «Ich habe das Südstaatenessen so satt – Backhuhn und Maisbrot, Barbecue und Maisbrötchen. Ein Wunder, daß mein Magen überhaupt noch funktioniert.»

Als das Mädchen die Dessertteller abräumte, erhob sich Judes Großmutter und schritt zu einem dunkelglänzenden Schrank. Auf ein paar Holzstifte deutend, erklärte sie Jude, wie ihre Hugenottenvorfahren den Schrank zerlegt hatten, um ihn bei ihrer Flucht aus Frankreich mitzunehmen. Sie betrieb Stammbaumforschung für die Amerikanische Hugenottengesellschaft und verbrachte, soweit Jude mitbekam, den größten Teil ihrer Zeit damit, Passagierlisten von Schiffen zu studieren, die nach der Aufhebung des Edikts von Nantes aus europäischen Häfen ausgelaufen waren.

Sie nahm eine dicke, elfenbeinfarbene Kerze aus dem Schrank, stellte sie auf den Eßtisch und zündete sie mit einer

Kerze des Silberleuchters an. «Heute ist Bartholomäustag», erklärte sie.

«Großer Gott, Rose», knurrte Judes Großvater, «wir haben Besuch.» Er warf seine Serviette auf den Tisch und schob seinen Stuhl zurück.

«Mein Lieber», sagte Judes Großmutter, «dein Desinteresse ändert nichts daran, daß an diesem Tag im Jahr 1572 deine Vorfahren die meinen massakriert haben.»

«Aber offenbar nicht besonders gründlich, Liebling, denn du bist ja immerhin hier.» Er sah Jude leise lächelnd an.

«Spotte du nur, Christophe. Davon werden die Hunderttausend nicht wieder lebendig, die deine Vorväter wie Vieh abgeschlachtet haben.»

«Hunderttausend sind nur ein Tropfen im Wassereimer, meine Liebe», sagte er und erhob sich. Seine Silbermähne reflektierte das Kerzenlicht. «Im zwanzigsten Jahrhundert sind hundert *Millionen* durch die Hand ihrer Mitmenschen umgekommen.»

«Aber nicht durch die Hand von Menschen, die sie zu einer Hochzeit eingeladen haben.»

«Stalin hat zwanzig Millionen Menschen seines eigenen Volkes umgebracht. Und Mao ebenfalls.»

Jude musterte ihre eloquent streitenden Großeltern, bei denen dieser alte religiöse Konflikt Leidenschaften freisetzte, die die Erwähnung ihrer Tochter unberührt gelassen hatte. Ihr milder Großvater warf mit grimmen Schreckenszahlen um sich, als ginge es um Getreidesäcke.

«Verschwinde, Christophe», sagte ihre Großmutter, «bevor sich die Zahl der Opfer um eine weitere Ziffer erhöht.»

Lachend ging er hinaus.

Aber Jude blieb aus Höflichkeit sitzen und lauschte der Erzählung ihrer Großmutter. Es wirkte wie die rituelle Darbietung einer isländischen Saga. Grölende Katholikenhorden waren in die Häuser der Pariser Hugenotten eingedrungen und hatten die Menschen erstochen, erschossen oder aus hochgelegenen Fenstern gestürzt. Babys, die nach ihren ermordeten Eltern schrien, wurden einfach in die Seine geworfen. Mit Leichen beladene Ochsenkarren zogen Blutspuren zu einem Innenhof des Louvre, wo Haufen verstümmelter Körper, von Fliegenschwärmen in Besitz genommen, in der heißen Sommersonne faulten. Kichernde Hofdamen inspizierten die Genitalien eines toten Mannes, dem Impotenz nachgesagt worden war.

Beim Zuhören studierte Jude das Medaillon an der Halskette ihrer Großmutter – ein Malteserkreuz mit *fleurs de lis* in allen vier Winkeln. Am unteren Arm des Kreuzes hing eine kleine goldene Taube im Sturzflug. Ihre Großmutter mit dem bauschigen Knoten und dem goldenen Pincenez, die vorhin nur so zögerlich über ihre Tochter gesprochen hatte, schilderte jetzt voller Inbrunst, daß die Flüsse Frankreichs voll von aufgetriebenen Leichen gewesen seien; die Menschen hätten noch Monate später keinen Fisch gegessen, und die Wölfe seien aus den Wäldern hervorgekrochen, um sich an den angeschwemmten Toten gütlich zu tun. Jude machte es sich im Sessel bequem und trank ihren Wein. Sie war mitten in New York und fühlte sich schon richtig heimisch.

Nach ihrem Vortrag blies Judes Großmutter die Kerzen aus, gab ihr einen Gutenachtkuß und verschwand nach oben in ihr Schlafzimmer. Jude ging in das holzgetäfelte Fernsehzimmer und stellte den Apparat an. Da es nichts Interessantes gab, stellte sie ihn wieder aus. An den Wänden entdeckte sie Audubon-Stiche, aber keine Fotos, keine Schulabgangszeugnisse, nicht die kleinste Spur der Existenz ihrer Mutter.

Sie ging ins Wohnzimmer mit der Walnußvertäfelung und den Deckenbalken, das über zwei Stockwerke reichte. Auf Höhe des oberen Stocks war eine Galerie, von der die Schlafzimmer abgingen. Sie wanderte in dem halbdunklen Raum herum und versuchte sich vorzustellen, wie ihre Mutter als Kind hier gespielt hatte. In dem schummrigen Lampenlicht bemerkte sie auf dem burgunderfarbenen Orientteppich ein Paisley-Muster, dessen Schnörkel aussahen wie Fußstapfen. Sie setzte die Füße genau hinein und durchquerte so den Raum. Dann drehte sie sich um und hüpfte zurück, mal auf dem einen, mal auf dem andern, mal auf beiden Füßen, als spielte sie Hopse.

An der Fensterfront auf der Stirnseite studierte sie die mit burgunderrotem Samt bezogene Sitzbank in einem der Erker. Sie klappte den Sitz hoch und entdeckte darunter einen leeren Kasten. Sie kletterte hinein, ließ den Deckel herunter und stellte sich vor, sie läge in einem Sarg. Sie mußte daran denken, wie sie damals in dem abgesackten Grab gelegen hatte, von den Commie-Killern lebendig eingemauert. Einen Moment lang erschien es ihr leichter, einfach hier drinnen liegenzubleiben, während ihre Großeltern die ganze Wohnung nach ihr durchsuchten, als wieder hinauszusteigen und sich ein völlig neues Leben aufzubauen.

Als sie wieder aus der Sitzbank herauskletterte, sagte die Stimme ihrer Großmutter von oben: «Genau das hat deine Mutter auch immer getan.»

Jude sah auf und erspähte sie auf der dunklen Galerie. «Entschuldige, Grandma. Ich habe einfach nur ein bißchen herumgestöbert.»

«Du brauchst dich nicht zu entschuldigen, Liebes. Unser Heim ist jetzt auch dein Heim.»

Aber Jude hörte eine Spur von mühsam gezähmter Erregung in ihrer Stimme.

Jude schlang die Arme um Mollys Taille, als der Wagen wild zu schlingern begann. Dann stürzte er den Abhang hinunter und kippte zur Seite. Obwohl Jude sie fest umklammerte, wurde

Molly langsam aus dem Fenster gezogen. Jude stand Schweiß auf der Stirn, während sie versuchte, Molly wieder hereinzuziehen. Als sie ihren Händen entglitt, griff sie panisch nach der schmierigen roten Lehmböschung draußen ...

«... I've hungered for your touch a long lonely time», klagten die Righteous Brothers aus dem Radiowecker. «Time goes by so slowly and time can do so much ...»

Jude öffnete ein Auge und sah die goldene Tapete mit den preußischblauen Streifen in ihrem neuen Zimmer in der Wohnung ihrer Großeltern. Jetzt piepte der Weckton.

Jude stellte ihn ab und schob sich hoch, bis sie an dem Kopfteil des Mahagonibetts lehnte, in dem ihre Mutter als Kind geschlafen hatte. Sie tupfte sich mit dem Pyjamaärmel den Schweiß aus der Stirn und versuchte, ruhig zu atmen.

Molly hatte einst behauptet, die Sterne seien eigentlich Löcher im Nachthimmel, durch die von hinten das Licht drang, und Jude war der Meinung, daß die Alltagsrealität nur eine begrenzte Zeitspanne des Tages war, die man auf die Befriedigung körperlicher Bedürfnisse verwenden mußte, damit man dann weiter die Träume träumen konnte, die die eigentliche Realität darstellten. In manchen Nächten durchlebte sie diesen Unfall, der niemals endete. In anderen lag sie, von den Commie-Killern eingemauert, in einem eingesunkenen Grab, und Mollys knöcherne Arme zogen sie hinab zum Mittelpunkt der Erde.

Aber manchmal saßen sie und Molly in ihrer Höhle und spielten Hin-und-weg, während draußen die indigoblauen Smokies im dahindriftenden Herbstnebel verschwanden und wieder auftauchten. Oder sie galoppierten auf ihren Pferden den tosenden Fluß entlang, während am Himmel malvenfarbene Wolken kollidierten und dahinrasende Schatten auf den Talgrund warfen. Oder sie lagen umschlungen auf einem Floß, das auf dem ockerfarbenen Strom schaukelte, während tanzende Sonnenstrahlen über ihre Haut leckten wie tausend kleine Zungen.

Der Wecker piepste wieder los. Sie mußte zur Universität, um sich für die Lehrveranstaltungen im Herbstsemester einzuschreiben. Sie lag ganz still und hörte zu, wie die Stadt zum Leben erwachte, als höbe sich ein Bühnenvorhang. Daheim krähte im Morgengrauen ein einsamer Hahn nach dem anderen, bis schließlich die Sonne hinter den Bergen hervorkam und die Vögel im Chor ihr Frühkonzert begannen. Hier durchbrach zuerst eine einsame Warnsirene die Stille, gefolgt von einer Autohupe und dem Knirschen des Müllautos, das unten auf der Straße den Abfall verschlang. Dann noch mehr Sirenen, das Dröhnen eines Autobusses, Schulkindergeschrei, Hubschraubergeratter, das Gebell von Hunden im Central Park. Und schließlich das ganze Großstadtoratorium, in voller Lautstärke.

Jude stand in der düsteren Sporthalle mit den Geschichtsstudenten Schlange, die das Seminar über die Französische Revolution besuchen wollten, und musterte ihre neuen Kommilitonen. Ein wilder Haufen in Jeans und Latzhosen, T-Shirts und Arbeitshemden, Fallschirmspringerstiefeln und Basketballschuhen – ein großer Kontrast zu der Kaschmir-und-Tweed-Kultur an der Vanderbilt-Universität. Ein paar verströmten die moschusartige Geruchsmischung von Schweiß und Marihuana. Eine Mitstudentin an der Vanderbilt-Uni war von ihrem Freund, der in einer Country-&-Western-Band Dobro spielte, mit Joints versorgt worden und hatte sie in das Kappa-Haus geschmuggelt, wo Jude wohnte. Sie hatten zusammen auf dem Giebeldach gesessen und die Dinger geraucht. Auf Jude hatten sie keine große Wirkung gehabt, wenn ihr auch die Flugkapriolen der Vögel über dem Campus manchmal faszinierender erschienen waren als sonst.

Sie dachte an die Bartholomäusnacht-Geschichte ihrer Großmutter – die Hochzeit, die im Massaker geendet hatte, die Wölfe, die sich von den aufgeschwemmten Leichen ernährten. Nicht nur die Abendnachrichten, sondern alles, womit sich Jude in ihrem bisherigen Geschichtsstudium beschäftigt hatte, drehte sich um Krieg, Mord, Hungersnöte und Seuchen. Garantiert würde der Star des Seminars über die Französische Revolution die Guillotine sein. Aber irgendwann, irgendwo hatten die Menschen doch sicherlich nur ihre Äcker gepflügt und ihre Ernte eingebracht, Jahr um Jahr, bis sie friedlich im eigenen Bett gestorben waren, zu Tode gelangweilt, im Kreis derer, die sie liebten.

Sandy hatte in einen Dschungel von Seilen und Flaschenzügen hinter dem rotbraunen Samtvorhang einen Stuhl gestellt, von dem aus Jude den größten Teil der Bühne sehen konnte. Er saß hinter ihr an einem Schaltpult und beobachtete auf einem Monitor das Bühnengeschehen, wobei er in einer Partitur die Noten mitlas. Er trug Kopfhörer mit angebautem Mikrophon, über die er sich mit den im Saal verteilten Technikern verständigte.

Jude fand die Handlung recht verwirrend. Der junge Graf Oktavian, dargestellt von einer Frau, sang, im Bett liegend, der Marschallin, deren Gatte gerade abwesend war, süße Nichtigkeiten ins Ohr. Während der Graf sich als Zimmermädchen verkleidete, um die Affäre vor dem nahenden Vetter der Marschallin zu verbergen, klagte die Marschallin in einer Arie, daß der Graf sie irgendwann wegen einer jüngeren und schöneren Person verlassen werde. Dann verliebte sich der Vetter, ein Mann, in den als Zimmermädchen verkleideten Grafen.

In der Pause blieb Jude auf ihrem Stuhl sitzen. Sie sah zu, wie die riesige Plattform mit dem Wiener Salon auf die Bühne rollte, eskortiert von einer Schar junger Männer in

Jeans und T-Shirts, mit ledernen Zimmermannsgürteln und im Piratenstil um den Kopf gebundenen Bandanas. Der eine, mit einem braunen Pferdeschwanz und einem goldenen Kreolohrring, war Sandys Mitbewohner Tony.

Während des letzten Akts schlich Jude auf Zehenspitzen zu dem Schaltpult. Sie stellte sich hinter Sandy und sah zu, wie er die Partiturseiten umblätterte. Die Marschallin, die gemerkt hatte, daß ihr junger Graf sich tatsächlich in eine Frau seines Alters verliebt hatte, rang mit sich, ihn gehen zu lassen. Schließlich reichte sie ihm die Hand zu einem letzten Kuß und rauschte tapfer aus dem Zimmer.

Jude verspürte den unerklärlichen Drang, Sandys Blondhaar, das sich über seinen Kragen kringelte, zu streicheln. Sie berührte eine Locke mit der Fingerspitze. Sandy drehte den Kopf und sah gerade noch ihren Finger zurückzucken. Er blickte ihr in die Augen und lächelte.

Während Sandy und Jude durch die kühle Nachtluft zu dem Haus gingen, wo Judes Großeltern wohnten, genossen sie die Stille, die nur gelegentlich von einem vorbeifahrenden Auto oder einer Sirene irgendwo am Broadway durchbrochen wurde. Sandy begann, die Arie der Marschallin zu summen, in der sie begriff, daß der Graf sie verlassen würde.

«Das war wirklich wunderschön», sagte Jude.

Sandy fing jetzt an, leise zu singen.

«Wie geht der Text genau?»

Er überlegte kurz. «Leicht muß man sein, mit leichtem Herzen und leichten Händen halten und nehmen und lassen... Die nicht so sind, die straft das Leben, und Gott erbarmt sich ihrer nicht», rezitierte er auf deutsch.

«Kannst du Deutsch?»

Sandy nickte.

«Und kannst du noch andere Sprachen?»

«Nur die Opern-Sprachen – Italienisch, Französisch, ein bißchen Spanisch.»

«Und das, was man in Ost-Tennessee spricht.»

Er lächelte. «Ja, und Britisch. Von Simon.»

Sie marschierten in vertrautem Schweigen ein paar Blocks weiter, von ihren Schatten verfolgt, eingeholt und überholt, wenn sie die Lichtkegel unter den Straßenlaternen passierten.

Schließlich sagte Sandy: «Nachts ist es in den Seitenstraßen hier am Park fast so ruhig wie in Tidewater Estates.»

«Wir hätten gar nicht wegzugehen brauchen.»

«Das ist aber auch die einzige Ähnlichkeit.»

«Warum bist du eigentlich nie mehr nach Hause gekommen?»

«Warum sollte ich? Ich war da unten kreuzunglücklich. Und nach Mollys Tod bist sogar du völlig abgedreht.»

«Ich? Abgedreht?»

«Auf einmal warst du in jeder Hinsicht perfekt. Mit diesen Villager-Hemdblusen, die so säuberlich gebügelt waren wie Altartücher. Schriftführerin der Schülervertretung. Baptistische Jugendgruppe. Freiwilliger Dienst im Krankenhaus. Vorbildliches Engagement für die Gemeinschaft. Klassenbeste. Immer als Babysitterin für deine Geschwister da. Und wenn ich dir in die Augen geguckt habe, war keiner zu Hause.»

Jude sah auf ihre College-Slipper, die sich über den Bürgersteig bewegten, durch ein paar zertrampelte Blätter, die jenen staubigen Geruch verströmten, den sie auf ewig mit dem Herbst in den Wildwoods verbinden würde, wenn Rauchfetzen von den Tabakschuppen der Farmer vorbeidrifteten wie Morgennebel.

«Und es ist immer noch keiner da, wenn du mich fragst.»

Jude sagte nichts, verblüfft, daß sie äußerlich so starr gewirkt haben sollte, während ihr Herz sich angefühlt hatte wie Pompeji unter dem Lavastrom. Nach Mollys Tod hatte sie die meiste Zeit damit zugebracht, auf Feuerkopf den Fluß entlangzupreschen und in den Wind zu heulen. Oben auf dem Kliff, wo Molly und sie ihre Hütte hatten bauen wollen, war sie vom Rücken des Pferdes geglitten und hatte mit den Fäusten auf den Teppich aus moderndem Laub eingedroschen.

«Ich glaube, ich bin einfach eine treue Seele», murmelte sie.

Sandy sagte achselzuckend: «Ich habe euch immer beneidet, Molly und dich. Ihr wart wie Zwillinge aus dem All. Beim Spielen habt ihr euch immer im Gleichtakt bewegt, wortlos, wie fliegende Vögel. Aber ihr habt einen hohen Preis dafür gezahlt.»

«Mir geht es gut.»

«Sagst du. Aber ich habe dich vorher gesehen, und ich sehe dich jetzt.»

«Ich bin kein Kind mehr.»

«Doch, das bist du. Du bist irgendwo im Nimmerland mit Molly Pan.»

Jude sah ihn überrascht an. Noch nie war jemand ihren nächtlichen Eskapaden mit Molly so dicht auf der Spur gewesen. Es fühlte sich bedrohlich an, auch wenn es nur Sandy war, der da hinter ihr hertappte.

«Ich sehe dich noch auf diesem Debütantinnenball in den Frühjahrsferien, als ich das letzte Jahr in Exeter war, in deinem Reifrock und deinen Satin-Stöckelschuhen, mit weißen Handschuhen bis über die Ellenbogen und dieser albernen Marie-Antoinette-Frisur. Du sahst aus wie eine von den Frauen von Stepford.»

«Ich dachte, du hättest die ganze Zeit nur mit Kitty Fairchild getanzt.»

«Aber ich habe dich beobachtet. Ich habe dich immer beobachtet, Jude. In der ganzen Nachbarschaft, durch das Teleskop in meinem Baumhaus. Ich hatte Angst um dich. Mit deiner toten Mutter. Deinem Vater, der die ganze Zeit gearbeitet hat. Clementine, die sich bemüht hat, dich neben ihren eigenen Kindern auch noch großzuziehen. Den Commie-Killern, die dich schikaniert haben. Ich wollte dich beschützen, aber ich wußte nicht, wie.»

«Aber du hast mich beschützt, Sandy. Du warst großartig. Du warst wie ein großer Bruder.»

«Als Molly auftauchte, war ich froh über die Verstärkung. Aber ich war auch eifersüchtig. Weil ich mehr für dich sein wollte als nur ein großer Bruder.»

Jude sah ihn erstaunt an. «Warum hast du mir nie was gesagt?»

«Was hätte das gebracht? Erst war da Molly. Und dann dieser Gorilla aus dem Football-Team, Jerry. Ihr zwei wart wie die Schöne und das Biest.»

Jude lächelte und dachte an Jerry mit seinem harten, muskelbepackten Körper und seinem Spatzenhirn. Aber das Hirn war das Organ gewesen, das sie an ihm am wenigsten interessiert hatte.

Unter dem Türbogen des Hauses ihrer Großeltern, der mit steinernen Eichenblättern, Eicheln und Eichhörnchen verziert war, beugte sich Sandy zu ihr und küßte sie auf die Wange. Dann marschierte er schnell davon.

Während Jude sich auszog und ihre Kleider weghängte, sinnierte sie über diesen Kuß: genauso unbeholfen wie ihr erster Versuch, damals beim Flaschendrehen unter den Heizungsrohren in Mollys Keller. Im Grunde hatte Sandy gesagt, daß er sie liebte. Und sie liebte ihn auch – als einen Bruder, einen Freund. Das Wiedersehen rief alles wieder wach – wie charmant und mutig er sich immer für sie eingesetzt hatte. Sie fühlte sich bei ihm geborgen wie bei sonst niemandem. Weil sie schon als Kinder Freunde gewesen waren. Weil er ihre Familie kannte und sie seine. Weil er Molly gekannt hatte. Weil er *sie* gekannt hatte, als sie mit Molly zusammengewesen war.

Sie merkte, daß sie die Arie der Marschallin sang. Mit leichtem Herzen und leichten Händen nehmen, halten und lassen. Sie hatte sich an Molly geklammert, klammerte sich immer noch an sie. Aber wenn man Liebe leicht nehmen konnte, war es dann Liebe? Oder war es nur Gleichgültigkeit?

Aber Molly war tot, und Jude war erst dreiundzwanzig. Manchmal beneidete sie ihre Altersgenossen um die Sorglosigkeit, mit der sie sich aufeinander einließen und dann trennten, von Bett zu Bett hüpften, Fußsoldaten der sexuellen Revolution. Vielleicht konnten sie und Sandy ja ein bißchen zusammen ausgehen und schauen, ob sich auch etwas Erotisches entwickelte. Er sagte ja, daß er keine Freundin hatte. Und er war attraktiv, nett, klug, lustig. Und außerdem, falls Bradley wirklich wie angedroht aus Charlotte auftauchen sollte, wäre es praktisch, schon einen neuen Freund parat zu haben, um sich seine Verehrung vom Leib zu halten. Was er verehrte, war ohnehin nicht ihre Persönlichkeit, ihre Vielschichtigkeit und Widersprüchlichkeit. Es war irgendein Reinheitsideal, das nur in seinem wirren Antebellum-Hirn existierte.

Sie kletterte in das Jungmädchenbett ihrer Mutter und knipste das Licht aus.

Als sie in den Schlaf hinüberdriftete, wartete Molly schon auf sie, Schlauchschlangen in den Nasenlöchern und ein zorniges Funkeln in den blutunterlaufenen blauen Augen.

«Vergiß es, Jude!» schrie sie, während sie auf ihren Pferden den Fluß entlangpreschten. «Du gehörst mir. Und außerdem wird Sandy dir nur weh tun.»

«Sandy tut keiner Fliege was. Das weißt du genau.»

«Am Ende tut man einander immer weh. Das ist das Gesetz des Dschungels.»

«Niemand kann mir so weh tun wie du, Molly.»

«Das war keine Absicht.»

«Ach! Gut, daß du's sagst.»

Molly senkte den Kopf, und ihr Haar wand sich um ihr zerschundenes Gesicht wie ein Knäuel Kletternattern. «Dann ist Sandy also deine Rache für Ace Kilgore?»

«Nein, Sandy ist meine Chance auf ein normales Leben.»

9

Wie Rauch verweht, so verwehen sie», sang der Geistliche im schwarzen Talar auf französisch.

«Wie Wachs zerschmilzt vor dem Feuer», antwortete die Gemeinde, «so kommen die Gottlosen um vor Gott.»

Das waren dieselben Psalmen, dachte Jude, die neben ihrer Großmutter in der eichengeschnitzten Kirchenbank stand, mit denen sich auch die Hugenotten des achtzehnten Jahrhunderts in ihren Höhlen in den Cevennen Mut gemacht hatten, als die Soldaten des Sonnenkönigs sie jagten wie wilde Tiere.

Hinter dem Geistlichen war ein Altar mit einem weißen Tuch, auf dem zwei Silbervasen mit weißen Lilien und zwei weiße Kerzen in schlichten Silberleuchtern standen. Die Wand hinter dem Altar war aus milchigem Bleiglas. Genau in der Mitte war ein Hugenottenkreuz mit der abwärts fliegenden Taube – so wie das, das ihre Großmutter um den Hals trug – aus indigoblauem, rubinrotem und goldenem Glas.

Die winzige Kirche mit den Balken aus poliertem Eichenholz war ein Musterbild stilvoller Schlichtheit, ebenso wie der Gottesdienst selbst. Die Gemeindeglieder waren entsprechend gekleidet, wie für die Beisetzung eines Großindustriellen. Über eine halbe Million ihrer Vorfahren waren gefoltert, abgeschlachtet oder ins Exil getrieben worden, nur weil sie sich geweigert hatten, ihre Altäre mit Kruzifixen zu beladen. Das hatte unselige Folgen für Frankreich gehabt – es waren nur die Bürger übriggeblieben, deren Schönheitsideal Versailles war. Jude fühlte sich solcher Ahnen unwürdig.

Wenn jemand ihr gegenüber Daumenschrauben auch nur erwähnte, könnte er auf ihren Altar stellen, was immer er wollte.

Ganz oben an den Wänden hingen die Wappen der Hugenottenfamilien, die den Schlachten zweier Jahrhunderte entkommen waren und sich in New York angesiedelt hatten – die Cressons, Roberts, Runyons, Bayards, Jays, Maupins, Delanceys, Perrins und noch drei Dutzend andere. Das Wappen der Sauvages, von denen Jude abstammte, zeigte vier goldene Mantikoren – Menschenkopf, Löwenkörper und Drachenschwanz – auf scharlachrotem Grund. Einen Wappenspruch hatte es nicht. «Im Zweifel nichts wie weg» wäre eine angemessene Zeile, fand Jude.

Jude dachte daran, welche Qualen diese Menschen erlitten hatten, nur um ihren Gottesdienst so gestalten zu können, wie sie wollten, während sie selbst jede Menge Energie darauf verwandte, sich ganz vor der Kirche zu drücken. An diesem Morgen hatte sie viel lieber im Bett bleiben und sich ihren Erinnerungen an Molly hingeben wollen, als in der kalten Januarluft durch den Central Park zu marschieren, um einen Gottesdienst auf französisch zu hören, den sie kaum verstand. Sie war nur mitgekommen, um ihrer Großmutter eine Freude zu machen und um in Abwesenheit ihres Großvaters noch ein bißchen mit ihr über ihre Mutter zu reden. Ihre Großmutter war zunehmend mitteilsamer geworden und schien es inzwischen richtig zu genießen, von ihrer Tochter zu erzählen, während ihr Großvater es immer noch vorzog, stumm zu leiden.

Auf dem Heimweg, unter Bäumen, die die Nacht mit einer glitzernden Reifschicht überzogen hatte, fragte Jude: «Ist meine Mutter immer mit dir in diese Kirche gegangen?»

«Manchmal. Vor allem, als sie noch zu klein war, um sich zu weigern.»

«Konnte sie Französisch?»

«Genug, um dem Gottesdienst folgen zu können. Dein Großvater und ich haben zu Hause mit unseren elsässischen Nachbarn Französisch gesprochen. Und außerdem hatte sie einen Privatlehrer.»

Die fahle Wintersonne hing über den Appartementhäusern an der Fifth Avenue wie ein ungebackenes Plätzchen.

«Ehrlich gesagt», gestand ihre Großmutter mit gepreßter Stimme, «hat deine Mutter sich nie sonderlich für ihr Hugenottenerbe interessiert. Sie wollte nur schöne Kleider und Vergnügungen. Ich weiß, das ist normal, wenn man jung ist. Aber für deinen Vater war es ein schwerer Schlag, daß sie unbedingt Fotomodell werden wollte.»

«Warum?»

«In seinen Augen war das unseriös. Er fand, sie sollte aufs Barnard College gehen und Altphilologie studieren. Darauf hatte er sie von klein auf getrimmt, indem er ihr bei den Hausaufgaben half und Privatlehrer anstellte. Aber das war nicht *sie*. Und außerdem hatte er sie selbst immer ermutigt, ihre Schönheit zu pflegen. Er gab ihr jede Menge Geld für Kleider, Schminke und den Friseur. Er unterwies sie sogar persönlich in der Kunst des Flirtens und Verführens.»

Jude sah ihre Großmutter an, als diese plötzlich verstummte. Es klang, als sei sie eifersüchtig auf das Verhältnis ihrer Tochter zu ihrem Mann. Der Gedanke, daß einem Vater die Tochter wichtiger sein konnte als die Ehefrau, war für Jude etwas völlig Neues.

«Danke, daß du wenigstens so tust, als würden dich meine Hugenotten interessieren», setzte ihre Großmutter hinzu.

Jude protestierte, aber ihre Großmutter unterbrach sie: «Nein, ich weiß, solche Dinge interessieren einen erst, wenn man älter ist und wissen will, was das Ganze überhaupt soll. Junge Leute begnügen sich damit, dem Diktat ihrer Hormone zu folgen.»

«Vergiß nicht, ich studiere Geschichte», sagte Jude. Sie

erwähnte nicht, daß ihre Hormone vielleicht einfach nicht so beharrlich waren wie die ihrer Altersgenossinnen. Wie sonst hätte sie Bradleys System zur Wiederherstellung ihrer verlorenen Jungfräulichkeit ertragen können?

«Das stimmt», sagte ihre Großmutter und erteilte ihr prompt ein kleines Privatissimum über die zehn Präsidenten, die berühmten Schriftsteller, Revolutionskriegshelden, Abolitionisten, Pioniere und Suffragetten hugenottischer Abstammung. Und Jude mußte zugeben, es war eine beeindruckende Liste. Offenbar war Terror das beste Mittel, Leistungsträger zu produzieren.

Während Jude im Stehen den Schlußchoral mitsang, zählte sie an den Fingern die Generationen der Familie ihrer Mutter zurück, als bete sie einen Rosenkranz. Es wurde ihr klar, daß nur zwei der zweiunddreißig Ururgroßeltern ihrer Großmutter Hugenotten gewesen waren. Unter anderem waren auch etliche Holländer darunter gewesen. Und doch waren diese fernen Hugenotten das Sandkorn gewesen, um das sich die Perle der Persönlichkeit ihrer Großmutter kristallisiert hatte. Unter den acht Urgroßeltern ihres Vaters war ja auch nur eine Cherokee gewesen. Aber wenn man ihren Vater reden hörte, konnte man meinen, er sei in einem Tipi aufgewachsen und habe seine Kindheit damit zugebracht, Pfeilspitzen zu fabrizieren. Beide hatten sie sich ein Stück ihrer DNS herausgepickt und sich daran geklammert wie Schiffbrüchige im Taifun an eine Rettungsleine. Genau wie ihre andere Großmutter trauerten sie einem untergegangenen goldenen Zeitalter nach. Sie alle lebten in einem Traum, einer mythischen alten Zeit.

Aber Jude war klar, daß sie genau dasselbe tat – sie hatte Molly in ihrer Erinnerung gefriergetrocknet. Und nun hatte sie beschlossen, daß es höchste Zeit war, diese Familienkrankheit zu überwinden. Deshalb hatte sie Sandys Angebot angenommen, in ein Zimmer in seiner Wohnung am Riverside Drive zu ziehen. Molly war auf hundertachtzig. Wochenlang hatte sie jede Nacht ihren Medusa-Auftritt hingelegt. So lange, bis Jude endlich begriffen hatte, daß Molly, genau wie der Zauberer von Oz, nur bluffte.

Als sie an der überfüllten Eisbahn vorbeikamen, sagte Jude zu ihrer Großmutter, die sich mit der einen behandschuhten Hand an ihrem Arm festhielt: «Ach, übrigens, Grandma, ich habe mir überlegt, daß ich wohl allmählich ausziehen sollte.»

Ihre Großmutter sah sie überrascht an. «Ich hoffe, du bist bei uns nicht unglücklich, Liebes.»

«Ganz und gar nicht. Ihr wart ganz reizend zu mir. Aber ich denke, ich hätte jetzt doch lieber ein eigenes Zuhause. Schließlich bin ich vierundzwanzig.»

Sie gingen schweigend Sheep Meadow entlang. Vor ihnen erhoben sich unter dem trüben Winterhimmel wie Bauklötzchentürme die riesigen Appartementhäuser von Central Park West.

«Du warst sicher sehr einsam. Dein Großvater und ich sind nicht sonderlich amüsant.»

Jude lächelte. «Mit dir habe ich mich sehr wohl gefühlt, Grandma. Aber ich fürchte, Großvater habe ich immer noch nicht richtig kennengelernt.»

Alles, was sie ihm hatte entlocken können, waren die Fakten: Sein Vater war 1870 mit vier Brüdern aus dem Elsaß geflohen, um nicht in der deutschen Armee gegen die Franzosen kämpfen zu müssen. Zu Hause in ihrem Dorf hatten sie eine Mühle besessen, und so bauten sie nach ihrer Ankunft in Upstate New York wieder eine auf. Judes Großvater hatte seine Kindheitserfahrungen im Getreidewesen in eine erfolgreiche Karriere an der Warenbörse umgemünzt.

«Tja», sagte ihre Großmutter, während sie ein paar wartende Pferdekutschen vor dem Tavern on the Green passierten, «es ist dir vielleicht nicht klar, aber du erinnerst uns an deine Mutter. Dein Großvater war am Boden zerstört, als sie mit deinem Vater in den Süden zog. Ehrlich gesagt, ich glaube, er war selbst ein bißchen in sie verliebt. Er geht dir aus dem Weg, weil es schmerzlich für ihn ist, an sie erinnert zu werden. Das tut mir sehr leid. Ich weiß, es wäre wichtig für dich, daß er dir von ihr erzählt. Aber er kann's einfach nicht. Ich bin sicher, es würde ihm guttun, wenn er es könnte. Mir hat es jedenfalls gutgetan.»

«Wieso erinnere ich ihn an meine Mutter?» fragte Jude. «Sehe ich ihr ähnlich?»

«Du bist größer, aber du hast ganz ähnliche Gesichtszüge. Obwohl du die Augen deines Vaters hast. Ihre Augen waren blau. Ich würde sagen, du bist eine Mischung aus deinen beiden Eltern.»

Jude lächelte. Ihr Vater hatte immer jede Ähnlichkeit zwischen ihr und ihrer Mutter geleugnet. «Warum mag Grandpa meinen Vater nicht?»

Ihr Gesicht verdüsterte sich. «Es stimmt nicht, daß er ihn nicht mag. Wir dachten einfach nur, er sei nicht der passende Mann für deine Mutter.»

«Warum?»

Sie lachte verlegen. «Nun ja, sagen wir einfach, wir waren Snobs. Dein Vater kam aus den Appalachen. Er hatte Cherokee-Blut. Wir waren ihm wohlgesonnen, aber wir wollten ihn nicht in unserer Familie. Offen gestanden, dein Großvater hat ihn immer einen ‹Hinterwäldler› genannt.»

Jude mußte lächeln. Sie dachte an den tatsächlichen Hintergrund ihres Vaters – seine Mutter mit ihrem riesigen weißen Haus und ihren Weltreisen, sein Cornell-Examen. Li'l Abner war er nicht.

«Und außerdem hat dein Vater deiner Mutter sehr penetrant nachgestellt. Er hat praktisch vor unserer Tür kampiert und ist ihr nachgelaufen, sobald sie das Haus verlassen hat. Dein Großvater hatte das Gefühl, daß er deiner Mutter gar keine Wahl ließ. Nachdem sie ihn geheiratet hatte, wollte dein Großvater nichts mehr mit ihr zu tun haben. Ich habe sie immer getroffen, solange sie in New York lebten, und habe ihr dann auch nach Tennessee geschrieben. Aber nach deiner Geburt war dein Großvater dann bereit, euch auf dem Weg nach Florida zu besuchen. Als dein Vater in den Krieg mußte, nach Frankreich, lud dein Großvater deine Mutter ein, mit dir zu uns zu ziehen, bis er wieder heimkam. Aber sie wollte nicht, was zu einem neuen Zerwürfnis führte. Und dann ist sie gestorben, und eine Versöhnung war nicht mehr möglich. Eine traurige und dumme Geschichte. Wir waren im Unrecht. Dabei hatten wir ähnliche Kämpfe mit unseren Eltern durchzustehen gehabt. Ich war Protestantin und dein Großvater Katholik. Offenbar ficht jede Generation ihre eigenen Kämpfe aus und verfällt dann in scheinheilige Selbstgerechtigkeit.» Sie seufzte. «Apropos, hast du mit deinem Vater darüber gesprochen, daß du allein wohnen möchtest?»

«Ich habe nicht vor, allein zu wohnen. Bei meinem Freund Sandy ist ein Zimmer frei. Von dort ist es auch näher zur Uni.»

«Du willst mit einem Mann zusammenleben?» Ihre Hand krallte sich fester um Judes Arm.

«Es ist eine von diesen riesigen alten Wohnungen am Riverside Drive. Es wohnen noch vier andere Leute da, darunter auch eine Frau. Dad sagt, weil es Sandy ist, ist es okay. Ich kenne ihn, seit wir ganz klein waren. Er ist wie ein Bruder für mich.»

In den letzten Monaten hatte sie Sandy oft gesehen. Es schien nichts zu geben, was sie einander nicht sagen konnten. Oft lagen sie wie ein altes Ehepaar in Socken auf Sandys Matratze auf dem Fußboden und sahen sich im Fernsehen alte Filme an. Oder er studierte Opernpartituren, während sie mit einem gelben Leuchtstift ihre Geschichtstexte markierte. Manchmal schliefen sie nebeneinander ein, aber dann mußte Jude in die Nacht hinausstürzen und ein Taxi zu ihren Großeltern nehmen, damit sie sich keine Sorgen machten. Wenn sie am anderen Ende des Flurs wohnte, würde das Leben viel einfacher sein.

Während Jude die Mäntel in den Dielenschrank hängte, sagte ihre Großmutter: «Aber ehe du gehst, Jude, will ich dir noch etwas geben.» Sie verschwand im Eßzimmer und kam mit einer etwa dreißig Zentimeter hohen Vase mit Löwenkopfhenkeln zurück. Darauf war in matten Blau- und Goldtönen Atalanta abgebildet, die Unbesiegte, wie sie sich nach einer goldenen Kugel bückte, die ihr Rivale Melanion soeben hatte fallen lassen. Er spurtete an ihr vorbei. Den Hintergrund bildeten Bäume und Berge. Ein schwebender Cherub mit dem Siegerkranz in der Hand schien Atalanta zu beschwören, sich nicht durch die dämlichen Goldkugeln um den Sieg in ihrem ersten Wettrennen bringen zu lassen.

«Die hatte ich deiner Mutter geschenkt», sagte ihre Großmutter und übergab Jude vorsichtig die Vase, «aber sie hat ihr nie etwas bedeutet. Sie hat sie nicht mal nach Tennessee mitgenommen. Einer unserer Hugenottenvorfahren aus Nevers hat sie gemacht, kurz bevor er Ende des siebzehnten Jahrhunderts aus Frankreich floh. Sie ist schon fast ein Museumsstück, also hüte sie gut. Ich habe sie von *meiner* Großmutter bekommen. Es ist wohl wirklich so, daß das Interesse für solche Dinge immer eine Generation überspringt.»

«Sie ist wunderschön, Grandma. Danke.»

«Ich danke *dir*. Ich dachte schon, meine armen Hugenotten würden mit mir untergehen und dem Vergessen anheimfallen. Die Toten sind darauf angewiesen, daß die Lebenden die Erinnerung an sie weitertragen.»

«Ich weiß», sagte Jude ein wenig düster.

Ihr Großvater kam aus seinem Arbeitszimmer und schaute von der Galerie herab. «Was ist denn los?»

«Ich fürchte, Jude wird uns verlassen, mein Lieber.»

«Schon? Wo will sie denn hin?» Jude bemerkte mit Genugtuung, daß es bestürzt klang.

«In ein Zimmer bei ihrem Freund Sandy.»

«Ah, ein junger Mann. Dann hat es wohl keinen Sinn, sie zum Bleiben überreden zu wollen.»

«Nein.»

Jude fand es seltsam, sie in der dritten Person von ihr reden zu hören, als sei sie schon gar nicht mehr da. «Aber ich wohne dann nur zwanzig Blocks weiter, Grandpa. Ich werde dauernd vorbeikommen. So schnell werdet ihr mich nicht los.» Aber sie hatte trotzdem ein schlechtes Gewissen, als hätte sie ihnen unbarmherzig aus der Nase gezogen, was sie wissen wollte, um dann zu gehen.

«Das hoffe ich», erwiderte ihr Großvater mit matter Stimme. Er drehte sich um und schlurfte gebeugt in sein Arbeitszimmer zurück, ein unglücklicher alter Mann, der nie darüber hinweggekommen war, daß er die Tochter verloren hatte, die er zu sehr geliebt hatte. Das war die dunkle Seite der Ewigkeitsliebe. Vielleicht hatte die Marschallin ja doch recht: Vielleicht mußte man die Kunst beherrschen, loszulassen, was man liebte, wenn die Zeit gekommen war.

Jude saß auf ihrem Stuhl hinter dem Vorhang und verfolgte, wie Samson kettenumschnürt vor einem heidnischen Tempel einen arroganten Philisterfürsten erwürgte, während im Hintergrund ein goldenes Götzenbild Flammen spie. Als Dalila Samson in ihrem Schlafgemach erwartete, schlich Jude zu dem Schaltpult und legte Sandy die Hand auf die Schulter, während er die Seiten seiner Partitur umblätterte und leise in sein Mikrophon sprach.

Schließlich kam Samson, in einer Ledertunika, unter der seine behaarte Brust und seine Baumstammbeine zu sehen waren.

Dalila strich in einem durchsichtigen Negligé um ihn

herum und sang auf französisch: «Mein Herz erschließet sich in der Glut deiner Liebe wie dem Sonnenstrahl die Blüte... ach, siehe mich vor Wonne beben...»

Samson fiel auf die Knie, vergrub den Kopf in ihrem zarten Gewand und fiel mit seinem tiefen Bariton ein: «Wie in der Lüfte Hauch sanft die Ähren sich wiegen, jede Blüte leis erbebet, so schauert still mein Herz beim Klang deiner Stimme...»

Als Jude auf Sandy hinunterschaute, sah sie, daß er Dalilas Text stumm mitsang. Und seine Augen hinter den achteckigen Brillengläsern waren feucht. Auf einmal verstand Jude, warum ihn die Oper so faszinierte: Immer wieder ging es um den ewigen Traum von der Zähmung roher Gewalt durch Zärtlichkeit. Und selbst wenn Verrat und Blutgier siegten, standen die ermordeten Personen doch hinterher wieder auf, um sich zu verbeugen. Damals auf dem Schulhof hatten die Commie-Killer Sandy gequält, weil er Schach und Opern lieber mochte als Football und Rock 'n' Roll. Er hatte es alles stumm erduldet. Aber hier auf der Opernbühne wurden die Commie-Killer bezwungen. Geistesabwesend strich sie mit der Hand über sein blondes Haar.

Er sah auf, ergriff ihre Hand und flocht seine Finger in ihre. Ein Stromschlag schoß durch Judes Arm, so stark, daß ihre Hand zitterte. Sandys Sanftheit rührte sie, wie sie noch kein Mann gerührt hatte. Und deshalb wuchs in Jude der Wunsch, ihm alles zu geben. Was sie suchte, war nicht die Intensität dessen, was sie mit Molly in jener Nacht auf dem Floß erlebt hatte. Das hatte sich zwar so unauslöschlich in ihrer Erinnerung verewigt wie ein Blitzlicht auf einem unbelichteten Film, aber sie hatte es ihren noch unausgewogenen pubertären Hormonen zugeschrieben. Alles, was sie jetzt wollte, war ein bißchen Wärme und Zärtlichkeit mit jemandem, den sie gern hatte.

Als der heidnische Tempel über allen Beteiligten zusammengestürzt war, wobei die Steine aus bemalter Pappe an unsichtbaren Schnüren zentimeterknapp über ihre Köpfe hinwegpendelten, fiel der Vorhang, und das Publikum brach in laute Bravorufe aus wie bei einem Stierkampf.

Auf dem Heimweg murmelten Jude und Sandy ein paar lobende Worte über die Vorstellung und verstummten dann. Und ihr Schweigen war heute anders als sonst – unbehaglich. Etwas wartete darauf, gesagt zu werden, aber keiner von ihnen wagte es zu sagen.

Als sie die Wohnung betraten, war das Wohnzimmer leer. Auf dem Teppich neben den Sesseln lagen ein paar Bierflaschen, ein Aschenbecher voller Kippen und ein leerer Pizzakarton herum. In der Luft hing der Geruch von Marihuanarauch und Pizza. Das einzige, was Jude vom Leben bei ihren Großeltern vermißte, war die französische Köchin. Binnen weniger Monate war sie von Landschinken über Cassoulet auf China-Fastfood umgestiegen, und sie litt unter einem gastronomischen Kulturschock.

Sandy und sie gingen durch den dunklen Flur zu ihren Zimmern. Vor Judes Tür blieben sie stehen. Jude konnte sich nicht entscheiden, ob sie ihn auffordern sollte, mit hineinzukommen, oder nicht. Es war doch eigentlich keine komplizierte Sache, etwas, was sie beide schon mit anderen getan hatten. Und doch machte keiner von ihnen einen Vorstoß. Das Händchenhalten bei *Samson und Dalila* hatte keineswegs das Eis gebrochen, sondern im Gegenteil eine neue Befangenheit erzeugt, die Jude nicht richtig verstand. Schließlich beugte sich Sandy zu ihr und gab ihr ein Küßchen auf die Wange. «Schlaf gut», sagte er und quietschte in seinen Turnschuhen über den Dielenboden zu seiner Tür.

Als Jude im Bett lag, hörte sie im Nebenzimmer Mona mit ihrem neuesten Liebhaber rumoren und stöhnen. Als sie richtig loslegten, quiekten die Bettfedern, als würde ein ganzer Koben Schweine abgestochen. Oft wiederholte sich das im Lauf der Nacht mehrfach. Jude staunte über Monas Energie. Morgens traf sie die Männer manchmal im Bad, wo sie in offenen Jeans und mit nacktem Oberkörper ihr verquollenes, graues, hohlwangiges Gesicht im Spiegel anstarrten, als versuchten sie herauszufinden, welche Katastrophe über sie gekommen war. Mona kam gewöhnlich erst mittags in einem schockrosa Chenille-Morgenrock den Flur entlanggeschlendert, die Lippen aufgeplatzt und geschwollen, aber lächelnd, und die Augen maskaraverschmiert. Sie summte Melodien wie «The Impossible Dream», «My Way» oder «I Gotta Be Me» vor sich hin, während sie im Mixer fürchterliche Mixturen aus rohen Eiern und Bierhefe herstellte – zweifelsohne der Quell ihrer Potenz.

Jude zog sich das Kissen über den Kopf, aber sie hörte immer noch die Bettfedern stampfen wie eine Druckerpresse. Sie überlegte, ob sie einfach aufstehen und zu Sandy hinübergehen sollte. Sie war sich ziemlich sicher, daß er sie nicht wegschicken würde. Aber sie waren beide Südstaatler: Er war der Mann, also hatte er auf sie zuzugehen. Sie schob eine Hand zwischen ihre Beine, klemmte sie mit den Oberschenkeln fest und beschwor ihn mit all ihren inneren Kräften, an ihrem Bett aufzutauchen.

Auf einmal war es Morgen, und sie war zu spät dran für die Uni. Sie sprang aus dem Bett, fuhr in ihre Jeans und ihren Rollkragenpulli und flitzte durch den Flur ins Wohnzimmer. Earl, der als Background-Tänzer bei Broadway-Shows jobbte, stand am Fenster, die eine Ferse auf der Fensterbank, den Kopf auf dem Knie. In seinem Sweat-Suit sah er aus wie eine große weiche Skulptur. «Morgen, Earl», rief sie ihm im Vorübereilen zu. Aber er war zu schüchtern, um zu antworten.

In der Küche saß Sandy, vor sich auf dem Tisch ein halbes Dutzend Frühstücksflockenpackungen. Früher hatte seine Mutter immer darauf bestanden, daß er eine Packung leer aß, ehe sie die nächste kaufte. Jetzt, da er sich selbst verpflegte, kaufte er immer ein Dutzend verschiedene Sorten und stellte sich jeden Morgen eine Auswahl zusammen. Es schien eine harmlose Form der Rebellion, wenn man bedachte, daß seine Altersgenossen in den Rekrutierungsstellen der ganzen Stadt Blut über die Einberufungskarteien kippten.

Er guckte hoch und lächelte. «Morgen, Jude. Gut geschlafen?»

«Ja, danke. Und du?»

Er sah sie mit einem irritierten Stirnrunzeln an und sagte: «Nicht besonders.»

«Nein?»

«Nein.» Er senkte den Blick.

«Ich bin spät dran», sagte sie, griff sich ein Glas und goß sich Orangensaft ein.

«Heute abend um zehn kommt ein guter Film», rief er, während sie den Saft hinunterkippte und zur Tür hinausstürzte. «Komm nicht zu spät.»

Jude und Sandy lagen auf Sandys Bett, tranken Rotwein, knabberten Salzbrezeln und guckten den Film. Ein Mann und eine Frau, beide verheiratet, hatten sich zufällig auf einem Bahnhof kennengelernt und ineinander verliebt. Es war das, was Sandy und Simon einen «Weiberfilm» nannten, im Unterschied zum «Männerfilm», in dem es Verfolgungsjagden, Krieg und Gewaltverbrechen gab.

Jude merkte genau, daß Sandy sich nicht auf den Film konzentrieren konnte, und ihr ging es genauso. Sie hatten es den ganzen Abend sorgsam vermieden, einander zu berühren. Und jetzt lagen sie eine Gehwegbreite auseinander, die Arme auf der Brust gekreuzt wie Steinfiguren auf einem Grab.

Sandy deponierte sein leeres Glas und die zusammengeknüllte Brezeltüte neben der Matratze auf dem Teppich, also stellte Jude ihr Glas ebenfalls ab. Beide starrten geradeaus auf den Fernsehschirm, wo der Held und die Heldin endlos mit den Schuldgefühlen rangen, in die ihre platonische Liebe sie ihren Ehepartnern gegenüber stürzte.

Sandy legte die Arme steif neben seinen Körper, die Fäuste geballt. Seine Unterarmmuskeln spannten und lösten sich wieder, wie ein pumpendes Herz. Jude sah aus dem Augenwinkel, wie seine Hand sich öffnete, zuckte und ein paar Zentimeter in das Niemandsland zwischen ihnen krabbelte. Also legte sie die Arme ebenfalls neben sich aufs Bett.

Die beiden im Film hatten ein Stelldichein in der Wohnung eines Freundes arrangiert. Als sie sich gerade in die Arme fielen, kam der Freund unerwartet von der Arbeit nach Hause.

Jude kratzte sich am Kopf und ließ dann ihre Hand ein Stück neben ihrem Körper auf die Matratze sinken. Sandy verbarg ein Gähnen und deponierte seine Hand dann nur Zentimeter von Judes Hand entfernt.

Unter Seelenqualen trennten sich die Liebenden auf demselben Bahnhof, auf dem sie sich begegnet waren – der Mann wanderte mit seiner Familie nach Südafrika aus, damit sie einander nie wieder begegneten. Sandys Hand zuckte auf der Stelle, als ob sie Judes Hand ergreifen wollte, sich aber nicht traute. So genau hatte Jude diese Hand in den letzten Minuten beobachtet, daß sich das Muster aus verästelten Venen in ihre grauen Zellen eingegraben hatte wie eine türkisfarbene Straßenkarte.

«Na ja», sagte Sandy, während der Nachspann ablief, «es heißt ja immer, nur Liebe, die nicht erwidert wird, hält.»

«Wer sagt das?» fragte Jude gereizt. Es gab Momente, in denen es galt, zurückhaltend zu sein, und es gab Momente, in denen es galt, die Dinge anzugehen. Worauf wartete er?

Die Tür flog auf, und herein spazierte Simon in seiner braunen Lederjacke und seiner griechischen Fischermütze.

Sandys Hand witschte unter seinen Oberschenkel wie ein Krebs auf der Flucht vor einem Tintenfisch.

«Ich störe doch hoffentlich nicht?» fragte Simon, während er sich der Jacke und der Mütze entledigte und beides auf den Boden fallen ließ.

Er musterte das *tableau vivant* auf dem Bett eine ganze Weile. «Jetzt, wo du hier wohnst, Jude, sollten wir dich über unsere Gewohnheiten aufklären: Ich lese Sandy abends immer eine Gutenachtgeschichte vor.»

Er krabbelte auf die Matratze und zwängte sich zwischen sie. Dann zog er einen Zeitungsausschnitt aus der Tasche und las eine Meldung über einen japanischen Fischer vor, der seine Frau in einem Netz als Haifischköder hinter seinem Boot herschleppte.

Jude und Sandy lächelten höflich.

Simon las einen zweiten Artikel vor, in dem es um eine australische Radfahrerin ging, die von einem Drei-Zentner-Strauß attackiert worden war und ihn mit bloßen Händen erwürgt hatte.

Sandy lag schweigend da, während Jude dahinterzukommen versuchte, was hier eigentlich los war.

«Heute nachmittag stand ich im Feierabendgedränge in der U-Bahn, und so ein Typ mit Ledermütze, der an mich gequetscht wurde, hat mir ins Ohr geflüstert: ‹Scher dich zum Teufel, Schwuchtel.›»

«Und was hast du gesagt?» fragte Simon und musterte ihn interessiert.

«Nichts.»

«Wie kommt er dazu, so was zu sagen?» fragte Jude. Solange sie denken konnte, hatten irgendwelche Leute Sandy Schwuchtel genannt. Sie hatte in der High School eine Menge Zeit darauf verwandt, seine Ehre zu verteidigen.

Simon wandte seine leuchtend grünen Augen Jude zu und sagte: «Komm schon, sag's ihr.»

Sandy schwieg.

Jude beugte sich vor und sah ihn an. Sein Gesicht hatte die Farbe eines gekochten Hummers.

«Das dürfte wohl nicht nötig sein», sagte sie und wälzte sich von der Matratze. «Träumt süß, Jungs.» Sie schloß die Tür hinter sich.

Jude lag im Bett und bemühte sich mit aller Kraft einzuschlafen, damit sie sich nicht so blöd vorkommen mußte. Es stimmte also, was in der High School über Sandy geredet worden war. Und nur sie war so naiv gewesen, es nicht zu glauben. Und er hatte ihre Naivität ausgenutzt, sie gedrängt, hierher zu ziehen, ihr Hoffnung gemacht, daß zwischen ihnen etwas entstehen könnte. Aber warum? Wahrscheinlich, weil er sich irgendwie tarnen wollte.

Während sie im Dunkeln in ihr Kissen weinte, begann Monas Bett rhythmisch zu quietschen. Mona keuchte. Es war wie ein Jazz-Ensemble. Gleich würde der Typ mit seinem Grunzen in die Improvisation einfallen, und dann würde sich Monas Gekeuche mit spitzen Schreien und Stöhnen abwechseln.

Jude drehte sich um und hämmerte mit der Faust gegen die Wand. «Ruhe, verdammt noch mal!» schrie sie.

Das Quietschen hörte abrupt auf, und eine ganze Weile herrschte Stille. Schließlich fing es wieder an, zuerst langsam und zaghaft, aber dann rasch immer schwungvoller und dreister. Jude beschloß, gleich morgen früh zu ihren Großeltern zurückzuziehen.

Jude wickelte gerade die Atalanta-Vase in ein Sweatshirt, als es an der Tür klopfte.

«Herein», sagte sie finster.

Die Tür ging auf, und da stand Sandy in seiner verschossenen Latzhose, Gesicht und Hals knallrot. Die Haare um seinen Stirnwirbel standen in alle Richtungen ab, als sei ein Tornado über ihn weggefegt. «Ich glaube, wir müssen miteinander reden, Jude», sagte er.

«Was gibt's da zu sagen?» Sie legte die Vase in ihren Koffer.

«Na ja, daß es mir leid tut, zum Beispiel.»

Sie hielt im Packen inne und sah ihn an. «Ich dachte, wir könnten uns alles sagen. Warum hast du mir dann nichts davon gesagt?»

«Ich glaube, ich hatte Angst, du würdest schockiert sein. Und wie ich sehe, hatte ich damit auch recht.»

«Ich bin nicht schockiert.»

«Was bist du dann?»

«Verwirrt, schätze ich. Was sollte dieser Balztanz der Hände?»

Er zog eine Grimasse. «Ich habe wohl gehofft, zwischen uns könnte sich was entwickeln.»

«Und was wäre dann aus Simon geworden?» fragte sie ärgerlich.

«Ich weiß nur, was ich gefühlt habe. Und immer noch fühle. Außerhalb von Tidewater Estates ist das Leben manchmal kompliziert.»

«Deins offensichtlich», fauchte Jude. Sie wandte ihm den Rücken zu und starrte aus dem Fenster auf das Riesenrad in dem Vergnügungspark am anderen Flußufer. Diese Wahnsinnsaussicht auf Achterbahnen und Segelyachten und grellbunte Sonnenuntergänge würde sie vermissen.

«Bitte, versuch mich zu verstehen, Jude. Simon ist meine Molly. Aber das hindert mich nicht dran, dich auch zu lieben.»

«Und wer bin ich dann? Ace Kilgore?» Als sie sich umdrehte und in sein ernstes puterrotes Gesicht sah, wurde ihr weicher ums Herz. Was er sagte, stimmte. Zwischen ihnen floß ein fast schon greifbarer Strom von irgend etwas. Das hatte sie außer mit Molly noch mit niemandem erlebt. Wenn es nicht Liebe war, was war es dann? All die Stunden und

Tage mit Jerry und Bradley und noch ein paar anderen, all das Reden, Lachen, Herumexperimentieren, im Bett und anderswo – das war etwas anderes gewesen, oft ganz nett, aber keine Liebe.

«Es gibt verschiedene Arten von Liebe», sagte Sandy, den Blick auf den Fußboden gerichtet, «und verschiedene Formen, sie auszudrücken. Wir werden einen Weg finden, Jude. Bitte, geh nicht weg. Du und ich, wir sind noch nie normal gewesen. Warum sollten wir jetzt damit anfangen?»

Angesichts dieser Logik mußte Jude lächeln. Vielleicht konnte sie ja der Marschallin nacheifern, die gelobt hatte, ihren Grafen so sehr zu lieben, daß sie auch seine Liebe zu einer anderen lieben könnte. Es schien ein übermenschliches Vorhaben, aber Jude wußte aus ihren Jahren mit Molly, daß wahre Liebe mehr beinhaltete als nur die Erzeugung von Reibung zwischen bestimmten Körperteilen, so, als wären Menschen nichts anderes als Zikaden, die in der Sommerdämmerung vor sich hin surrten. Und wahre Liebe schien, wenn man sie fand, das einzige zu sein, was zählte. Alles andere war nur ein Zeitvertreib, bis einen der Tod holte.

Sie nahm die Vase wieder aus dem Koffer, wickelte sie aus und stellte sie auf ihren Platz auf der Fensterbank zurück. «Okay», sagte sie.

Sandy grinste.

10

Die eine Wand des Penthouse war aus Glas, und Jude sah unter sich die Lichter von Lower Manhatten wie einen Teppich aus Glühwürmchen. Ein Marlboro-Mann, ein Polizist und eine Ballerina mit Tutu und stämmigen Fesseln rauchten draußen auf der Terrasse neben Kübeln mit blaugrauem Wacholder einen Joint.

Das Wohnzimmer war gerammelt voll. Sandy, in einem trägerlosen weißen Kleid mit Netzoberteil und Reifrock, einer toupierten Perücke und ellbogenlangen Handschuhen, war Scarlett O'Hara. Simon, in einer Konföderierten-Uniform mit einem Schwert in einer silbernen Scheide und kniehohen schwarzen Stiefeln, war Ashley Wilkes. Nächstes Jahr zu Halloween wollten sie die Kostüme tauschen.

Jude trug ein schwingendes babyblaues Chiffonkleid à la Loretta Young, ein Korsett mit Watte in den viel zu großen Körbchen, Pfennigabsätze, Straßschmuck, weiße Handschuhe und eine blonde Dolly-Parton-Perücke. Und sie hatte mehr Make-up im Gesicht als ein einbalsamierter Leichnam. Sie zwängte sich durch die Tür des ausgeräumten Eßzimmers und beobachtete die Leute, die dicht an dicht tanzten, schwappende Drinks in der Hand, die Köpfe eingezogen, um dem wackelnden Kronleuchter auszuweichen, die Ellbogen pumpend wie die Kolben irgendwelcher Maschinen.

Jude spürte etwas Feuchtkaltes zwischen ihren Schulterblättern. Eine tiefe Stimme flüsterte ihr ins Ohr: «Ich möchte unter deinen Rock krabbeln, Süße, und das steife Ding zwischen deinen Beinen lutschen.»

Jude drehte den Kopf und sah in die glasig-grauen Augen

Mae Wests, die prüfend in ihre guckten und sich dann irritiert abwandten. «Hoppla», sagte der Typ. «Du bist ja gar kein Mann.»

«Tut mir leid», sagte Jude.

Er zog sein Glas von ihrem Rücken weg, warf die blonde Haarflut zurück und rauschte davon.

Jude fühlte sich auf dieser Schwulenparty nicht wohl in ihrer Haut. «Mach dir nichts draus», hatte Sandy gesagt, während sie ihn im Bad geschminkt hatte. «Bei solchen Veranstaltungen mogeln sich immer ein paar Heteros dazwischen. Und außerdem – vielleicht findest du ja eine nette Frau.» Er grinste mit seinen kirschroten Lippen.

«Ich fürchte, das ist nicht mein Ding», sagte sie, während sie mit ihrem Kholstift sorgfältig einen Schönheitsfleck auf seine Wange malte.

«Und was ist denn dein Ding?» fragte Simon, der in der Badezimmertür lehnte und seinen gewichsten Schnurrbart à la Simon Legree zwirbelte. (Jude hatte gerade gelesen, daß Harriet Beecher Stowe sich für die Figur Simon Legrees am Vorbild eines Hugenotten orientiert hatte. Sie überlegte noch, ob sie das ihrer Großmutter eröffnen sollte.)

«Mich mit schwulen Männern zu umgeben, wie es aussieht», sagte Jude und rieb Rouge auf Sandys Wangenknochen.

Seit etlichen Monaten rang sie nun schon darum, Sandy genug zu lieben, um auch seine Liebe zu Simon zu lieben. Sie hatte unglücklich mit angesehen, wie die beiden raufend, schmusend und schäkernd auf Sandys Bett herumlungerten. Und sie konnte sich des Gedankens nicht erwehren, daß sie an Simons Stelle sein könnte, wenn sie nur über eine männliche Anatomie verfügte. Eigentlich wollte sie keinen Penis, aber es würde ihr vielleicht dabei helfen, von denen akzeptiert zu werden, die unbedingt einen wollten.

Manchmal, wenn Jude schon im Bett war, zogen Simon

und Sandy in ihre Sub-Welt der Bars, Saunen, Hudson-Piers und halbseidenen Kinos. Gelegentlich waren für dieses Szeneleben Kostümierungen nötig, etwa Sandys gelber Bauarbeiterhelm zum schmierigen Arbeitsoverall und Simons Lederfransenhosen mit Lederweste. Und meistens ging es nicht ohne Drogen mit Spitznamen, die Jude immer wieder durcheinanderbrachte: Poppers und Engelsstaub und Black Beauties, die sie mit ihren Freunden tauschten wie Murmeln oder Baseball-Kärtchen. Manchmal hörte Jude sie im Morgengrauen heimschleichen wie abgekämpfte Kater. Seine Rolle als Bad Boy war eine Facette von Sandy, die sie noch nie gesehen hatte. Sie schien so gar nicht mit dem chorknabenhaften Sandy vereinbar, den sie im Tageslicht zu Gesicht bekam.

«Na, wie läuft's, Jude?» versuchte Sandy Jefferson Airplane zu überschreien. Er legte den Arm um Jude und zog sie an seine Seite, wobei sein Reifrock hochwippte und Spitzenstrapse und knubblige Knie entblößte.

Jude zupfte sich die blonden Korkenzieherlocken zurecht und sagte: «Dieser Typ in Frauenkleidern ist aus der Haut gefahren, weil ich kein Mann bin. Ich bin ein bißchen verwirrt.» Außerdem war sie auch ein bißchen beschwipst. Der Raum begann, sich mit den Tanzenden zu bewegen.

Als Sandy von einer Woge ausgelassener Partygäste davongerissen wurde, stand plötzlich Jeanne d'Arc vor Jude, in Kettenhemd, dunklen Strumpfhosen und glänzenden metallenen Schienbeinschützern. Alles, was Jude im Schattendunkel des Helmvisiers erkennen konnte, waren die Augen – lapislazuliblau, genau wie Mollys Augen. Einen Moment lang wußte sie nicht mehr, ob sie wach war oder schlief. Ihr Herz machte seltsame Bocksprünge.

«Molly?» sagte sie.

«Pardon?» sagte die heilige Johanna.

«Verzeihung. Ich dachte, Sie wären jemand anders.»

«Ich *bin* jemand anders», sagte sie, und in ihren Augenwinkeln zeigten sich belustigte Fältchen.

Jude lachte.

Als die Lapislazuliaugen ihr Gesicht erforschten, fühlte Jude ein Prickeln auf ihrer Haut.

«Sie sehen aus wie eine tolle Frau», murmelte die heilige Johanna. Ihre eine Hand hielt ein blaues Banner mit weißen Bourbonenlilien darauf.

«Ich bin eine Frau», sagte Jude.

«Zweifelsohne. Und eine äußerst attraktive dazu.»

Johanna wurde von einer Horde Partygäste in Richtung Tanzfläche abgedrängt, wo Jefferson Airplane gerade brüllten: «Don't you want somebody to love? Don't you need somebody to love? Wouldn't you love somebody to love? You've got to find somebody to love!...»

William, der Gastgeber, tauchte vor Jude auf. Er war als römischer Senator verkleidet, mit einer weißen Toga und einem Kranz auf dem Kopf. Er war tagsüber Anwalt am Arbeitsgericht und entsprechend blaß und dickbäuchig, wie ein schwangeres Gespenst. Sein Freund Sid war als Gladiator kostümiert, mit um die Waden geschnürten Lederriemen, Sandalen und einem Beutel für sein Gemächte. Er war von Beruf Packer, und so stand ihm das Kostüm ausgezeichnet.

«Amüsierst du dich, Schätzchen?» fragte William und rückte seinen Kranz zurecht.

«Eine tolle Party, William. Ach, übrigens, wer ist die Frau, die als heilige Johanna kostümiert ist?»

Er rümpfte seine glänzende Kolbennase. «Sie heißt Anna Olsen. Ist Dichterin und Lehrerin. Aber vergiß sie, Jude. Sie bringt Unheil.»

«So hab ich's nicht gemeint.»

«Nein, natürlich nicht», sagte William todernst. «Ich vergaß. Unsere göttliche Jude ist ja leider, leider he-te-ro-sexu-ell.» Er artikulierte jede einzelne Silbe mit überspitztem Respekt.

«Wieso bringt sie Unheil?» fragte Jude und lächelte tolerant.

William driftete zu dem Panoramafenster hinüber wie ein Kugelfisch in einem überfüllten Aquarium. Jude rief ihm hinterher: «William, wieso bringt sie Unheil?»

Sandy, Simon und Jude torkelten den Bürgersteig entlang, Regenmäntel über ihren Kostümen. Kein Taxi hielt an, weil sie betrunken *und* verrückt aussahen. Also wanderten sie zu Fuß vom Village in Richtung Norden zum Riverside Drive. Sandy und Jude hatten ihre blasenübersäten Füße aus den Stöckelschuhen befreit und humpelten auf Strümpfen die Straße entlang. Sandys Rock schleifte über den schmutzigen Bürgersteig wie ein ramponierter Pfauenschwanz. Jude ging in der Mitte, bei den beiden Männern eingehakt. Sie war immer noch ein bißchen erschüttert, daß sie die heilige Johanna für Molly gehalten hatte. Drängte sich Molly jetzt auch noch in ihr Wachleben?

«Sandy, du siehst aus wie Scarlett auf dem Rübenacker nach dem Brand Atlantas», bemerkte sie.

«Ich weiß. Und meine Frisur – da ist nichts mehr zu machen.» Er riß sich die blonde Perücke herunter und warf sie in einen Abfalleimer.

Kichernd liefen sie an einer Gruppe junger Männer vorbei, die neben dem Eingang zum Port-Authority-Busbahnhof standen. Einer, mit Ledermütze und Motorradstiefeln, rief Sandy nach: «Hey, komm her, Schätzchen. Blas mir einen, Süßer, ja?» Seine Freunde lachten und boxten ihn auf den tätowierten Bizeps.

Der Mann folgte ihnen den Bürgersteig entlang, streichelte den Hosenladen seiner engen Jeans und murmelte: «Hier hab ich was, das würd ich dir gern zwischen deine roten Lippen schieben.» Seine Freunde schlenderten hinter ihm her und machten obszöne Sauggeräusche.

Jude faßte Simons Arm fester, um ihn daran zu hindern, sich umzudrehen und etwas zu sagen, was sie alle drei ins Grab bringen würde.

Schließlich wurde es den Männern langweilig, und sie entfernten sich.

«In Verkehrsmitteln legt man mir immer Verkehr nahe», sagte Sandy seufzend.

«Sehr witzig», knurrte Simon.

«Ich würde mal sagen, wir sind selbst schuld», sagte Sandy. «Wenn wir in diesen Fummeln auf der Straße rumscharwenzeln.»

«Ich dachte, das hier ist die freieste Stadt der Welt?» sagte Simon.

«Hier ist alles frei, wenn du normal bist. Perverse müssen zahlen. Weißt du das? Ich bin mir ziemlich sicher, daß das der Typ war, der mich neulich im Bus Schwuchtel genannt hat. Beide hatten Ledermützen und waren auf dem rechten Auge blind.»

«Verdammt», sagte Simon.

Schließlich hielt doch ein Taxi, und sie fuhren schweigend nach Hause. Sandys Tüllrock füllte den Fond wie Bierschaum ein Glas.

Vor Sandys Zimmer küßte Jude beide auf die Wange und ging den Flur hinunter.

«Jude», rief Sandy ihr nach.

Sie drehte sich um. Sein Gesicht war unter dem verschmierten Make-up puterrot.

«Wir fänden es schön, wenn du heut nacht bei uns bleibst. Wenn du magst.»

Simon nickte und streichelte gedankenverloren seinen filigran verzierten Schwertgriff.

Jude sah von einem zum anderen, Scarlett O'Hara und

Ashley Wilkes, gezeichnet von Shermans Marsch zum Meer. Nach dem Haß, der ihnen gerade draußen auf der Straße entgegengeschlagen war, würde es tröstlich sein, der Macht der Liebe zu huldigen.

«Ah... könntet ihr das denn? Ich meine... ich dachte... seid ihr nicht...»

«Für eine unwiderstehlich schöne Frau machen wir schon gelegentlich mal eine Ausnahme», murmelte Simon und lächelte sanft unter seinem Schnauzer. Seine Neonaugen glühten in dem dunklen Flur.

Jude bemerkte verblüfft, daß sie ernsthaft über den Vorschlag nachdachte. Es war viel passiert seit dem Debütantinnenball des Virginia Clubs.

«Ich fürchte, das ist ein bißchen zu extravagant für ein einfaches Hugenottenmädel aus Tennessee», sagte sie schließlich. «Aber vielen Dank für die freundliche Einladung.»

«Sag einfach Bescheid, wenn du's dir anders überlegt hast», sagte Sandy. Er schien erleichtert.

«Wir hätten bestimmt viel Spaß», versicherte Simon.

Jude lächelte. «Ich laß es euch wissen, Jungs», sagte sie amüsiert und rauschte mit schwingendem Chiffonrock den Flur hinunter.

Im Bett beschäftigte sie plötzlich die technische Seite der Sache – wie widmete man sich zwei Penissen in unterschiedlichem Erregungszustand? Einer war schon kompliziert genug. Sie wäre wahrscheinlich so hektisch wie jemand, der mit juckendem Nesselausschlag in einer Zwangsjacke steckte. Aber es schien eindeutig der interessanteste Weg, ihr Dreiecksproblem zu lösen.

Sie schlief für eine Weile ein. Als sie wieder aufwachte, hatte sie ihre Meinung in der Tat geändert. Sie stieg aus dem Bett, schlüpfte in ihren Morgenrock und schlich auf Zehenspitzen zu Sandys Tür. Als sie das Ohr daranlegte, hörte sie nichts. Sie waren entweder noch mal weggegangen, oder sie schliefen. Sie hatte keine Ahnung, wie spät es war. Vielleicht konnte sie ja einfach zwischen sie krabbeln und abwarten, was passierte. Schließlich stand die Einladung noch.

Sie drückte langsam die Klinke hinunter und öffnete die Tür. Sie sah sie am anderen Ende des Zimmers, nackt im Mondlicht, das durch das Fenster fiel. Sandy stand vornübergebeugt, die Beine gespreizt, und krallte sich mit Händen und Zähnen an der Fensterbank fest. Simon stand hinter ihm und hielt mit beiden Händen Sandys Hüften umfaßt. Er schnellte rhythmisch gegen ihn und flüsterte Sachen, die Jude nicht verstehen konnte, während Sandy keuchend und stöhnend an der Fensterbank nagte.

Als das Licht durch den Türspalt auf Sandys Rücken fiel, erstarrte Simon. Er sah sich um – und es war gar nicht Simon. Einen Moment lang dachte Jude, es sei der einäugige junge Mann vom Busbahnhof. Aber dann war sie sich doch nicht sicher.

Sandy sog Luft durch seine klammernden Zähne und fauchte wie ein in die Enge getriebenes Tier: «Himmel noch mal, Jude, verschwinde!»

Jude zog sich auf den Flur zurück, schloß die Tür und lehnte sich gegen die Wand, erschrocken und entsetzt – und erregt. Heftig zitternd ging sie zurück in ihr Zimmer und schlüpfte in ihr Bett, wo sie schwer atmend dalag, ohne sich zu rühren.

Sandy und Jude spazierten die Columbus Avenue entlang und betrachteten die Fassade des Roosevelt-Krankenhauses, wo Judes Vater seine Assistenzzeit abgeleistet hatte. Mehrere Jahre lang war er mit dem jaulenden Krankenwagen in finstere Gassen gefahren, in die sich kein vernünftiger Mensch zu Fuß wagte. Das Krankenhaus wirkte heruntergekommen; der Wind hatte alte Zeitungen und Fast-food-Pakkungen in matschigen Haufen an die roten Backsteinwände gedrückt. Auf der anderen Seite der Achtundfünfzigsten Straße stand ein großes Mietshaus, um die Jahrhundertwende erbaut, mit Bogenfenstern und blaugoldenen Kachelmustern zwischen den Backsteinen. Die Fenster waren vernagelt und die Preßspanplatten mit Anti-Kriegs-Parolen besprüht – Peacezeichen, YANKEES RAUS AUS VIETNAM, MAKE LOVE NOT WAR. Ein Schild an der Tür verkündete, daß die Abrißgenehmigung erteilt war.

«Meine Eltern haben nach ihrer Hochzeit da drüben gewohnt, im fünften Stock», sagte Jude. Ein scharfer Wind fegte vom Hudson her die Straße entlang. Sie und Sandy waren an diesem Morgen sehr vorsichtig miteinander. Beide bemühten sich um eine leichte, höfliche Konversation, als könnten sich die Ereignisse der letzten Nacht in Luft auflösen, wenn sie sie nicht ansprachen.

«Traurig, so ein herrschaftliches Haus verfallen zu sehen», sagte Sandy. «Wenn man bedenkt, wie viele Leben dort gelebt wurden. Wieviel Freude und Leid diese Mauern in sich aufgenommen haben.»

«Du meine Güte», sagte Jude, «mir geht gerade auf, daß ich da drinnen gezeugt worden sein muß. Als meine Eltern in den Süden zogen, war meine Mutter schon mit mir schwanger.»

«Ha!» sagte Sandy. «Dann bist du ja ein Yankee!»

«Gott sei Dank kann meine Großmutter das nicht hören.»

«Irre», sagte Sandy und schlang die Arme um den Oberkörper, um sich zu wärmen. «Du bist an deinen Ursprungsort zurückgekehrt, wie die Lachse, die immer wieder zu den Laichgründen zurückwandern.»

«Das ist wohl ein bißchen übertrieben», sagte Jude. «Weißt du, wo du gezeugt worden bist?» Sie marschierten wieder in Richtung Uptown, wo sie im Café des Artistes mit Judes Großeltern zum Brunch verabredet waren.

«In unserem Haus in Tidewater Estates, schätze ich. An

einem Samstagmorgen mitten im Winter. Soweit ich es mitgekriegt habe, haben sie es immer nur samstags morgens gemacht. Mein Vater hat mir ein Schüsselchen Knusperflakes in die Hand gedrückt und mich mit meinem Baukasten im Spielzimmer eingeschlossen. Sie tauchten erst gegen Mittag auf und schwebten das ganze restliche Wochenende in einer Wolke des Wohlbehagens herum. Ich habe immer bis Samstagnachmittag gewartet, wenn ich für irgendwas Heikles eine Erlaubnis wollte.»

«Aber vielleicht waren sie ja im Urlaub an einem etwas exotischeren Ort?»

«Ziemlich unwahrscheinlich. Ihre Urlaubsziele waren auch ziemlich langweilig. Gatlinburg oder Ruby Falls oder Rock City.»

«Aber wie kommt es dann, daß du so teuflisch genial bist?»

«Irgendwo unterwegs muß sich mal jemand mit einem extra dafür bezahlten Kandidaten in die Büsche geschlagen haben.»

«Übrigens», sagte Jude, die das Drumherumgerede nicht länger ertragen konnte, «entschuldige bitte wegen heute nacht.»

Sandy wurde knallrot. «Tut mir leid, ich war schon … anderweitig beschäftigt. Versuch's doch bitte bei Gelegenheit noch mal.»

Jude sagte eine ganze Weile nichts. Schließlich erwiderte sie: «Ich glaube nicht, Sandy. Du bist nicht so ganz meine Spielklasse.»

«Bist du schockiert?»

«Wer war das eigentlich?»

«Was weiß ich?»

«Wo war Simon?»

«Was weiß ich?»

«Hältst du das wirklich für klug?»

«Mit Klugheit hat so was nichts zu tun», sagte Sandy schroff.

«Scheint so.»

Als Sandy ihr die Restauranttür aufhielt, wurde Jude plötzlich bewußt, daß sie Angst vor ihm hatte, als sei er von einer rohen, dunklen Kraft getrieben, die er von den Docks mitgebracht hatte und von der sie wenig wußte und auch nichts wissen wollte. Und daß nachts fremde Männer bei ihnen in der Wohnung herumspazierten, war ihr sehr unbehaglich. Aber schließlich war es Sandys Wohnung. Und sie konnte nicht leugnen, daß sie der Anblick von Sandy und dem Fremden im Mondlicht erregt hatte.

«Hier waren wir immer sonntags mit deiner Mutter zum Mittagessen», sagte Judes Großvater zu Jude, während er das Fett von seinem Steak schnitt. «In Zeiten, als das gräßliche Wort ‹Brunch› noch nicht erfunden war.»

Nackte Nymphchen tollten hinter einem Dschungel aus sattgrünen Zimmerpflanzen auf den Wänden herum.

«Ich erinnere mich noch sehr gut an Judes Mutter», sagte Sandy und brach sich ein Stück Baguette ab. «Sie hat mir immer Buttertoffees gegeben, wenn sie mich draußen auf dem Gehweg sah. Also bin ich immer öfter rübergegangen. In ihrem Auftrag habe ich Jude Dreiradfahren beigebracht. Judes Beinchen waren so kurz, daß sie dauernd abrutschten. Dann rotierten die Pedale so schön, daß Jude sich vor lauter Faszination nicht mehr von der Stelle bewegen wollte.»

Alle lachten.

«Als sie es dann aber einmal kapiert hatte», fügte Sandy hinzu, «fuhr sie wie der Teufel. Sie flitzte los und war schon halb beim Highway, ehe überhaupt jemand bemerkt hatte, daß sie weg war. Ihre Mutter hat mich immer mit Süßigkeiten bestochen, damit ich auf sie aufpasse.»

«Und ich dachte, du mochtest mich einfach», sagte Jude.

Sie hatte ihn nicht mehr mit Jackett und Krawatte gesehen, seit er in Exeter gewesen war. Er sah täuschend wohlanständig aus.

«Muß wohl auch so gewesen sein, weil ich's noch weiter gemacht habe, als deine Mutter tot war.»

«Jude hat uns erzählt, daß Sie wie ein Bruder für sie sind», sagte Judes Großmutter. Sie trug ihr dunkelblaues Wollkostüm und um den Hals das Hugenottenkreuz. «Da sind Sie für uns ja gewissermaßen ein Enkelsohn, und Sie sollen wissen, daß Sie uns jederzeit willkommen sind.»

«Vielen Dank», sagte Sandy. «Ich fühle mich sehr geehrt.»

Jude beobachtete, wie ihr Bruder honoris causa ihre Großeltern um den Finger wickelte. Wäre Sandy nicht der gewesen, der er war, sie hätten ein perfektes Paar abgegeben. Aber er war nun einmal er – wer immer das war –, und er würde ihr nie gehören. Es war an der Zeit, hatte sie beschlossen, jemanden zu finden, den sie wirklich haben konnte und der einigermaßen dem entsprach, wofür sie Sandy gehalten hatte. Sie hatte schon daran gedacht, Craig den Posten anzutragen, einem Mitdoktoranden, mit dem sie oft beim Kaffee in der West End Bar über den Französisch-Preußischen Krieg diskutierte. In letzter Zeit hatte er bei ihren Gesprächen öfters die Hand auf ihren Unterarm gelegt und sein Knie unter dem Tisch gegen ihres gepreßt. Er war zu dünn, und er roch nach Sandelholz-Räucherstäbchen, aber ansonsten erfüllte er die Bedingungen.

«Ich erinnere mich noch genau an den Tag, als Judes Vater aus dem Krieg zurückkam», erzählte Sandy gerade.

Jude sah ihren Großvater an, der Sandy aufmerksam zuhörte. Er schien jetzt entspannter, wenn von Judes Mutter die Rede war. Vielleicht hatte die Tatsache, daß Jude und ihre Großmutter so viel über sie gesprochen hatten, ihn sozusagen desensibilisiert.

«Die ganze Stadt war unten am Bahnhof und schwenkte

kleine Sternenbanner. Die High-School-Band spielte diese gräßliche Katzenmusik – es sollte wohl ‹Stars and Stripes› sein. Judes Mutter trug Jude auf der Hüfte. Ihr Vater stieg in seiner Uniform aus dem Zug, und er war der bestaussehende Mann, der mir je begegnet war. Jude, die noch ein Baby gewesen war, als sie ihn zum letztenmal gesehen hatte, schaute ihn an, lächelte kokett, streckte die Ärmchen aus und gurrte ‹Daddy›. Und alles lachte und applaudierte.»

Judes Großeltern lächelten, während der Kellner die Teller wegnahm.

«Er war schon immer ein schmucker Bursche», stimmte ihr Großvater zu. «Groß und schlank und breitschultrig», fuhr ihr Großvater fort. «Mit dieser Kupferhaut und den nerzbraunen Augen.»

Jude und ihre Großmutter sahen einander erstaunt an.

«Sie wissen vermutlich nicht mehr, daß wir uns damals bei der Beerdigung begegnet sind», sagte Sandy, «aber ich erinnere mich an Sie. Weil Sie die ersten Yankees waren, die ich zu Gesicht bekam, und ich war enttäuscht, daß Sie so normal aussahen.»

«Was hatten Sie denn erwartet?» fragte Judes Großvater. «Hörner und Bocksfüße?»

«So etwas in der Art», sagte Sandy. «Aber das einzig Unheimliche war der tote Fuchs, den Ihre Frau um den Hals trug.»

«An den kann ich mich auch erinnern», sagte Jude. «Er hatte orangerote Glasaugen.»

«Aber ich bin gar kein Yankee», sagte ihr Großvater. «Während des Bürgerkriegs lebte meine Familie noch im Elsaß.»

Sandy lächelte. «Für Südstaatler ist jeder Amerikaner, der kein Südstaatler ist, ein Yankee.»

Als Jude und Sandy sich unter der Tiffany-Haustürlampe von Judes Großeltern verabschiedeten, hatte Sandy ihnen bereits eine Gratis-Loge in der Oper versprochen. Judes Großmutter hatte sich seine Adresse notiert, damit sie ihn in die Versandkartei für den Rundbrief der Amerikanischen Hugenottengesellschaft aufnehmen konnte, und ihr Großvater hatte sich seine Telefonnummer geben lassen, um ihn bei Gelegenheit zu einer Runde Squash im New York Athletic Club zu fordern.

«Meine Güte, was für eine Orgie der Herzlichkeit», sagte Jude, als sie unter den kahlen Bäumen die Siebenundsechzigste Straße entlanggingen.

«Kann ich was dafür, daß ich so unwiderstehlich bin?» fragte Sandy.

«Vermutlich schon», sagte Jude. «Aber unternimm bloß nichts dagegen. Es ist einfach entzückend. Hey, Moment mal – du kannst doch gar nicht Squash spielen.»

Sandy grinste. «Nein. Aber ich liebe Umkleideräume.»

«Mit meinem *Großvater*?»

«Er ist sehr attraktiv, mit seinem dichten stahlgrauen Haar und dem männlichen Kinn.»

«Du bist pervers», sagte Jude.

«Hast du nicht gesagt, ich sei entzückend?»

«Du bist beides. Das macht dich ja so gefährlich.» Sie sagte es nur halb im Scherz. Wie sollte sie je sein Tages- und sein Mondschein-Ich unter einen Hut bringen?

«Ich mag es, wenn ich gefährlich wirke», gab er zu. «Als Kind war ich immer so ein braver kleiner Pfadfinder.»

«Na ja, sieht aus, als ob du alles nachholst, was du versäumt hast», murmelte Jude.

Sandy sah sie an. «Und das gefällt dir nicht?»

«Nicht besonders», erwiderte Jude zögernd. Sie erschrak, denn wieder sah sie das erregende Bild vor sich, wie der Fremde Sandy bearbeitete.

«Tja, mal sehen, Jude, was ich zu meiner Verteidigung sagen kann. Jahrelang habe ich versucht, ein braver Junge zu sein. Ich habe dich zum Beispiel nie berührt, sosehr ich es wollte. Du wärst vielleicht entsetzt gewesen, aber ich glaube nicht, daß du mich abgewiesen hättest.»

Jude dachte kurz nach und schüttelte dann den Kopf. «Vielleicht habe ich es die ganze Zeit gewünscht», sagte sie. Sie fragte sich, ob er auch homosexuell geworden wäre, wenn sie damals seine Liebe erwidert hätte. Vermutlich schon.

«Tja, ich vielleicht auch. Aber ich hab's nicht getan. Statt dessen habe ich meine Triebe jahrelang unterdrückt. Als ich dann nach London kam und anfing, in Schwulenbars zu gehen, traf ich auf Hunderte solcher Ex-Pfadfinder. Und wir gaben einander, worauf wir all die Jahre verzichtet hatten. Ohne Liebeserklärungen, ohne gleich eine feste Beziehung eingehen zu müssen, ohne auch nur den Namen des anderen zu kennen. Es war gefährlich und geheimnisvoll und aufregend. Und das ist es immer noch.»

Jude griff nach seiner Hand. Die Finger ineinander verflochten, gingen sie schweigend den Broadway entlang. Was würde passieren, fragte sich Jude, falls sie einander irgendwann einmal gleichzeitig wollten?

«Aber du müßtest das doch verstehen, Jude.»

«Was meinst du damit?»

«Na ja, irgendwie warst du doch auch immer so ein braves Pfadfindermädel. Inzwischen mußtest du dich doch sicher auch deiner dunklen Seite stellen – dem Teil von dir, der sich danach sehnt, daß das brave Alltags-Ich von verzehrender Leidenschaft ausgelöscht wird?»

Jude sah ihn stumm an. Sie wußte keine Antwort auf diese beunruhigende Frage. Ihr Alltags-Ich war bisher nur ein einziges Mal ausgelöscht worden – in jener Nacht mit Molly auf dem Floß. Und das war überwältigend gewesen. Aber sie rechnete nicht damit, daß es je wieder passieren würde. Und sie wußte auch gar nicht, ob sie das wollte.

Später in der Woche, nach einem Arbeitsgruppentreffen in der Universitätsbibliothek und gemeinsamem Spießrutenlaufen durch die Antikriegsdemonstranten, die, Chippendale-Stuhlbeine schwingend, das besetzte Verwaltungsgebäude verteidigten, nahm Jude Craig mit zu sich nach Hause. Sie schmuggelte Craig durch den Flur und in ihr Zimmer. Die anschließende Nacht war nicht gerade durch wilde Leidenschaft gekennzeichnet, sondern eher durch Zuneigung oder Achtung. Aber Jude machte so viel Krach wie irgend glaubwürdig, als Vergeltungsschlag gegen Mona und Sandy.

Am nächsten Morgen in der sonnigen Küche war Sandy grimmig. Er rempelte Craig buchstäblich aus dem Weg, wie ein Seehund seinen Rivalen. Craig verstand und verabschiedete sich rasch.

«Du hättest wenigstens höflich sein können», sagte Jude zu Sandy, nachdem sie Craig zur Tür gebracht hatte.

«Ich brauche nicht höflich zu irgendwelchen dubiosen Kerlen zu sein, die du hier anschleppst», sagte er und schnappte sich ein paar Flockenpackungen aus dem Regal.

«Und was ist mit den dubiosen Kerlen, die *du* anschleppst? Und außerdem ist Craig kein dubioser Kerl. Er ist sehr nett und sehr intelligent.» Sie säbelte ein Stück Brot ab und stopfte es in den Toaster.

«Was würde dein Vater dazu sagen?» Er grabschte sich ein Schüsselchen und knallte es auf den Tisch.

Jude lachte ungläubig. «Sandy, jetzt komm mal runter von dem Trip.»

«Welchem Trip?»

Sie musterte ihn mit belustigter Genugtuung. «Ich glaube, du bist eifersüchtig.»

«Oh, na klar. Sicher doch. Ein schwuler Mann, eifersüchtig auf eine Heterofrau.»

«Was ist dann dein Problem?» Der Toast sprang heraus. Sie bestrich ihn mit Butter und Himbeermarmelade.

Er sagte eine ganze Weile gar nichts, rührte in seiner Schüssel herum, daß die Flocken nur so durch die Küche flogen. Dann lächelte er verlegen. «Mein Problem ist, daß ich eifersüchtig bin.»

«Na bitte. Schon besser», sagte Jude und patschte ihn auf die Schulter.

«Tu mir das nie wieder an», sagte er und sah sie aus rotgeäderten Augen an.

«Ich mache, was ich will.» Sie strebte zur Tür, den Toast in der Hand.

«Ja, ich weiß», sagte er und mampfte traurig an seinen Flocken. «Das war schon immer so.»

Simon und Jude saßen, Kissen im Rücken, auf Sandys Bett, aßen zusammen eine Pizza aus dem Pappkarton und tranken Gemüsesaft. Sie hatten eigentlich auf Sandy warten wollen, aber der Hunger hatte gesiegt. Um sie herum auf der Tagesdecke war ein Manuskript über die Freedom Riders ausgebreitet, das Simon gerade redigierte, vermischt mit dem Entwurf für das Exposé zu Judes Doktorarbeit. Sie hatte beschlossen, über verfolgte Minderheiten in Frankreich zu schreiben, ihr Schwerpunkt sollten die Katharer, die Hugenotten, die Jakobiner und die Résistance-Bewegung sein. Ihre entzückte Großmutter hatte sie mit Informationen vollgestopft wie eine Vogelmutter ihr Junges mit Würmern.

Gerade hatte sie einen französischen Freund ihres Großvaters interviewt. Er hatte sich der Résistance angeschlossen, nachdem SS-Leute in seinem Alpendorf einem jüdischen Ladenbesitzer den Mund mit Kuhmist vollgestopft und ihn dann mit dem Kopf nach unten gekreuzigt hatten. Der Mann hatte ihr geschildert, wie Partisanen aus seinem Dorf einen Bergtunnel mit Sprengstoff vermint hatten, um den Vormarsch der Deutschen zu verzögern. Ein Bauer aus dem Ort hatte den Plan verraten, und alle Verschwörer, die gefaßt worden waren, mußten in den Tunnel marschieren, wo sie in ihrer eigenen Falle lebendig begraben worden waren.

Wieder einmal zerbrach sich Jude den Kopf über den Unterschied zwischen Menschen wie Ace Kilgore, deren Lebensziel darin bestand, zu peinigen und zu zerstören, und Menschen wie ihrem Vater und ihrem Großvater und Sandy, die heilen und beschützen wollten. Es mußte etwas mit Aces Augen zu tun haben, diesen beiden toten, schwarzen Löchern, die weder Licht von außen reflektierten noch Licht von innen abstrahlten. Selbst vom Licht abgeschnitten, war er verstört, rachsüchtig und wild entschlossen, seine Wut an andere weiterzugeben wie eine Art geistige Tollwut. Es befriedigte ihn, andere mit ins Dunkel zu ziehen, zu beweisen, daß es mächtiger war als das Licht, zu dem er keinen Zugang hatte.

Aber das eigentliche Rätsel waren Menschen wie Jerry Crawford und die Panther-Zwillinge, die ihm in diese Leere gefolgt waren. In der Zeit mit Jerry hatte sie ihn einmal gefragt, was ihn an Ace faszinierte. Er hatte geantwortet: «Er ist so stark. Er hat vor gar nichts Angst.» Aber inzwischen hatte Jude den Verdacht, daß Ace vor allem und jedem Angst hatte. Er stand für jene trügerische Stärke, die sich unter Druck in Gewalt verkehrte.

Sie hielt Simon einen Vortrag über Gemüsesaft – warum sie dieses Getränk als Kind so gehaßt hatte, jetzt aber köstlich fand. Simon unterbrach sie dauernd, um seinerseits über Marmite auf Toast zu dozieren. Im Fernseher am Fuß des Betts liefen die Abendnachrichten: Ein amerikanischer Soldat setzte mit einem Flammenwerfer eine Bauernhütte in Brand, und der Kommentator murmelte irgend etwas dazu.

Das Telefon klingelte. Simon grabbelte auf dem Fußboden nach dem Hörer, lauschte und sagte dann mit zuckersüßer Stimme: «Am Apparat!»

Er hielt den Hörer von sich, musterte ihn und sagte achselzuckend: «Komisch. Er hat aufgelegt.»

«Wer war das?» fragte Jude.

«Irgendein Typ, der die Dame des Hauses sprechen wollte.»

Als Jude lachte, kam Sandy mit grimmigem Gesicht zur Zimmertür herein.

«Harter Tag heute im Büro, Schatz?» rief Simon vom Bett aus.

«Harter Tag in der U-Bahn», sagte Sandy.

«Was ist denn passiert?» fragte Jude, alarmiert durch seine tonlose Stimme.

«Ist nicht so wichtig.»

«Du kannst nicht einfach reinkommen wie der Geist von Marilyn Monroe und uns verschweigen, was mit dir passiert ist», sagte Simon. Er sprang vom Bett auf und tappte in seinen Frotteesocken zu Sandy hinüber. Als Simon den Arm um ihn legte, brach Sandy in zornige Tränen aus. Simon führte ihn zum Bett, und sie setzten sich beide auf die Kante.

«Entschuldige», sagte Sandy und tupfte sich mit dem Ärmel seines Arbeitshemds die Tränen ab.

«Was ist, Schatz?» fragte Simon und strich Sandy das rotblonde Haar aus den Augen.

«Als ich eben aus der U-Bahn gestiegen bin, war da dieser Typ, der uns an Halloween am Port Authority belästigt hat, der Einäugige mit der Ledermütze. Er stieg auch aus, zusammen mit drei Kumpels. Wir waren ganz allein in dem Tunnel zum Ausgang, und er sagte: ‹Sieh mal einer an, wenn das nicht unser kleiner Lieblingshomo ist, immer auf der Suche nach einem Arschloch, das er ficken kann.› Ich habe mich umgedreht und ihn angeguckt, und er hat gesagt: ‹Aber er wird keins finden, weil er so verdammt häßlich ist.› Und einer von den anderen hat gesagt: ‹Vielleicht sollten wir ihn von seinem miesen Schwulendasein erlösen und ihm sein gottverdammtes Tuntenhirn einschlagen.› Ich hatte den ganzen Tag Kostümprobe für *Aida* und war so müde und erschrocken, daß ich nur den Mund aufgerissen und ein hohes C rausgelassen habe. Es vibrierte zwischen diesen Kachelwänden hin und her. Sie haben mich angeguckt, als sei ich ein Irrer, und sind die Treppen raufgerannt, so schnell sie konnten.»

Sandy lächelte tapfer, wartete, daß sie lachten, aber sie lachten nicht. «Ich habe mich so hilflos gefühlt.»

«Verdammt, Sandy, bitte, sei vorsichtig», sagte Simon.

«Was soll ich denn machen?» fragte er leise.

«Und wenn du zur Polizei gehst?» fragte Jude. Ihr Blick wanderte zur Fensterbank, wo sie noch seine Zahnabdrücke sehen konnte. Konnte ein Faible für Gewalt, ähnlich wie ein Pakt mit dem Satan, diese Gewalt in einer Form heraufbeschwören, die man nicht gemeint hatte? Er hatte sie beschützt, und sie wollte ihn auch beschützen, aber wie?

Die beiden Männer lachten verbittert.

«Sie *sind* wahrscheinlich von der Polizei», sagte Sandy.

«Geh zu Fuß», sagte Jude. «Nimm den Bus. Oder ein Taxi. Das ist immer noch billiger als eine Beerdigung.»

«Die Bullen haben versucht, sie in einen Polizeiwagen zu verfrachten», erklärte Sid dem Dutzend Leute, das um den vollgerümpelten Tisch in Sandys Wohnung saß, «und sie haben sich gewehrt. Diese verflixten Tunten haben einen Aufstand gemacht, wie ihn sich diese Faschistenschweine in ihren schlimmsten Alpträumen nicht hätten vorstellen können. Sie haben sie mit ihren Handtaschen gehauen. Mit ihren Nägeln gepiekt. Mit ihren Pfennigabsätzen getreten. Spitze Schreie losgelassen. Und dann hat sich noch eine Horde Lesben und Lederschwule eingemischt und Flaschen geschmissen und Fahrradketten und Stemmeisen geschwungen. Und bald war der ganze Block in Aufruhr. Also haben die Bullen ihre Scheißschlagstöcke wieder eingesteckt und sich verdrückt.»

Alles johlte los, außer Mona, die es zutiefst zu langweilen schien, mit lauter Männern in einem Raum zu sitzen, die sie keines Blickes würdigten.

«Raus aus dem Versteck und auf die Straße!» schrie Simon. Er stand auf und erhob seine Bierflasche zu einem Toast.

Jude und Sandy stießen mit ihren Weingläsern an. Sandy quittierte Simons plötzlichen Drang auf die Barrikaden mit einem spöttischen Lächeln.

«Schluß mit dem Versteckspiel!» rief Earl, und das war so ziemlich das erste, was Jude je von ihm gehört hatte.

«Oh, du liebe Güte, aufgepaßt, ihr Homophoben!» sagte William. «Earl ist los!»

Earl sprang von seinem Stuhl auf und begann, in seinen Trainingshosen durchs Zimmer zu wirbeln, anmutig und wild, wie eine Szene aus dem *Sacre du Printemps*.

Sandy reichte Jude den Joint, der gerade herumging. Sie zog daran und gab ihn Tony, der mit seinem Piratenkopftuch neben ihr saß. Während sie den Rauch ausatmete, sagte sie zu Sandy: «Ich weiß gar nicht, wieso ich das überhaupt mache. Bei mir hat das Zeug noch nie gewirkt.»

Sandy stand auf, stellte sich hinter Jude und begann, ihren Kopf zu massieren, während sie Earls Kriegstanz zusahen, den die anderen jetzt mit Besteckgeklapper untermalten. Tony schlug mit seinem Messer gegen die leeren und halbleeren Weinflaschen, was eine schräge Melodie ergab. Schließlich führte Earl wie der Rattenfänger von Hameln die ganze Schar – ausgenommen Sandy und Jude – in einer hüpfenden Schlange zur Tür hinaus und hinunter in den Karneval, der seit Beginn des Aufstands in den Straßen des Village herrschte.

Jude war indes im Begriff, unter Sandys massierenden

Händen den Verstand zu verlieren. Sie hatte nur den einen einzigen Wunsch, daß er nie aufhören möge. Er fuhr mit den Fingern die Windungen ihrer Ohren nach, immer wieder herein und hinaus. Sie warf den Kopf zur Seite und sog seinen Zeigefinger in ihren Mund. Er atmete tief ein.

Jude stemmte sich aus ihrem Stuhl. Sie drehte sich um, und sie sahen einander erschrocken an. Sie glitten sich in die Arme wie zwei Hufeisenmagneten. Ihre Münder fanden sich.

Schließlich drehte Jude den Kopf zur Seite, um atemlos hervorzustoßen: «Wir warten wohl besser auf Simon.»

«Ich will nicht mehr warten, Jude», sagte Sandy. «Ich habe die ganze Zeit auf dich gewartet, seit ich ein kleiner Junge war.»

Jude stand da, gelähmt durch die moralischen Aspekte der Situation, und spürte Sandys Erektion an ihrem Bauch.

«Bitte, Jude. Nur einmal, und dann nie wieder. Das wird uns davon befreien.»

«Oder uns erst recht Lust drauf machen.» Ihr Atem ging stockend.

Er lächelte verschmitzt zu ihr herunter und sagte: «Du hast immer schon zuviel gedacht, Superhirn.»

Als sie den Spitznamen hörte, den Molly ihr gegeben hatte, in demselben weichen, gedehnten Appalachen-Tonfall, ließ sie sich von ihm durch den Flur und in sein Zimmer führen.

«Es war ein Irrtum», flüsterte sie später, als sie zwischen den verdrehten, zerknautschten Kleidungsstücken lagen, die sein Bett und den Teppich bedeckten. Ein kühler Wind, der durchs Fenster hereinwehte, trocknete ihren Schweiß und ließ sie frösteln.

«Wieso?» Er fischte mit einem schweren Arm nach ihrem Hemd und drapierte es ihr über Brust und Bauch.

«Ich bin verrückt nach dem bösen Jungen in dir.»

Sein Lächeln war so träge wie das Tuten eines Nebelhorns. «In diesen Dingen gibt es kein Gut und Böse. Nur Liebe und den Mut, sie auszuleben. Oder auch nicht.»

«Mach dir keine Sorgen, Jude. Es ist okay», sagte Simon am nächsten Abend. Sie saßen in dem kühlen Lüftchen, das durch Sandys Fenster hereinwehte, teilten sich einen Joint und sahen zu, wie die Ausflugsdampfer im Dämmerlicht den Hudson entlangglitten. «Solange du mir demnächst auch mal Zeit zugestehst.»

«Könnte passieren», sagte sie und musterte ihren freundlichen Rivalen mit den dunklen Locken und dem Fu-Manchu-Bärtchen. Da das erklärte Ziel ihrer Generation «die Abschaffung der bürgerlichen Zweierbeziehung» war, blieb ihm gar nichts anderes übrig, als sich cool zu geben. Aber es schien ihm tatsächlich nichts auszumachen. Wenn er allerdings gewußt hätte, was am Vorabend zwischen Sandy und ihr passiert war, hätte es ihm eine Menge ausgemacht. Es war nicht einfach nur jener konditionierte Reflex gewesen, den man allein oder mit irgendwem auslösen konnte, Muskelspasmen, die Blut durch geschwollenes Gewebe pumpten. Es war eine völlig andere Erfahrungsebene gewesen, ähnlich jener Nacht mit Molly auf dem Floß, nur noch intensiver, soweit das möglich war, denn sie waren beide hellwach und frei von Angst und Scham gewesen. Hinterher hatten sie geweint. Vor Staunen, daß ihnen dieser unverhoffte Moment zuteil geworden war. Vor Trauer, weil er vorbei war und vielleicht nie wiederkehren würde. Sie konnte Simon nicht sagen, daß sie nicht die geringste Lust verspürte, ihm «Zeit zuzugestehen» oder auch nur Sandy weiter mit ihm zu teilen. Sie wollte nur Sandy, und zwar so bald wie möglich, so oft wie möglich und so lange wie möglich.

Und gleichzeitig wünschte sie, sie hätte nicht so viel Wein

getrunken und so viel Dope geraucht, damit es zu diesem Delirium gar nicht erst gekommen wäre. Denn jetzt waren sie und Sandy und Simon auf dem Weg in ein finsteres Labyrinth, in dem wenigstens einer von ihnen auf der Strecke bleiben würde. Wahrscheinlich sie selbst. Denn wie pflegte Clementine immer zu sagen? Leoparden legen ihre Flecken nicht ab. Und schon gar nicht glückliche Leoparden. Warum war ihr gut nicht gut genug gewesen?

Sandy sah so angespannt und elend aus, wie Jude sich fühlte, als er in der Tür erschien und sie und Simon zusammen am Fenster sitzen sah. Aus einem Radio auf der Straße flehte Janis Joplin jemanden an, ein Stück aus ihrem Herzen herauszubrechen.

Simon sah Sandy aus lebensklugen grünen Augen an. «Mach dir nichts draus. Ich weiß, daß du sie gern hast. Ich hab sie auch gern. So was passiert. Und wird noch öfter passieren. Wenn ich Glück habe, passiert es das nächste Mal vielleicht mir.»

«Das ist es nicht», sagte Sandy. Er kam herein, setzte sich auf die Matratze, stützte die Ellbogen auf die Knie und vergrub das Gesicht in den Händen.

«Was ist los, Sandy?» fragte Simon.

Sandy atmete tief ein und wieder aus. «Gerade eben stand ich auf dem U-Bahnsteig. Mitten im Berufsverkehr, alles war gerammelt voll. Plötzlich tauchte dieser Einäugige neben mir auf. Er hat sich an mir vorbeigezwängt und ‹Weg da, Schwuchtel!› geblafft.

Ich weiß nicht, was über mich gekommen ist, aber plötzlich konnte ich es einfach nicht mehr ertragen. Also habe ich ganz laut gesagt: ‹Dieser Mann da ist ein Faschist!› Ich habe mich auf die Zehenspitzen gestellt und auf ihn gezeigt, als er im Gewimmel untertauchte. Ich habe geschrien: ‹Er verfolgt mich und bedroht mich und beschimpft mich.›

Die meisten Leute haben mich ignoriert, aber ein paar haben auch mitfühlend geguckt und ihm nachgeschaut, wie er sich zum Ausgang kämpfte. Auf der Treppe hat er sich noch mal umgedreht und mich angesehen, als sei ich eine Kakerlake, die er gleich zerquetschen würde.»

Als Sandy am nächsten Abend nach der Arbeit nicht nach Hause kam, rief Simon bei sämtlichen Krankenhäusern der Stadt an, und schließlich spürte er ihn in der Intensivstation des Roosevelt auf. Jemand hatte ihn ohnmächtig in einem Durchgang zwischen Hinterhöfen beim Port-Authority-Busbahnhof gefunden.

Jude betrat das Krankenhauszimmer. Er lag fest zugedeckt in einem schmalen weißen Bett. Sein Gesicht war lilaschwarz, Schläuche schlängelten sich aus seinen Nasenlöchern und seiner einen Hand. Als er nach Luft schnappte, sah sie, daß ihm mehrere Zähne fehlten.

Sie setzte sich neben ihn, legte den Kopf auf die Bettkante und schloß die Augen. Menschen, die schwere Unfälle gehabt hatten, berichteten, daß sich ihr Leben noch einmal blitzartig vor ihrem inneren Auge abgespult hatte. Aber in diesem Moment war es Jude, die Sandys Leben vor sich ablaufen sah. Wie bei einer Dia-Show sah sie ihn als kleinen Jungen in Socken und Sandalen. Sie sah ihn, wie er im Baumhaus an seinem Roman schrieb, der Wirbel in seinem Haar wie ein Rattennest. Sie sah ihn an der Backsteinmauer auf dem Schulhof Schach spielen. Und ihr Bälle über das halbe Football-Feld zuwerfen, während Jungs, die doppelt so groß waren wie er, auf ihn losstürzten. Da war Sandy im Tweedjackett, wie er charmant mit ihren Großeltern plauderte, und Sandy an seinem Schaltpult in der Oper, wie er Dutzende von Bühnenarbeitern und Technikern beaufsichtigte. Sandy, der unter ihr lag, die Augen geschlossen, ein melancholisches Lächeln um die Lippen, und ihren Hintern streichelte, während sie die Fäuste gegen die Wand stemmte und sich auf ihm bewegte, langsam, langsam, und mit aller Macht versuchte, einen vergänglichen Augenblick für immer festzuhalten.

Sie spürte, wie er davonglitt. Sie griff nach seiner Hand, um ihn zu halten, aber sie war schlaff und trocken und kalt.

Am nächsten Abend, als Jude mit Sandys Eltern, die gerade aus Tennessee eingetroffen waren, bei einem düsteren, schweigsamen Mahl saß, starb Sandy an einem Blutgerinnsel im Gehirn, während Simon auf dem Stuhl neben seinem Bett döste.

Als Jude und Simon nach Mitternacht nach Hause kamen, folgte er ihr zu ihrer Zimmertür. «Darf ich bitte heute nacht bei dir schlafen?» fragte er.

Sie lagen auf ihrem Bett und hielten sich in den Armen. Immer wieder weinte Simon, während Jude ihm den Rücken streichelte und die Tränen mit dem Bettlaken wegtupfte. Sie kannte das alles. Zuerst kam die Taubheit, so, wie der Stumpf eines frisch abgetrennten Arms oder Beins zunächst nicht blutete. Dann die Wut, die einen jeden anfahren ließ, der einem in die Quere kam. Und schließlich kamen die Erinnerungen, die nicht verschwinden wollten. Aber die Vorstellung, daß man die Wonnen des Einsseins ohne den Schmerz des Verlusts haben könne, war vielleicht so, wie Bonbons essen zu wollen, ohne Löcher in den Zähnen in Kauf zu nehmen.

Gegen Morgen sagte Simon heiser: «Du warst die letzte, mit der er im Bett war. Ich habe ihn in der Nacht darauf abgewiesen. Ich wollte ihn wohl bestrafen, für die Sache mit dir. Ich habe gesagt, es sei okay. Aber es war nicht okay. Seine Kerle waren eine Sache. Flüchtiger Sex mit Leuten, die er nie wieder sehen würde. Aber dich hat er wirklich geliebt. Irgendwann hätte er mich deinetwegen verlassen.»

«Nein, Simon. Es war gar nichts. Wir waren betrunken. Bekifft. Es hätte nie so weit kommen dürfen. Tut mir leid, daß es passiert ist.»

«Du brauchst dich nicht zu entschuldigen. Es war unausweichlich. Er hat dich geliebt, Jude, sein Leben lang.»

«Aber nicht so wie dich. Du warst der Seelengefährte, den er sich immer gewünscht und nie gefunden hatte.»

Jäh und drängend erkundeten sie mit Lippen und Zunge Gesicht und Hals des anderen. Jude schmeckte das Salz von Simons Tränen. Als er in sie eindrang, erschauerten ihre Körper. Sie suchten linkisch nach einem Rhythmus und bewegten sich schließlich gemeinsam. Und da jeder sich vorstellte, der andere sei Sandy, schien er für einen Moment wirklich da zu sein, über ihnen zu schweben und mit seinem verschmitzten Lächeln ihre unbeholfene Vereinigung zu segnen.

DRITTER TEIL

*

Anna

11

Eine Frau in einem langen, burgunderroten Wollmantel stand in der Tür zu Judes Büro, lächelnd und dabei die Stirn runzelnd. Jude lächelte von ihrem vollgerümpelten Schreibtisch zurück. Ihr war, als müßte sie diese Frau kennen, aber sie konnte sie nicht unterbringen. Glänzend-dunkler Bubikopf und malvenfarbener Lippenstift.

Die Frau schnippte mit den Fingern. «Dolly Parton!»

Jude lächelte höflich. «Pardon?»

«Diese Halloween-Party vor ein paar Jahren. Sie waren Dolly Parton. Und ich war die heilige Johanna.»

Die Augen. Jetzt fiel es Jude wieder ein: diese Augen hinter dem Helmvisier, als sie in Kettenhemd und Schienbeinschützern vor ihr gestanden hatte. Jetzt waren die Augen saphirblau über den kältegeröteten Wangen, mit dunklen langen Wimpern und geschwungenen Augenbrauen.

«Ich bin Anna Olsen. Simon hat mich hierhergeschickt. Er war gerade am Gehen. Er meinte, Sie hätten vielleicht einen Moment Zeit, sich mit meiner Buchidee zu befassen.»

«Kommen Sie rein», sagte Jude und stand auf, um einen Stapel Manuskripte und Korrekturfahnen von ihrem kleinen Tweedsofa zu räumen. «Woher kennen Sie Simon?»

«Ich kenne ihn nicht besonders gut. Wir haben gemeinsame Freunde – die Gastgeber von der Party damals.» Sie setzte sich auf die Sofakante.

«William und Sid?» Jude begab sich wieder zu ihrem Drehsessel.

Anna nickte.

«Sie haben wirklich ein gutes Gedächtnis», sagte Jude. Ihr

eigenes war nicht gerade in Hochform, irgend etwas nagte am äußeren Rand ihres Bewußtseins. Irgend etwas Merkwürdiges, was William gesagt hatte und woran sie sich nicht erinnern konnte.

«Für denkwürdige Ereignisse schon.» Sie knöpfte ihren Mantel auf und enthüllte ein großes wollenes Halstuch in Blau- und Lilatönen.

Jude lächelte sie an, denn gerade war ihr wieder eingefallen, wie Anna in jener Nacht gesagt hatte, sie sehe aus wie eine tolle Frau. Sie war wirklich charmant. Schade, daß sie ihren Charme an ein untaugliches Objekt vergeudete. «Um was für ein Buch geht es denn?»

Anna war Lyrikerin und gab an verschiedenen New Yorker High Schools Kurse in kreativem Schreiben. Sie plante eine Anthologie von Werken ihrer Schüler, die über ein Dutzend Nationalitäten repräsentierten. Es faszinierte sie, wie diese jungen Menschen ihr eigenes kulturelles Erbe der amerikanischen Mainstream-Kultur anpaßten oder aber eine solche Anpassung bewußt verweigerten. Amerika sei kein Schmelztiegel, behauptete sie; es sei ein Suppentopf voller identifizierbarer Zutaten.

Jude nickte, das Kinn auf die gefalteten Hände gestützt. Genau das war es doch, was Amerika sein sollte – eine Zuflucht für all diejenigen, die einen neuen Anfang suchten, befreit von alten Traditionen und Tabus, aber zugleich auch davon geprägt.

«Ich werde mit Simon reden», sagte Jude. Es fiel ihr schwer, den Blick von Annas Augen zu wenden, die in dem Zebrastreifen-Licht, das durch die Jalousien fiel, türkis schimmerten wie sonnendurchdrungenes Meerwasser. «Klingt sehr interessant. Lassen Sie mir Ihre Nummer da, dann rufe ich Sie zurück.»

«Ich rufe *Sie* an», sagte Anna rasch. «Wann wäre es Ihnen recht?»

«Anfang nächster Woche?»

Nachdem sie Anna zu dem Fahrstuhl beim Empfangstresen gebracht hatte, ging Jude wieder in ihr Büro zurück. Sie setzte sich an ihren Schreibtisch und drehte ihren Stuhl so, daß sie in dem Glasgebäude auf der anderen Straßenseite die Frau am Computer sehen konnte. Wenn die Jalousien oben waren, winkten sie sich manchmal vertraut zu wie Nachbarinnen. Jude bewunderte ihre Garderobe – eine scheinbar endlose Parade von Schneiderkostümen und Seidenblusen, wie Jude sie sich auch zuzulegen gedachte, sobald sie es sich leisten konnte.

Simon hatte Jude als seine Assistentin eingestellt, nachdem sie ihre Promotion abgebrochen hatte. Nach Sandys Tod war ihr alles sinnlos erschienen, vor allem das Studium der Geschichte. Sie wollte nichts mehr von den idiotischen Greueltaten wissen, die die Menschheit seit Beginn der Zeiten verübt hatte. Also verbrachte sie ihre Tage jetzt damit, ohne großen Gedankenaufwand zu tippen und Papiere abzulegen, Anrufer und Besucher abzuwimmeln und Rezensionen auf werbewirksame Zitate zu durchforsten. Sie hatte vor, für immer Assistentin zu bleiben. Aber Annas Buch interessierte sie.

Sie mußte immer wieder an Annas Augen denken, die denen von Molly so ähnlich waren: dieselben wechselnden Blautöne, wie ein Stimmungsbarometer, dieselbe Art, sich skeptisch zu verengen und belustigt zu blitzen. Es waren Mollys Augen in einem anderen Gesicht. Von der Statur her war Anna allerdings groß und schlank.

Jude wandte sich wieder ihrem Schreibtisch zu und tippte eine Notiz für Simon, in der sie ihm Annas Projekt ans Herz legte. Sie heftete sie an das Exposé und die Textproben, brachte den ganzen Stapel nach nebenan und legte ihn auf seinen schwarzen Resopaltisch, auf dem mehrere Dutzend Briefbeschwerer residierten – darunter ein Bronzepenis mit einem Smiley-Gesicht und ein Empire State Building mit abnehmbarem King-Kong. Jude wählte das Ding, von dem Simon behauptete, es sei der lackierte Huf des Secretariatus, um ihre Empfehlung zu beschweren. Auf der Tischplatte stand auch ein silbern gerahmtes Foto von Sandy. Er stand vor einer hohen, grasbewachsenen Düne auf Cape Cod, in einem weißen Unterhemd, das seine muskulösen Arme und seinen imposanten Oberkörper zur Geltung brachte, und lächelte in die Kamera.

In den Jahren seit seinem Tod waren Jude und Simon ziemlich durcheinander gewesen. Simon zog nachts durch die Straßen, ein Springmesser griffbereit in der Tasche seiner Lederjacke, auf der Suche nach dem einäugigen Schläger, den er für Sandys Mörder hielt, obwohl die Tatsache, daß Sandys Brieftasche verschwunden gewesen war, eher für einen Raubmord sprach. Oft kam er grün und blau und blutig geschlagen nach Hause, weil er sich mit irgendwelchen verdutzten Rowdys angelegt hatte. Jude nahm ihm in regelmäßigen Abständen sein Messer aus der Tasche und warf es auf dem Weg zur Arbeit in eine Mülltonne. Aber er kaufte sich immer wieder ein neues.

Jude war unter die Schlafzimmer-Guerilla gegangen, hatte ein halbes Dutzend junger Männer aus dem Hinterhalt überfallen und angemacht und sie dann gedemütigt sitzenlassen, die Finger wund von vergeblichen Anrufen, schäumend vor Lust oder als Selbstmordkandidaten auf irgendwelchen Hochhäusern. Ab und zu trösteten Simon und sie einander in ihrer Wut. Aber anders als in der Nacht nach Sandys Tod, stellte Simon immer klar, daß das nur Zerstreuung war. «Die Hormone auf die Reihe bringen», wie er sagte. Und am Morgen war er kurz angebunden und distanziert, als hätten sie nicht vor ein paar Stunden noch beieinander gelegen, keuchend wie Marathonläufer. Manchmal wußte Jude selber nicht, ob es wirklich passiert war oder ob sie es nur geträumt hatte. Sie hatte ihm nie von der Intensität zwischen Sandy und ihr erzählt, und sie würde es auch nie tun. Simon hatte ein paarmal von «deiner kleinen Eskapade mit Sandy» geredet. Ganz offensichtlich brauchte er es, nicht mehr darin zu sehen als das, was er und sie beieinander fanden – ein bißchen freundschaftliche Wärme in der Nacht.

Aber in letzter Zeit fühlte sich Jude in ihrer Conquistadorenrolle nicht mehr wohl. Ihr war aufgegangen, daß sie in ihrem Vergeltungskrieg unschuldige Zivilisten verletzte. Und manchmal sehnte sie sich nach einem Gefährten, mit dem sie endlich die Waffen niederlegen und Frieden finden könnte. Dann wieder befand sie, daß sie mit der Liebe endgültig abgeschlossen hatte. Liebe tat zu weh. Da sie offenbar unfähig war, die Liebe leichtzunehmen, blieb ihr nur, ganz die Finger davon zu lassen.

Träume waren momentan ihr einziger Trost. In den Wochen dumpfer Ungläubigkeit unmittelbar nach Sandys Tod war ihr zum erstenmal seit ihrem Einzug in Sandys Wohnung wieder Molly erschienen.

«Ich hab dir ja gesagt, er wird dir weh tun», sagte sie, während sie auf dem Nadelteppich in ihrer Höhle in den Wildwoods mit flinken Händen Karten für Hin-und-weg austeilte.

«Bravo. Wieder mal recht gehabt», sagte Jude. «Ich dachte, ich wäre dich los.»

«Träum süß. Du wirst mich nie loswerden, meine Liebe. Also solltest du vielleicht lernen, mir zuzuhören.»

«Ich höre dir doch zu, Molly. Ich bin nur nicht immer deiner Meinung.» Jude schob ihre Karten zusammen, nahm sie auf und fächerte sie auseinander.

Molly zuckte die Achseln und warf das Pik-As ab. «Dich in eine Schwuchtel zu verlieben war vielleicht einfach nur deine Art, mir treu zu bleiben.»

«Nenn Sandy nicht Schwuchtel!» fauchte Jude und schmiß die Herz-Zehn ab.

Molly grinste. «Arme kleine Jude. Auf ewig in Phantome verliebt.»

Judes Telefon schnarrte. Es war Simon, der sie bat, nach nebenan zu kommen. Er saß hinter seinem Tisch, in seinem gestreiften Hemd und der Jackson-Pollock-Krawatte, die schwarzen Locken zu einem Pferdeschwanz zurückgezurrt. Seine klargrünen Augen studierten Judes Notiz. «Da du so begeistert von Annas Idee bist, finde ich, du solltest die Sache betreuen.» Er zog einen grünen Plastik-Tyrannosaurus auf, der daraufhin mit blinkenden roten Augen über seinen Schreibtisch watschelte. «Damit kannst du deinen ersten Alleinflug wagen. Wir machen eine kleine Auflage und gukken, wie es läuft.»

«Super», sagte Jude von der Tür aus. «Danke, Simon.»

Als sie wieder an ihrem Schreibtisch saß, wurmte es sie, daß sie Anna nicht anrufen konnte, um ihr die freudige Nachricht zu übermitteln. Warum hatte sie sich so komisch angestellt, als es um ihre Nummer gegangen war?

Jude mümmelte eine Knabberstange, während Anna mit ihrem Plastik-Cocktailstäbchen die Olive aus ihrem zweiten Martini fischte. Sie trug ein Kostüm aus edelstem Wollstoff in einem dezenten Karomuster aus Mauve und Waldgrün mit einem Goldfaden und dazu ein lose geschlungenes Tuch, das die Farben des Kostüms in kühnen Spiralwirbeln aufnahm.

«Ich kann Ihnen ein paar Agenten nennen, wenn Sie wollen», sagte Jude wie eine Polizistin, die einen Festgenommenen auf seine Rechte hinweist. Der Ober, im Smoking, obwohl es erst Mittag war, setzte ihnen mit einer galanten Geste ihr Huhn Marengo vor und schenkte ihnen Pouilly-Fuissé ein.

Das gesamte Dekor des Midtown-Restaurants, von dem

Simon behauptete, daß es von Gangstern betrieben wurde, war farblich auf den Apricot-Ton der Marmorwände und des Bodens abgestimmt. Jude und Anna saßen nebeneinander auf einer gepolsterten Sitzbank und blickten in den fast leeren Raum. Auf ihrem Tisch stand eine exotische Lilie mit gelb-mauvefarbenem Kelch, die perfekt mit Annas Kostüm harmonierte. Dies war Judes erstes Spesen-Mittagessen, und sie hatte beschlossen, daß es nicht das letzte sein sollte.

«Das ist bestimmt nicht nötig», sagte Anna. «Ich vertraue darauf, daß Sie mich fair behandeln.»

«Danke», sagte Jude. «Ich werde Ihr Vertrauen nicht enttäuschen.» Während sie ihr Huhn schnitt, fiel ihr plötzlich wieder ein, was William gesagt hatte – daß Anna Unheil bringe. Sie sah von ihrem Teller auf. Anna erwiderte ihren Blick aus eisvogelblauen Augen. Sie lächelte und sah nicht gerade aus, als würde sie Unheil bringen.

Beim Cappuccino ging Jude die einzelnen Vertragsklauseln durch. Draußen auf dem Bürgersteig, während zornige Taxifahrer in einer Schlange hinter einem in zweiter Reihe parkenden Lieferwagen hupten und fluchten, verabredeten sie, sich jeden zweiten Mittwoch mittags nach Annas Workshop an der Julia Richmond High School zu treffen.

«Na, wie war's?» rief Simon, als Jude an seiner Tür vorbeiging.

Sie blieb stehen. Er lümmelte in Socken auf seinem Teppich herum und aß ein Sandwich. «Vom Geld für das Essen hätte ein knapsender Schriftsteller einen ganzen Monat leben können», antwortete sie.

«Stimmt», sagte er. «Aber bedenk noch mal: Ein Schriftsteller kann den ganzen Tag in Jeans zu Hause rumsitzen und amüsante Geschichten erzählen. Wohingegen wir uns in Schale werfen und mit der U-Bahn zur Arbeit fahren und uns mit Druckern und Fahnen herumschlagen müssen. Wir machen die Drecksarbeit, und sie werden von Dick Cavett interviewt. Da haben wir ja wohl mal ab und zu ein nettes Essen verdient.»

Jude lächelte. «Ziemlich schwach.»

«Knapsen tut Schriftstellern gut», beharrte Simon. «Je ärmer, desto größer die Motivation, sich eine Phantasiewelt zu erschaffen.»

Jude lachte.

«Anna ist sehr attraktiv, was?»

«Ja? Ist mir nicht aufgefallen.»

Simon lächelte.

«Was?»

«Ach, nichts», sagte er und biß in sein Corned beef.

«William hat mal zu mir gesagt, sie bringe Unheil. Was könnte er damit gemeint haben?»

«William kann nicht besonders viel mit Frauen anfangen. Schon gar nicht, wenn sie sexy sind.»

«Findest du Anna sexy?»

«Du nicht?»

«Keine Ahnung. Das ist nicht mein Ding.»

«Meins auch nicht», sagte Simon, «aber trotzdem kann man es ja mal feststellen.»

«Ich fürchte, es ist zu abstrakt», sagte Anna über ein Schülergedicht.

Sie und Jude spazierten in Richtung West Side durch den Central Park. Die fahle Wintersonne versank hinter den Luxus-Appartementhäusern von Central Park West, die schwarzen Äste der Bäume bildeten vor dem dämmrigen Himmel kunstvolle Schmiedeeisen-Muster. Auf den Wegen waren nur ein paar einsame Hundebesitzer, die mit hochgezogenen Schultern Gassi gingen. Aber Jude war so ins Gespräch vertieft, daß sie die Kälte gar nicht spürte. «Vielleicht ist ja genau das der Punkt», sagte sie. «Er ist aus Martinique.

Das ist französisch, und die französische Kultur neigt zur Abstraktion.»

«Ich denke, es ist einfach ein schlechtes Gedicht», sagte Anna, die eine hohe Kosakenmütze aus Nerz trug. Ihr glänzendes Haar umrahmte ihr Gesicht wie die Schwingenspitzen eines Raben.

«Schlecht, gut – das sind kulturspezifische Kriterien. Wir Amerikaner sind praktische Menschen, also bevorzugen wir das Konkrete.»

«Sie sind mir nicht gerade eine Hilfe.» Lachend drückte Anna mit der behandschuhten Hand Judes Oberarm. «Sie sollten mir doch eigentlich ein paar Antworten geben, nicht noch mehr Fragen aufwerfen.»

«Aber das ist eine Kernfrage», insistierte Jude. «Nehmen wir Sachen auf, die wir gut finden, oder Sachen, die in der Herkunftskultur der Schüler als gut gelten würden? Und wenn wir uns für letzteres entscheiden – wie stellen wir das fest? Die erste Variante jedenfalls wäre ja wohl eine Form von Kulturimperialismus.» Die Probleme, die sich bei Annas Projekt stellten, spiegelten genau die Probleme in Judes Kopf, wo die widerstreitenden Ansprüche zehn verschiedener Gruppen um die Vorherrschaft rangen – die der Yankees und der Südstaatler, der Baptisten und Hugenotten und Katholiken, Deutschen und Elsässer und Franzosen, Cherokees und Schotten und Engländer. Manchmal war sie sogar fast in Gefahr, die Hitlerjugend um ihre klaren Vorgaben zu beneiden.

Sie verließen den Park und spazierten die Straße hinunter, wo Judes Großeltern wohnten, vorbei am Café des Artistes. Dieser Teil New Yorks war Jude inzwischen so vertraut wie Tidewater Estates. Sechs Jahre ging sie nun schon fast täglich diese Bürgersteige entlang – durch dreckigen Schneematsch und nasses Laub, unter zartgrün knospenden oder kahlen, von eisigem Wind geschüttelten Bäumen. Sie schaute oft bei ihren Großeltern vorbei, wenn sie nicht gerade in dem Haus auf Captiva waren, das sie sich als Ruhesitz gekauft hatten. Die meisten von Judes Freunden und Kollegen lebten in dieser Gegend.

Auch Judes Mutter war einst diese Bürgersteige entlanggegangen. Sie war auf den Wegen im Park geritten, hatte auf Bänken und an Straßenecken für Fotografen posiert. Sie hatte sich in den Cafés und Restaurants in Judes Vater verliebt und in seinem winzigen Appartement gegenüber vom Roosevelt mit ihm geschlafen. Jude konnte sich vorstellen, was für ein Schock es für sie gewesen sein mußte, sich plötzlich auf einem Hochplateau in Tennessee wiederzufinden, meilenweit nichts als bewaldete Berge und Täler. Als sie so alt gewesen war wie Jude jetzt, hatte sie schon in einem feucht-roten Lehmgrab über eben jenem Plateau gelegen. Irgendwie hatte Jude das Gefühl, daß sie den ungelebten Teil des Lebens ihrer Mutter auslebte, indem sie sich jeweils für das Gegenteil entschied – nicht zu heiraten, kein Kind zu bekommen, nicht in den Süden zurückzugehen, zu arbeiten, Liebeswirren zu vermeiden.

Am Broadway angekommen, gingen Anna und Jude in ein Café, dessen Interieur ganz aus schwarzweißen Kacheln und Edelstahl bestand. Sie inspizierten die Glasvitrine mit den Torten und Kuchen und setzten sich dann an einen Tisch mit einer Platte aus schwarzgesprenkeltem Granit. Nachdem sie bei einer Kellnerin mit einem gestärkten weißen Häubchen wie von einer viktorianischen Krankenschwester Tee und Teeküchlein bestellt hatten, zog Anna ein Blatt Papier aus ihrer Handtasche und las das fragliche Gedicht, das *schön* auf *vergehn* und *Jugend* auf *Tugend* reimte.

Jude vergrub das Gesicht in den Händen. «Sie haben wohl leider recht. Es ist einfach ein schlechtes Gedicht.»

«Aber er findet es gut. Er ist sehr stolz darauf. Ich hasse meinen Job.»

«Ich meinen auch. Im Verlag habe ich die unaufgefordert eingesandten Manuskripte gelesen. Den Misthaufen, wie wir sagen. Ich weiß, jedes davon ist für den Verfasser *Krieg und Frieden*. Aber viele sind einfach unlesbar.»

«Vielleicht sollten wir das Ganze abblasen», sagte Anna. «Ganz offensichtlich sind wir dafür zu zartfühlend.»

«Von mir aus», sagte Jude, «wenn Sie Ihren Vorschuß zurückbezahlen möchten.»

«Ach, na ja, so zartfühlend bin ich wohl doch nicht.»

Als sie sich auf dem Bürgersteig verabschieden wollten, beugte sich Anna vor, um Jude auf die Wange zu küssen. Jude streckte ihr gleichzeitig die Hand hin. Beide traten einen Schritt zurück, dann beugte sich Jude zu einem Abschiedskuß nach vorn, wobei sie genau auf Annas ausgestreckte Hand prallte. Lachend umarmten sie sich. Dann hielten sie einander auf Armeslänge und lächelten sich an. Annas Augen waren in der rasch hereinbrechenden Dämmerung fast indigoblau. Jude bemerkte mit Erstaunen, daß sie beinahe gleich groß waren, ein seltenes Erlebnis für jemanden von ihrer Länge.

Jude sah Anna einen Moment nach, als sie in südlicher Richtung davonging. Mit ihrem burgunderroten Mantel und ihrer Nerzmütze sah sie aus wie ein Wachtposten vor dem Kreml. Dann drehte Jude sich um und marschierte heimwärts.

Das Ganze wurde bald zu einem Ritual. Anna kam von der Julia-Richmond-Schule zum Verlag und wartete unten in der Halle, bis Jude mit ihrer Aktentasche voller Manuskripte und Fahnen erschien. Sie spazierten durch den Park, wo die Luft mit jedem Frühlingstag wärmer und weicher wurde. Im Lauf der Wochen trieben nacheinander Magnolien, Holzapfel-, Apfel- und Japanische Kirschbäume ihre zarten Blüten, die dann auf den Asphalt herabregneten. Im Gehen rezitierte Anna mit hypnotisierender Altstimme die Gedichte, die sie für das Buch in die engere Wahl gezogen hatte, und Jude gab ihre Kommentare ab. In dem Café am Broadway diskutierten sie bei Tee und Gebäck mögliche Titel, in denen Schmelztiegel und Regenbogen vorkamen. Dann umarmten sie sich zum Abschied und machten sich auf den Heimweg.

Sie erörterten sämtliche Aspekte des Buchs – Inhalt, Format, Umschlag, Titel, Werbung –, aber über ihr Privatleben sprachen sie fast nie. Jude hatte sich inzwischen zusammengereimt, daß Anna in Chicago aufgewachsen war, als Tochter eines schwedisch-lutheranischen Vaters und einer fromm-katholischen italienischen Mutter. Also trug sie ein ähnliches kulturelles Mischmasch in sich wie Jude, was wohl auch der Grund dafür war, daß sie ein solches Buch herausgeben wollte. Sie war nach New York gekommen, um an der NYU ihren Doktor in vergleichender Literaturwissenschaft zu machen. Sie hatte ihre Dissertation über die französischen Symbolisten geschrieben, und jetzt hielt sie ihre Workshops und schrieb Gedichte. Und sie wohnte irgendwo downtown. Mit wem, falls überhaupt, ahnte Jude nicht. Sie trug keinen Ehering. Und Jude hatte sie auf einer Schwulenparty kennengelernt. Manchmal mußte Jude an Williams Ausspruch denken, Anna bringe Unheil. Aber sie war zu dem Schluß gekommen, daß es da irgendwelche persönlichen Ressentiments zwischen den beiden geben mußte. Wenn sie Anna erst einmal gut genug kannte, würde sie sie fragen.

Simon war von dem beispiellosen Fleiß, mit dem Jude sich dem Buchprojekt widmete, so beeindruckt, daß er eine neue Assistentin einstellte und Jude Manuskripte über historische Themen zum Redigieren gab. Sie beharrte zunächst darauf, daß sie die tödlichen Spielchen der Menschheit nicht mehr interessierten. Aber er verdoppelte ihr Gehalt und überredete sie, ihre akademische Ausbildung in den Dienst des Verlags zu stellen.

Eines Nachmittags im Frühherbst, kurz bevor das Manuskript in den Satz gehen sollte, saßen Jude und Anna in «ihrem» Café am Broadway und tranken Eiskaffee. «Diese Treffen werden mir fehlen, Jude», sagte Anna. «Sie haben mir viel Spaß gemacht.»

Jude rührte schweigend noch mehr Zucker in ihren Kaffee. Sie war noch gar nicht auf die Idee gekommen, daß sie sich nicht mehr sehen könnten. In Tennessee beendete nur der Tod eine Beziehung, falls überhaupt. Aber es stimmte, sie war Annas Lektorin und nicht ihre Freundin. Sobald das Buch fertig war, gab es keinen Grund für weitere Kontakte.

«Könnten wir vielleicht trotzdem ab und zu einen Spaziergang machen?» fragte Anna. Sie schien aufgewühlt.

«Unbedingt», sagte Jude.

«Gut. Ich war mir nicht sicher, ob das für Sie nicht einfach nur ein Buch war.» Anna wandte als erste den Blick, um durchs Fenster einem jungen Mann nachzusehen, der außer einer Komantschen-Frisur fast gar nichts trug.

«Ich mag Sie, Anna, als Autorin und als Mensch.»

Anna sah Jude wieder an. «Ich mag Sie auch. Wissen Sie, was mich an Ihnen am meisten fasziniert?»

«Was?» Jude ging auf, daß dies das intimste Gespräch war, das sie je geführt hatten.

«Daß Sie so durchschaubar sind. Bei Ihnen weiß man immer, woran man ist.»

«Ist das nicht normal?» fragte Jude achselzuckend.

Anna lächelte sarkastisch. «Meiner Erfahrung nach sind die meisten Menschen Spiegellabyrinthe.»

Auf dem Heimweg überlegte Jude, ob es wohl ein Kompliment war, als durchschaubar bezeichnet zu werden. Das Gegenteil, undurchschaubar, implizierte Rätselhaftigkeit und Raffinesse. Durchschaubarkeit suggerierte Naivität. War es doof, naiv zu sein, oder war es ein Zeichen von Authentizität und Integrität?

Zwei Wochen später stand Anna um die übliche Zeit nicht vor dem Ausgang. Jude lief eine ganze Weile in der Halle auf und ab, ehe sie sich schließlich auf den Heimweg machte, erstaunt darüber, wie enttäuscht sie war.

An diesem Abend teilten sie und Simon sich vor dem elektrischen Heizofen in ihrem schäbigen Wohnzimmer Mitnahmegerichte vom Chinesen. Nach Sandys Tod hatten sie aus Mangel an Energie keine Nachmieter mehr gesucht. Außerdem konnten sie es sich jetzt leisten, auf Mitbewohner zu verzichten. Also lebten sie und Simon allein in der hallenden Wohnung, in der so vieles an Sandy erinnerte. Die klapprigen skandinavischen Holzsessel, die Jude schon bei ihrem ersten Besuch vorgefunden hatte, waren nach wie vor das ganze Mobiliar des Wohnzimmers. Eines Abends hatte Simon in einem Anfall von Trauer begonnen, die Opernplakate von den Wänden zu reißen. Da er das Unternehmen nie zu Ende geführt hatte, wehten die Fetzen noch immer in dem leisen Lüftchen, das vom Fluß heraufkam.

«Irgendwann könnten wir hier mal renovieren», sagte Simon und öffnete eine weiße Pappschachtel mit Mu Gu Gai Pan. «Tapezieren und streichen. Ein paar neue Teppiche und Möbel kaufen. Jetzt, wo wir dynamische Jungmanager sind.»

«Gute Idee», sagte Jude. «Hier drinnen sieht es aus wie am Tag nach Woodstock. Ach, übrigens, hast du Anna Olsens Telefonnummer?»

«Ich kenne sie eigentlich gar nicht.» Er hielt inne. Die Eßstäbchen verharrten in der Luft, und Reiskörner rieselten auf seinen Teller. «Ich habe sie nur ein paarmal bei William und Sid gesehen.»

«Allein?»

Er grinste, und seine grünen Augen blitzten. «Sandy wäre sehr stolz auf dich.»

«Was?» fragte sie gereizt.

«Warum interessiert es dich, ob sie allein war oder nicht?»

«Ich muß sie wegen ihres Buchs sprechen, aber aus irgendeinem Grund hat sie mir ihre Telefonnummer nicht gegeben. Das ist alles, okay?»

«Okay. Allein.» Er versuchte, sich das Lächeln zu verbeißen. «Ganz allein. Mutterseelenallein.»

Sie rauschte durch den Flur in Richtung ihres Zimmers, um sich Simons Anspielungen zu entziehen, trat dann aber in Sandys Zimmer ein und schloß die Tür hinter sich. In dem Mondlicht, das durchs Fenster fiel, betrachtete sie den Fernseher, in dem sie so viele Weiberfilme gesehen hatten. Und das Telefon auf dem Teppich, das nie mehr für ihn klingeln würde. Und den halboffenen Wandschrank, wo sich durch den Luftzug, der durch die Türritze drang, ein paar Hemden bewegten. Und die gestreifte Matratze auf dem Fußboden, auf der sie und Sandy zusammen etwas Wunderbares erlebt hatten, was sie immer noch nicht in Begriffe zu fassen vermochte.

Jude war schon manchmal nachts hier gestanden und hatte sich vorgestellt, daß sie Sandys Gegenwart spüren könne. Aber das stimmte nicht. Es war ein leeres Zimmer mit Staubflusen in den Ecken. Molly tauchte gelegentlich in ihren Träumen auf. Aber Sandy war spurlos verschwunden und hatte nichts hinterlassen als Simons und ihre Erinnerungen, die sie von Zeit zu Zeit aufwärmten wie pappige Reste eines lang zurückliegenden Bacchanals.

Anna rief Jude am nächsten Morgen an, um sich dafür zu entschuldigen, daß sie sie versetzt hatte, und ihr zu sagen, sie könne sie erst nächste Woche treffen.

«Aber ich habe einen neuen Titelvorschlag, und ich würde gern Ihre Meinung hören», sagte Jude und kritzelte eine Hügelkette auf ihren Notizblock, um dann plötzlich festzustellen, daß ihre Zeichnung aussah wie das Profil einer nackten Frau, die mit angezogenen Beinen auf dem Rücken lag.

«Okay, schießen Sie los.»

«Aber ich muß Ihnen ein paar neue Umschlagentwürfe vorlegen, falls Ihnen der neue Titel gefällt», sagte Jude, plötzlich von dem verzweifelten Verlangen ergriffen, sie zu sehen, und erschrocken über die Intensität dieses Gefühls. «Wir haben nicht mehr viel Zeit. Sie wollten schon die Andrucke machen. Ich konnte das gerade noch stoppen.»

«Ich bin um sieben im Café.»

Anna, die in einem gegürteten Trenchcoat durch die Tür trat, trug eine Sonnenbrille, obwohl es schon fast dämmrig war. Am Tisch legte sie den Mantel ab, nicht aber die Brille.

«Greta Garbo, nehme ich an», sagte Jude und streckte die Hand nach der Sonnenbrille aus.

Anna drehte den Kopf ruckartig zur Seite. «Ich habe Probleme mit den Augen. Mein Arzt hat mir die Brille empfohlen.»

Jude betrachtete ihr eigenes Spiegelbild in den dunklen Gläsern, während sie Anna von ihrem neuen baptistisch inspirierten Titel erzählte: *Eines jeden Schönheit schaun*. Anna gefiel er besser als der bisherige Favorit. Als sie die neuen Umschlagentwürfe musterte, nahm sie die Brille ab, um besser sehen zu können. Ihr eines Auge war von einem dick überpuderten lilablauen Ring umgeben und fast zugeschwollen, als hätten sie gleich mehrere Bienen gestochen. Als ihr bewußt wurde, was sie getan hatte, faßte sie sich verlegen mit den Fingerspitzen ans Auge und erklärte: «Ich bin gegen eine Schranktür gelaufen.»

Jude musterte sie schweigend. Schließlich fragte sie: «Kann ich Ihnen irgendwie helfen?»

«Sie helfen mir ja, Jude. Viel mehr, als Sie denken.»

«Wer immer das war – ich möchte diese Person erwürgen.» Jude streckte die Hand aus, um vorsichtig die Schwellung zu berühren.

Anna lachte zaghaft, nahm Judes Hand mit beiden Händen und hielt sie auf der Tischplatte fest. «Lieber nicht. Er ist viel kräftiger als Sie.»

«Wer?»

«Mein Mann.»

Jude sah sie an. «Ich wußte gar nicht, daß Sie verheiratet sind.» Sie sah auf Annas Hand. Noch immer kein Ehering.

«Es ist schon seit Jahren keine richtige Ehe mehr. Wir sind nur der Kinder wegen zusammengeblieben.» Sie drückte Judes Hand. Jude zog sie weg und ließ sie in den Schoß sinken. Da lag sie auf ihrem Oberschenkel und kribbelte.

Judes Kinn sank auf ihre Brust. Sie sah auf ihre Napoleonschnitte, aus der Vanillecreme quoll. «Kinder?» murmelte sie.

«Zwei, ein Junge und ein Mädchen. Sie bereiten sich gerade aufs College vor.»

Jude sah von ihrem Kuchen auf und in Annas Gesicht. Das hieß, daß Anna über vierzig sein mußte. Mindestens ein Dutzend Jahre älter als sie. Praktisch eine andere Generation. Sie musterte Annas geschwollenes Auge. «Warum bleiben Sie bei ihm, wenn er Sie so behandelt?»

«Er hat es nicht so gemeint.»

«Sie meinen es nie so», sagte Jude. «Aber ist das eine Entschuldigung?»

«Er hat auch viele nette Seiten.»

«Selbst Hitler hatte vermutlich seine netten Momente», entgegnete Jude.

«Außerdem habe ich ihn provoziert. Er wird so leicht eifersüchtig. Wenn Sie's genau wissen wollen: Gestern war er eifersüchtig wegen Ihnen. Deshalb habe ich Sie versetzt.»

«Meinetwegen? Warum?»

Anna senkte den Kopf, als wäre in den Teeblättern eine Antwort zu finden. «Na ja», sagte sie zögernd, «er meint, daß wir ein bißchen viel Zeit miteinander verbringen. Und vielleicht habe ich Ihren Namen ein paarmal zu oft erwähnt.»

«Ist es denn ein Verbrechen, eine neue Freundin zu haben?»

Anna sah sie angespannt an. «Wenn sie einfach nur eine Freundin bleibt, nicht.»

«Wo liegt dann das Problem?» Jude sah sich nervös in dem Café um. Sämtliche Gäste schienen sie plötzlich zu belauschen.

Anna sagte mit einem strahlenden Lächeln: «Es gibt keins.» Sie kritzelte eine Nummer auf ihre Papierserviette und schob sie Jude hin. «Am besten rufen Sie mich spätnachmittags an», sagte sie, «bevor Jim heimkommt.»

Als Jude in Richtung Riverside Drive marschierte, herrschte in ihrem Kopf ein einziges Chaos, wie an der Börse nach dem großen Crash. Sie sah immer wieder Annas geschwollenes Gesicht vor sich. Sie wollte sie vor diesem Mann beschützen, wer immer er war. Aber er war ihr Ehemann. Und er war eifersüchtig auf Jude? War es vielleicht das, was William gemeint hatte? Daß sie das Unheil anzog? In Form eines gewalttätigen Mannes? Aber Jude traf sie jetzt schon seit Monaten, und es war das erste Mal, daß sie Mißhandlungsspuren an ihr gesehen hatte. Vielleicht war es ja das beste, sich zurückzuziehen und die ganze Sache erst mal auf sich beruhen zu lassen. Aber, o Gott, diese Augen, die ihre Farbe wechselten wie das Meer, von Himmelblau über Indigo zu Türkis. Nachdem sie sie all die Monate betrachtet hatte, wie sollte sie einfach darauf verzichten?

Als Jude am nächsten Morgen aufwachte, spürte sie in der Magengegend ein diffuses Panikgefühl. Als sie an ihrer Atalanta-Vase vorbei auf das träge Wasser des Hudson sah, fiel es ihr wieder ein: Annas geschwollenes Auge und der Drang, sie zu beschützen. Aber Jude war nicht der Typ, der Familien zerstörte. Und Anna war ihre Autorin. Es war unprofessionell, sich in ihr Privatleben hineinziehen zu lassen. Sie würde sie demonstrativ nicht anrufen. Und wenn Anna sie anrief, gelobte sie, würde sie das Gespräch knapp und sachlich halten, getreu ihrem Familienmotto: «Im Zweifel nichts wie weg.»

An diesem Tag erschien Simon kurz vor der Mittagspause in der Tür ihres Büros, in der Hand ein zerfleddertes Manuskript. «Hier. Ein Geschenk für dich.» Mit seinem charmantesten Lächeln klatschte er es auf ihren Schreibtisch.

Jude überflog die ersten Seiten. Es war eine Geschichte der lesbischen Liebe vom Mittelalter bis zur Gegenwart. Sie sah auf und sagte: «Bitte, tu mir das nicht an, Simon.»

«Was?»

«Ich hab schon genug um die Ohren», versuchte sie sich herauszumogeln.

«Aber du bist die einzige, die das redigieren kann, Jude. Du bist doch sozusagen eine verhinderte Historikerin. Und außerdem müssen alle anderen nach St. Thomas, um den Vertretern das neue Programm vorzustellen.» Er zog sich grinsend zurück.

An diesem Abend – das neue Manuskript lag ungelesen auf ihrem Bett – saß Jude lange neben dem Telefon und studierte die Nummer, die Anna auf die Papierserviette gekritzelt hatte. Sie enthielt vier Vieren. Die Vier war Judes Lieblingszahl.

Schließlich zwang sie sich, das Manuskript in Angriff zu nehmen, und las bis spät in die Nacht. Von Frauen, die als Hexen verbrannt wurden. Von Frauen, die gefoltert und gehenkt wurden, weil sie Männerkleider getragen hatten. Von Frauen, die gesteinigt wurden, weil sie sich weigerten zu heiraten. Von Frauen, die die Frauen, die sie liebten, umbrachten, damit sie keine Männer heirateten. Das Manuskript würde eine Menge Arbeit erfordern. Durch die gestelzte Sprache klangen diese Greuel fast harmlos, und die Seiten waren zur Hälfte mit unverständlichen Fußnoten gefüllt. Sie kritzelte überall Verbesserungsvorschläge hin.

Am nächsten Tag fuhr Jude in ihrem Büro jedesmal zusammen, wenn das Telefon klingelte. Wenn sie dann abnahm und es nicht Anna war, fauchte sie den Anrufer ärgerlich an. Und wenn sie auflegte, zermarterte sie sich das Hirn auf der Suche nach irgendeinem letzten Detail der Anthologie, zu dem sie Annas Meinung einholen könnte. Sie machte sich Sorgen um Anna. Sie wollte sich vergewissern, daß alles in Ordnung war. Aber das Manuskript war schon in der Druckerei, und alles war frustrierend perfekt geregelt. Und außerdem hatte sie sich geschworen, Anna ihre Eheprobleme allein lösen zu lassen.

Auf dem Heimweg betrachtete Jude die Schaufenster in der Columbus Avenue und überlegte, ob sie sich ein neues Herbst-Outfit kaufen sollte. Anna trug kaum je zweimal dasselbe. Wohingegen Jude normalerweise keine großen Gedanken auf ihr Äußeres verschwendete. Aber es wäre doch vielleicht ganz nett, Anna etwas Neues zu präsentieren, wenn sie sich das nächstemal trafen.

Neben einem Schuhgeschäft, dessen Auslage sie aufmerksam studiert hatte, entdeckte sie einen Hauseingang, der ihr noch nie aufgefallen war. Der Treppenaufgang dahinter führte, so stand es auf einem kleinen handgemalten Schild, zu MADAME TOUSSAINT, VOODOO UND TAROT. Einer plötzlichen Laune folgend, stieg Jude die dreckigen Linoleumstufen empor. Auf dem ersten Treppenabsatz war eine ramponierte Stahltür. Auf einem Kärtchen unter der Klingel stand: MADAME TOUSSAINT. Jude drückte auf den Knopf. Der Türsummer ging, und Jude trat ein.

Der Duft von Patschuliöl schlug ihr entgegen. Wände und Decke des Raums waren mit goldgemusterten indischen Bettüberwürfen dekoriert, die sich in dem Luftzug von der offenen Tür wie Spinnaker blähten. Sanfte Melodien, die wie gregorianische Gesänge in einer Reggae-Version klangen, strömten aus zwei Lautsprechern unter der Decke. Rings um ein Messingtischchen mit Bambusbeinen lagen auf dem Boden große preußischblaue Samtkissen.

Der bunte Perlenvorhang in der gegenüberliegenden Türöffnung teilte sich, und die massigste schwarze Frau, die Jude je gesehen hatte, zwängte sich durch den Türrahmen. Sie trug ein afrikanisches Gewand in Orange- und Brauntönen und eine dazu passende Kappe. Sie streckte die Hand aus und murmelte: «Willkommen. Ich bin Madame Toussaint. Was kann ich für Sie tun?»

Jude musterte das Gesicht. Die Augen waren von so viel Fleisch umgeben, daß sie permanent zu blinzeln schienen. Mehrere Kinne reihten sich wie die verschachtelten Bergketten der Smokies hintereinander. «Ich möchte mir die Karten legen lassen», sagte Jude zu ihrem eigenen Erstaunen.

Madame Toussaint deutete auf eins der Kissen bei dem Messingtischchen. Jude ließ sich draufplumpsen, was eine Staubwolke aufwirbelte. Madame Toussaint nahm mit einer Anmut, die Jude bei einer so massigen Person für völlig unmöglich gehalten hätte, auf ihrem Kissen Platz. Die funkelnden Schweinsäuglein auf Jude gerichtet, mischte sie die Karten, ein ganz gewöhnliches Spiel mit der Aufschrift DELTA AIRLINES auf der Rückseite. Jude hob ab. Die Frau blätterte ein paar Karten auf das Tischchen. Dann studierte sie sie lange, wobei sie ab und zu Jude ansah. Aus den Lautsprechern unter der Decke sangen dazu sanfte Stimmen: von Flüssen, die das Blut der weißen Unterdrücker rötete.

Schließlich schloß Madame Toussaint die Augen. Sie begann mit gelangweilter Stimme zu reden. Von Geld und Erfolg, die Jude erwarteten. Von den Geistern geliebter Verstorbener, die Madame Toussaint Botschaften für Jude ins Ohr flüsterten. Von einem früheren Leben als Kurtisane in Atlantis, wo Jude in der Liebe untreu gewesen sei, was sie jetzt büßen müsse. Jude hörte mit wachsender Empörung zu. Das war ja wohl eindeutig Schwindel.

«Eine neue Liebe steht Ihnen bevor», leierte Madame Toussaint, wobei sie sich mit geschlossenen Augen rhythmisch vor- und zurückwiegte. «Mit einer Person, die älter ist als Sie. Einer Person, die Probleme hat. Einer Person, der Sie helfen können. Und die Ihnen helfen wird.»

Jude war wie gebannt.

«Die Beziehung wird tief und dauerhaft sein und sehr wichtig für Sie und die andere Frau», fuhr Madame Toussaint fort.

Jude zuckte zusammen. «Frau?» wiederholte sie matt.

Madame Toussaint nickte langsam und wiegte sich weiter vor und zurück. «Ein Wasserzeichen. Eine kreative Frau. Eine Künstlerin.»

Anna war Dichterin und hatte das Sternzeichen Fische.

Wer war diese Westentaschenkassandra? Jude sprang auf.

Madame Toussaint öffnete die Augen und sah gelassen zu, wie Jude nervös im Raum herumging. Als Judes Panik sich etwas gelegt hatte, murmelte Madame Toussaint: «Macht zwanzig Dollar.»

Jude griff in ihre Handtasche, warf ihr einen Schein hin und eilte zur Tür.

Als Jude den Türknauf umfaßte, vorsichtig, als handelte es sich um eine entsicherte Handgranate, setzte Madame Toussaint gratis hinzu: «Es gibt schlimmere Dinge auf dieser Welt als eine Frau, die Sie liebt.»

Jude stürzte zur Tür hinaus und die Treppe hinunter. Draußen auf der Straße merkte sie, daß sie mindestens vier Aspirin brauchen würde, um ihre Kopfschmerzen zu bekämpfen.

Da Simon und alle, die im Verlag Rang und Namen hatten, auf dem Weg zu der Vertreterkonferenz in St. Thomas waren, beschloß Jude, am nächsten Tag zu Hause zu bleiben, um ungestört redigieren zu können. Sie bat ihre Assistentin,

Anrufe weiterzuleiten. Sie legte das Manuskript und ein paar Stifte auf dem niedrigen Tisch im Wohnzimmer bereit und stellte eine Tasse Kaffee daneben. Sie legte ein paar Platten auf den Plattenwechsler, um den Lärm vom Riverside Drive zu übertönen. Dann setzte sie sich an den schwafeligen Text und verbrachte den ganzen Vormittag mit Streichen und Umformulieren. Es machte ihr Spaß, das Körnchen Bedeutung aus dem Wortgeklingel eines Absatzes herauszudestillieren und in einen knappen Satz zu fassen.

Zum Text gehörten auch ein paar Fotos jener Handvoll berühmter Lesbierinnen, die es geschafft hatten, weder ermordet zu werden noch in der Klapsmühle zu landen. Eins zeigte zwei Frauen in viktorianischen Gewändern mit Wespentaille und Tournüre. Arm in Arm, sahen sie sich mit unverhohlener Zärtlichkeit an. Jude fragte sich, ob sie und Molly wohl lesbisch gewesen waren. Sie hatten einander innig geliebt. Sie hatten gegenseitig ihre Körper erkundet, und in jener Nacht auf dem Floß hatten sie so etwas wie einen Orgasmus erlebt. Aber ein klinisches Etikett raubte dem, was zwischen ihnen gewesen war, seinen ganzen Zauber. Und außerdem war Jude seither mit einem halben Dutzend Männern zusammengewesen. War sie also bisexuell? Aber sie hatte noch nie einen Mann und eine Frau gleichzeitig geliebt. Und kein Mann hatte ihr je soviel bedeutet wie Molly, nicht einmal Sandy. Obwohl das vielleicht noch hätte kommen können, wenn er nicht gestorben wäre. Aber sie und Molly hatten ganze Jahre der Eintracht und der Leidenschaft miteinander erlebt, während sie und Sandy gerade erst angefangen hatten. Außerdem paßten die meisten Leute, die sie kannte, sowieso nicht in diese Schubladen.

Jude merkte, daß der Tonarm beim letzten Song der letzten Platte des Stapels immer wieder zurückrutschte. Sie nippte an ihrem kalten Kaffee und konzentrierte sich wieder auf den Text des Songs:

Every night you sit and watch the TV screen,
And the life you live is only in your dreams.
But I think I know what is on your mind.
Yes, I think I know what you're thinking 'bout all the time.
You want to be loved.
You want to know somebody somewhere cares…

Sie lehnte sich in ihrem Sessel zurück, lauschte immer wieder diesen Zeilen und überlegte, ob sie wohl auf sie zutrafen. Sie war fest davon überzeugt gewesen, *nicht* mehr geliebt werden zu wollen.

Plötzlich fiel ihr Annas Bemerkung ein, daß es ihren Mann nicht störe, wenn sie eine neue Freundin habe, solange sie «einfach nur eine Freundin bleibe». Ihr wurde klar, daß sie sich bei diesem Gespräch absichtlich begriffsstutzig gestellt hatte. Anna hatte ein Thema angesprochen, mit dem sie sich auseinandersetzen mußten, aber Jude war ausgewichen. Sie setzte sich auf, stellte den Plattenspieler ab, schnappte sich das Telefon und wählte Annas Nummer.

Nachdem sie es ein dutzendmal hatte läuten lassen, hängte sie ein. Sie sprang auf, griff sich ihre Jacke und verließ die Wohnung. Sie nahm den Bus durch den Park hinüber zur East Side und ging zu Fuß Richtung Downtown, bis sie zur Julia Richmond High School kam. In einem Café auf der gegenüberliegenden Straßenseite setzte sie sich an einen Fenstertisch und bestellte sich einen Käsetoast. Sie mochte gar keinen Käsetoast, aber es war Annas Lieblingssnack. Während sie auf dem fettigen Pappdeckelbrot herumkaute, beobachtete sie das Schulportal. Eigentlich war heute nicht Annas Unterrichtstag, aber man konnte ja nie wissen. Und außerdem hatte Jude keine Ahnung, wo in dieser Gegend sie wohnte, also war das ihre einzige Chance, sie zu finden.

Nachdem Jude eineinhalb Stunden gewartet und unter den finsteren Blicken der kaugummikauenden Kellnerin im

Zeitlupentempo ihren Kaffee getrunken hatte, ging sie hinaus. Sie marschierte wieder zum Park, nahm den Weg zurück zur West Side, den sie und Anna normalerweise gingen, und diskutierte dabei im Kopf mit Anna, wie sie die Anziehung, die sich unleugbar zwischen ihnen entwickelte, in den Griff bekommen könnten.

An der Columbus Avenue verschwand Jude in einer Buchhandlung. Sie marschierte direkt in die Lyrik-Abteilung und zog Werke von Rimbaud, Baudelaire und Mallarmé aus den Regalen. Anna hatte ihre Dissertation über diese Dichter geschrieben, aber Jude konnte sich nur noch sehr dunkel an ihr Lyrikseminar an der Sorbonne erinnern. Sie wollte die Texte noch einmal lesen, damit sie sich qualifiziert mit Anna darüber unterhalten konnte. Ihre Gespräche über Literatur und Geschichte waren die wichtigste Ebene ihrer Beziehung. Wenn sie sie noch mehr intensivierten, würde die erotische Anziehung vielleicht mangels Beachtung von alleine ersterben.

Auf dem Weg zur Kasse kam sie an einem Ständer mit Zeitschriften vorbei. Ganz oben steckte ein Straßenatlas. Sie nahm ihn heraus und suchte Illinois. Sie suchte den Übersichtsplan von Chicago und studierte ihn eingehend. Sie war noch nie in Chicago gewesen, also versuchte sie sich die Hochhäuser am Michigan-See und die weiter landeinwärts gelegenen malerischen Wohnviertel der verschiedenen ethnischen Gruppen nach Annas Beschreibung vorzustellen. Dies war Annas Heimatstadt. Sie fragte sich, in welcher Straße sie wohl gewohnt hatte, welche Spiele sie und ihre Freundinnen gespielt haben mochten, wo sie zur Schule gegangen war, ob sie ein Haustier gehabt hatte. Sie würde sie fragen, wenn sie sie das nächstemal sah. Was in elf Tagen sein würde, wie sie an den Fingern abzählte.

Als sie den Atlas in den Ständer zurücksteckte, bemerkte sie einen Stapel von *Vogue*-Heften. Sie griff sich eins und packte es zu ihrem Stapel von Gedichtbänden, in der Hoffnung, darin ein paar Ideen für das neue Herbst-Outfit zu finden, das sie sich bis zum nächsten Treffen mit Anna zulegen wollte.

Auf dem Weg zu ihrer Wohnung ging Jude noch eben in den Spirituosenladen an der Ecke, um eine Flasche Pouilly-Fuissé zu erstehen. Diesen Wein hatte Anna bei ihrem ersten gemeinsamen Mittagessen zu dem Hühnchen Marengo vorgeschlagen. Jude erinnerte sich, daß sie selbst nur ein Glas getrunken hatte, weil sie bei den Vertragsverhandlungen einen klaren Kopf bewahren wollte. Anna hatte den Rest der Flasche allein weggesüffelt. Jude staunte über ihr überaus lustvolles Verhältnis zum Essen und Trinken. Sie verdrückte Kuchen und Käsetoasts und spülte das Ganze mit Unmengen von Wein oder Bier oder Irish coffee hinunter. Jude fragte sich, ob sie vielleicht etwas an der Schilddrüse hatte, denn trotz alledem blieb sie schlank.

Jude ließ sich in den Sessel beim Couchtisch plumpsen, inmitten der auf dem Teppich verteilten Manuskriptstapel. Sie öffnete die Flasche, schenkte sich ein Glas Wein ein und las laut aus ihrem Baudelaire-Band, wobei sie mit Entsetzen bemerkte, daß ihre französische Aussprache in den Jahren seit ihrem Parisaufenthalt vollkommen vor die Hunde gegangen war.

Als die Flasche halb leer war, kam sie zu einem Gedicht mit dem Titel «Femmes Damnées». «War denn, was wir begangen haben, so befremdlich?» sprach Hyppolyta zu ihrer Geliebten Delphine. «Erkläre mir, wenn du kannst, meine Verwirrung und mein Entsetzen; / Ich schaudre vor Furcht, wenn du zu mir sagst: ‹Mein Engel!› / Und dennoch fühle ich, wie mein Mund sich zu dir drängt.»

Jude hielt einen Moment inne, um ihr Glas leer zu trinken und wieder aufzufüllen. «Den Scharen der Lebendigen fern, Umschweifende, Verdammte, / lauft durch die Wildnis wie die Wölfin hin; / erfüllt, was euer Los, maßlose Seelen», riet Baudelaire den gequälten Frauen, «und flieht vor der Unendlichkeit, die Ihr im Innern tragt!»

Jude holte tief Luft und ließ das Buch auf ihren Schoß sinken. Sie konnte nirgendwo in ihrem Inneren die Scham entdecken, die sie wegen ihrer Liebe zu Molly hätte empfinden sollen. Sie hatte nichts dagegen, den Wölfen gleich durch leere Steppen zu jagen. Sie mochte wilde Landschaften. Schließlich war sie in einer solchen aufgewachsen. Und sie hatte sich immer schon als ein Wolfskind gefühlt, das es an den Rand des Waldes verschlagen hatte und das sich nach der Wildnis zurücksehnte. Manchmal war das Tröpfchen Cherokee-Blut in ihren Adern doch ganz nützlich.

Klopfenden Herzens nahm sie sich das Telefon vom Boden und wählte Annas Nummer. Starr vor Angst, hörte sie es am anderen Ende der Leitung immer wieder läuten.

«Hallo?» sagte schließlich eine angenehme männliche Stimme.

«Ist Anna da?»

«Wer ist da?» Die Frage war jetzt schroff und mißtrauisch.

Jude zögerte und fragte sich, ob sie einfach einhängen sollte. «Allison», improvisierte sie.

«Welche Allison?»

«Allison Marks.»

«Wir kennen uns wohl nicht.»

«Ich bin eine Arbeitskollegin von Anna, von der Julia-Richmond-Schule.»

«Sie ist nicht da. Soll sie Sie zurückrufen?»

«Nicht nötig. Ist nicht so wichtig. Ich sehe sie ja nächste Woche in der Schule.»

Jude knallte den Hörer auf und lehnte sich in ihrem Sessel zurück, geschockt von dieser ersten Feindberührung, verärgert über sich selbst, weil sie sich in ein Pseudonym geflüchtet hatte. Sie legte die Platte mit dem Song vom Vormittag auf. Immer wieder lauschte sie den schmalzigen Zeilen, bis ihr Herz sich anfühlte wie ein ausgewrungenes Wäschestück. «You want to be loved. You want to know somebody somewhere cares...» Sie griff nach der Pouilly-Fuissé-Flasche und nuckelte die letzten paar Zentimeter Wein in sich hinein, während die Stimme auf der Platte unaufhörlich weiterjaulte, wie wichtig es war, irgendwo irgendwen zu haben, dem man wichtig war.

Als Jude am nächsten Tag gegen Mittag aufwachte, lag sie im Wohnzimmersessel, das Manuskript rings um sich verstreut. Sie fühlte sich, als hätte ihr jemand ein Beil in die Stirn geschlagen, und in ihrem Mund war ein Geschmack, als hätte sie mit abgestandenem Blumenwasser gegurgelt. Als sie aufstand, wurde ihr flau. Seit dem Käsetoast gestern hatte sie nichts mehr gegessen, und so ging sie in die Küche, kratzte den Schimmel von einem Rest altem Brot und steckte die Scheiben in den Toaster. Nach drei Tassen schwarzem Kaffee und zwei Aspirin duschte sie und zog sich frische Kleidung an. Dann ging sie ins Wohnzimmer und widmete sich wieder dem Manuskript. Den ganzen Nachmittag kämpfte sie darum, die Fußnoten, die den Text wie ein Art Krebs zu überwuchern drohten, auf ein erträgliches Maß zurückzustutzen.

Als die Sonne hinter den Hochhäusern von Fort Lee unterging, gönnte sich Jude eine Teepause. Sie nahm ihre *Vogue* zur Hand und studierte sorgsam die neuesten Mode-Hits, die um die verrenkten Mutantenkörper der Models drapiert waren. Dann kam sie zu den Horoskopen. Ihres lautete: «Widder: Planetare Energien wirken darauf hin, Ihr inneres Gleichgewicht zu erschüttern, das Sie so mühsam aufgebaut haben. Je heftiger Sie gegen diese verändernde Kraft ankämpfen, desto mächtiger wird sie, wie das Ungeheuer im Märchen. Fügen Sie sich in das Unvermeidliche, und seien

Sie dankbar für die Weisheit, die Ihnen dadurch beschert wird.»

Stirnrunzelnd las sie Annas Horoskop: «Fische: Neue Wasser erwarten Sie. Wenn Sie sich mutig hineinstürzen, entdecken Sie die Schätze der Tiefe. Wenn Sie Sicherheit wollen – bleiben Sie lieber am Ufer.»

Jude ließ die Zeitschrift fallen, die wie eine angeschossene Ente zu Boden flatterte. Sie lehnte den Kopf gegen die Sessellehne und überlegte, ob Anna wohl lieber Schätze oder Sicherheit wollte. Und falls sie sich entschloß, sich mutig in die neuen Wasser hineinzustürzen, würde sie es sich dann anders überlegen und wieder an Land krabbeln, so wie Molly, die Jude alleine hatte weiterpaddeln lassen?

Jude merkte, daß sie einen Riesenhunger hatte. In der Küche war nichts, also zog sie ihren Blazer über und stapfte los. Am Broadway kaufte sie sich bei einem Stand einen Hot dog. Eine Hänsel-und-Gretel-Spur aus tropfendem Senf und Ketchup hinterlassend, marschierte sie südwärts. Bei den vielen planetaren Kräften, die sich über ihnen zusammenbrauten, konnte es doch sein, daß sie Anna zufällig traf, wenn sie im Village herumwanderte.

Nachdem sie die vier Meilen in Rekordzeit zurückgelegt hatte, durchkämmte sie systematisch die schmalen, gewundenen Sträßchen. Sie sah Frauen, die mutig Hand in Hand gingen, und einzelne Frauen, die zurückschauten, wenn sie sie beäugte. Aber sie hielt die ganze Zeit nur Ausschau nach Annas großer, schlanker Gestalt und ihrem glänzendschwarzen Haarhelm.

Vor einem Kino stand ein Plakatständer mit einer vergrößerten Filmkritik aus der *Times*. Der Film *Dunkle Sehnsucht*, las sie, war eine Liebesgeschichte zwischen zwei Frauen. Die Kritik war enthusiastisch, und die Vorstellung begann in wenigen Minuten.

Im Dunkeln, den Kopf in die Hände gestützt, versuchte

Jude, die Dinge zu sortieren. Sie glaubte nicht an planetare Kräfte, drüsenkranke Wahrsagerinnen und astrologischen Mumpitz. Sie glaubte nicht einmal mehr an die Liebe und schon gar nicht an die Liebe zu einer Ehefrau und Mutter. Was also war mit ihr los?

In dem Film ging es um eine Universitätsdozentin namens Deirdre, die sich in eine jüngere Studentin namens Karen verliebte. Geschmeichelt verliebte sich Karen ihrerseits in Deirdre. Aber leider war Karen verheiratet und Mutter dreier Kinder. Nach etwa zwei Minuten der Leidenschaft und des Glücks begannen die Probleme. Karens Kinder versagten in der Schule und weinten sich abends in den Schlaf. Von ihren Spielgefährten ausgestoßen, wurden sie zu Pyromanen und Ladendieben. Karens Ehemann Jason, ein Prachtexemplar von Mann, das nach dem Essen abwusch und seine Anzüge selbst in die Reinigung brachte, reichte die Scheidung ein. Er heiratete ein perfektes Frauchen, das eine wunderbare Köchin war und nichts lieber tat, als auf die Knie zu fallen und ihm einen zu blasen, sobald er zur Tür hereinspazierte. Sie prozessierten gegen Karen um das Sorgerecht für die schwer geschädigten Kinder. Karen hatte mittlerweile ihr Studium aufgeben müssen, um sich als Aufsicht in einem Waschsalon ihr Brot zu verdienen. Deirdre, die es leid war, eine mürrische Waschsalon-Aufsicht am Bein zu haben, verließ sie zugunsten einer Frau in silberner Lederkluft, die für einen Expreß-Botendienst mit einer Harley durch London sauste. Am Ende erhängte sich Karen in Deirdres Schlafzimmer, über dem Bett, auf dem sie sich anfangs so ekstatisch geliebt hatten.

Als Jude wieder auf die Straße hinausgestolpert war, machte sie sich auf die Suche nach einem Taxi, zutiefst erschüttert von dieser Demonstration, wie sie und Anna enden würden, wenn sie nicht sofort etwas unternahmen. Sollte sie Simon bitten, sie in die Londoner Dépendance des Verlags zu versetzen? Sie konnte ja einfach verschwinden, ohne eine Adresse zu hinterlassen. Kurzfristig würden sie leiden, aber auf lange Sicht würde es ihnen viel größere Leiden ersparen.

Als sie aufsah, entdeckte sie über sich ein blinkendes UFO, das sich bei näherer Betrachtung als eine Neon-Komposition aus Palmen und dem Wort OASE entpuppte. Die Leuchtreklame hing über dem Eingang eines Lokals. Durch die Fensterscheibe erspähte sie ein Wandgemälde, das Kamele, Sanddünen und wohlgeformte verschleierte Gestalten mit Tonkrügen auf den Köpfen zeigte. Der Raum war voller Frauen. Zwei küßten sich in einer Ecke.

Verdammt noch mal, dachte Jude. Wenn die Götter es nun einmal bestimmt hatten, daß sie lesbisch war, dann bitte wenigstens nicht mit einer verheirateten Frau. Sie marschierte durch die Tür wie John Wayne in einen Saloon voller Desperados. Überall drehten sich Köpfe, um sie zu begutachten. Sie pflügte sich zur Bar durch, bestellte ein Glas Weißwein und spürte, wie ihr Magen rebellierte. Nach ein paar Schlucken brachte sie den Mut auf, sich umzusehen. Die Frau neben ihr lächelte sie an. Sie hatte ein hageres Gesicht mit vorstehenden Wangenknochen und einem spitzen Kinn. Klitzekleine silberne Scotchterrier baumelten von ihren Ohrläppchen wie Monopoly-Figürchen.

«Tolle Jacke», sagte sie und deutete mit einem Kopfnicken auf Judes Blazer aus lose gewebtem Karo-Wollstoff in Grau- und Blautönen.

«Danke», sagte Jude. Sie trank von ihrem Wein, den Ellbogen lässig auf die Bar gestützt. «Sind Sie öfter hier?»

«Ab und zu. Und Sie?»

«Gelegentlich.»

«Ich finde, das hier ist wirklich das netteste Frauenlokal in New York. Fast wie eine gemütliche Eckkneipe. Nicht so ein Fleischmarkt.»

Jude nickte, als sei sie ebenfalls der lesbischen Fleischmärkte New Yorks überdrüssig. Die Frau trank Scotch. Sie trug ein kariertes Macdonald-Flanellhemd.

«Wollen wir uns setzen?» fragte die Frau. «Da drüben in der Ecke ist noch was frei.»

Am Tisch stellte die Frau sich vor. Ihr Spitzname sei Scottie, sagte sie, weil sie in Bayonne, New Jersey, Scotchterrier züchte. Sie spendierten sich gegenseitig einen Drink. Sie tanzten zu der wummernden Discomusik. Auch bei dem folgenden langsamen Song blieben sie auf der Tanzfläche. Scottie war genauso groß wie Anna, und ihre Körper fügten sich harmonisch aneinander, während sie sich im Rhythmus wiegten, einen Oberschenkel sanft zwischen die Beine der anderen gedrückt.

Als sie sich wieder hinsetzten, sagte Scottie: «Jude, ich möchte dich etwas fragen.» Sie sah in den Raum. «Ich hoffe, ich trete dir nicht zu nahe.»

«Nur zu», sagte Jude mit klopfendem Herzen. Jetzt war es soweit. Es war zwar keine Liebe, aber es würde sie von Anna ablenken und Annas Ehe retten.

«Ach, nein», sagte Scottie, plötzlich verschämt.

«Bitte. Ich möchte es.»

«Ich kann nicht», murmelte Scottie.

«Aber deshalb bin ich doch hier.»

«Hä?»

«Sag es mir einfach.»

«Also gut.» Scottie holte tief Luft. «Ich dachte nur, ob du vielleicht bereit wärst, mir eine kleine Spende zu geben, damit ich meine Champion-Hündin vom letzten Westminster-Sieger decken lassen kann?»

Mit einem Seufzer der Erleichterung streckte Jude ihr einen Zwanziger hin, um sich dann auf den Heimweg zu machen.

Am darauffolgenden Nachmittag kam ein braungebrannter Simon mit einem neuen Strohhut und einem Planter's-Punch-Kater aus St. Thomas zurück. «Du siehst beschissen aus», verkündete er, als er sie Pouilly Fuissé pichelnd im Wohnzimmer vorfand, wo vom Plattenspieler hysterisches Gejaule über die Sehnsucht nach Liebe tönte. Ein Manuskript lag rings um sie verstreut. «Was ist los?»

«Dieses verdammte Buch, das du mir aufgehalst hast», fauchte sie. «Es ist ein einziger Müllhaufen.»

«Entschuldige vielmals», sagte er und ging mit seinem Koffer den Flur hinunter. «Ich muß mich erst mal aufs Ohr hauen.»

Wenige Minuten später folgte ihm Jude in sein Zimmer. Er hatte die Jalousien heruntergelassen, sein Hawaiihemd abgeworfen und sich im Bett verkrochen. Jude stieg aus ihren Jeans, schmiß ihr T-Shirt von sich und schlüpfte neben ihn. Er wandte ihr den Rücken zu, aber sie merkte an seinem Atem, daß er sich nur schlafend stellte. «Bitte, bitte, Simon!»

«Entschuldige, Jude, aber ich bin total verkatert.»

Sie legte den Arm um ihn und berührte ihn so, wie er es normalerweise unwiderstehlich fand. «Ich habe Kopfschmerzen», jammerte er wie eine frigide Ehefrau.

«Hör mal, wir wissen doch, daß du mich schamlos benutzt, wann immer du nicht die Zeit oder Energie hast, dir einen Mann zu suchen. Jetzt bin ich mal dran.»

«Muß das sein?»

«Ja», sagte sie, zufrieden, weil es ihr immerhin gelungen war, eine halbherzige Erektion hervorzurufen.

Er wälzte sich ohne große Begeisterung auf sie. «Ich bin nicht die Person, mit der du's treiben solltest.»

«Halt die Klappe», fauchte sie, während sie seine Hüften umfaßte und ihn in sich hineinzog.

Als er schließlich schweißgebadet auf sie sackte, stöhnte sie: «O Gott, Simon, hör noch nicht auf.»

«Kauf dir einen gottverdammten Vibrator», knurrte er und rollte von ihr herunter. «Ruf sie an, Jude», fügte er hinzu.

«Wen?»

«Herrgott, tu doch nicht so naiv!»

«Und wenn ihr Mann dran ist?»

«Sag ihm, du bist in seine Frau verliebt.»

«Ich bin nicht in sie verliebt», insistierte Jude.

«Sag ihm, du willst ihr die Kleider vom Leib reißen und unaussprechliche Dinge mit ihr machen.»

«Du bist ja wirklich eine große Hilfe.»

«Hilf dir selbst, dann hilft dir Gott.»

«Ich bin doch wohl offensichtlich nicht lesbisch», sagte sie in vernünftig-argumentierendem Ton. «Nach dem, was wir zwei gerade gemacht haben.»

«Laß mich in Ruhe. Mach eine Therapie. Ich will jetzt schlafen.»

Jude sprang auf, schnappte sich ihre Sachen und stapfte in ihr Zimmer. Sie setzte sich aufs Bett, griff sich fröstelnd das Telefon, nahm den Hörer ab und wählte die ersten fünf Ziffern von Annas Nummer, wobei ihr Zeigefinger über den Glücksvierern einen Moment lang hoffnungsvoll in der Luft kreiste. Dann knallte sie den Hörer wieder auf. Sie marschierte nackt ins Wohnzimmer zurück, um sich den restlichen Pouilly-Fuissé einzuverleiben.

Als Jude am nächsten Morgen ihr Büro betrat, klingelte ihr Telefon. Hastig nahm sie ab.

«Okay, ich gebe auf», sagte Annas Altstimme. «Du hast gewonnen. Wann kann ich dich sehen?»

«Wie wär's jetzt gleich?» fragte Jude aufgedreht und sah all ihre festen Vorsätze für eine glückliche und gesunde Zukunft zum Fenster hinausflattern.

«Das ist gar nicht gut, was wir hier tun», sagte Jude, während sie durch den Central Park spazierten. Ein warmer

Wind wirbelte Kirschblüten durch die Luft wie zarte rosa Daunen.

«Stimmt», sagte Anna.

«Ich will so was nicht in meinem Leben haben», sagte Jude, so glücklich wie seit Jahren nicht mehr.

«Ich auch nicht. Was können wir dagegen tun?»

Sie blieben stehen und wandten sich einander zu. Jude musterte Annas Auge. Es war abgeschwollen, und das Lilablau war zu dem Türkiston ihrer Augen verblaßt.

«Erzähl mir von deinem Mann», forderte sie Anna auf. «Vielleicht hilft das.»

Im Weitergehen legte Anna den Arm um Jude. «Wir haben so wenig Zeit», sagte sie, «da möchte ich nicht über ihn reden. Und auch nicht über meine Kinder. Das alles hat nichts mit uns zu tun. Dafür bin ich zuständig, und ich werde damit klarkommen. Aber du bist meine Zuflucht vor all dem. Es muß ja keine Liebesbeziehung sein, aber ich brauche deine Freundschaft.»

«Meine Freundschaft hast du. Das weißt du auch.»

«Und das andere?» fragte sie, ohne Jude anzusehen.

Jude rang mit sich. «Ich liebe dich, Anna. Aber nicht so.» Sie mußte daran denken, wie Molly dieselben Worte zu ihr gesagt hatte.

«Na gut», sagte Anna sichtlich enttäuscht. «Wo Grenzen gesetzt werden, ist die Liebe nicht so groß. Aber ich akzeptiere das. Ich will einfach nur mit dir zusammensein, Jude, egal in welcher Form.»

«Vielleicht ist die Liebe ja um so größer, wenn man Grenzen setzt», sagte Jude. «Vielleicht will man ja nicht gefährden, was einem lebenswichtig ist.»

Annas Lächeln war wie die Sonne, die hinter einer Wolke hervorkam. «Warum sollte es unsere Beziehung zerstören, wenn sie um eine Facette reicher würde? Das könnte sie doch auch vertiefen.»

Jude schwieg. Ihre Verlusterfahrungen, so erkannte sie, hatten sie gelehrt, Liebe mit unerfüllter Sehnsucht gleichzusetzen. Aber wenn es möglich wäre, daß Liebe die Sehnsucht stillen konnte?

Jude wanderte durch das Wohnzimmer, das sie und Simon mit einer neuen elfenbeinfarbenen Grastapete, einer Tweed-Sitzgarnitur und einem dicken pflaumenfarbenen Teppichboden ausgestattet hatten. Nachdem Simon Sandys Spuren so lange sorgsam gehütet hatte, wollte er sie jetzt radikal auslöschen. Von einer neuen Liebe völlig aufgewirbelt, hatte er sich außerdem ein Haus auf Cape Cod zugelegt. Dort verbrachte er die Wochenenden mit einem Anwalt namens Marvin, der so dunkel war, wie Sandy blond gewesen war.

Anna sollte jeden Moment kommen, um ein weiteres Mal mit ihr zu diskutieren, warum ihre Liebe platonisch bleiben mußte. Das ging schon mehrere Wochen so, zu Simons großer Belustigung. Er nannte ihre Klärungsbemühungen spöttisch das große Lesben-Dramarama. Aber für ihn war Sex in etwa so kompliziert wie Naseputzen – und in etwa so bedeutsam.

Immerhin gab es vieles zu berücksichtigen: Annas Mann und ihre Kinder. Den Altersunterschied. Die Gefahr, daß Anna ihren Job an der Schule verlor. Die Gefahr, auf der Straße ermordet zu werden, so wie Sandy und wie so viele Frauen im Lauf der Geschichte. Und dann waren da noch die Bedenken, die Jude noch gar nicht angesprochen hatte. Anna hatte sich dazu bekannt, bereits Beziehungen zu Frauen gehabt zu haben. Würde sie Judes Unerfahrenheit stören? Vielleicht wäre Anna ja bereit, die Führung zu übernehmen, aber würde Jude sich führen lassen können? Vor allem aber hatte Jude Angst. Ihre Mutter, Molly und Sandy waren gestorben. Was, wenn die Liebe zu Anna bedeuten würde, sie ebenfalls verlieren zu müssen?

Anna trat durch die Tür und hauchte ein Küßchen an Judes Wange. Jude half ihr aus ihrem neuen kornblumenblauen Seidenblouson und hängte ihn in den Garderobenschrank. Sie hatten beide ein kleines Vermögen in neue Kleider und sonstige Schönheitsmaßnahmen investiert, um sich gegenseitig einen Augenschmaus zu bieten.

Anna ließ sich auf Simons neuem Sofa nieder, wobei ihr der enge Rock etwas hochrutschte, und sagte: «Also, Jude, was hast du für neue zwingende Gründe, weshalb wir die Finger voneinander lassen müssen?»

Es klang gereizt. Anfangs hatten Judes moralische Exerzitien sie gerührt, aber allmählich hatte sie offenbar die Nase voll. Bei ihrer letzten Diskussionssitzung in dem Broadway-Café hatte Jude erklärt, sie sei entschlossen, diese wunderbare neue Liebe zwischen ihnen auf ewig zu erhalten, selbst wenn der einzige Weg, dies zu tun, der Verzicht sei. Anna hatte sie ungläubig angesehen und war dann aufgestanden und hinausmarschiert. Um ein paar Minuten später wieder hereinzukommen und Jude mitzuteilen, sie sei ernsthaft schizophren.

Jude ließ sich neben sie auf das Sofa sinken und reichte ihr ein Blatt mit den Verkaufszahlen von *Eines jeden Schönheit schaun*.

«Prima», sagte Anna und reichte es ihr zurück. «Und?»

«Simon will eine Reihe daraus machen mit Wettbewerben und Preisen und Stipendien.»

Anna lächelte. «Das ist doch toll!»

Jude ging in die Küche und kam mit einer eisgekühlten Flasche Champagner wieder. Sie stießen auf ihren Erfolg an.

«Aber was hat das mit unserer persönlichen Beziehung zu tun?» fragte Anna und trank von ihrem Champagner, die Beine übereinandergeschlagen. Jude sah das graziös angewinkelte Fußgelenk, den perfekt sitzenden italienischen Schuh und die Naht des in das Schattenreich zwischen ihren

Beinen führenden Seidenstrumpfs. Judes Finger zuckten, verlangten danach, die Naht zu begradigen.

«Na ja, nach Erscheinen des Buches war ich nicht mehr deine Lektorin, und es stand uns frei, unsere Beziehung zu gestalten, wie immer wir wollten. Aber jetzt bin ich wieder deine Lektorin. Und es wäre wohl kaum moralisch zu vertreten, eine Beziehung zu einer Autorin zu haben. So, wie sich ein Anwalt auch nicht mit einer Klientin einlassen darf.»

«Schade», seufzte Anna. «Gerade habe ich ein romantisches Gedicht für dich geschrieben. Aber dann muß ich es wohl jemand anderem vorlesen.» Sie studierte eingehend ihre sorgfältig gefeilten Nägel.

«Wie heißt es?»

«Das Lied von Leda und dem Schwan.»

«Okay, laß hören», sagte Jude lächelnd.

Anna zog ein Blatt Papier aus ihrer Handtasche und begann zu lesen. Die ersten Strophen spürten dem Schmerz vergangener und verlorener Liebe nach. Die mittleren besangen die Wonnen neuer Liebe, trotz der Ahnung, daß auch sie eines Tages vergehen wird.

Zum Schluß sah Anna Jude in die Augen und rezitierte aus dem Gedächtnis:

Ich will dich heute nacht so sanft berühren,
daß von der Bitterkeit nichts bleibt
und diesmal die Freude dich zu Tränen treibt,
wenn draußen sich der Himmel rötet.

Sei bei mir heut nacht.
Wag es, mir deinen Schmerz zu geben.
Sieh mir in die Augen.
Laß die Liebe wieder leben.

Sie saßen schweigend da und streichelten sich gegenseitig mit den Augen, erkundeten das Gesicht der anderen mit all seinen Flächen und Vertiefungen.

Jude stellte ihr Champagnerglas auf Simons antikes Eichentischchen. Sie beugte sich über Anna, nahm ihr Gesicht zwischen beide Hände und sah ihr in die Augen, die im Lampenlicht loderten wie kühle blaue Flammen. Nach einigen schüchternen Küssen öffneten sich ihre Lippen, und die Debatte war beendet. Sie lagen sich lange in den Armen, von Wellen des Verlangens überschwemmt, zu schwach von ihrem Anprall, um irgend etwas Weiterführendes zu tun. In dem Fenster am Fußende des Sofas war das Riesenrad jenseits des Hudson ein Funkenkreisel.

12

Auf dem Weg den Broadway hinauf erzählte Anna Jude von Stéphane Mallarmés Sohn Anatole, der mit acht Jahren, nach vielen Monaten schrecklichen Leidens, am rheumatischen Fieber gestorben war. Mallarmé hatte seinen Schmerz zu bewältigen versucht, indem er das Geschehene in Gedichten umsetzte.

Anna begann, auf französisch einige Fragmente zu rezitieren, die auf diese Weise entstanden waren:

«‹Was Zuflucht gesucht hat in mir, deine Zukunft, wird meine Reinheit, ein ganzes Leben, die ich nicht trübe…›»

Annas Französisch war rhythmisch und für Judes amerikanische Ohren nahezu akzentfrei. Auf den Inhalt hörte sie nicht so genau – schon der traurige Klang der Worte ging ihr unter die Haut.

«‹Durch dich schauten wir das Bessere unseres Wesens, das uns oft floh, doch nun uns innewohnt›», fuhr Anna fort.

Je näher sie Judes Wohnung kamen, desto schneller gingen sie, bis sie am Ende fast schon rannten. Sie konnten es nicht erwarten, auf Judes Bett zu sinken und das Blut in den Adern der anderen zu spüren. Anna war eine Heilige der Erotik. Mit ihr erlebte Jude eine Leidenschaft, die sie nie für möglich gehalten hätte – Stunden langsam sich steigernder Erregung, in jedem Finger und jedem Zeh, in jedem Winkel und jeder Nische des Körpers, bis schließlich jede einzelne Zelle vor Spannung vibrierte und nach Erlösung schrie.

Mit Sandy war es ein wildes Glühen gewesen, die verzehrende Hitze harten, seidigen Fleisches, das wie ein Mörserstößel in die verborgenen Tiefen ihres Körpers drang. Und ein Donnern, wie von den Hufen wilder Pferde. Mit Anna dagegen war es eher der leise, salzige Geruch von Wattland in der Morgendämmerung. Waren es Zungen, die sachte spielten und erspürten und wie Libellen, die die spiegelglatte Oberfläche eines Teichs streiften, ringförmige Wellen der Begierde auslösten. Und feuchtsamtene Wände, die sich öffneten und pulsierten und sich zusammenzogen wie Muscheln. War es das Geräusch der Brandung, des wirbelnden Sogs winziger Wasserstrudel.

Es war wie der Unterschied zwischen einem rasenden Galopp über eine weite Ebene unter der gleißenden Mittagssonne und dem Hinabtauchen in die Tiefen des Meers. Die Franzosen bezeichneten den Orgasmus treffend als *la petite mort*; mit Sandy war es der Tod auf dem Scheiterhaufen gewesen, mit Anna der Tod durch Ertrinken. Beides schien es wert, zum Mittelpunkt des Lebens erklärt zu werden. Die Episoden mit Molly und Sandy waren wie Blitze durch Jude hindurchgezuckt und hatten ihr ganzes System kurz und klein geschmort, Anna hingegen schien einen gleichmäßigen Starkstromkreislauf zu generieren. Sie war eine Hohepriesterin in der Leidenschaft, die Sex als einen Ritus begriff, der in Achtung und Ehrfurcht vollzogen sein wollte, der seine ganze Kraft nur bewahrte, wenn man sich an die kultischen Traditionen hielt.

Zu den Insignien gehörten, wie bei jeder Religion, Blumen, Kerzen, Weihrauch und Wein, aber auch Parfüm, frische Bettwäsche, Massageöl und ein Tablett mit gemischten Horsd'œvres neben dem Bett. Und Anna mochte langsame Musik, die klang wie das Tönen der Sphären und das gläserne Klirren von Eiszapfen, die auf Mondfelsen zerschellten, und wie das Heulen des Winds in der Tundra. Ihre Form der heiligen Kommunion verlangte, daß sämtliche Sinne geweckt und ganz geöffnet wurden, daß sie eins wurden und schließlich in etwas Höherem aufgingen, ehe der Geist des Friedens sich herabsenken konnte.

Jude tappte in einem Nebel erregter Erschöpfung durch ihre Arbeitstage, brachte fast nichts zustande, wartete nur auf die Nacht. Zum Glück war Simon durch Marvin in einem ähnlichen Koma, so daß er nichts merkte. Beide schlafwandelten durch den Verlag und stierten tumb grinsend aus irgendwelchen Fenstern, während die Zahlen empfindlich zurückgingen. Die Kollegen waren nachsichtig wie Eltern windpockenkranker Kinder, die auf das Sinken des Fiebers warten und beten, daß sie selber genügend Abwehrkräfte hatten.

Am Nachmittag nach ihrer ersten Session mit Anna hatte Jude sich plötzlich in dem Dessousgeschäft neben dem Verlag wiedergefunden, fest entschlossen, einen Großeinkauf zu tätigen. Molly und Sandy hätten es lieber gehabt, wenn sie als Junge auf die Welt gekommen wäre. Aber Anna hatte das alles binnen weniger Stunden ausgelöscht und Jude das Gefühl gegeben, daß es großartig war, eine Frau zu sein, je weiblicher, desto besser. Anna liebte es, auf Judes Bett zu liegen und ihr dabei zuzusehen, wie sie das Seidenunterhemd oder den Satin-Body abstreifte – nicht wie eine Stripperin, sondern als eine ganz normale Frau aus Fleisch und Blut, die sich im flackernden Licht der Kerzen auszog. Es erinnerte Jude daran, wie sie selbst als kleines Mädchen ihrer Mutter dabei zugesehen hatte, wie sie sich zurechtmachte, in stummer Anbetung, berauscht von ihrem Parfüm, in das sich ein seltsamer moschusartiger Duft mischte, der aus dem tiefsten Innern ihres Körpers durch ihre Poren zu quellen schien. Jetzt wußte Jude, was dieses erregend-bedrohliche Aroma gewesen war – der Geruch einer liebenden Frau. Er erfüllte jetzt das Zimmer, wenn sie und Anna zusammen waren, und lag in ihrem Laken. Einmal hatte Anna einen Kaschmirpullover bei Jude vergessen. In den Nächten, in denen sie nicht zusammen waren, vergrub Jude im Bett ihr Gesicht darin, um diese Mischung zu atmen: Annas Opium-Parfüm, ihren

Schweiß und diesen unverwechselbaren Duft, der Jude eindeutiger als alle Worte und alles Tun bewies, daß Anna sie begehrte. Jude wußte, wenn dieser Duft einmal verschwinden sollte, würde das ein warnendes Zeichen dafür sein, daß die Leidenschaft erlahmte.

«‹Das letzte Ziel›», zitierte Anna im Aufzug zu Judes Wohnung, «‹war stets, das Leben rein zu halten. Du hast dies vor der Zeit vollbracht.›»

Unfähig, sich länger zu beherrschen, zwängte Jude ihr Knie zwischen Annas Knie. Sie vergrub ihr Gesicht an Annas Hals und sog ihr Parfüm ein. Mit einer Hand drückte sie den roten Stoppknopf.

«Jude», keuchte Anna, während Judes Hand ihren Schenkel hinauf und unter ihren Rock glitt, «wenn jemand auf den Lift wartet?»

«Pech», sagte Jude und sah zu, wie Annas wundervolle blaue Augen verschwammen und die Lider sich langsam schlossen, während ihre Schenkel sich öffneten und ihr Kopf zurücksank. Judes Rolle in Annas Liebesreligion war die der Ketzerin, die das Credo mißachtete und verspottete. Wie das brave kleine katholische Mädchen, das sie einst gewesen war, fand sie die Sünde erregend.

Als sie schließlich Judes Stockwerk erreichten, war Annas Atem noch immer schwer und stockend. Als die Tür sich öffnete, zupfte sie noch ihre Kleider zurecht. Plötzlich standen Simon und Marvin vor ihnen, mit äußerst unwirschen Mienen. Simons Blick wanderte von Jude zu Anna. «Ich habe das Gefühl, die Mädels sind auf unsere Aufzugsnummer gekommen, Marvin.»

«Sind sie nicht toll, diese ungestümen jungen Leute?» fragte ihn Anna lässig, während sie ihr schwarzes Haar zurechtstrich.

Simon lächelte zwar, aber dennoch kam Jude plötzlich der Verdacht, daß er Anna nicht mochte. Warum, konnte sie sich nicht erklären. Anfangs hatte er Jude doch angespornt. Und eifersüchtig konnte er ja wohl auch nicht sein, hatte er doch selbst einen neuen Liebhaber.

«Sag mir noch ein paar Gedichte auf», murmelte Jude einige Zeit später zwischen ihren zerwühlten Laken. Ihr ganzer Körper fühlte sich satt und erschöpft an, ihr Hirn war wohlig träge und benebelt, als wäre Annas Opium Äther.

Anna begann, mit schleppender Stimme Baudelaire zu rezitieren. Jude sah hinaus auf den Hudson, in dem sich die flirrenden Lichter des Vergnügungsparks als wallende goldene Bänder spiegelten. Ähnlich sicher und geborgen hatte sie sich als Kind gefühlt, in der Höhle auf dem Nadelteppich liegend und Mollys Beschreibungen ihrer künftigen Hütte auf dem Kliff lauschend, während irgendwo in den Wildwoods schläfrige Trauertauben gurrten.

Wie ein Echo von Judes Gedanken murmelte Anna: *«Mais le vert paradis des amours enfantines / Les courses, les chansons, les baisers, les bouquets / Les violons vibrant derrière les collines …»*

Anna und sie hatten jetzt dieses Bett zum Floß, und der Hudson nahm den Platz des Holston ein. Aber sonst war alles genauso wie damals. Der weite Bogen einsamer Stunden hatte sich endlich zum Kreis geschlossen, und Jude hatte mit Anna das Glück wiedergefunden, das sie einst mit Molly erfahren hatte, diese Nähe und Zufriedenheit, die sie für immer verloren geglaubt hatte. Die grünen Paradiese der Kindheitsliebe waren in dieser New Yorker Wohnung wiedererstanden.

Anna hielt in ihrer Baudelaire-Rezitation inne. «Du weinst ja», flüsterte sie. «Warum weinst du denn, meine Liebe?»

Jude begann zu schluchzen. Sie rollte sich dicht an Annas langen, schlanken Körper heran und legte den Kopf auf ihre wunderbaren Brüste. Als sie sich schließlich genug beruhigt hatte, um das verquollene Gesicht zu heben, beobachtete Anna sie, und in ihren blauen Augen stand eine Zärtlichkeit, die Jude noch nie gesehen hatte. Sie schloß die Lider und meinte, ihr Herz so hoch in ihre Kehle hüpfen zu spüren, daß sie vor Glück ersticken mußte.

«Meine Liebe», sagte Anna, während sie Jude sanft übers Haar strich, «weinst du, weil du glücklich bist oder weil du traurig bist?»

«Beides», sagte Jude und brach wieder in Tränen aus.

Als sie sich aufsetzte, um sich die Augen trocken zu tupfen und die Nase zu schneuzen, erzählte sie Anna zum erstenmal ausführlich von Molly und Sandy und ihrem Tod und von ihrer eigenen Einsamkeit, Trauer und Wut.

Nachdem sie ihr lange zugehört hatte, resümierte Anna: «Und jetzt hast du mit mir eine neue Chance.»

Jude fing wieder an zu weinen. Sie fühlte sich verletzlich wie ein Einsiedlerkrebs, der sein altes Schneckenhaus verlassen und noch kein neues gefunden hatte.

Anna zog sie wieder zu sich herunter und hielt sie fest, massierte die zuckenden Muskeln auf ihrem Rücken. Nach einer Weile begann sie, ihr ein leises Potpourri aus populären Schlagern ihrer Jugend vorzusingen – «Sha Boom», «Que sera sera», «Glow, Little Glowworm», «Mr. Sandman», «Three Coins in a Fountain», «Don't let the Stars get in your Eyes».

Sie sang immer weiter, ein Lied schlimmer als das andere, bis Jude sie schließlich lachend anflehte aufzuhören. «Was war nur in den fünfziger Jahren mit der Jugend los?» fragte sie. «Das sind die gräßlichsten Songs, die ich je gehört habe!»

Anna erklärte achselzuckend: «Wir waren eben noch romantisch. ‹Wenn du nicht mit der Person zusammensein kannst, die du liebst, dann lieb eben die, mit der du zusammensein kannst.› Nennst du das vielleicht ein Liebeslied?»

Jude lag auf dem Wohnzimmersofa und las ein Manuskript über den Templerorden, das Simon ihr gerade aufgebrummt hatte. Die Inquisitoren, die im Auftrag des Papstes nach London gereist waren, um die dortigen Templer zu verhören, waren entrüstet nach Frankreich zurückgekehrt und hatten sich beklagt, daß man in England nicht zu foltern verstehe. Sie empfahlen, die englischen Tempelherren nach Frankreich zu verfrachten, wo die Foltertechniken hoch entwikkelt seien. Wieder grübelte Jude über den Unterschied zwischen Folterern und Nicht-Folterern nach.

Es klingelte an der Tür. Jude erwartete niemanden. Anna war mit Jim in der Oper, und Simon war auf einem Streifzug durchs Village, nachdem er den armen, verdutzten Marvin abserviert hatte. Er verliebte sich alle ein, zwei Monate bis über beide Ohren in einen neuen Mann, den er als in jeder Hinsicht perfekt darstellte. Ein paar Wochen später hatte er dann eine Liste irreparabler Fehler zusammengetragen, die ihn zwang, den Betreffenden fallenzulassen, worauf er in eine Depression verfiel und schwor, sich nie wieder zu verlieben. Das war seine Version der Ewigkeitsliebe. Kein realer Mensch konnte sich je mit dem Idealbild messen, das er von Sandy in seinem Herzen trug und jedem, der ihm zu nahe kam, wie einen silbernen Sheriffstern entgegenblitzen ließ. Jude verstand das. Es war leichter, die Toten zu lieben. Sie widersprachen selten.

Sie stand auf und tappte in Jeans und Rollkragenpulli zur Tür. Durch den Spion sah sie Anna, im Seehundmantel, das Gesicht von glänzend schwarzem Haar umrahmt.

Jude öffnete die Tür und fragte freudig lächelnd: «Was machst du denn hier?»

Anna schob sie in die Diele, knallte die Tür zu, packte sie an der Hand und zerrte sie ins Wohnzimmer. «Schnell!» sagte sie. «In vierzig Minuten muß ich Jim in der Oper treffen.»

Jude nahm die Herausforderung an und entledigte Anna ihres Pelzmantels, des Seidenkleids und der raffinierten Unterwäsche, wie ein Segler, der eine Luxusyacht abtakelt. Sie rollten auf dem pflaumenfarbenen Teppichboden herum wie die Marx Brothers bei einer Verfolgungsjagd, Jude in voller Montur. Danach takelte Jude sie wieder auf und entließ sie. Sollte *La Traviata* sich als langweilig entpuppen, hätte Anna jetzt jedenfalls etwas, woran sie denken könnte.

Sie ließ sich, noch immer ein Lächeln auf den Lippen, aufs Sofa fallen. Das einzige, was diesen Liebestaumel trübte, war die Tatsache, daß Anna nie die Nacht bei ihr verbringen wollte. Irgendwann löste sie sich immer aus Judes Armen, warf sich ihre Kleider über und eilte nach Hause zu Jim. Und wenn Jude sich beklagte, erwiderte Anna: «Du willst doch keine Ehe mit mir führen, Jude. Die Ehe tötet jede Zärtlichkeit, die du je für jemanden empfunden hast. Ich bin älter und erfahrener als du, also überlaß das mal mir.»

Es gab vieles, was Jude ihr überlassen mußte, denn Anna organisierte ihre Beziehung. An den meisten Tagen rief sie Jude im Büro an, wenn Jim gerade nicht da war. Ein paarmal die Woche, wenn sie ein paar Stunden Zeit hatte, fragte sie, ob sie sich treffen könnten – zu einem Spaziergang, zum Essen, zu einem Ausflug ins Museum oder ins Bett. Anna wollte um jeden Preis verhindern, daß Jim etwas von ihrer Beziehung merkte. Sonst, behauptete sie, werde er sie zerstören wie schon andere zuvor. Da Jim den unregelmäßigen Tagesablauf eines Professors hatte, wußte Jude nie, wann Anna anrufen würde. Also hatte sie ihr Leben so arrangiert, daß sie jederzeit erreichbar war. Sie tat jetzt nichts mehr, außer zu arbeiten und auf Anna zu warten. Sie achtete darauf, möglichst immer in der Nähe eines Telefons zu sein, dessen Nummer Anna hatte. Und selbst wenn sie mit Anna zusammen war, sah sie oft auf die Uhr, um festzustellen, wieviel Zeit noch blieb, bis Anna fortmußte und die Warterei wieder losging.

Irgendwie kam sie sich bei dem Ganzen vor wie eine Geheimagentin. Und manchmal dachte sie, daß sie die Beziehung auch dann gar nicht offen leben wollen würde, wenn Anna es zuließe. Die Heimlichtuerei war, obwohl zuweilen ein bißchen übertrieben, sehr aufregend. Und da Anna sie immer mit dem Hunger nach mehr zurückließ, wurde das Sehnen, das Jude als Kind Liebe zu nennen gelernt hatte, nie ganz gestillt, und die Frage, was wäre, wenn es eine Sättigung gäbe, blieb weiter offen.

Aber wenn sie nicht mit Anna zusammen war, ging ihre Phantasie manchmal mit ihr durch. Hatte Anna noch Kontakt zu den Frauen, die sie vor Jude geliebt hatte? Konnte Jude mit ihnen mithalten, oder dachte Anna bei der Liebe an jemand anderes? Sie sah Anna in der Oase im Village attraktive junge Hundezüchterinnen aus New Jersey aufreißen und in ihre Wohnung beim Washington Square mitnehmen (die Jude noch nicht hatte betreten dürfen). Sie sah sie mit ihnen all die lustvollen Dinge tun, von denen sie wußte, daß Anna sie nur zu gut beherrschte.

Aber wenn solche Gedanken sie quälten, geschah es oft, daß es klingelte und Anna vor der Tür stand, einen riesigen Fliederstrauß in den Armen. Oder Judes Telefon läutete inmitten einer Lektoratssitzung. Anna, die einen anonymen Anrufer spielte und mit polnischem Akzent bis in die schlüpfrigsten Details schilderte, was sie alles mit Jude machen würde, falls sie es schaffte, sich innerhalb der nächsten Stunde nach Hause zu stehlen. Das ging nun schon zwei Jahre so, und Judes einziges Verlangen war, daß es nie aufhörte.

Simon hingegen schien erpicht darauf zu sein, daß es ein Ende nahm. Er trug Jude ständig irgendwelche Geschäftsreisen an, von denen er behauptete, sie seien unabdingbar für ihre Karriere. Sie sagte immer, sie wolle nicht aus New York weg. Schließlich bestand er darauf, daß sie ihn zur Frankfurter Buchmesse begleitete. «Zehntausend Verlage aus aller Welt, Jude. Das ist die wichtigste Messe des ganzen Jahres. Da mußt du hin und Kontakte knüpfen. Es ist deinen Autoren gegenüber nicht fair, wenn du nicht hingehst.»

«Danke, aber ich habe genügend Kontakte», sagte sie von ihrem Schreibtischstuhl aus, während er in ihrer Tür herumlungerte.

«Du hast Kontakt zu mir und zu Anna. Das ist alles. Du wirst nie eine wirklich gute Lektorin, wenn du immer nur mit derselben Person im Bett liegst.»

«Aber ich will diesen ganzen Karrieremist nicht», entgegnete sie. «Ich will gar nichts weiter sein als Annas Liebessklavin.»

Simon mußte trotz seines Unmuts lachen. «Bitte flieg für eine Woche mit mir nach Deutschland, Jude. Wenn du's tust, schicke ich dich und Anna nächsten Monat zum Bundeskongreß der Englischlehrer in Boston. Um Annas Buch zu promoten.»

Auf diesen Handel ging Jude sofort ein. Anna hatte ein Handbuch verfaßt, das Englischlehrer an höheren Schulen anleiten sollte, Schüler-Gedichtwettbewerbe zu organisieren und Anthologien zusammenzustellen, so, wie sie es in New York getan hatte. Wenn sie beide zu diesem Kongreß fuhren, würden sie endlich einmal eine ganze Nacht zusammen verbringen können. Zwei Nächte sogar – in einem fremden Hotelzimmer mit einem riesigen Doppelbett und Zimmerservice.

In Frankfurt drückte sich Jude die ganze Zeit unglücklich am Stand ihres Verlages herum. Simon hingegen hatte halbstündlich irgendwelche wichtigen Termine. Abends gingen sie zu schicken Partys und Diners mit Scharen interessanter Leute, aber Jude wartete nur verdrossen auf den Moment, da sie in ihr Zimmer im Intercontinental zurücksausen und Anna in New York anrufen konnte. Anna ging jeden Nachmittag nach der Arbeit in Judes Wohnung, um dort ihren Anruf zu erwarten. Wenn sie nicht abnahm, hieß das, daß sie aus irgendeinem Grund woanders festgehalten worden war, und dann mußten sie weitere vierundzwanzig Stunden warten, bis sie die nächste Portion Liebesgeflüster tanken konnten. Nach jedem Telefongespräch war Jude so beruhigt und besänftigt wie eine Drogensüchtige nach einem Schuß Heroin.

Das einzige, was sie außer den exorbitanten Telefongebühren für ihre Telefonate in Frankfurt beeindruckte, war eine Pariser Verlegerin namens Jasmine, eine alte Freundin von Simon, Tochter eines Kriegskameraden seines Vaters. An einem Abend aßen sie zu dritt in einem kleinen Restaurant in der Nähe des Bahnhofs. Jasmine war eine jener eleganten Frauen, die Jude in Paris auf der Straße gesehen hatte, so zierlich wie Judes Mutter, aber von einer raumfüllenden Präsenz wie Charles de Gaulle. Sie trug riesige Ohrringe aus hellrosa Edelsteinen, einen dazu passenden Ring und einen indischen Gürtel aus handgetriebenem Silber mit einem verschlungenen Gravurmuster aus Früchten und Blumen.

Simon bestellte für alle dunkles deutsches Bier, für das er schwärmte. Während sie tranken, musterten Jasmines dunkle Augen Jude so eingehend, daß sie sich vorkam wie ein Bazillus unter dem Mikroskop. Aber Jasmines Blick war nicht kritisch, nur neugierig.

Simon und Jasmine tauschten Familienneuigkeiten aus. Dann tauschten sie sich über die Bücher aus, die auf dieser Messe besonders hoch gehandelt wurden.

«Erzähl Jasmine von deinen Titeln, Jude», sagte Simon.

Jude erzählte von Annas Anthologien und dem neuen Lehrerhandbuch. Jasmine schien interessiert, bezweifelte aber, ob ein solches Konzept im zentralistischen Schulwesen

Frankreichs eine Chance hätte. Schließlich erwähnte Jude ihre für das Frühjahrsprogramm vorgesehene Geschichte der Tempelherren, die Jasmine allerdings sichtlich kaltließ.

«Und dann habe ich noch *Verbotene Früchte* betreut», fuhr Jude fort. «Eine Geschichte der lesbischen Liebe vom Mittelalter bis zur Gegenwart. Vor einem Jahr erschienen, sehr gute Rezensionen. Die Taschenbuchrechte sind für eine sechsstellige Summe weggegangen, und bis jetzt haben wir Lizenzen in die Niederlande, nach England, Schweden und nach Deutschland verkauft.»

Jasmine nickte und blies dabei Rauch von ihrer Zigarette aus. «Ah, ja. Ich habe von unserem Scout in New York davon gehört.»

Sie musterte Jude immer noch. Jude fragte sich, ob sie wohl an ihrem Gesicht ablesen konnte, daß ihr einzig wirkliches Interesse im Leben darin bestand, mit einer anderen Frau ins Bett zu gehen. Wenn ja, fand sie es abstoßend?

«Würden Sie so nett sein, mir ein Exemplar zu schicken?» fragte Jasmine. «Obwohl ich nicht sicher bin, daß sich ein solches Buch in Frankreich verkaufen würde. Wir ziehen es vor, unsere Liebesgewohnheiten nicht so streng zu klassifizieren wie die Angelsachsen.»

Simon sagte lachend: «Aber vieles von dem, was in dem Buch beschrieben wird, hat in Paris stattgefunden.»

«Aber das ist nicht unsere Schuld», erwiderte sie. «Verklemmte Protestanten aus aller Welt strömen nach Paris, um unsere angebliche sexuelle Freizügigkeit zu genießen. Das sind die Leute, von denen man liest, wie toll sie es am Rive gauche treiben. Aber es gibt in der französischen Sprache nicht den Ausdruck ‹Sex haben›. Wir kennen nur ‹Liebe machen›. Und echte Pariser sind die enthaltsamsten Menschen, die dir je begegnen werden. Uns interessiert nur die Qualität einer Begegnung, nicht die Quantität.»

«Quatsch!» knurrte Simon.

«Aber das stimmt», insistierte Jasmine. «Nimm zum Beispiel dieses Gebäck.»

Simon und Jude sahen auf den Teller mit den köstlichen Aprikosen-Marzipan-Törtchen, von denen sie beide zum Kaffee gegessen hatten. Jasmine hingegen hatte kein einziges genommen. Simon streckte ihr schuldbewußt den Teller hin.

«Genau das meine ich», sagte sie und wehrte den Teller mit einer Hand ab. «Ich genieße den Duft, Aprikose und Mandel, gemischt mit dem Kaffeearoma. Und mit deinem After-shave, Simon. Und mit Judes wundervollem Parfüm. Und mit dem Tabakgeruch unserer Zigaretten. Ich genieße es, sie anzusehen, das Dunkelorange auf dem blauen Teller, mit den hellen Mandelsplittern oben drauf. Und diesem Topf mit gelben und orangefarbenen Narzissen im Hintergrund. Ich habe in meinem Leben schon Hunderte ähnlicher Törtchen gegessen, deshalb kann ich den Kontrast zwischen der Säure und dem Zucker auf der Zunge schmecken. Ich spüre das klebrige Obst, das körnige Marzipan, die knusprigen Mandeln. Also brauche ich gar keins davon zu essen. Das sinnliche Erlebnis ist auch so perfekt.»

«Aber Törtchen sind zum Essen da, Jasmine», erwiderte Simon. «Dafür sind sie gemacht.»

«Bitte», sagte Jasmine. «Aber wenn man eins ißt, zerstört man es. Und da der Appetit auf Süßes immer wiederkommt, warum dann nicht darauf verzichten, die Törtchen zu zerstören, und statt dessen lernen, den Appetit zu genießen, den sie erregen?»

Simon und Jude sahen sich verständnislos an.

«Weißt du was, Jasmine?» sagte Simon. «Du bist vollkommen verrückt. Ich hatte immer schon den Verdacht, aber jetzt weiß ich es sicher.»

Sie lachte, und dann stürzten sie sich in ein witziges, anspielungsreiches Wortgefecht, bei dem Jude nicht mehr mitkam. Plötzlich fragte sie sich, ob Jasmine nicht vielleicht auch Frauen liebte. Da war eine gewisse wache Offenheit in ihren Augen gewesen, als sie Jude so unverhohlen gemustert hatte – etwas, was man selten bei Frauen fand, die vor allem daran interessiert waren, wie sie auf die männlichen Wesen in ihrer Umgebung wirkten.

Zum erstenmal seit sie mit Anna zusammen war, hatte Jude einem Gespräch zugehört, das sich nicht direkt um Anna drehte. Sie war nicht auf die Toilette verschwunden, um die Augen zu schließen, sich Annas Gesicht vorzustellen und ihren Namen zu flüstern. Und sie hatte nicht ein einziges Mal auf ihre Uhr geschaut, um herauszufinden, wie lange es noch dauern würde, bis sie endlich wieder ins Hotel zurückkehren und Anna anrufen konnte. Sie bekam ein schlechtes Gewissen, als hätte sie Anna betrogen.

Als Jude und Simon durch die dunklen Straßen, wo sich die internationale Verlagsszene tummelte, in ihr Hotel zurückspazierten, fragte Jude: «Ist Jasmine eigentlich lesbisch?»

«Ich weiß nicht. Habe ich mich auch schon gefragt. Sie hat irgendwo einen Mann, aber ich habe ihn noch nie gesehen.»

«Wie wir alle wissen, heißt das gar nichts.»

«Ich finde die Franzosen schizophren», gestand Simon. «Sie teilen sich in ein öffentliches und ein privates Ich, und dazwischen liegt oft eine unüberwindliche Kluft. Ihr privates Ich verstecken sie hinter künstlichem Charme und Intellektualismus. Aber wenn sich dir ein Franzose einmal offenbart, hast du einen Freund fürs Leben gefunden. Anders als bei einem Amerikaner, der schon nach zwanzig Minuten dein bester Freund ist und den du dann nie wieder siehst.»

«Und wie ist es mit den Engländern?» fragte Jude. Sie staunte über die Unbekümmertheit, mit der Simon und seine europäischen Kollegen von Nationalcharakteren redeten.

«Wir benützen unseren berüchtigten messerscharfen

Witz, um sicherzustellen, daß uns erst gar niemand nahe genug kommt, um ein Freund werden zu können.»

«Aber das stimmt nicht», sagte Jude lachend. «Du bist ein wunderbarer Freund, Simon.»

«Aber ich bin ja auch emigriert, stimmt's?»

Jude saß in dem Ballsaal des Hotels beim Bostoner Stadtpark in der ersten Reihe. Anna präsentierte den versammelten Englischlehrern ihr Buch. Sie hatte Jude gewarnt, daß sie sie vom Podium aus nicht angucken würde, damit sie nicht mitten im Vortrag lächeln mußte oder rot wurde. Jude hingegen konnte die Augen nicht von Anna abwenden. Sie trug dasselbe Kostüm wie bei ihrem ersten gemeinsamen Mittagessen. Und Jude dachte an die Wunder, die sich unter dem feinen Wollstoff verbargen. Sie sah Anna noch vor sich wie am Morgen, nackt auf dem Teppich ihres Hotelzimmers, das Becken an Judes Schenkel reibend. Und sie sah Anna in der ersten sanften Sonne in einem Sessel lehnen, den Morgenrock geöffnet, leise schnurrend wie eine Katze, die Hände um Judes Kopf gelegt, der zwischen ihre Schenkel tauchte. Jude amüsierte die Vorstellung, daß viele dieser Lehrer und Lehrerinnen, die so respektvoll Annas exzellenter Präsentation lauschten, schockiert wären, wenn sie wüßten, was die Referentin vor dieser Veranstaltung über die Erziehung der amerikanischen Jugend getan hatte. Aber wie viele von ihnen, fragte sich Jude, während sie die aufmerksamen Gesichter musterte, würden *nicht* schockiert sein?

Judes Verlag hatte, wie achtzig andere, in der angrenzenden Halle einen Stand mit Büchern, die für Englischlehrer an höheren Schulen von Interesse waren. Eine Lektorin in der Schulbuchabteilung kümmerte sich darum. Judes einzige Aufgabe war es, Anna bei Laune zu halten, wie Simon ihr bei der Vertreterkonferenz letzte Woche mit einem kleinen väterlichen Lächeln mitgeteilt hatte. Die Presseabteilung hatte für sie nach dem Mittagessen und für den nächsten Morgen Interviewtermine vereinbart. Ansonsten hatten sie vor, auf ihrem Zimmer zu bleiben und etwas für Annas Laune zu tun – und sich davon höchstens abbringen zu lassen, um dem Zimmerkellner ein Trinkgeld zu geben.

Jude wachte irgendwann in der Nacht in dem fremden Bett auf und tastete nach Anna. Aber Annas Betthälfte war kühl und leer. Jude wartete, daß sie aus dem Bad wiederkam, aber sie kam nicht. «Anna?» rief sie. Keine Antwort.

Sie setzte sich auf und knipste das Licht an. Der Wecker auf dem Nachttisch zeigte halb zwei. Sie stieg aus dem Bett und tappte barfuß ins Bad. Keine Anna. Ihr kariertes Kostüm war verschwunden, aber alles andere war noch da. Jude ging im Zimmer auf und ab und fragte sich, was sie tun sollte. Sie rief unten beim Empfang an, aber der Nachtportier hatte niemanden gesehen, der ihrer Beschreibung entsprach. Schließlich schlüpfte sie in ihre Unterwäsche.

Ein Schlüssel tastete sich ins Schloß. Die Tür ging auf, und Anna kam herein.

«Wo warst du?» fragte Jude. Sie saß auf der Bettkante, einen Strumpf halb angezogen.

Anna schaute sie verlegen an. «Ich habe ein Telefon gesucht.»

«Warum?»

«Ich hatte Jim versprochen, ihn anzurufen.»

«Um ein Uhr morgens?»

«Er ist immer lange auf.»

«Aber wir haben doch ein Telefon auf dem Zimmer», sagte Jude stirnrunzelnd. Was hatte Anna so Geheimnisvolles mit Jim zu bereden?

«Ich wollte dich nicht wecken.»

«Das wäre mir aber lieber gewesen. Ich habe mir Sorgen gemacht.»

«Ich bin ein großes Mädchen, Jude. Ich kann selbst auf mich aufpassen.» Es klang gereizt.

Anna zog sich schweigend aus. Jude schoß durch den Kopf, daß sie vielleicht nach dem Vortrag beim Signieren eine attraktive Englischlehrerin kennengelernt und sie auf ein Schäferstündchen in ihrem Zimmer besucht hatte. Aber dann erschien ihr das lächerlich, wo sie doch hier war und nur darauf wartete, Anna jeden Wunsch zu erfüllen. Aber vielleicht vermißte Anna ja die Herausforderung, den Reiz der Ungewißheit, ob sie jemanden haben konnte oder nicht.

«Mußtest du ihn unbedingt in der Zeit anrufen, die wir für uns allein haben?» murmelte Jude und starrte reglos auf den Stich an der Wand: Paul Revere, der sein Pferd über die Concord-Brücke hetzte.

«Er ist mein Mann, Schätzchen. Er hat auch noch ein paar Rechte.»

«Ja, aber er hat dich die meiste Zeit für sich.»

«Wenn wir unbedingt über die Geister der Vergangenheit jammern müssen, was ist dann mit dem Wachsfigurenkabinett in deinem Herzen? Sandy und Molly und weiß der Himmel, wer noch alles.»

«Du weißt ganz genau, daß meine Wachsfiguren in der Nacht zerschmolzen sind, als wir uns das erstemal geliebt haben», sagte Jude lächelnd.

Anna erwiderte das Lächeln und sagte mit sanfterer Stimme: «Sobald die Kinder auf dem College sind, gehöre ich ganz dir, meine Liebe.» Sie glitt unter die Decke und streckte die Arme nach Jude aus. «Du hast mich schon jetzt auf eine Art und Weise, wie Jim mich nicht hat», setzte sie hinzu, hakte Judes BH auf und streifte die Träger über ihre Schultern hinunter. «Ich schlafe nicht mehr mit ihm.»

Als Anna sie zu sich hinunterzog, erfaßte Jude eine Woge der Erleichterung. Sie hatte sich das schon oft gefragt, jedoch nie gewagt, das Thema anzusprechen, weil sie die Neue in

Annas Leben war. Während sie voller Verlangen in Annas Arme sank, glaubte sie Alkohol zu riechen. Aber sie hatten ja zum Abendessen eine Flasche Wein getrunken.

Am nächsten Morgen, während Anna in ihrem Zimmer das abschließende Zeitschrifteninterview gab, ging Jude hinunter an den Empfang, um zu zahlen. Auf der Rechnung stand unter anderem die Summe für ein halbes Dutzend Drinks in der Ironsides-Bar, in der sie und Anna nie gewesen waren.

«Da müssen irgendwelche Getränke versehentlich auf unsere Rechnung geraten sein», erklärte sie dem Empfangsportier.

Er blätterte einen Zettelstapel durch und reichte ihr eine Getränkerechnung mit dem Datum vom Vortag und Annas Unterschrift. Betroffen unterschrieb Jude das Kreditkartenformular. Anna mußte in der Nacht, als Jude sie vermißt hatte, in der Bar gewesen sein. Sie hatte sechs Drinks quittiert, also mußte noch jemand bei ihr gewesen sein. Aber wer? Und warum hatte sie Jude angelogen?

Auf dem Weg in ihr Zimmer überlegte Jude, ob sie Anna zur Rede stellen sollte. Hatte sie gedacht, Jude würde den Getränkeposten nicht bemerken, oder hatte sie es extra getan, als eine Art Unabhängigkeitserklärung, hier, in der Stadt der Freiheit?

Die Journalistin war schon weg, und Anna war am Packen. Jude wollte nicht, daß sie ihre letzten gemeinsamen Stunden mit Streiten verbrachten, also beschloß sie, ihre schrecklichen Verdächtigungen zu vergessen. Sie wußte ja, daß Anna sie liebte. Was brauchte sie mehr zu wissen?

Sie suchte ihre Sachen zusammen, todunglücklich, daß die gemeinsame Zeit nun vorbei war und daß sie für sie mit einem bitteren Beigeschmack endete. Beim Packen hatte sie plötzlich eine Eingebung. «Hör mal, Anna», sagte sie drängend, «ruf doch Jim an, und sag ihm, du mußt noch eine

Nacht bleiben … weil du morgen früh noch mehr Interviews hast. Wir fahren aufs Cape. Übernachten in Simons Haus. Mieten uns Pferde und reiten den Strand entlang.»

«Klingt verlockend», sagte sie, während sie ihren Koffer schloß und die Riemen zuklipste, «aber ich muß nach Hause.»

«Bitte, Anna. Wer weiß, wann wir wieder eine ganze Nacht für uns haben?»

Anna gab schließlich nach und rief Jim an. Als Jude beobachtete, wie sie ohne mit der Wimper zu zucken von dem wichtigen Interview erzählte, wurde ihr plötzlich beklommen zumute. Falls Anna sie je belügen sollte, würde sie es ebensowenig merken wie Jim jetzt.

Ein paar Stunden später richteten sie sich in Simons Haus aus Holz und Glas in den Dünen ein. Sie fuhren mit ihrem gemieteten Cutlass nach Provincetown hinein und erstanden Jeans, Sweatshirts und Tennisschuhe. Dann fuhren sie zu einem Reitstall am Stadtrand und mieteten sich zwei Pferde. Die Tiere waren nicht gerade froh darüber, aus ihrem Herbsturlaub gerissen zu werden. Sie trotteten mißmutig, schnaubten und warfen die Köpfe hin und her. Aber als sie den harten Sand am Wasser erreicht hatten, sprang Judes und Annas Begeisterung auf sie über, und sie tänzelten durch den Schaum der brechenden Wellen wie über heiße Kohlen.

Jude ließ die Zügel locker, und ihr Pferd schnellte davon wie ein Pfeil, wobei Salzwasser und Sand nur so aufwirbelten. Einen Moment lang dachte Jude besorgt, daß Anna diesem Tempo vielleicht nicht gewachsen war, da sie, wie sie sagte, auf der Ponybahn im Sommercamp Reiten gelernt hatte. Aber als sie sich umdrehte, sah sie Anna glücklich lächelnd über dem gewölbten Hals ihres Pferdes liegen.

Als die Pferde schließlich ermatteten und in einen federnden Trab fielen, dirigierte Jude ihres in Richtung der Dünen, und das von Anna folgte. Sie saßen ab und schlangen die Zügel um die Aststümpfe eines angetriebenen Baumstamms. Dann kletterten sie eine Düne hinauf und setzten sich in den Sand. Sie schauten hinaus aufs Meer, während unten die Pferde stampften und wieherten. Am Horizont hoben ein paar glänzendschwarze Wale ihre Rücken aus dem Wasser, um ihre Fontänen in die Luft zu blasen wie Geysire und dann wieder in der Tiefe zu verschwinden.

Anna und Jude betraten Simons Küche. Anna hatte auf der Heimfahrt vom Lebensmittelmarkt stumm und verdrossen dagesessen und Jude mit ihren Konversationsversuchen achselzuckend abblitzen lassen.

«Ist was?» fragte Jude schließlich, als sie die Einkaufstüten auf der Arbeitsplatte abstellten.

«Ich bin nur müde», sagte Anna tonlos. «Diese ganzen blöden Interviews. Ich bin es nicht gewöhnt, Tag und Nacht mit Leuten zusammenzusein.»

«Setz dich doch mit einem kleinen Gin Tonic raus auf die Terrasse, während ich das Abendessen mache.»

«Das wäre toll. Macht's dir nichts aus?»

«Nein, sonst würde ich es dir nicht anbieten. Simon hat mir gesagt, meine Aufgabe sei es, dich bei Laune zu halten.»

Während Jude die Shrimps säuberte, sah sie Anna draußen im Liegestuhl liegen und träge die Limonenscheibe in ihr Glas auspressen. Im Ruhezustand verriet ihr Gesicht ihr Alter, was es in Bewegung niemals tat. Ihre Wangen hingen ein bißchen, und über dem leicht eingefallenen Fleisch traten die Backenknochen stärker hervor. Sie hatte den einen oder anderen Faltenring am Hals und um die Augenwinkel winzige Fältchen, die sich wie kleine Spannseile zu den Schläfen zogen. In ihrem tintenschwarzen Haar schimmerten jetzt ein paar silberne Strähnchen. Seit neuestem hatte sie manchmal Hitzewallungen, und sie bekam ihre Periode so unvermittelt und unregelmäßig wie ein Zweijähriges seine Wutanfälle.

Jude sah in Anna plötzlich ihre eigene Zukunft. Der Babyspeck der jungen Jahre wich Knochen und Falten. Es war das erstemal, daß Jude sie so schlecht gelaunt erlebte. Bei ihren Verabredungen zeigten sie sich sonst beide von ihrer charmantesten Seite. Schlechte Stimmungen sparten sie sich für die glücklichen Männer auf, mit denen sie zusammenlebten.

Als Jude schließlich den Glastisch auf der Terrasse deckte, hatte Anna bereits drei Gin Tonics getrunken und war offenbar wieder besserer Laune. Sie füllte ihre Gläser mit Sancerre, während Jude Reis auf ihre Teller schöpfte und die mit Tomaten, Knoblauch, Sherry, Schalotten und Petersilie gedünsteten Shrimps darauf gab.

«Wo hast du so gut kochen gelernt?» fragte Anna, nachdem sie gekostet hatte.

«Wer lesen kann, kann auch kochen», antwortete Jude.

«Das stimmt nicht. Ich bin eine miserable Köchin, und du willst ja wohl nicht behaupten, daß ich nicht lesen kann. Wenn es keine Fertiggerichte gäbe, hätten meine Kinder in die Suppenküche um die Ecke gehen müssen. Wenn wir zusammenwohnen, übernimmst du das Kochen, und ich kaufe ein und putze.»

«Abgemacht», sagte Jude. «Und wo wohnen wir? In deiner Wohnung oder in meiner?»

«Wie wär's mit Paris?»

«Oh, Anna, ich würde schrecklich gern mit dir in Paris leben.»

«Machen wir», versicherte Anna. «Wenigstens für ein Jahr. Wenn Professoren Forschungssemester einlegen können, warum sollten wir das nicht auch tun? Wir nehmen uns eine Wohnung am Montmartre, mit Blick über die Dächer von Paris. Du kochst mir wunderbare Gerichte wie das hier, und ich werde dich von morgens bis abends erotisch verwöhnen.»

Jude lächelte. «Du bist beschwipst. Aber irgendwann möchte ich dir mal die Smokies zeigen.»

«Gern. Klingt, als wären sie ganz schön imposant.»

«Das sind sie auch. Vor allem, wenn man nicht dort leben muß.»

«Hattest du nicht genau das vor? Mit der heiligen Molly eine Hütte bauen und für immer dort wohnen?»

«Ach, Molly… Das ist eine andere Geschichte. Wenn Molly noch am Leben wäre, hätten wir beide uns nie getroffen. Dann wäre ich jetzt dort, in den Bergen von Tennessee.»

«Vielleicht sollten wir beide diese Hütte bauen», sinnierte Anna.

Jude grinste. «Warte lieber erst mal, ob dir das Plätzchen auch gefällt.»

Jude reichte Anna den Salat und schenkte Wein nach. Die Brandung rauschte, und der Seewind spielte mit ihren Haaren.

«Ich wünschte, wir müßten nicht wieder zurück», sagte Jude. «Ich wünschte, wir könnten für immer hier bleiben.»

«Ich bezweifle, daß du mich noch lieben könntest, wenn du mich immer um dich hättest», sagte Anna in einem seltsamen Ton.

«Natürlich würde ich dich weiter lieben.»

«Ich kann furchtbar sein. Du hast ja keine Ahnung.»

«Das bezweifle ich.»

«Glaub mir, meine Liebe.»

13

Vor der dunkelgrünen Eingangstür zu Annas Häuschen in einem kopfsteingepflasterten ehemaligen Stallungskomplex beim Washington Square ergriff Jude Simons Hand, damit sie auch aussahen wie ein junges Paar bei einem Stadtbummel. Sie hatte bitten und betteln müssen, daß er überhaupt mitkam. Jim hatte mittlerweile herausgefunden, daß Anna ein Verhältnis hatte, wußte aber nicht, mit wem, und Anna wollte ihre Spuren verwischen. Simon hatte mit solchen Intrigen nichts zu tun haben wollen, aber Jude war bereit, alles zu tun, um Anna zu helfen.

Wobei das gar nicht so einfach war, jetzt, da Jude so viel reisen mußte. Simon hatte Klartext mit ihr geredet: Er habe das Risiko auf sich genommen, sie trotz ihrer mangelnden Erfahrung zur Lektorin zu machen. Wenn sie versagen sollte, würde sein Kopf rollen. Sie solle jetzt also verdammt noch mal aus diesem Liebesrausch erwachen und ihre Arbeit machen. Das hieß, daß sie jetzt nicht nur jedes Jahr nach Frankfurt fliegen sollte, sondern auch zu den Messen der American Booksellers Association, der Modern Language Association und der American Historical Association, je nach Art der Bücher, die gerade im Programm waren. Und zweimal im Jahr mußte sie nach Los Angeles, um sich um Filmrechte zu kümmern.

Jude war jetzt also ganze zwei Monate im Jahr nicht in New York. Und am Wochenende fuhr sie oft mit ausländischen Autoren oder irgendwelchen Verlagsleuten in Simons Strandhaus auf dem Cape. Wenn sie von diesen Reisen und Wochenendtrips zurückkam, war Anna gewöhnlich mürrisch und verschlossen, wie ein Kind, das seine Mutter für ihre Abwesenheit bestrafen will. Das ärgerte Jude, denn vor diesen ganzen Verpflichtungen hatte sie selbst oft ebensoviel Zeit zwischen ihren Treffen verstreichen lassen. Es war, als sollte Jude immer auf Abruf bereitstehen, auch wenn Anna gar keine Zeit hatte, sie zu treffen.

Außerdem war Anna am Wochenende sowieso fast immer von Jim beansprucht. Sie verbrachte einen großen Teil des Sommers mit ihm und den Kindern in ihrem Häuschen an der Küste von New Jersey, und über Weihnachten fuhr die ganze Familie zum Skifahren nach Colorado. War es überhaupt möglich, fragte sich Jude, eine Beziehung mit jemandem zu haben, den man kaum sah? Oder war eben das der Grund, weshalb es nun schon so lange andauerte? Vielleicht gab es ja für jede Beziehung ein gewisses Kapital, von dem man zehren konnte, und je weniger man verbrauchte, desto länger hielt es eben vor.

Als Jude einmal darüber reden wollte, brach Anna auf Judes Couch in Tränen aus. Sie sagte: «Ich habe das Gefühl, daß du dich von mir entfernst, Jude. Am Anfang waren wir beide im Aufbruch. Meine Anthologie war für uns beide das erste Buch. Aber jetzt hocke ich immer noch hier und halte meine Workshops, während du in der Welt herumfliegst und aufregende Leute kennenlernst.»

«Niemand wird für mich je so aufregend sein wie du, Anna», sagte Jude und nahm Annas Hand in ihre Hände.

Anna lachte bitter und zog ihre Hand weg. «Aber wie lange noch? Ich bin hier nur noch die langweilige alte Versagerin, und du machst Karriere.»

Jude saß schweigend da und dachte an die vielen Angebote, die Anna ausgeschlagen hatte, Projekte, die zweifelsohne der Anfang einer großen Karriere als pädagogische Beraterin gewesen wären. Jude war aufgegangen, daß Anna ein bißchen träge war. Ihre Kinder waren im Internat. Sie hatte eine Haushälterin, die kochte und putzte und einkaufte. Sie hielt zwei Workshops die Woche und schrieb manchmal Gedichte. Was machte sie eigentlich den ganzen Tag? Einen kurzen panischen Augenblick lang fragte sich Jude, ob sie noch eine andere Geliebte hatte. Oder sogar zwei.

«Ich habe es für dich getan», behauptete Jude, obwohl ihr selbst klar war, daß das so nicht ganz stimmte. Sie hatte es auch für Simon getan. «Ich dachte, du findest mich interessanter, wenn ich Erfolg habe. Und mit dem, was ich jetzt mehr verdiene, kann ich unser Jahr in Paris finanzieren. Oder unsere Hütte in den Smokies.»

«Ach, meine liebste Jude», murmelte Anna und drückte ihr einen Kuß auf den Mund. «Mein armes naives Schäfchen. Du glaubst auch immer, was andere Leute dir sagen.»

«Was soll das heißen?»

Anna öffnete die Tür. Sie trug einen graugrünen seidenen Hausanzug und silberne Filigranohrringe, wie kleine Spinnennetze. «Wie nett, daß ihr gekommen seid», sagte sie mit ihrem charmantesten Lächeln. «Jim, das sind meine Lektoren. Simon, Jude, das ist mein Mann Jim.»

Anna hakte Jim unter, während er ihnen die Hand schüttelte und ein paar Begrüßungsworte murmelte. Er sah aus wie ein typischer sanftmütiger Professor in seinem Tweedjackett mit den Wildlederflicken auf den Ellbogen. Seine langen graumelierten Koteletten paßten zu seinen buschigen Augenbrauen. Jude stellte schockiert fest, daß er etwa so alt war wie ihr Vater. Es war die alte Geschichte: Er war Annas Doktorvater gewesen. Sie waren sich über Mallarmé nähergekommen. Er hatte seine Frau und seine Kinder verlassen, um Anna zu heiraten und eine zweite Familie zu gründen. Die Leidenschaft zwischen ihnen war mit der Zeit erloschen, und jetzt hatte er Affären mit Studentinnen, die von Semester zu Semester jünger zu werden schienen.

Anna befingerte sein Revers und sagte beflissen: «Jim hat ein neues Jackett aus Schottland. Ist es nicht hübsch? Sieht er nicht schick aus?»

Noch nie hatte Jude Anna so eingeschüchtert gesehen.

Als Jim sich zum Gehen wandte, zischte er leise: «Spar dir den Scheiß, Anna.»

Anna tat, als hätte sie nichts gehört, und führte Jude und Simon ins Wohnzimmer, das voll von Drinks schlürfenden und Schnittchen kauenden Studenten und Dozenten war. Eine Glastür führte in einen von efeuberankten Mauern umschlossenen Gartenhof. Das Zimmer selbst war mit Bücherregalen ausgekleidet. Vier Plüschsofas bildeten eine Sitzgruppe um einen großen quadratischen Couchtisch mit elfenbeinfarbener Marmorplatte. Nachdem Anna ihnen einen Scotch eingegossen hatte, ging sie Horsd'œvres herumreichen und Leute miteinander bekannt machen. Auf der anderen Seite des Zimmers hielt Jim einer jungen Frau in einem geschirrhandtuchgroßen Minirock einen Vortrag über Rimbaud.

Jude sah, wie Simon Anna in ihrem enganliegenden Seidenanzug kritisch musterte. Sie schwankte ein bißchen beim Gehen. Sich auf der eigenen Party zu betrinken war zwar sicher keine besonders gute Idee, aber diese Gästeschar wirkte so langweilig, daß auch Jude ihren Drink viel zu schnell hinunterkippte.

«Du magst sie nicht, was?» fragte sie Simon.

«Das habe ich nie gesagt.»

«Ist auch nicht nötig.»

Er zögerte und holte dann tief Luft. «Es stimmt nicht, daß ich sie nicht mag, Jude. Ich finde nur nicht, daß sie die Richtige für dich ist.»

«Wieso?» fragte Jude. Weil sie sie dazu gebracht hatte, ihren Job aufgeben und den ganzen Tag im Bett verbringen zu wollen? «Am Anfang warst du doch unser größter Fan.»

«Ich habe William vor längerer Zeit mal ein bißchen über sie ausgefragt. Ich wollte, ich hätt's nicht getan, weil ich mich bis jetzt nicht entscheiden konnte, ob ich dir sagen soll, was er mir erzählt hat, oder nicht.»

«Was denn, um Himmels willen?»

«Er hat gesagt, ihr Mann hat Affären mit jungen Frauen, also hat sie auch welche. Sie liebt das Jagdfieber.»

«Wer nicht?»

«Stimmt. Aber für sie ist das dann auch schon alles. Sobald sie die Frau richtig am Haken hat, läßt sie sie fallen und rennt nach Hause zu Jim, um sich trösten zu lassen. Und er macht es genauso. Offenbar haben sie mittlerweile beide in der Stadt eine ganze Spur von Leichen hinterlassen. Das ist der Kleister, der sie zusammenhält.»

«Aber mit uns ist es etwas anderes», fauchte Jude. «Anna liebt mich. Sie sagt, sie hat endlich ihren Widerpart gefunden. Wir sind beide intelligent und gebildet. Wir sind glücklich im Bett. Wir amüsieren uns, wenn wir zusammen ausgehen. Sie und Jim haben keine Liebesbeziehung mehr, und sie werden sich trennen, sobald die Kinder mit der Schule fertig sind. Und dann wird sie mit mir zusammenziehen oder ganz in meine Nähe. Wir werden eine Zeitlang nach Paris gehen. Und uns vielleicht eine Hütte in den Smokies bauen. Begreif doch, Simon – ich liebe Anna mehr, als ich je in meinem Leben jemanden geliebt habe.»

Er schüttelte den Kopf, eingeschüchtert durch diesen heftigen Herzenserguß. «Ich hoffe, du hast recht, Jude. Verzeih mir bitte, daß ich mich eingemischt habe.»

«Natürlich verzeihe ich dir, Simon. Schließlich zeigt es, daß dir etwas an mir liegt.»

«Ich will nur nicht, daß du wieder einen Schlag verpaßt kriegst. Manchmal scheinst du nicht richtig auf dich aufpassen zu können.»

«In diesem Fall brauche ich nicht auf mich aufzupassen.»

Während Simon versuchte, ihnen noch einen Scotch zu organisieren, dachte Jude ein wenig nervös über das Ganze nach. Sie kam zu dem Schluß, daß er sich irrte. Obwohl sie und Anna jetzt zeitlich noch eingeschränkter waren als am Anfang, gingen sie immer noch exquisit essen. Sie gingen ins Konzert und in die Oper und in Ausstellungen. Im Kino streichelten sie sich gegenseitig die Handflächen mit den Fingerspitzen, und hinterher eilten sie in Judes Bett. Sie schenkten sich Karten und Blumen und Süßigkeiten. Sie hoben ihre klügsten Gedanken und ihre geistreichsten Witze füreinander auf. Jude war immer noch Annas glutvolle Liebhaberin, die den Rest ihres freudlosen Lebens erträglich machte. Und Anna war nach wie vor Judes Führerin durch das noch unbekannte Reich ihrer erotischen Möglichkeiten.

Während sich Anna und Jim darüber streiten mußten, wer die Sachen aus der Reinigung holte, von wem der Dreckrand in der Badewanne stammte und wieviel Trinkgeld der Klempner bekommen sollte.

Durch den Scotch, Simons Bemerkungen und den Jet-Lag fühlte Jude sich plötzlich gräßlich. Sie war gerade eine Woche in London gewesen, bei einer neuen, alle zwei Jahre stattfindenden feministischen Buchmesse, ein Ereignis, das, wie sich herausstellte, wenig mit Büchern und viel mit Feminismus zu tun hatte. Wo man auch hinsah, agitierte irgendeine empörte Sub-Gruppe. Die farbigen Frauen schimpften auf die weißen Frauen. Die Frauen aus der Arbeiterschicht schimpften auf die Frauen der Mittelschicht. Die ausländischen Frauen schimpften auf die amerikanischen Frauen. Die Lesben schimpften auf die heterosexuellen Frauen. Und alle miteinander schimpften sie auf die Männer.

Höhepunkt der Messe war für Jude das Essen mit Jasmine in einer *Carvery* am *Strand* gewesen – Spieße mit riesigen fetttropfenden Schinken, Rinder-, Lamm- und Schweinebraten, von denen einem die Kellner mächtige Brocken absäbelten. Ein Ort, wie ihn ein Baptistengott für das Jenseits ersonnen haben könnte als Strafe für sündige Vegetarier. Jasmine, die sich als kulinarischer Snob entpuppte, behauptete, der einzige Weg, dem gastronomischen Desaster in England zu entgehen, sei es, sich an pures Fleisch und Kartoffeln zu halten.

Als sie eine Fleischmenge verzehrt hatten, mit der man ein Löwenrudel eine Woche lang hätte ernähren können, sprachen sie über die aggressive Atmosphäre, die wie eine Serie von Tornados durch die Veranstaltungshalle fegte. Jasmine beschrieb die rivalisierenden feministischen Fraktionen in Paris und erzählte, wie eine von ihnen einen Bombenanschlag auf die Druckerei einer anderen verübt und deren Chefideologin ins Exil auf die Kanaren getrieben hatte. Sie erläuterte ihre Theorie über die Dynamik politischer Minderheiten, die sie als Kind der Résistance schon auf dem Vaterschoß verinnerlicht hatte: Unterdrückung von außen erzeugte Zorn. Wenn es unmöglich schien, dem Unrecht ein Ende zu bereiten, staute sich innerhalb der unterdrückten Gruppe so viel Zorn an, daß sie sich in Fraktionen aufsplitterten, die sich gegenseitig bekämpften und vernichteten und so dem Tyrannen die Arbeit abnahmen. Der einzige Weg, diesen Auflösungsprozeß zu vermeiden, so hatte Jasmine behauptet, bestehe darin, den Zorn zu überwinden, ihn als Antrieb dafür zu nutzen, bestimmte Bedingungen zu verändern, ohne dabei auf vereinzelte Ergebnisse fixiert zu sein.

Jude wanderte hinauf in die obere Etage, auf der Suche nach einem Badezimmer, wo sich vielleicht ein Aspirin finden ließe. Es war seltsam, in dem Haus zu sein, in dem Anna fast zwanzig Jahre mit Jim und ihren Kindern gelebt hatte. Es war gemütlich und gastlich, mit einer Fülle von Teppichen, Kissen und Gardinen.

Jude spähte durch eine Tür, die einen Spaltbreit offenstand. Es war ein Schlafzimmer. Und auf dem Teppichboden kniete Anna. Vor ihr stand Jim.

«...ich weiß ja, ich bin widerlich», jammerte sie. «Und ich weiß, wenn ich nicht so widerlich wäre, müßtest du nicht mit all diesen anderen Frauen schlafen.» Sie umklammerte seine Knie. «Ich wollte diesmal wirklich nicht so viel trinken, Jim.»

Jim starrte scheinbar desinteressiert durchs Fenster auf die kahlen Äste eines krüppeligen Ahorns draußen im Garten.

«Bitte, verzeih mir», bettelte Anna.

Jim sah sie nicht einmal an.

Anna hob die Hände und begann, an seinem Reißverschluß herumzunesteln. «Ich weiß doch, was dir gefällt, Liebling, und ich kann es besser als all die jungen Dinger.»

Den Blick noch immer starr aus dem Fenster gerichtet, packte Jim sie am Handgelenk. Er schloß seinen Griff immer fester, bis sie wimmerte. Dann bog er ihren Arm jäh zur Seite, so daß sie umfiel.

Unter Tränen stieß sie hervor: «Du haßt mich, Jim. Ich weiß, daß du mich haßt. Ich kann es dir nicht verübeln. Ich bin ja so widerlich.»

Jude stand wie angewurzelt da, trotz des Wunsches, ihr zu Hilfe zu eilen, gelähmt von ungläubigem Entsetzen. Jim hievte Anna wieder auf die Knie und löste seine Gürtelschnalle.

Jude rannte den Flur entlang und die Treppe hinunter. Sie raffte ihre Mäntel aus dem Garderobenschrank und zerrte den überraschten Simon hinaus auf die Straße.

«Was ist los?» fragte er, den Plastikbecher mit dem schwappenden Scotch noch immer in der Hand.

«Nichts.»

Simon zog die Augenbrauen hoch. «Sag's mir, Jude. Ich möchte dir helfen.»

«Das hast du schon getan.»

«Ich war kurz oben im Bad», sagte Anna, während sie und Jude vom Verlag in Richtung Park gingen, «und als ich wieder runterkam, wart ihr beide verschwunden.»

Jude sagte nichts. Um Annas Handgelenk zog sich wie eine breite lilablaue Handschelle eine Quetschspur. Sie paßte farblich zu den Ringen, die die beiden schlaflosen Nächte unter Judes Augen hinterlassen hatten. Während sie im Dunkeln hellwach dagelegen hatte, hatte sie sich immer wieder gefragt, ob das Ganze eine Inszenierung gewesen war. Nicht in dem Sinn, daß Anna es darauf angelegt hätte, Jude genau diese Szene mit Jim vorzuführen. Aber vielleicht hatte sie gewollt, daß irgend etwas passierte, was Jude aufrüttelte. Aber wollte sie Jude aufrütteln, um die Beziehung zu zerstören oder um sie neu zu beleben? Wie auch immer, es war ihr jedenfalls gelungen. Jude war ein einziges Wrack.

«Ist was?» fragte Anna.

Nach einer langen Schweigepause sagte Jude: «Ich dachte, du hast keinen Sex mehr mit Jim.»

«Wie kommst du darauf?» fragte Anna sichtlich nervös.

Jude holte tief Luft und erzählte, was sie gesehen hatte. Sie blieben mitten auf dem Bürgersteig stehen und wandten sich einander zu, so daß die übrigen Fußgänger verärgert einen Bogen machen mußten.

«Na ja, ich war wohl ziemlich betrunken, als ich ihm einen blasen wollte», gab Anna zu. «Aber was ist schon so ein kleiner Ausrutscher unter Freunden?»

Jude schüttelte den Kopf. Anna war doch sonst nicht so zynisch. Ihr wurde klar, daß es nicht nur um den «Ausrutscher» ging. Sie nahm Annas Hand und fuhr sanft mit den Fingerspitzen über das häßliche Quetschmal. «Anna, so darf dich niemand behandeln. Du mußt ihn verlassen. Oder ihn zu einem Therapeuten schleppen. Oder sonst irgendwas.»

Jude wurde klar, daß Anna vielleicht unheilbar passiv war. Am Anfang hatte sie erklärt, sie würde Jim verlassen, sobald die Kinder auf dem College wären. Inzwischen mußten sie für die Trennung von Jim mit dem College fertig sein.

Anna sah sie an. «Wie soll ich ihn verlassen, wenn ich kein Geld habe?»

Zum erstenmal ging Jude auf, daß jemand, der ein paar Workshops hielt und Gedichte schrieb, die überwiegend in der Schublade landeten, sich nicht selbst über Wasser halten konnte, auch nicht mit den Tantiemen für die Anthologien. Ein kleiner «Ausrutscher» hier und da war vermutlich noch ein geringer Preis für die Kleider, Restaurantbesuche und Konzertkarten, die Anna sich so sorglos leistete.

«Zieh zu mir und Simon», sagte Jude. «Ich kann dir erst mal aushelfen. Und dann suchst du dir einen Job.»

«Wer nimmt denn schon eine Hausfrau und Mutter, die nicht mal tippen kann?» fragte Anna. «Was soll ich tun? Servieren?»

«Warum nicht? Das ist ehrliche Arbeit. Ehrlicher als Ausrutscher mit Männern, die man nicht mehr liebt.»

«Na bitte, endlich bricht das brave Landkind wieder durch. Die anständige Baptistin hat es natürlich nie mit jemandem gemacht, den sie nicht liebt.»

Jude hatte diesen sarkastischen Ton bei Anna noch nie gehört. Sie war schockiert. «Doch, natürlich habe ich das getan, Anna. Darum geht es gar nicht.»

«Die grünen Liebesparadiese der Kindheit, scheiß drauf. Wird wirklich Zeit, daß du erwachsen wirst, Kleines.»

«Anna, bitte hör auf.» Jude war, als hätte ihr Anna die Faust in den Magen gerammt.

«Willkommen im finsteren Sündenpfuhl der Erwachsenen, Schätzchen.»

Wer war diese Frau? fragte sich Jude. Mit Sicherheit nicht ihre zärtliche Geliebte von letzter Woche. Als sie in das rote verzerrte Gesicht sah, fiel ihr auf, daß Anna schwankte wie ein Wolkenkratzer bei einem Erdbeben. Sie war betrunken.

Ein paar Abende darauf erschien Anna per Taxi bei Jude, zwei Kartons mit ihren nötigsten Habseligkeiten im Kofferraum. Sie tat, als hätte die häßliche Szene auf dem Bürgersteig nie stattgefunden. Also tat Jude auch so. Aber jede Zelle ihres Körpers war mißtrauisch, fürchtete, daß Annas böse Zwillingsschwester wieder auftauchen könnte. Natürlich – sie hatte es sich immer wieder gesagt: Wenn man die Büchse der Pandora öffnete, kamen alle Emotionen heraus, nicht nur die angenehmen. Aber für all das Glück lohnte es sich doch wohl, ab und zu einen unangenehmen Moment in Kauf zu nehmen.

Jude verfrachtete die Kartons in Sandys altes Zimmer, weil sie erst noch mit Simon besprechen mußte, wo sie Anna unterbringen konnten. Beflügelt durch diesen deutlichen Schritt von Annas Seite, ließ sie sich von ihr durch den Flur in ihr eigenes Zimmer führen. Im Licht des Vollmonds, das durchs Fenster fiel, begann sie Anna aus ihrem kunstseidenen Overall zu schälen. Ein dunkler Fleck zog sich über Annas Hüfte und einen Oberschenkel.

Jude knipste die Nachttischlampe an und betastete mit den Fingerspitzen vorsichtig das nässende, lilablaue Mal.

«Ich bin in der Badewanne ausgerutscht», erklärte Anna.

«Bitte, bleib heut nacht hier», sagte Jude. «Simon und ich fahren morgen zu dir nach Hause und holen deine Sachen.»

«Ich ziehe hierher zu dir, Jude. Aber nicht heute abend.»

«Wann dann?»

«Morgen abend», sagte sie, knipste die Lampe aus und nahm Judes Hand. Sie ließ sich auf die Matratze sinken und zog Jude zu sich herab. Wider bessere Einsicht gab Jude nach, bugsierte Anna auf den Rücken und begann, mit Lippen und Zunge an ihren Brüsten zu spielen.

«Beiß zu», sagte Anna.

«Was?»

«Beiß meine Brustwarze. Fest.»

Jude sah sie an.

«Bitte!»

«Aber ich will dir nicht weh tun.»

Anna griff in Judes Haar und drückte ihren Kopf wieder hinunter. «Ich habe gesagt, beiß rein, verdammt noch mal!»

Jude packte Annas zerschundenes Handgelenk und versuchte, ihren Griff zu lösen. Sie rollten auf der Matratze herum wie kämpfende Raubkatzen, wanden sich, bäumten sich auf, krachten gegen die Wand. Schließlich ließ Anna Judes Haar los. Sie streckte die freie Hand aus, schnappte sich Annas Atalanta-Vase von der Fensterbank und schleuderte sie quer durch das Zimmer auf den Fußboden, wo sie in ein Dutzend Scherben zerschellte.

«Du verdammtes Aas!» schrie Jude wutentbrannt. Sie holte mit der geballten Faust aus. Dann erstarrte sie, die Faust in der Luft, die Zähne gefletscht. Ihre Muskeln zuckten und zitterten. Anna duckte sich rückwärts weg und sank auf die Matratze.

Mit pochendem Schädel sprang Jude vom Bett, stürmte durchs Zimmer und rammte die Faust gegen die Wand. Anna krümmte sich zu einer Art Embryonalstellung zusammen, wiegte sich hin und her und wimmerte wie ein verletztes Tier.

Jude sah auf die Scherben ihrer geliebten Vase und ließ sich dann schwer atmend auf der Bettkante nieder. Sie begann, Anna beruhigend den Rücken zu tätscheln wie einem schreckhaften Pferd. «Tut mir leid, Anna», murmelte sie. «Ich wollte dich nicht anschreien.» Als sie sich herunterbeugte, um sie auf die Schulter zu küssen, merkte sie, daß Anna die Zähne in ihr eigenes Knie grub.

«Nicht, Anna.»

Anna sah auf. Ihre Augen flackerten. Sie hatte sich wundgebissen wie ein durchgedrehter Vampir, und Mund und Knie glänzten im Mondlicht von Blut.

«Du brauchst Hilfe», sagte Jude schließlich. «Irgendwas stimmt nicht.»

«Kümmere dich verdammt noch mal um deine eigenen Angelegenheiten», knurrte Anna und wälzte sich vom Bett.

«Das hier ist meine Angelegenheit. Weil ich dich liebe.»

«Wenn du mich wirklich lieben würdest», sagte Anna, während sie ihren BH zuhakte und wieder in ihren Overall schlüpfte, «würdest du tun, worum ich dich bitte. Du liebst nicht mich. Du liebst dein Bild von mir. Du hast mir eine Rolle in dieser lesbischen Idylle zugewiesen, die nur in deinem Kopf existiert. Aber das alles hat nichts mit dem zu tun, was ich wollen oder brauchen könnte. Du sagst mir die ganze Zeit, wie wunderbar ich bin, aber du weißt überhaupt nichts von mir.»

Jude schwieg betroffen. Konnte es sein, daß sie recht hatte?

An der Tür drehte sich Anna noch einmal um. «Tja, viel tiefer können wir wohl nicht mehr sinken. Also werde ich dir einen Gefallen tun, Jude, und dich nicht mehr sehen. Bitte versuch nicht, in irgendeiner Weise mit mir Kontakt aufzunehmen.»

Jude sah sie ungläubig an. «Einfach so?»

«Einfach so.» Anna marschierte hinaus.

Jude saß auf der Bettkante, rieb sich die schmerzende Hand und durchlebte noch einmal diesen endlosen Moment, als ihre Faust in der Luft geschwebt hatte, bereit, auf Anna niederzusausen. Zum erstenmal in ihrem Leben verstand sie den Ausdruck «rotsehen». Sie hatte rotgesehen, blutrot. Und sie hätte dieses Rot beinahe ins Leben umgesetzt und Anna auf dem weißen Laken zusammengeschlagen. Sie konnte jetzt noch die animalische Befriedigung fühlen, die es ihr gebracht hätte, ihre Fäuste immer wieder in Annas zusammengekrümmten Körper zu rammen. Anna hatte recht: Viel tiefer konnte Jude nicht sinken. Was sie ihr Leben lang bei anderen beklagt hatte, hatte sie jetzt ahnungsweise an sich selbst erfahren: die Fähigkeit zur Gewalt und das rauschhafte erotische Element, das ihr innewohnen konnte.

Als sie sich hinhockte, um die Scherben der Vase ihrer Großmutter aufzusammeln, begriff sie, daß es nur zu verständlich war, daß Anna nicht bei jemandem bleiben wollte, der sie fast geschlagen hätte. Und doch hatte ihr Abgang auch etwas Sexistisches: Bei ihrem *Mann*, der sie schlug, war sie jahrelang geblieben. Als sie noch einmal Annas blutigen Mund im Mondlicht vor sich sah, überkam sie gegen ihren Willen ein gewisses Verständnis für Jims Verhalten. Ja, er tat ihr manchmal weh. Aber wenn er es nicht täte, würde sie es wohl selbst tun. Verwirrt versuchte sie zu rekonstruieren, wie sie, die sie doch Anna anfangs nicht hatte weh tun wollen, dahin gekommen war, sie beinahe umzubringen.

Jude fiel wieder ein, wie Anna ihr zu Beginn ihrer Beziehung erklärt hatte, die meisten Menschen seien ein Spiegellabyrinth. Hätte sie damals richtig hingehört, hätte sie sich eine Menge Qualen ersparen können.

Ehe sie in einen Erschöpfungsschlaf fiel, schwor sie sich, Schadensbegrenzung zu betreiben. Sie würde Anna gehorchen und nicht versuchen, mit ihr Kontakt aufzunehmen. Wenn Anna jemanden brauchte, der sie für ihre verbotenen Vergnügungen bestrafte – Jude würde nicht dieser Jemand sein. Das sollte Jim übernehmen.

Die nächsten paar Tage wanderte Jude in einem Nebel des Schmerzes im Verlag herum, außerstande, zu essen oder zu schlafen. Ein paarmal bekam sie mit, wie Simon sie besorgt beobachtete. Schließlich ging sie in sein Büro und verkündete: «Du hattest recht mit Anna.»

Er sah von seinem Papierstapel auf. «Was ist passiert?»

«Sie hat mich verlassen, ohne sich auch nur umzugucken.»

Er machte ein betroffenes Gesicht. «Das tut mir leid. Falls es dir hilft, ich liebe dich.»

«Es hilft. Aber nicht viel.»

Er lächelte betrübt.

«Simon», wagte sich Jude vor, «wenn ihr in euren Lederklamotten zu den Docks gegangen seid, du und Sandy – worum ging es da?»

Er sah sie an. «Was denkst du, worum es da ging? Um Lust.»

«Hattet ihr keine Angst?»

«Herzchen, das ist doch genau der Punkt. Der Nervenkitzel der Jagd. Die Angst, daß die wilde Bestie einen zerreißen könnte, wenn man sie gestellt hat.»

«Na ja, letztlich ist vielleicht das, was Anna gefällt – Schmerz und Angst.»

Simon zog die Brauen hoch. «Der Unterschied ist nur, daß bei den Docks niemand so tut, als hätte es etwas mit Liebe zu tun.»

«Meinst du, es gibt vielleicht einen Workshop, den ich besuchen könnte, um Anna zurückzugewinnen? ‹Quälen – der Weg zum Glück› oder so was? Wenn es mir nur gelingen würde, sie genauso mies zu behandeln wie ihr Mann, würde sie ihn vielleicht verlassen und zu mir kommen.»

Simon lächelte nicht.

«Ja, ich weiß, du hast versucht, mich zu warnen», sagte sie. «Und William auch.»

Als Jude an diesem Nachmittag den Verlag verließ, beschloß sie, bei Madame Toussaint vorbeizuschauen, für eine Hunderttausend-Kilometer-Inspektion. Schließlich hatte sie dazu beigetragen, daß Jude überhaupt in diese ganze Anna-Geschichte hineingeraten war. Vielleicht konnte sie ihr ja auch sagen, wie sie wieder herauskam, oder ihr zumindest verraten, was hinter der nächsten Biege dieses wundersamen kosmischen Tunnels der Liebe auf sie wartete.

Doch als sie bei dem Häuserblock ankam, wo sie in Madame Toussaints Höhle geraten war, fand sie nichts wieder, weder die Tür noch die Treppe und schon gar nicht das kleine handgemalte Schild. Sie suchte fünf Blocks in jede Richtung ab, auf beiden Straßenseiten. Dann ging sie in etliche Geschäfte und fragte nach einer dicken Kartenlegerin. Aber niemand hatte je auch nur von Madame Toussaint gehört.

An diesem Abend mußte Jude entdecken, daß ihr Zeigefinger ein Eigenleben besaß. Trotz aller kraftlosen Proteste ihres benommenen Hirns, wählte er Annas Nummer.

Anna nahm ab.

«Ich bin's, Jude. Ich muß mit dir reden.»

«Im Moment geht es nicht. Jim ist da.» Ihre Stimme war ruhig und freundlich.

«Wann dann?»

«Bald. Sei nicht so ungeduldig, mein Liebling», flüsterte sie. «Wir haben ja noch den ganzen Rest unseres Lebens in unserer kleinen Hütte in den Bergen.»

Jude hielt den Hörer ein Stück von ihrem Ohr weg und starrte ihn an. Hatte sie sich verwählt?

Jim brüllte im Hintergrund: «Hast du gehört, du Luder?»

«Ich muß auflegen», flüsterte Anna. «Er ist wütend.»

«Mach, daß du herkommst!» schrie er.

«Anna, ich komme dich jetzt sofort holen», sagte Jude. «Mach dich bereit.»

«Nein, Jude, nicht...» Es klickte, und weg war sie.

Jude stürzte aus dem Haus und schnappte sich ein Taxi ins Village. Sie wies den Fahrer an, am Ende des Stallungskomplexes zu warten und rannte zu Annas Haus. Auf ihr heftiges Klopfen reagierte niemand. Als sie die Klinke drückte, stellte sie fest, daß die Tür nicht verschlossen war. Sie stieß die Tür auf und stürmte hinein. Wie ein Bluthund auf der Spur eines entflohenen Sträflings schnürte sie durch Wohnzimmer und Küche.

Anna und Jim saßen auf einem schwarzen Ledersofa hinten im hinteren Zimmer und guckten im Fernseher, der in eine Schrankwand mit Stereozubehör, Büchern und Kunstgegenständen eingebaut war, die Nachrichten. Beide hielten Gläser mit reichlich Eiswürfeln und einer milchigen Flüssigkeit in der Hand. Anna, die einen scharlachroten Kaftan anhatte, stierte Jude aus ihren blauen Augen geistesabwesend an. Ihr glänzendes Haar stand auf dem Oberkopf ab wie der Kamm eines Papageis. Jim hatte sich erhoben und stand unsicher auf den Beinen, das gerötete Gesicht von geplatzten Äderchen durchzogen.

«Wer zum Teufel sind Sie?» fragte er.

«Du kennst doch Jude von unserer Party letzten Monat, Schatz», sagte Anna, ganz die perfekte Gastgeberin. «Sie ist meine Lektorin.»

«Was suchen Sie verdammt noch mal in meiner Wohnung?»

Jude überlegte blitzschnell. «Ich bin hier, um Anna zu mir zu holen.»

«Sind Sie verrückt oder was?»

«Ich habe ihre Blutergüsse gesehen, Jim. Ich weiß, daß Sie sie schlagen. Und das hört jetzt auf.»

«Was geht Sie das an?»

«Es geht mich etwas an, weil ich Anna liebe», hörte sich Jude zu ihrem Schrecken gestehen.

Anna fiel das Glas aus der Hand, und der Drink ergoß sich über ihren Kaftan.

«Verschwinden Sie aus meinem Haus», sagte Jim ruhig, während sein Gesicht dunkelrot anlief.

«Nicht ohne Anna. Komm, Anna.»

Anna sah sie nur dumpf an und rührte sich nicht. Jim kam um das Sofaende auf Jude zugeschwankt.

«Ich benachrichtige die Polizei», sagte Jude, während sie zur Tür zurückwich.

«Benachrichtigen Sie, wen Sie wollen», sagte Jim und ballte die Fäuste. «Das ist mein Haus, und das ist meine Frau. Und Sie dringen widerrechtlich in privates Wohneigentum ein.»

Auf der Heimfahrt im Taxi kam sich Jude idiotisch vor. Anna hatte keinen Finger gerührt, um Jude zu helfen. Jude hatte sich so hilflos gefühlt. So, wie sie sich damals als Kleinkind gefühlt haben mußte, als sie versucht hatte, ihre Mutter vor diesem fremden Mann in Uniform zu retten, von dem alle behaupteten, er sei ihr Vater. Und wie sie sich an jenem Nachmittag gefühlt hatte, als sie versucht hatte, Molly zu überreden, nicht mit Ace Kilgore zu der Baptisten-Freizeit zu fahren. Und in jener Nacht, als sie Sandy im Mondlicht mit dem Fremden gesehen hatte. Warum fühlte sie sich immer zu Menschen hingezogen, die mit der Gefahr Wange an Wange tanzen wollten? Sie war wie eine Motte, die eine Kerzenflamme umschwirrte, während ihre Mit-Motten darin den Opfertod suchten.

Aber Gefahr war überall zu finden. Was Jude in die Flamme lockte, war Freundlichkeit und Güte. Sie wußte noch genau, wie sie einmal als kleines Kind im Garten ihres Großvaters gestanden hatte, einen großen Stein über den Kopf gereckt, um ihn auf eine Kröte fallen zu lassen, einfach nur, um zu sehen, was dann passierte. Als sie ihn hatte fallen lassen, war ihr Großvater aus dem Nichts aufgetaucht und hatte ihn aufgefangen. Er hatte sich hingehockt und die Kröte mit ihrer widerlich pulsenden Kehle hochgehoben. Sie hatte auf seiner Hand gesessen, und die häßlichen Augen waren ihr fast aus dem Kopf gequollen.

«Jude», hatte ihr Großvater gesagt und mit der Fingerspitze den ekligen warzigen Krötenrücken gestreichelt, «unsere Aufgabe ist es, andere Geschöpfe zu beschützen und für sie zu sorgen. Das ist das mindeste, was man von einem Menschen verlangen kann. Das bedeutet Liebe. Sehr viele

Menschen benehmen sich wie tollwütige Hunde, aber es gibt keinen Grund, es ihnen gleichzutun.»

Als Jude am nächsten Tag nach der Arbeit die Marmorhalle des Gebäudes durchquerte, sah sie Anna am Ausgang warten, um sie zu ihrem üblichen Mittwochsspaziergang abzuholen. Verdutzt küßte Jude sie auf die Wange. Als sie ihren Kopf zurückbog, bemerkte sie, daß das Weiß um Annas kornblumenblaue Iris gelblich gefärbt war. Außerdem war an ihrem Hals eine Schorfstelle, die sie überpudert hatte und unter einem strahlend weißen Fliegerschal zu verbergen suchte.

«Was ist das?» fragte Jude und berührte die Stelle.

«Ein Spinnenbiß», sagte Anna mit zitternden Lippen.

Plötzlich fügte sich für Jude alles zusammen: In den Jahren mit ihrem Vater hatte sie nur zu gut gelernt, eine Gelbsucht zu erkennen. Während sie schweigend in Richtung Park gingen, überlegte Jude, wie sie mit diesem neuen Verdacht umgehen sollte.

«Alles in Ordnung?» fragte Anna beunruhigt.

Jude sah sie ungläubig an. Wußte sie nicht mehr, daß sie mit Jude Schluß gemacht hatte? Erinnerte sie sich nicht mehr an Judes gescheiterte Rettungsaktion von gestern abend?

«Anna», antwortete sie schließlich, «ich weiß nicht, wie ich es sagen soll, aber ich mache mir Sorgen wegen deines Alkoholkonsums.»

Annas Gesicht war zuerst erschrocken, dann verschlossen.

«Ich finde, du trinkst zuviel.»

«Du würdest wahrscheinlich auch zuviel trinken, wenn du einen Mann hättest, der mit jeder jungen Studentin in der ganzen Stadt schläft. Und Kinder, die aus jedem College im ganzen Nordosten fliegen. Und Schüler, die von dir erwarten, daß du all die schrecklichen Probleme löst, die der Verfall ihrer Kulturen und ihrer Familie mit sich bringt. Und eine Geliebte, die glaubt, das Leben sei so leicht wie bei den

Waltons. Glaub mir, ich habe allen Grund, es zu übertreiben.»

«Wer hätte keinen Grund?» sagte Jude scharf. «Grund zu haben ist kein Grund.»

Am Broadway wandten sie sich nordwärts, Judes Wohnung entgegen. Und Jude mußte sich der Tatsache stellen, daß sie genauso masochistisch war wie Anna. Jeder halbwegs normale Mensch hätte Anna weggeschickt und ihrem Schicksal überlassen. Aber inzwischen schien Judes Schicksal untrennbar mit dem von Anna verwoben.

Nachdem sie sich genauso zärtlich geliebt hatten wie am Anfang, hielten sie sich in den Armen und lauschten dem Donner, der von den Poconos heranrollte. Was auch immer zwischen ihnen geschah, Jude würde nicht in der Lage sein, es zu beenden – auch nicht, wenn es für sie beide das Beste wäre. Es würde mehr für sie bedeuten als nur den Tod ihrer Beziehung. Es wäre der Tod ihres Traums, daß Glück mit einem anderen Menschen auf dieser Welt möglich war.

Bei der Liebe hatte Jude noch mehr «Spinnenbisse» auf Annas Armen und Rücken entdeckt, und ihr Bauch schien ein bißchen aufgebläht. Sie nahm sich vor, ihren Vater anzurufen, um in Erfahrung zu bringen, was das bedeutete.

«Anna, ich würde es nicht ertragen, dich zu verlieren», murmelte sie.

«Du wirst mich nicht verlieren, Jude. Du weißt doch, daß ich dich liebe. Ich werde dich nie verlassen.»

Während Jude zusah, wie das Regenwasser in Strömen die Fensterscheiben hinunterrann, versuchte sie dahinterzukommen, welches die wirkliche Anna war – das fauchende wilde Tier, das sich selbst zerfleischte, oder die Frau, die jetzt neben ihr lag und ihr übers Haar strich und mit der Zunge die Windungen ihres Ohrs nachfuhr und von der Wohnung redete, die sie gemeinsam am Montmartre mieten würden, sobald sie von Jim geschieden war.

«Du weißt doch, daß ich am Freitag für ein paar Tage nach Australien fliege?»

Anna setzte sich abrupt auf. «Woher soll ich das wissen, wenn du's mir nicht sagst?»

«Ich hab's dir gesagt, Anna. Mehrmals.»

«Nein, hast du nicht», insistierte sie.

«Okay, kann sein», sagte Jude, die sich nicht darüber streiten wollte. «Jedenfalls muß ich hin.»

«Warum?»

«Ich nehme an einer Podiumsdiskussion über ‹Feminismus und Verlagspolitik› teil.»

«Ist diese Frau auch dort?»

«Welche Frau?»

«Diese französische Freundin von Simon.»

«Jasmine. Ja. Sie ist eine der Organisatorinnen.»

Anna sagte eine ganze Weile gar nichts. Jude überkamen Schuldgefühle, obwohl sie gar keinen Grund dazu hatte.

«Bitte, fahr nicht hin», sagte Anna.

«Tut mir leid, Liebling, ich muß. Aber ich werde wieder zurück sein, ehe du überhaupt gemerkt hast, daß ich weg bin.»

«Wenn du hierbleibst, kannst du mir helfen, ein paar Sachen in deine Wohnung zu schaffen.»

Jude wandte sich ihr zu und sah sie an. War das wirklich ernst gemeint, oder war es nur ein Trick?

«Und wenn irgend etwas Schreckliches passiert, während du weg bist?»

«Oh, Anna, bitte, setz mir nicht so zu», stöhnte Jude. «Du wirst die paar Tage bestens überstehen. Außerdem hast du dann Zeit, zum Arzt zu gehen und zu klären, was es mit diesen wunden Stellen auf sich hat. Und wenn ich wiederkomme, machen wir deinen Umzug. Okay?»

«Okay», sagte sie schließlich.

«Und du gehst zum Arzt, während ich weg bin.»

«Versprochen.»

Jude und Jasmine beschlossen, mit dem Bus ans Meer südlich von Adelaide zu fahren, um ihren Jet-Lag loszuwerden. Während sie unter der sengenden Sonne den menschenleeren weißen Strand entlangschlenderten, sammelten sie Stichpunkte für die Podiumsdiskussion. Würden Frauen, wenn sie von den herrschenden Vermarktungszwängen frei wären, anders schreiben als Männer? Worin bestanden diese Zwänge, und wie verzerrten sie die literarische Produktion von Frauen? Inwiefern trug die Literatur dazu bei, die gängigen weiblichen Rollenklischees in der westlichen Kultur in Frage zu stellen bzw. zu zementieren? War es möglich, in einer kapitalistischen Wirtschaftsordnung einen erfolgreichen Verlag ohne Hierarchie unter den Mitarbeiterinnen und ohne Star-System unter den Autorinnen zu betreiben?

Während sie und Jasmine diese und andere Fragen wälzten, fühlte Jude einen Energieschub, wie sie ihn seit Monaten nicht mehr erlebt hatte. Das quälende Gezerre mit Anna rückte in weite Ferne, und sie merkte, wie ihre verspannten Muskeln sich lockerten und ihr Atem wieder frei zu strömen begann. Sie setzten sich an einen grünen Metalltisch unter ein paar Eukalyptusbäumen, neben einem Lokal mit einem Blechdach, und während die Sonne im Meer versank, tranken sie australisches Bier und erörterten Simons Unfähigkeit, eine Liebe zu finden, die länger als drei Wochen hielt.

«Aber drei lustvolle Wochen sind ja auch nicht schlecht», sagte Jasmine.

Selbst auf dieser Safari war sie makellos gekleidet, in blendendweiße Baumwoll-Radlerhosen und ein loses Seidenhemd in Orange- und Rottönen, die perfekt mit dem Sonnenuntergang harmonierten. Unter dem offenen Hemd trug sie ein kurzes weißes Spitzenhemd, und um ihren Hals hing eine goldene Fischgrätgliederkette.

«Nein, aber ich glaube, er sehnt sich nach dem, was er mit Sandy hatte. Bloß wird er das nie wieder finden, weil Sandy ein ganz außergewöhnlicher Mensch war.» Jude musterte die aschgraue Rinde des Baumstamms neben ihr, die von grindigen rostroten und schwarzen Flecken überzogen war. Sie erinnerten sie an Annas Schorfstellen. Sie hoffte, daß Anna zum Arzt gehen würde, wie sie es versprochen hatte. Aber zur Zeit schien sie oft von einem Moment zum nächsten zu vergessen, was sie gesagt hatte.

«Ich habe Sandy nie kennengelernt. Aber er war auch Ihr Freund, nicht?» fragte Jasmine und sah auf das goldene Meer, das in der untergehenden Sonne glänzte wie geschmolzenes Erz.

«Das stimmt. Wir sind zusammen aufgewachsen. Er war wie ein Bruder für mich.»

«Aber doch mehr als ein Bruder?»

Jude sah sie überrascht an. «Hat Simon das erzählt?»

Jasmine nickte.

«Und hat er auch gesagt, daß ich seit ein paar Jahren mit einer Frau zusammen bin?»

Sie nickte wieder. «Unser lieber Freund Simon redet manchmal zuviel. Ich hoffe, es macht Ihnen nichts aus. Weil Sie in dieser Hinsicht auf meine volle Unterstützung rechnen können.»

Jude wurde rot. «Nein, es macht mir nichts aus. Und danke für Ihre Unterstützung.» Aber wollte Jasmine damit sagen, daß sie ebenfalls Frauen liebte? Jude konnte es nicht sagen, aber fragen konnte sie auch nicht. Jasmines ganze Art ließ solche Vertraulichkeit nicht zu.

An der Podiumsdiskussion nahmen auch noch Verlagsfrauen aus England, Holland und Australien teil. Zu fünft saßen sie an einem langen Tisch unter einem riesigen weißen Segeltuchzelt und diskutierten untereinander und mit dem großen, lebhaften Publikum über Frauenliteratur. Hinterher aßen die Podiumsmitglieder mit den Organisatorinnen in einem indischen Restaurant im Zentrum von Adelaide, und alle waren sich einig, daß die Veranstaltung ein Erfolg gewesen war.

Ehe sie sich in der Hotelhalle trennten, um ihre auf verschiedenen Stockwerken gelegenen Zimmer aufzusuchen, sagte Jasmine, die schon am frühen Morgen nach Paris zurückfliegen wollte, zu Jude: «Wir müssen uns jetzt verabschieden. Aber ich freue mich schon auf unser nächstes Wiedersehen. Bei der ABA in Atlanta, oder?»

«Ja. Im Mai. Ich freue mich auch darauf. Machen Sie's gut bis dahin, Jasmine.»

Jasmine lächelte und sah ihr in die Augen. Sie legte die Hände fest auf Judes Schultern, beugte sich vor und küßte sie ganz langsam auf die Wangen.

Die aufmerksamen Stewardessen der Singapore Airlines auf Judes endlosem Rückflug am nächsten Tag waren von derselben zarten Statur und gepflegten dunklen Schönheit wie Jasmine. Aber im Gegensatz zu Jasmine wirkten sie unterwürfig und beflissen. Ihre Selbständigkeit und Kompetenz beeindruckten Jude am meisten. Jasmine leitete einen erfolgreichen Verlag. Sie reiste in der ganzen Welt herum. Anders als Anna, deren lebenslange Faulheit sich jetzt rächte und ihre Möglichkeiten in einer Art und Weise einschränkte, unter der auch Jude zu leiden hatte.

Sie dachte daran, wie Anna und sie in der ersten Zeit ihrer Beziehung über Literatur, Philosophie und Kunst diskutiert hatten. Anna hatte ihr ihre Gedichte vorgelesen, und Jude hatte Vorschläge beigesteuert. Anna hatte die Bücher gelesen, die Jude redigierte, und sie hatten darüber geredet. Aber jetzt redeten sie nur noch über ihr nächstes gemeinsames Essen. Es war, als hätte die Intensität ihrer körperlichen Beziehung alle anderen Formen der Kommunikation verdrängt. Sie schwor sich, nach ihrer Rückkehr mit Anna wieder die Art von Gesprächen zu führen, die sie in Adelaide so genossen hatte. Vielleicht war es ja noch nicht zu spät.

Als das Flugzeug schließlich in Los Angeles landete, merkte Jude mit Bestürzung, daß sie über dem Pazifik mehr an Jasmine gedacht hatte als an Anna. Aber es war eine ganz neue Erfahrung für sie, überhaupt in der Lage zu sein, *nicht* an Anna zu denken. Jahrelang hatten ihr erster Gedanke nach dem Aufwachen und der letzte vor dem Einschlafen Anna gegolten. Und tagsüber hatte sie jedem Wort hinterhergehorcht, das sie am Vortag gewechselt hatten. In ihrem Kopf war ständig Annas Name erklungen, wie das *«La illaha illa Allah»* eines Moslems auf der Pilgerreise nach Mekka.

Als sie nach zweiunddreißigstündiger Reise durch das internationale Gate im JFK-Flughafen taumelte, sah sie zu ihrem Erstaunen Anna auf sie warten. Das war etwas ganz Neues. Rings um sie herum fielen sich wiedervereinte Liebende, Verwandte oder Freunde in die Arme, also versuchten Jude und Anna, die herzliche Begrüßung langgetrennter Schwestern zu parodieren.

«Wenn du wüßtest», flüsterte ihr Anna ins Ohr, «wie sehr ich mich danach sehne, meine Zunge in dich zu versenken.»

Jude streichelte ihre Wange und sah ihr in die Augen, aber das einzige, woran sie im Moment denken konnte, war ein heißer Kaffee.

Anna nahm die Reisetasche und geleitete Jude zum Ausgang. Sie warteten auf einen Bus in die Stadt. Ein Kleinbus des Hilton fuhr vor. Als Anna mit der Tasche hineinstieg, rief Jude: «Halt, Anna. Da ist nicht unserer.»

Anna bedeutete ihr mit einem hektischen Winken, sie solle einsteigen, und flüsterte ihr zu: «Ich habe uns für heute ein Zimmer reserviert.»

Jude lächelte, aber ihr wurde ganz flau. Sie war erschöpft, und sie hatte tausend Dinge zu tun. In ihrem Büro und in ihrer Wohnung erwarteten sie hundert Anrufbeantworter-Botschaften und die Post mehrerer Tage.

Anna war auf dem Weg zum Flughafen schon in dem Hotelzimmer gewesen. Es war mit gelben Tulpen vollgestellt wie eine holländische Aufbahrungshalle, und im Waschbekken lag in schmelzendem Eis eine Flasche mit perlendem Apfelmost. Anna orderte beim Zimmerservice Hühnersalat und Toast.

Alles, was Jude wollte, war schlafen. Statt dessen trank sie Apfelmost, während Anna ihr mitteilte, daß sie völlig recht gehabt habe: ja, sie, Anna, habe ein Alkoholproblem gehabt. Aber das sei jetzt vorbei. Sie habe dem Alkohol für immer abgeschworen.

«Was ist mit den Flecken?» fragte Jude, als sie an dem linnenbedeckten Tischchen saßen, das der Zimmerkellner hereingerollt hatte. «Warst du beim Arzt?»

«Er sagt, es war eine allergische Reaktion», erklärte Anna. «Auf ein Schlafmittel, das ich genommen habe.»

«Und?» Jude beäugte sie mißtrauisch, da sie nicht mehr wußte, was wahr war und was erfunden.

«Und da ich es jetzt nicht mehr nehme, werden die Pusteln weggehen.»

«Das ist gut», sagte Jude. Sie nahm sich ein Stück Toast und machte sich an den Hühnersalat, ihre sechste Mahlzeit seit Hawaii.

«Und? Hast du mit ihr geschlafen?»

«Mit wem?»

«Mit Jasmine.»

«Natürlich nicht. Hast du gedacht, ich würde das tun?»

«Ja.»

«Hat es dir was ausgemacht?»

«Viel. Ich war todunglücklich.»

«Und jetzt bist du erleichtert?»

«Fürs erste.»

«Keine Sorge», sagte Jude unbedacht. «Sie ist verheiratet.»

Anna sah sie spöttisch an. «Aber das gefällt dir doch besonders, oder nicht? Das Primärdreieck? Daddy ausbooten und ihm Mommy wegnehmen?»

Jude, die gerade von ihrem Toast abbeißen wollte, hielt überrascht inne. «So siehst du das?»

«Und sobald du's geschafft hast», fuhr Anna in ruhigem Plauderton fort, «erscheint dir Mommy schrecklich langweilig.»

Jude überlegte. «Kann sein», sagte sie schließlich halbherzig. Obwohl sie glaubte, daß ihr schwindendes Interesse an Anna eher damit zu tun hatte, daß sie nie wußte, ob sie es im nächsten Moment mit einer sanften Madonna oder mit einer rasenden Rachegöttin zu tun haben würde. Anna zu lieben war inzwischen wie der Versuch, Kali zu lieben. Irgendwann gab man einfach auf.

Anna bestand darauf, daß sie zusammen in die Badewanne stiegen und aufeinander herumglitschten wie Fische in einem Zuchtteich. Hinterher trocknete sie Jude mit einem flauschigen Riesenhandtuch ab. Dann bestrich sie sie wie einen Truthahn mit Body-Lotion und massierte sie auf dem Bett, bis sie wohlig ächzte. Anna streifte ihren Morgenrock ab und legte sich neben sie. Jude streichelte ihren Bauch, der noch aufgeblähter wirkte als vorher. «Was hat der Arzt dazu gesagt, daß dein Bauch so geschwollen ist?»

«Die Wechseljahre», sagte sie. «Wasser im Gewebe. Ich mache jetzt eine Diät und Gymnastik, um meine Jungmädchenfigur wiederzubekommen. In ein paar Monaten erkennst du mich nicht mehr wieder. Ich will, daß zwischen uns alles so ist wie früher, Jude.»

«Ich auch.»

Später am Nachmittag, als sie, vor Erschöpfung fast schon in Trance, neben der schlafenden Anna in dem Riesenbett lag, dachte Jude an ihr erstes gemeinsames Hotelzimmer bei dem Kongreß in Boston vor ein paar Jahren und an ihre Angst, als sie mitten in der Nacht gemerkt hatte, daß Anna nicht da war. Seither war irgend etwas zwischen ihnen passiert. Was auch immer. Das Blatt hatte sich gewendet. Der Wind hatte gedreht. Jetzt war es Anna, die auf Jude wartete, Anna, die Angst hatte, verlassen zu werden.

Und nicht ohne Grund, wie Jude sich widerstrebend eingestand. Dieser luxuriöse Nachmittag im Bett war Jude nur als eine weitere Pflicht erschienen, eins der vielen Dinge, die sie bei ihrer Rückkehr erledigen mußte. Um die nötige Energie für die Liebe aufzubringen, damit sie das Unternehmen beenden und nach Hause gehen konnte, hatte sie in ihrem Kopf den Spaziergang mit Jasmine am weißen Sandstrand und ihre anregenden Gespräche heraufbeschworen. Dort draußen war eine ganze Welt, voller Menschen, die Jude noch nie gesehen hatte, Menschen, die alle möglichen fürchterlichen Probleme hatten, aber nicht von Jude erwarteten, daß sie sie löste.

Die schlafende Anna in den Armen, wurde Jude plötzlich von Traurigkeit erfüllt. Anna hatte recht: Jude entfernte sich von ihr. Sie wäre ja gern geblieben, wo sie war, aber sie fühlte sich wie eine wild paddelnde Schwimmerin, die vom Sog aufs Meer hinausgezogen wurde. Sie hatte nicht die Absicht, Anna zu verlassen, aber innerlich war sie schon weg. Sie dachte mit neuer Zärtlichkeit an Molly: Diesmal war sie selbst diejenige, die zuerst aufgehört hatte zu lieben und die für den Rest ihres Lebens Schuldgefühle haben würde. Ihre Kehle schnürte sich zusammen, und sie küßte Annas geschlossene Lider. Anna lächelte im Schlaf und schmiegte sich enger an sie.

Vierter Teil

*

Jude

14

Ein Glas Champagner in der Hand, wanderte Jude über den kurz geschorenen Rasen vor Jasmines Pariser Haus und fragte sich, wie dieser Bau aus dem siebzehnten Jahrhundert den Flammen der Revolution entgangen war. Nachdem sie sich ihren Weg durch das Touristengewimmel in den Seitenstraßen am Rand von Saint Germain des Prés gebahnt hatte, war sie durch ein schwarzes Eisentor in einer hohen Mauer auf dieses Rasengrundstück mit schmiedeeisernen Gartenmöbeln und schattenspendenden Roßkastanien voller elfenbeinfarbener Blütenkerzen getreten. Jasmine, jetzt mit wasserstoffblonder, gepflegt verwahrloster Punkfrisur, hatte sie auf beide Wangen geküßt, untergehakt und zu dem Champagnerbüffet geführt, um sie dann in einem Meer von leuchtend bunten Ungaro-Segeln auszusetzen.

Obwohl Jude wußte, daß sie in ihren Rohseidenhosen und dem korallenroten Leinenblazer recht präsentabel aussah, fühlte sie sich doch in Paris immer wie Godzilla, da sie nun einmal die lange, schlanke, robuste Gestalt ihres Vaters und Großvaters geerbt hatte – und nicht die ihrer urbanen Mutter, deren Handgelenke angeblich nicht dicker als ein Besenstiel gewesen waren.

Jasmine unterhielt sich mit einer jungen Frau in einem schwarzen Seidenoverall und einem silberbeschlagenen schwarzen Patronengurt, den sie diagonal über der Brust trug. Die Frau musterte Judes Busen. Langsam glitten ihre kajalumrandeten Augen Judes Hals hinauf. Als sich ihre Blicke trafen, lächelte die Frau leise, als wollte sie andeuten, daß alles möglich war. Jude erkannte *le regard,* jene berühmte französische Technik, Einheimische zu verführen und ausländische Besucher nervös zu machen. Sie lächelte zurück, bemüht, sich spielerisch-heiter zu fühlen, obwohl sie sich unter den übrigen Anwesenden ausnahm wie Gulliver im Land der Zwerge.

Die Frau kam zu Jude herüber. «Sie sind neu hier, stimmt's?»

Jude sah von ihrer Höhe herab und nickte.

«Aus Amerika?»

Durch die Kholränder wirkten die dunklen Augen der Frau riesig und verführerisch. «Aus New York.»

«Urlaub?»

«Nein, ich werde für Jasmine arbeiten.»

«Welch ein Glück für uns.»

Jude lächelte. «Danke. Für mich auch.»

«Ich bin Martine. Ich arbeite auch für Jasmine.»

«Freut mich. Ich bin Jude.»

Während Jude an ihrem Champagner nippte, setzte die Frau ihre Inspektion fort. In Tennessee warben die Leute mit Worten. Fremde, die Unbekannte zu unverhohlen ansahen, galten als ungehobelt oder verrückt. Aber für die Franzosen waren die Augen so eine Art vorgelagerte erogene Zone.

Drüben beim Champagnerbüffet sah Jude Jasmine mit dem jungen Mann tuscheln, der an dem Abend auf Simons Terrasse dabeigewesen war, als sie Jude den Job angeboten hatte. Jasmine sah zu Jude herüber und schien ihr leise zuzunicken, als wollte sie sie ermutigen. War ein Flirt mit Jasmine der Initiationsritus, der Jude die Aufnahme in Jasmines engsten Kreis garantieren würde?

Jude holte tief Luft und wandte sich wieder Martine zu. Sie hatte seit Jahren nicht mehr geflirtet. Als Anna noch am Leben gewesen war, hatte sie gar kein Interesse daran gehabt. Jetzt, da Anna tot war, fehlte ihr die Energie. Sie wußte kaum mehr, wie es ging. Mit einem befangenen Seitenblick musterte sie die kleinen festen Brüste, die das Tal bildeten, durch das sich der Patronengurt wand. Sie dachte daran, wie sie mit Anna im Bett gelegen hatte, während sich draußen die Lichter des Palisades-Vergnügungsparks im trägen Wasser des Hudson gespiegelt hatten wie wallende Riesenluftschlangen. Sie sah sich Annas wundervolle Brust in ihrer Hand wiegen, fühlte die Brustwarze ihre Herzlinie streicheln...

Plötzlich wurde Jude klar, daß sie im Moment nichts weiter wollte, als in ihre neue Wohnung in der Butte zurückkehren, durch das schnörkelige Eisengitter die Sonne blutrot hinter der Parklandschaft im Westen untergehen sehen und noch einmal ihren letzten Abend mit Anna Revue passieren zu lassen. Nicht einmal diese attraktive Frau mit ihrem modischen Gürtel konnte dieses Bild auslöschen: Anna in ihrem Krankenhausbett, die Hände mit Mullbinden umwickelt, damit sie sich ihre Schorfstellen nicht aufkratzen konnte.

«Was ist?» fragte Jasmine, als Jude sich zu ihr beugte, um sie auf die Wangen zu küssen und sich mit ein paar gemurmelten Worten für die Einladung zu bedanken. «Gefällt Ihnen Martine nicht?»

«Sie ist sehr sympathisch, aber ich fühle mich heute abend nicht besonders wohl.» Jude erkannte zu spät, daß es unhöflich von ihr gewesen war, einfach davonzustürzen und Martine allein auf dem Rasen stehenzulassen, umschwirrt von Schwalben, die durch das Dämmerdunkel unter den Kastanien schossen.

«Aber vielleicht sind Sie ja einsam und hätten gern nette Gesellschaft?»

«Sie ist sehr nett, aber mein Herz schlägt für jemanden in New York.»

«Aber hätten Sie nicht trotzdem gern ein kleines Abenteuer, solange Sie von zu Hause weg sind?»

«Ich glaube nicht.»

Jasmine schüttelte den Kopf. «Ich werde euch Amerikaner nie verstehen. Aber vielleicht werden Sie ja bald einmal mit mir essen und es mir erklären?»

Während Jude an der Seine Ausschau nach einem Taxi hielt, dachte sie. Wenn das *l'amour* war, hatte es wenig mit dem gemein, was sie von Liebe wußte. Aber das war ja auch nicht sonderlich viel.

Eine Woche später, während der Regen auf das Kopfsteinpflaster in Jasmines Hof platschte, musterte Jude die muskulösen griechischen Götter aus Granit, die den Vorderbalkon auf ihren Schultern trugen. Um den Balkon zogen sich schmiedeeiserne Arabesken, die auf den ersten Blick nicht von echten Ranken, Blättern und Trauben zu unterscheiden waren. Sie fragte sich, wer wohl auf die Idee verfallen war, Weinranken aus Metall zu schmieden, und warum.

«Heute abend ist es hier ganz ruhig», verkündete Jasmine, während sie Judes feuchten Regenmantel an die Garderobe hängte. «Alle anderen sind in meinem Haus in der Picardie. Wir können also sagen und tun, was wir möchten.»

Jude sah sie an. Sie hatte ein größeres Abendessen erwartet. Aber Jasmine hatte sich nur Hosen und ein schwarzes T-Shirt mit Schulterpolstern übergezogen, und von anderen Gästen war nichts zu sehen. Jasmine faßte sie am Ellbogen und führte sie in einen hohen Raum mit Louis-Quelquechose-Sitzbänken und -Sesseln, die der Form des menschlichen Körpers ebenso unangepaßt waren wie die schmiedeeisernen Stühle bei ihrer Gartenparty. Weinrote Samtvorhänge sperrten das feuchte Zwielicht aus, und aus vergoldeten Rahmen an den Wänden guckten Ritter in Umhängen mit roten Malteserkreuzen finster von Pferden mit prunkvollen Schabracken. Diese Kreuzfahrer in ihren Schuppenpanzern und stählernen Helmen hatten Jasmines leicht hängende Lider und ihre dunklen, intensiven Augen.

Jasmine bemerkte Judes Interesse und wies mit einem Kopfnicken auf einen der Ritter. «Er hat 1210 mit Simon de Montfort im Minervois gekämpft. Einhundertundvierzig Albigenser wurden wegen Ketzerei auf dem Scheiterhaufen verbrannt.»

«Reizend», sagte Jude, der gerade auffiel, daß Jasmines Nagellack in den zehenfreien Abendpantoletten genau zu ihrem malvenfarbenen Lidschatten paßte.

Jasmine deutete mit einer Kopfbewegung auf die Flasche Jack Daniels, die auf dem Couchtisch stand. «Und damit vertreibt man sich in *Ihrem* Land die Zeit, *n'est-ce pas*?»

Jude lächelte. «Ja. Wie nett Sie dafür sorgen, daß ich mich wie zu Hause fühle.»

Jasmine goß Bourbon und Perrier in zwei Whiskeygläser und gab in Judes Drink noch einen Eiswürfel. «Ich nehme an, alle Amerikaner mögen Eis?»

Sie erhoben ihre Gläser auf Judes neuen Job und tranken. Jude fühlte die Flüssigkeit ihre Speiseröhre hinunterkriechen wie ein Grasfeuer.

«Gefällt es Ihnen in Paris?»

«Ja, sehr. Es erinnert mich sogar ein bißchen an die Südstaaten.»

«Ach? Inwiefern?»

«Die außergewöhnlich femininen Frauen. Scarlett O'Hara muß französisches Blut in den Adern gehabt haben.» Jude lachte.

«Warum lachen Sie?» Jasmine lächelte höflich.

«Ich hatte eine Großmutter, die jedes fremde Land grundsätzlich mit Virginia verglich. Und gerade ist mir aufgegangen, daß ich genau dasselbe tue.»

«Sie finden die französischen Frauen außergewöhnlich feminin?» Jasmine lehnte sich gegen das weinrote Brokatrükkenpolster.

«Verglichen mit den Amerikanerinnen. Ihr Erbe ist die höfische Liebe, unseres das Überleben im Wilden Westen. Ihre Vorfahren kämpften gegen die Langeweile. Unsere ums Überleben.»

«Ihr Amerikaner kämpft immer noch ums Überleben, *non*? Mit all euren Bomben und Raketen.»

«Und ihr Franzosen gegen die Langeweile, mit eurem ganzen Brimborium um die Notwendigkeiten des täglichen Lebens.»

Jasmine sagte nichts. Einen Moment lang fragte sich Jude, ob sie, ohne es zu merken, unhöflich gewesen war oder ob Jasmine einfach nur nicht zugeben wollte, daß Accessoires nicht unbedingt lebensnotwendig waren. Auf dem Couchtisch bemerkte Jude eine große Silberschale mit allen erdenklichen Zigarren- und Zigarettenmarken. «Was war denn das Ketzerische an den Albigensern?» fragte sie.

«La liberté», antwortete Jasmine. «Sie wollten sich selbst regieren.»

«Das haben wir in den Südstaaten auch versucht. Es war ein großer Fehler.»

«Menschen aus dem Süden sollten nie die Klingen mit Menschen aus dem Norden kreuzen.»

Jude lächelte. «Manchmal laßt ihr uns keine andere Wahl. Unterwerfung oder Tod, also gehen wir hoch erhobenen Hauptes in den Tod.»

«Tapfer, aber nicht sehr klug.»

«Wir Südstaatler waren noch nie für unsere Intelligenz berühmt. Wir sind ein schlichter, handfester Menschenschlag.»

«Ja, so schlicht wie ein maurisches Serailfenster», bemerkte Jasmine mit einem spöttischen Lächeln. «Gehen wir zu Tisch?»

Auf einem blauen Paisley-Tischtuch war für zwei Personen gedeckt, mit einer Menge Kristall, Silber und sienarotem Porzellan, die für eine ganze Aussteuer gereicht hätte. Als Jasmine in die Küche ging, musterte Jude ihren Gabelgriff, den ebenfalls die allgegenwärtigen Weinranken zierten. Sie konnte das Muster nicht identifizieren, obwohl sie doch damals im Benimmkurs die zehn populärsten auswendig gelernt hatte.

Jude hatte sich mit sechs Jahren unter der Aufsicht ihrer Großmutter François Premier ausgesucht, weil die Messergriffe mit achtundzwanzig verschiedenen Früchten verziert waren. Ihre Großmutter hatte ihr jedes Jahr zu Weihnachten und zum Geburtstag Teile hinzugeschenkt und sich nicht erlaubt zu sterben, bis Jude zwölf komplette Bestecksätze zusammenhatte. Mit den zwölf weiteren, die sie von ihrer Großmutter geerbt hatte, waren es bereits vierundzwanzig gewesen. Molly, die sich für solche Dinge nie hatte erwärmen können, hatte von ihrer Mutter Burgund aufgezwungen bekommen. Es sah aus wie François Premier, nur ohne die Früchte. Nach Mollys Tod hatte ihre Mutter darauf bestanden, Jude Mollys siebeneinhalb Bestecksätze als Andenken zu überlassen. Judes einunddreißigeinhalb nie benutzte Bestecksätze oxydierten auf Simons Dachboden auf Cape Cod vor sich hin und warteten darauf, daß sie irgendwann einmal ein Festbankett veranstaltete. Ihr Vater hatte immer gesagt, Männer mühten sich, ihre Gene weiterzugeben, Frauen ihr Tafelsilber.

Jasmine erschien mit zwei mit Avokadoscheibchen, Fruchtstücken und Krabben gefüllten Grapefruithälften. Sie schenkte Weißwein in eine und Evian in eine andere Sorte Gläser. Jude wartete ab, welche Gabel Jasmine nahm. Einst hatte sie sie alle auseinanderhalten können – die große Speisegabel, die Salatgabel, die Shrimpsgabel, die Eiscremegabel, die Hummergabel, die Zitronengabel, die Olivengabel, die Olivenhälftengabel, die Gürkchengabel, die Tomatengabel.

«Das ist ja köstlich», sagte Jude, die beim Geschmack der Knoblauchmayonnaise mit leiser Wehmut an die französische Köchin ihrer Großeltern in New York zurückdachte. «Ich wußte gar nicht, daß Sie kochen können.»

«Ich habe eine phantastische Haushälterin aus Korsika, die dieses Essen für uns vorbereitet hat. Heute ist ihr freier Abend.»

Jasmine räumte die leeren Grapefruitschalen ab und brachte Lammedaillons in einer Pflaumensoße, die farblich zu ihren Zehennägeln paßte, butterglänzende Petersilienkartöffelchen und nach Minze duftende Erbsen und Karotten. Sie schenkte dazu Rotwein ein, der offensichtlich schon zum Atmen auf der Anrichte gestanden hatte, während sie mit ihrem Jack Daniels beschäftigt gewesen waren.

Jasmine hob ihren Kristallkelch an, guckte in ihren Wein und sagte leise: «Wenn man in Frankreich Wein trinkt, sind alle Sinne aktiv.»

Jude nickte höflich.

«Zuerst betrachten wir das tiefe Burgunderrot des Traubenbluts.»

Jude nahm ihr Glas und sah tief in ihr Traubenblut.

Sie zerhackte ein Kirscheis in einem Blechbecher. Anna sah ihr aus den blutbefleckten Laken zu, das Weiße ihrer Augen uringelb, die Lippen grau und aufgesprungen.

«Jude, ich habe keine Angst vor dem Tod», sagte sie, «aber ich will nicht allein sterben.»

«Ich werde da sein», erwiderte Jude stumpf. «Warte auf mich.» Sie sah von dem zermanschten Eis auf, in Annas Lapislazuliaugen, die einmal gelacht und gefunkelt hatten wie die von Molly.

Jasmine steckte ihre Nase in ihr Glas und atmete tief ein, als würde sie einen Joint rauchen. Dann atmete sie wieder aus. «Als nächstes lassen wir das Bouquet durch die Nase emporsteigen, direkt ins Lustzentrum unseres Gehirns.»

Jude schnupperte fügsam an ihrem Wein, aber ihr Lustzentrum war leider hermetisch abgeschottet.

Jasmine nahm einen Schluck und rollte ihn im Mund herum, wobei sie mit ihren verhangenen Kreuzritteraugen Jude musterte. Sie schluckte. «Dann kosten wir den Wein. Das aktiviert die Geschmacksknospen, aber auch den Tastsinn, denn der Wein liebkost unsere Zunge und das feuchte Innere unserer Mundhöhle.»

Jude erwiderte ihren Blick und spülte gehorsam ihren Mund wie beim Zahnarzt. Aber ihre Sinne regten sich nicht und sollten es, wenn es nach ihr ging, auch nicht tun.

«Okay», sagte Jude. «Das sind vier. Und was ist mit dem Gehör?»

Jasmine senkte den Blick und sagte eine Weile gar nichts. «Das Gehör war die ganze Zeit beteiligt», erwiderte sie schließlich. «Sie haben doch meine Stimme gehört, oder nicht?»

«Oh. Klar. Stimmt.»

Jasmine stellte ihr Glas abrupt ab und griff nach einem der Bestecke.

«Und wie ist Ihre Wohnung?» fragte Jasmine nach einem Schweigen.

«Sie ist toll, danke. Ich habe einen herrlichen Blick auf Paris. Sie müssen mal vorbeikommen.»

«Ich gehe kaum aus. Die Leute kommen hierher zu mir.» Es klang verärgert. Jude fühlte ein nervöses Prickeln im Nacken. «Und Ihre Arbeit? Helfen Ihnen die anderen, sich einzufinden?»

«Oh, ja, sie sind alle ganz prima.»

«Wissen Sie, wenn Sie hier zurechtkommen wollen, sollten Sie wenigstens so tun, als spielten Sie mit.» Sie sah Jude in die Augen, aber es war *la reprimande*, nicht *le regard*.

«Aber wenn man so tut», sagte Jude, «spielt man ja mit.» Sie fingerte an ihrem elfenbeinernen Messerbänkchen herum. Jasmine war immerhin ihre neue Chefin, und sie mußte sich mit ihr gutstellen. Aber in den Jahren in New

York hatte sie sich mühsam beigebracht, immer geradeheraus zu sein. Kein leichtes Unterfangen, da Direktheit im Süden auf der Liste der Todsünden an zweiter Stelle stand, gleich hinter einer unordentlichen Frisur.

«Eben.»

«Dann hört ihr Franzosen gar nie auf zu spielen?»

«Was ist die Alternative? Langeweile bis zum Tod.»

«Spielen kann man als Kind. Danach beginnt der Ernst des Lebens.»

«Haben Sie als Kind gespielt? *Ah, non.* Kinder betreiben alles, was sie tun, mit Ernst. Nur als Erwachsener kann man wirklich spielen, weil man da gelernt hat, daß das Leben ohnehin nur ein Spiel ist. Und zwar eins, das schnell vorbei ist.»

«Na ja, ich bin wohl zur Zeit nicht so zum Spielen aufgelegt.» Jude legte Messer und Gabel parallel auf ihren Teller, um zu signalisieren, daß sie fertig war. Aber bedeutete diese Geste hier in Frankreich dasselbe?

«Ah, ja. Sie sagten ja, daß Sie – wie sagt man – jemanden im Herzen tragen? Und diese Person in New York will Sie nicht?»

«Sie ist tot.»

«Sie hatten eine Liebesbeziehung?»

«Ja.»

«Jemand Neues würde Ihnen vielleicht helfen, sie zu vergessen.»

«Ich will Anna nicht vergessen.»

Jasmine musterte Jude und sagte dann sanft: «Aber sie ist tot. Und Sie nicht.»

Jude sah auf das geometrische Muster auf ihrem sienaroten Teller.

«Amerikaner sind so moralisch.» Kopfschüttelnd reichte Jasmine Jude die Kristallschüssel mit dem Salat. «Richtig rührend.»

«Na ja, es klingt vielleicht spießig, aber ich kann wohl nur mit einem Menschen ins Bett, den ich auch liebe», murmelte Jude, aber noch während sie sich ein wenig Romana- und Endiviensalat nahm, wurde ihr klar, daß das nicht ganz stimmte.

Jasmine lächelte. «Aber man kann auch für eine Nacht lieben, nicht wahr? Oder für eine Woche. Liebe muß nicht hundert Jahre halten, um Liebe zu sein.»

«In den Südstaaten gibt es so eine Art erotisches Spiel, das ‹Fünf Minuten im Himmel› heißt. Aber wenn man erwachsen ist, muß man zu dem übergehen, was wir Ewigkeitsliebe nennen.»

«Und was ist das genau – Ihre Ewigkeitsliebe?»

«Das ist Liebe, die hält, bis beide Partner in die Ewigkeit eingegangen sind.»

«Oh, ich verstehe. Wie bei Shakespeare. ‹Denn das ist nicht Liebe, die sich verändert durch Veränderungen.›»

Jude nickte beeindruckt. Offenbar kannte Jasmine neben den französischen auch noch die englischen Klassiker.

Jasmine schüttelte den Kopf. «Und da sagt man immer, die Amerikaner seien nicht romantisch.»

«Wer sagt das?»

«Europäer sehen die Amerikaner doch meistens als Puritaner. Praktisch und effizient. Und ein bißchen naiv, weil sie glauben, daß so die Welt funktioniert.»

«Aber das mit der Ewigkeitsliebe ist nicht typisch für alle Amerikaner: Es ist ein Südstaatenphänomen. Der Süden wurde von verarmten Adligen besiedelt, nicht von religiösen Fanatikern. Er ist die Festung der aussichtslosen Sache.»

Jasmine räumte die Salatteller ab, der von Jude war so gut wie unberührt. Sie brachte ein Marmorbrett mit einem Sortiment Käse – Würfel, Rädchen und Ecken, dunkelorange, hellgelb, weiß mit einer Rinde aus geschrotetem schwarzem Pfeffer oder blaugrün marmoriert. Vermutlich kredenzte sie dazu auch noch den einen oder anderen Wein, aber Jude konnte die vielen Sorten mittlerweile gar nicht mehr voneinander unterscheiden.

«General de Gaulle hat einmal gefragt, wie er ein Land regieren soll, das dreihundertsechsundvierzig verschiedene Käsesorten produziert», sagte Jasmine.

Jude lächelte. «Ja, aber am Anfang steht immer Milch und am Ende Gestank. Genau wie beim Menschen. Das vereinfacht die Sache ein bißchen.»

Jasmine sah Jude nachdenklich an, sie holte Luft, um etwas zu sagen, zog dann aber vor zu schweigen.

Sie beschlossen das Mahl mit Passionsfrucht – und Zitronensorbet in Muschelrandschälchen, dazu gab es feinste Borkenschokolade.

Zum Kaffee zogen sie wieder ins Wohnzimmer um. Der dicke, bittere Espresso versprach eine schnelle Ausnüchterung, gefolgt von quälender Schlaflosigkeit.

«Möchten Sie rauchen?» Jasmine deutete mit einem Kopfnicken auf die Schale mit Zigarettenpackungen.

Jude zog eine Dunhill aus einem Päckchen, zündete sie an und ließ sich ins Sofa zurücksinken. Jasmine nahm ein in Prägeleder gebundenes Album vom Couchtisch und zeigte Jude Fotos von ihren anderen Häusern – einem alten Familienschloß in der Picardie, einem modernen Glas-Holz-Bau auf Martinique. Offensichtlich würde Judes Job einige Vergünstigungen mit sich bringen. Wenn es ihr gelingen sollte, ihn bei ihrem Desinteresse fürs Spiel überhaupt zu behalten. Hinten im Album klebten Fotos von Personen, darunter eins von Jasmine als Teenager, in Reitkleidung auf einem Pferd, mitten in einem fliegenden Galoppwechsel.

«Reiten Sie noch?» fragte Jude.

«Seit Jahren nicht mehr.»

«Ich bin auch mal geritten. Aber nie Dressur. Genauer gesagt, wir hatten nicht mal Sättel. Wir sind einfach aufs Pferd gesprungen und losgeritten.»

Jasmine sah sie prüfend an – eine Hunnin vor den Toren der Stadt. Sie legte das Album wieder hin und rückte auf dem Sofa näher heran, bis ihr Oberschenkel fast den von Jude berührte. Sie verströmte einen Duft wie von Chrysanthemen und Koriander, der Jude in die Nase stieg und um die verriegelten Pforten ihres erotischen Empfindens strich.

Sie saß an Annas Bett im Roosevelt und betupfte mit einem hamamelisgetränkten Wattebausch eine nässende Wundstelle, die sich nicht schließen wollte. Annas Seersuckernachthemd hatte sich geöffnet. Die blasse Brust, in die Jude unbedingt hatte beißen sollen, lag da wie ein verlorenes Ei. Eine Schwester kam herein und löste die uringetränkte Windel. Das traurige, graue, säuerlich riechende Geschlecht, die verfilzten Haare, der erschlaffte Bauch ...

Jude drehte den Kopf weg, um sich dem würzigen Duft zu entziehen. Jasmine fragte besorgt, ob ihr kühl sei.

Plötzlich erhob sich Jude. «Ich muß jetzt gehen.» Der Teil von ihr, der einst mit Anna gelodert hatte wie ein Schmelzofenfeuer, war eingefroren. Jasmine hatte recht: Jude war zu Eis erstarrt. Für immer.

Jasmine sah sie verdutzt an. «Aber es ist doch noch früh.»

«Ich bin wirklich sehr müde. Und außerdem auch ein bißchen beschwipst.»

«Wenn Sie noch bleiben möchten», sagte Jasmine, «kann Sie mein Chauffeur nachher zum Montmartre bringen, wenn er aus der Picardie zurückkommt.»

«Danke, aber ich gehe besser nach Hause und schlafe mich aus.»

Jasmine zuckte die Achseln. Sie schien belustigt. Während sie Judes Mantel von der Garderobe nahm, begriff Jude, daß das Spiel gerade darin bestand, nicht mitzuspielen. Die einzige Möglichkeit, nicht mitzuspielen, wäre es gewesen, zu bleiben und so das Spiel kurzzuschließen. Aber sie liebte Jasmine nicht. Und außerdem war sie verwirrt. Sie hatte geglaubt, Martine sei diejenige, die Jasmine für sie vorgesehen hatte. Oder gehörten diese verführerischen Untertöne einfach zur normalen Pariser Gastfreundschaft?

«Jasmine?» murmelte sie. In New York hätte sie einfach unverblümt fragen können, was nun los war. Aber mit Jasmine fühlte sie sich immer der Sprache beraubt, außer sie diskutierten über abstrakte Dinge.

Jasmine sah sie an. Ihre leicht verhangenen Augen mit dem Hauch von Mauve auf den Lidern schienen enttäuscht angesichts dieses Strategiewechsels. Hätte sie Jude je geglaubt, daß sie gar keine Strategie verfolgte?

«Mir ist gerade aufgefallen», sagte Jude, «daß das englische Wort *love* dem Wort *live* ähnelt. Während im Französischen *l'amour* fast so klingt wie *la mort*. Was das wohl zu bedeuten hat?»

Jasmine schaute Jude durchdringend an, während sie ihr den Mantel hinhielt.

Jude saß vor dem offenen Fenster und sah die Lichter von Paris flimmern und blinken und den Himmel strahlen wie bei einem Wetterleuchten in einer warmen Südstaatennacht. In dem Schuppen in Judes Hof hielten ein paar junge Leute eine Séance ab, um den Geist der berühmten französischen Sängerin Dalida herbeizurufen, die sich kürzlich in ihrem Haus unten an der Ecke umgebracht hatte. Jude sah flackerndes Kerzenlicht und hörte leise Stimmen Dalidas Hits singen.

Der Alkohol wuchs sich in Judes Kopf zu einer Migräne aus, was in Jasmines Katalog der Wonnen des Weintrinkers in Frankreich nicht vorgekommen war.

Das Telefon klingelte. Sie nahm ab und hörte Simons BBC-Stimme aus New York, wo jetzt gerade später Nachmittag war. Er war noch bei der Arbeit. Jude sah ihn vor sich, die langen Beine unter den mächtigen schwarzen Resopalschreibtisch gestreckt, während die Hände mit einem seiner bizarren Briefbeschwerer spielten.

«Na, wie läuft es da drüben, Jude?»

«Gar nicht so schlecht, danke. Es ist faszinierend, über die Vorlieben des französischen Lesepublikums zu spekulieren. Aber sozial bin ich ein Flop.»

«Das kann ich nicht glauben.»

«Es stimmt aber leider. Sie spielen alle ‹Herz ist Trumpf›, und ich spiele ‹Alte Jungfer›.»

«Du solltest auch mal wieder ‹Herz ist Trumpf› spielen.»

«Fünf Minuten im Himmel und ein Leben voller Schmerz. Nein, danke.»

«Ich weiß, wie dir zumute ist, Jude. Aber es ist nun mal das einzige Spiel im Angebot.»

«Manche Leute lernen die kleinen Lektionen des Lebens.»

«Ich verstehe dich ja. Ein Teil von dir ist mit Anna gestorben. Aber du mußt dich wieder in den Strom stürzen.»

«Warum?»

«Weil du ein Achtzylindermotor bist, der nur auf zwei Töpfen läuft.»

«Du wirfst die Metaphern durcheinander.»

«Lenk nicht immer ab.»

«Aber ich bin Lektorin, Simon. Ich werde dafür bezahlt, daß ich so was merke. Und außerdem, keine Bange, Jasmine tut ihr Bestes, kleine erotische Intermezzi für mich zu arrangieren.»

«Sie will dir doch nur helfen.»

«Hast du mit ihr über mich geredet? Hat sie mich deshalb gefragt, ob ich nach Paris kommen will?»

Simon zögerte. «Wir haben auf der ABA über dich geredet. Tut mir leid, wenn du dich jetzt hintergangen fühlst. Sie mag dich wirklich. Und ich auch. Wir können es nicht mit ansehen, dich so niedergeschmettert zu sehen.»

«Warum mußt du dich in alles einmischen, Simon? Vielleicht muß ich mich ja einfach in meinem Bau verkriechen und meine Wunden lecken.»

«Nein, da bin ich ganz Jasmines Meinung, Jude. Die Stadt der Lichter in einer lauen Sommernacht. Was könnte daran falsch sein?»

Nachdem Jude wieder aufgelegt hatte, saß sie da und zählte die Seine-Brücken, über die die Autos krochen wie eine Glühwürmchenparade. Hatte Simon recht? Als Sandy gestorben war, hatte Simon die ganze Nacht schluchzend in Judes Armen gelegen. Monatelang war er durch New York gegeistert wie die Seele eines Toten, und er hatte so sehr abgenommen, daß er sich mit einer Spiralverlängerungsschnur die Jeans festgezurrt hatte. Inzwischen tanzte er, rund und vergnügt, bis zum Morgengrauen in den Bars von Provincetown, mit hübschen Männern, einer jünger und blonder als der andere. Er habe sich dem Studium des Neuen Testaments zugewandt und beschäftige sich nun so oft wie möglich mit Matthäus, Markus, Lukas und Johannes, pflegte er zu scherzen.

Sie stellte den Fernseher an und erwischte einen Film über zwei französische Journalisten, ein Mann und eine Frau, die in Neapel über einen Mafiaprozeß berichten sollten. Ihr Leben stand auf dem Spiel, aber in allen Cafés der Stadt warfen sie sich *le regard* zu, und das, obwohl sie daheim beide verheiratet waren, und zwar zu allem Überfluß er mit ihrer Cousine und sie mit seinem Cousin. Immer wenn einer von ihnen sagte: «Es ist unmöglich», sanken sie sich in einer Renaissance-Pension in die Arme und liebten sich leidenschaftlich, während unten auf der Straße die Killer lauerten. Doch sobald einer sagte: «Ich liebe dich und möchte den Rest meines Lebens mit dir verbringen», sprangen sie beide auf, packten ihre Sachen und stürzten in entgegengesetzte Richtungen davon. Schließlich stellte sich heraus, daß die Frau, eine kühle Blondine und scheinbar der Inbegriff unverdorbener

Sittsamkeit, mit den Killern zusammenarbeitete. Während der Reporter infolge ihres Verrats einer Schußwunde erlag, flüsterte er ihr mit letzter Kraft zu, daß er sie noch nie so sehr geliebt habe wie in diesem Augenblick.

Beim Abspann wurde Jude klar, daß sie noch viel über die Franzosen zu lernen hatte.

15

Ein Webmuster aus Sonnenlicht fiel durch das Lochgitter der Kuppeldecke. Der runde Tisch war voll mit Salaten, Charcuterie, Käse, Baguettes und Mineralwasserflaschen. Jude musterte Martine, die vor ihren versammelten Kolleginnen die These verfocht, daß Begehren per definitionem Mangel impliziere und Befriedigung es daher auslösche. Martine, die auf Jasmines Gartenparty in ihrem schwarzen Seidenoverall und dem nietenbeschlagenen Patronengurt so reizvoll ausgesehen hatte, trug jetzt einen zweireihigen marineblauen Nadelstreifen-Hosenanzug mit rotem Einstecktuch und Flügelkappenschuhe.

Cecile, die neue Lektorin, die eine rotrandige Brille mit teetassengroßen getönten Gläsern aufhatte, hielt Martine entgegen, daß niemand einen anderen Menschen je wirklich besitze. Selbst die Verschmelzung bei der Liebe sei nur vorübergehend und illusionär. Das Unerreichbare bleibe zwangsläufig immer unerreichbar. Der Mensch sei bis zum letzten Atemzug zu einem Begehren ohne Befriedigung verdammt. Oder jedenfalls schien das der Tenor zu sein. Judes Fähigkeit, gesprochenes Französisch zu verstehen, war selbst dann mäßig, wenn jemand nicht mit dem Tempo eines Tabakauktionators und der Intensität einer Kreißenden redete.

Martine kräuselte die Oberlippe wie Elvis Presley und titulierte Cecile mit dem französischen Äquivalent für mieses Dreckstück. Wenn das Ganze in den Südstaaten gespielt hätte, hätte Cecile jetzt eine Pistole gezogen und Martine erschossen. Aber außer Jude schien niemand beunruhigt, nicht einmal Cecile selbst. Vielmehr rissen sich alle lächelnd und mit neu entfachtem Appetit Baguettestücke ab, daß die Krümel nur so flogen.

Jude zerbrach sich den Kopf, wie sie Cecile in ihrem holprigen Französisch beispringen könnte. Sie hatte zwar keine Ahnung, ob sie ihre Meinung teilte oder nicht, aber Cecile war neu hier, und diese Variante der spanischen Inquisition schien doch ein unpassender Empfang.

Martine sprach jetzt über die Rolle des Vaters beim Aufbrechen der Mutter-Kind-Dyade und der Einführung des Kindes in das kompensatorische Reich des Symbolischen, wo Vorstellungsbilder an die Stelle des verlorenen ursprünglichen Liebesobjekts treten konnten. Obwohl es ziemlich genau wie ihre eigene Geschichte klang, mußte Jude doch einsehen, daß sie an der äußersten Grenze ihres französischen Vokabulars angelangt war. Sie lehnte sich also zurück und konzentrierte sich auf Martines Körpersprache, zu der Florettstiche mit dem Zeigefinger, Karateschläge mit der Handkante, schmollendes Lippenschürzen und theatralisches Schulterzucken gehörten.

In New York hatte Simon mit seinem trockenen britischen Humor über ihre Kantinen-Mittagessen präsidiert und mit Gewitzel, Klatsch und Wortspielen jedem, der taktlos genug war, ein Streitgespräch anzufangen, den Wind aus den Segeln genommen. Aber die Frauen in diesem Verlag schienen das Streitgespräch zu einer Kunstform erhoben zu haben. Das beeindruckte Jude, da sie dazu erzogen worden war, um jeden Preis nett und freundlich zu sein. «Lächeln, Mädels, lächeln!» hatte Miss Melrose immer gezirpt und dazu mit ihren Minnie-Maus-Wimpern geklimpert. «Und wenn euch nicht danach ist, tut eben so. Das einzige, was an einer Dame der Südstaaten niemals unecht sein darf, sind ihre Perlen.»

Martine attackierte Cecile jetzt mit den wohlplazierten Hieben und Stichen eines Cyrano de Bergerac. Es ging um so etwas wie die Rolle des anderen als Instrument der Selbstdefinition. Sie schien die Position zu vertreten, daß man nur herausbekommen konnte, wer man war, indem man feststellte, wer man nicht war. Ihre dunklen Augen loderten und sie warf den Kopf hin und her wie ein Pferd an einem zu kurzen Zügel. Sie war phantastisch, obwohl ihre Worte wie Gewehrsalven waren. Aber sie mied Jude, seit die sie auf Jasmines Rasen hatte stehenlassen. Sie verließ den Raum, wenn Jude hereinkam, und tat, als sähe sie sie nicht, wenn sie sich auf dem Flur begegneten. Jude fragte sich, ob sie sie *le manque* fühlen lassen wollte, was ja hierzulande offenbar bei jedem normalen Menschen *le désir* wecken würde.

Der Disput brach jäh ab. Es schien sich allerdings eher um eine Art Waffenruhe als um eine Einigung zu handeln. Cecile zog einen kleinen Spiegel aus ihrer Handtasche und legte sorgsam eine Schicht von knallrotem Lippenstift auf, die ausgereicht hätte, um einen Kuchen zu überziehen. Alle anderen zündeten sich Zigaretten an und lehnten sich entspannt zurück wie nach einer erfüllenden Liebesbegegnung. Martine bot Cecile eine Gauloise an und sah ihr über das Feuerzeug hinweg in die Augen. Cecile gehörte jetzt dazu. Die Kolleginnen warfen verstohlene Seitenblicke auf Jude – eine taubstumme Andere, ein Cowgirl, das Jasmine ihnen aus einer Laune heraus aufgehalst hatte.

«*Alors, la première phase…*» sagte Martine und stieß eine blaue Rauchwolke aus. Und alle anderen begannen, ihren Disput mit Cecile auseinanderzupflücken wie ein Footballspiel bei der Videoanalyse.

Sie drückten ihre Zigaretten aus, standen auf, wischten sich die Baguette-Brösel vom Schoß und strebten zu ihren Büros, wobei sie über den Krümelteppich knirschten wie durch eine Heuschreckenplage. Martine sah sich noch einmal kurz um, während sie in ihrem todschicken Hosenanzug davonschritt. Um zu prüfen, ob Jude zur Kenntnis nahm, daß sie sie gar nicht zur Kenntnis nahm? Jude nahm es sehr wohl zur Kenntnis, aber sie fand es eher irritierend als betörend. Obwohl sie sich allmählich fragte, ob Martine vielleicht um so unfreundlicher zu ihr war, je mehr sie sie mochte. Weil die Franzosen Widersprüche zu lieben schienen. Die älteste Brücke der ganzen Stadt hieß Pont Neuf.

Wieder in ihrem Büro, sah Jude aus dem Fenster hinunter auf die schmale Gasse zu den Ruinen der römischen Bäder, die die Barbaren im dritten Jahrhundert geplündert und niedergebrannt hatten. Als beinahe promovierte Historikerin war sie fasziniert von dieser Stadt. Sie war ein *feuilleté* einander überlagernder Zivilisationen – Gallier, Römer, Hunnen, Normannen, Franken. Da ihr Job eine profunde Kenntnis der französischen Kultur verlangte, damit sie die richtigen Bücher für Übersetzungen auswählen konnte, hatte sie einen Stadtplan von Paris in der Größe eines Bettüberwurfs an eine Wand ihres Büros gepinnt. An die rechteckigen Blocks von New York City gewöhnt, hatte sie eine runde Stadt zunächst sehr irritierend gefunden. Aber dann hatte sie sich damit geholfen, daß sich sechsunddreißig Tore über den Kreisumfang verteilten. Sie hatte beschlossen, den *feuilleté* in Kuchenstücke aufzuteilen, indem sie jeweils von einem Tor zum gegenüberliegenden wanderte, an jedem markanten Punkt in ihrem Führer nachlas und sich zum Ausruhen in ein Café setzte, wenn sie müde wurde. Sie hatte bereits zwei dieser achtzehn Expeditionen hinter sich gebracht und ihre Wanderungen mit rotem Filzstift auf dem Riesenplan markiert. Da sie jedesmal einen ganzen Nachmittag brauchte, hatte sie sich einen solchen Marsch pro Woche verordnet. Als großes Finale plante sie die Umrundung des Stadtkerns und schließlich das Abschreiten der kleineren Kreise früherer Stadtmauern. In sechs Monaten würde ihr Stadtplan wie ein riesiges rotes Spinnennetz aussehen.

Als Jasmine von ihrem Plan erfahren hatte, hatte sie den platinblonden Kopf schief gelegt und gesagt: «Aber das ist

Wahnsinn.» Wahrscheinlich hatte sie recht, aber wenigstens war es wohlorganisierter Wahnsinn.

Durch die Wand hörte Jude Martine fauchend und zischend ein Stakkato-Telefonat führen. Dann krachte ein schwerer Gegenstand an ihre Wand. Jude stand auf und sah aus ihrer Tür. Martine stürzte aus ihrem Büro und knallte ihre Tür so heftig hinter sich zu, daß die Wand wackelte.

Die Frau in dem Raum auf der anderen Seite des Flurs, eine nette Sekretärin mit kupferrotem Haar namens Giselle, stand ebenfalls in ihrer Tür und sah Martine nach, die in ihrem Nadelstreifenanzug den Korridor hinunter und durch die Etagentür stürmte und dabei laut *«Merde!»* schrie.

Jude sah Giselle fragend an.

«Ihre Beziehung ist letzten Monat in die Brüche gegangen», erklärte Giselle. «Martine hatte einen Nervenzusammenbruch und wollte sich umbringen. Sie ist immer noch ziemlich fertig.»

Jude kehrte an ihren Schreibtisch zurück und leistete Martine innerlich Abbitte. Sie hatten beide gerade die Menschen verloren, die sie liebten. Kein Wunder, daß sie mit ihren Mitmenschen momentan nicht zurechtkam. Sie gelobte im stillen, sich Martine gegenüber mehr Mühe zu geben.

Da Judes Job größtenteils darin bestand, zu Hause Manuskripte zu lesen und sich mit Scouts und Agenten zu treffen, konnte sie kommen und gehen, wie es ihr beliebte. Sie beschloß, diesen wunderschönen sonnigen Nachmittag für ihren wöchentlichen Spaziergang durch Paris zu nutzen. Schließlich waren diese Feldstudien ein wichtiger Bestandteil ihrer Arbeit. Sie fuhr mit der Métro zur Porte de Charenton und spazierte zur Porte de Bercy. Von dort marschierte sie seineaufwärts in Richtung Porte de Champerret, vorbei an Ladekais und Kränen, einen Wald von Hochhäusern aus Glas und Stahl zu ihrer Rechten und eine verstopfte Stadtautobahn zur Linken – ein Panorama, das wenig von der morbiden alten Pracht hatte, die meist mit Paris assoziiert wurde.

Jude dachte über die Theorie von der Begegnung mit dem anderen als Weg zur Selbsterkenntnis nach. Es erschien ihr irgendwie dürftig, daß man nur herausbekommen sollte, wer man war, indem man merkte, wer man nicht war. Was würde man tun, wenn man allein in einer Höhle wäre?

Jude nahm den Pont Sully hinüber zur Ile Saint Louis und schlenderte durch eine stille Seitenstraße mit eleganten Stadthäusern aus dem siebzehnten Jahrhundert. Vor einer Eisdiele setzte sie sich in die Sonne und bestellte sich eine Portion Chocolate-Chips. In ihrem Führer las sie, daß im Mittelalter auf dieser Insel Duelle stattgefunden hatten. Und auf der anderen Seite der Brücke, auf die sie sah, stand das Haus, wo Abélard wegen seiner Liebe zu Héloïse kastriert worden war.

Das Eis schleckend, betrachtete sie Notre Dame, die auf der Ile de la Cité kauerte wie ein riesiges gehörntes Insekt. Sie sah immer wieder auf die himmelwärts strebenden stachligen Türme und die grotesken steinernen Ungeheuer, halb Hund, halb Drachen, die als Wasserspeier dienten.

Nachdem sie bezahlt hatte, überquerte sie den Pont St. Louis und wanderte den Quai des Fleurs entlang. Als sie an der Tour de l'Horloge vorbeikam, wo das Bartholomäusnacht-Massaker eingeläutet worden war, blieb sie stehen, um über die steinerne Brüstung des Pont du Change zu schauen. Hunderte niedergemetzelter Opfer waren hier in der Seine gelandet, um dann in einem Strom von Blut am Louvre vorbeizutreiben.

Jude erreichte den Park an der Spitze der Ile de la Cité. Liebespaare turtelten auf den Bänken und den Steinstufen am Flußufer. Sie setzte sich auf eine grüne Bank, legte den Kopf zurück und schloß die Augen, die warme Sonne im Gesicht. Amseln zwitscherten in den Rosensträuchern, deren rote Pracht die Luft mit schwerer Süße erfüllte. Am anderen Ufer spielten zwei schwarze Männer mit Dreadlocks auf Steeldrums Reggaerhythmen, während ein *bateau mouche* voller knipsender Touristen sich durch das graue Wasser pflügte und den erhitzten Liebenden eine kalte Dusche verpaßte. Jude ließ den Blick wieder über die Paare schweifen. Sie hatte sich noch nie in ihrem Leben so einsam gefühlt wie hier in dieser Stadt, wo sie und Anna ihr gemeinsames Leben hatten beginnen wollen.

Jude ließ sich auf den Stuhl neben Annas Bett sinken und nahm eine ihrer zuckenden Hände. Vor ein paar Tagen war Anna ins Koma gefallen. Hinter den Blumensträußen auf der Fensterbank senkte sich die Dämmerung herab. Annas Zimmer lag im fünften Stock des Roosevelt. Dicht auf der anderen Straßenseite, die Bogenfenster mit beuligem Sperrholz vernagelt, stand das todgeweihte Haus, in dem Judes Eltern während der Assistenzzeit ihres Vaters gewohnt hatten.

Jude löste den Blick vom Fenster und studierte Annas gelbes Gesicht mit den geschwungenen Brauen und dem dunklen Haarhelm. Anna sah aus, als schliefe sie nur und würde wie Schneewittchen erwachen, sobald Jude sie küßte. War sie an Annas Zusammenbruch schuld, fragte sich Jude, weil sie sie nicht mehr geliebt hatte? Hatte Anna gespürt, daß sie sich zurückzog? War sie deswegen wieder so dem Alkohol verfallen? Aber bei ihrem Zustand mußte sie ihre Leber jahrzehntelang in Alkohol mariniert haben. All die Nächte, in denen sie sich aus Judes Armen gelöst hatte, um nach Hause zu Jim zu eilen, war sie in Wirklichkeit zu ihrer einzig wahren Liebe zurückgeflüchtet – dem Smirnoff. Aber warum? Welchen heimlichen Schmerz in ihrem Inneren hatte sie so brutal betäuben müssen? Welches tiefsitzende Trauma hatte sie zu externalisieren versucht, indem sie bei einem Mann blieb, der sie schlug, und indem sie eine Frau, die sie liebte, nach Kräften zu zwingen versuchte, dasselbe zu tun? Jude betrachtete Annas maskenhaft-wächsernes Gesicht, als sei es das einer Fremden.

Die Tür ging auf, und herein trat Jim, gefolgt von einem Mann und einer Frau mittleren Alters, die Jude noch nie gesehen hatte. Die Frau hatte Annas geschwungene Brauen und ihr rabenschwarzes Haar. Jim, mit rotem Gesicht und einer Alkoholfahne, starrte Jude an, und als sie Annas Hand auf die Bettkante zurücklegte und aufstand, schien ein Funken der Erinnerung in seinen Augen aufzuglimmen.

«Hallo», sagte sie. «Ich bin Jude.»

«Ja, ich weiß», sagte er reserviert. Er deutete auf das Paar. «Stanley und Muriel Rivers. Aus Chicago. Muriel ist Annas Schwester.» Und zu den beiden gewandt, sagte er: «Das ist Annas Lektorin.»

Jude betrachtete ihn kühl und fragte sich, ob sie mit ihm um etwas streiten sollte, was ohnehin zu Ende ging. «Und ihre beste Freundin», setzte sie hinzu und kam sich dabei höchst kindisch vor. Eigentlich hätte sie sagen wollen: «Hör zu, du Dreckskerl, ich habe Seiten von Anna erlebt, von deren Existenz du nicht mal weißt.»

Sie griff nach ihrem Mantel und murmelte: «Ich wollte gerade gehen.» Sie musterte Jim, der jetzt schwankend an Annas Bett getreten war und auf sie hinabsah. Sein graumeliertes Haar war verstrubbelt, und die buschigen Koteletten mußten dringend gestutzt werden. Wider ihren Willen empfand sie ihm gegenüber eine gewisse Verbundenheit: Anna hatte sie beide all die Jahre betrogen und sich in die Arme eines Liebhabers gestürzt, mit dessen Reizen keiner von ihnen je hatte konkurrieren können.

Plötzlich vergrub Jim das Gesicht in den Händen. Er begann zu schluchzen. Muriel stürzte zu ihm und nahm ihn in die Arme. Jude spürte, wie ihre Hände sich zusammenkrampften und sie den Drang unterdrücken mußte, ihm die

Kehle zuzudrücken. War er bestürzt, weil er jetzt keinen Sandsack mehr hatte, auf den er einschlagen konnte? Er konnte einfach in die Rolle des trauernden Witwers schlüpfen, und niemand außer Jude würde um die Wahrheit wissen.

Innerlich kochend, stapfte Jude den Broadway hinauf. Sie war wütend auf Jim, aber auch auf Anna und auf sich selbst. Warum hatten sie so viele Jahre eine Lüge gelebt?

Sie betrat das Café, wo sie so oft mit Anna über die Anthologie diskutiert hatte, setzte sich an ihren alten Stammplatz an dem Granittisch beim Fenster und bestellte wie immer einen Earl Grey. Während sie ihn trank, zwang sie sich, die Realität dessen zu sehen, was sie für eine Neuauflage der grünen Paradiese ihrer Kindheitsliebe gehalten hatte. All die Situationen, in denen sie die Augen vor Annas verzweifelter Lage verschlossen hatte. Die Warnsignale, die sie nicht wahrgenommen oder ignoriert hatte. Annas Komplizenschaft bei Jims Brutalität, Jims Komplizenschaft bei Annas Trinkerei, ihre eigene Komplizenschaft bei der Aufrechterhaltung dieser grauenhaften Ehe. Ihre letzten Monate mit Anna waren gewesen, als schnitte man eine köstlich duftende Tropenananas auf, nur um entdecken zu müssen, daß sie innen drin braun und faulig war.

Als Jude heimkam, war die Wohnung dunkel und leer. Simon war mit zwei niederländischen Verlagsleuten in seinem Haus auf Cape Cod. Nachdem sie ihren Mantel aufgehängt hatte, setzte sie sich auf das Wohnzimmersofa. Sie mußte daran denken, wie sie mit Anna hier gelegen hatte, an jenem Abend, als sie sich, nach Wochen spannungsgeladener Unentschlossenheit, zum erstenmal geküßt hatten. Offenbar war das der Preis, den man für ein heimliches Verhältnis zu zahlen hatte. Wenn es vorbei war, gab es niemanden, an den man sich in seinem Schmerz wenden, dem man all die quälenden Erinnerungen aufbürden konnte. Nur Simon, William, Sid und einige wenige andere Menschen wußten von ihr und Anna. Alle übrigen hielten Simon und sie für ein Paar, da sie zusammenwohnten. Und Jude hatte ihr Leben so arrangiert, daß für neue Freundschaften gar kein Platz war. Sie arbeitete mit Anna und hatte eine Beziehung mit ihr. Sonst nichts. Sie schnappte sich das Telefon.

«Du klingst ja fürchterlich, Jude», schrie Tante Audrey, während sich im Hintergrund Kinder zankten. «Was ist los, Schatz?»

«Eine Freundin von mir ist schwer krank. Ist mein Vater da?»

Als sie ihm Annas Zustand geschildert hatte, sagte ihr Vater seufzend: «Ich wollte, ich könnte dir Hoffnung machen, Kleines, aber ich kann's nicht.»

«Dann wird sie also sterben?»

«Ich fürchte ja. Und es ist ein schrecklicher Tod. Vor allem für die, die ihn mit ansehen müssen.»

Jude war innerlich völlig taub. Sie fühlte keinen Zorn und keine Traurigkeit, gar nichts.

«Anna steht dir sehr nahe, nicht wahr?»

«Ja, sehr.» Das war die offenste Aussage über ihre Beziehung zu Anna, die sie ihm gegenüber je gemacht hatte. Sie fragte sich, ob er sich sein Teil gedacht hatte. Er hatte Anna nur einmal gesehen, als er mit Audrey und den Kindern in New York gewesen war, um ihnen die Sehenswürdigkeiten zu zeigen. Jude hatte Anna zu einem chaotischen Familienessen bei Mamma Leone mitgenommen. Ihr Vater und Anna hatten zwar nur einige wenige Worte wechseln können, während das Baby Danny mit einem Spargel attackiert hatte, aber Jude war nicht entgangen, daß sie sich während des ganzen Essens immer wieder verstohlen gemustert hatten. Hinterher hatte Anna gesagt, sie sei beeindruckt von der Mischung aus Freundlichkeit und Stärke, die er ausstrahle. Freundliche Männer seien oft schwach und starke

Männer oft brutal, hatte sie gesagt, aber er scheine die besten Eigenschaften beider Geschlechter in sich zu vereinen. «Er ist so, wie ein Mann sein sollte.» Damals war Jude gar nicht auf die Frage gekommen, wieso Anna dann bei einem Mann blieb, der schwach und brutal war.

«Sie scheint ein wunderbarer Mensch zu sein.»

«Das ist sie auch. Ich liebe sie, Dad.»

«Ja, ich weiß», sagte er. «Es tut mir leid, Baby. Das Leben kann manchmal sehr unfair sein.»

«Habe ich dir schon gesagt, daß sie im Roosevelt liegt?»

«Tatsächlich?»

«Aus ihrem Fenster im fünften Stock guckt man genau auf das Haus, wo ihr früher gewohnt habt, Mutter und du.»

«Du meine Güte», sagte er. «Es ist schon seltsam, wie sich die Kreise schließen.»

«Welche Wohnung war eure?»

Es folgte eine lange Schweigepause, und Jude fragte sich, ob er zu bewegt war oder sich einfach nur nicht erinnern konnte. «Das fünfte, sechste und siebte Fenster von links», antwortete er schließlich mit bebender Stimme. «Bitte grüß sie von mir.»

Ein paar Abende darauf saß Jude an Annas Bett und hielt ihre Hand, die mit Mullbinden auf eine Schiene gewickelt war, damit Anna ihre Pusteln nicht aufkratzen konnte. Die Schwester hatte Jude verlegen erklärt, Anna sei anders nicht davon abzuhalten, nicht einmal in bewußtlosem Zustand, und die Wunden würden sich jetzt kaum mehr schließen. Die blutigen Laken müßten sonst ständig gewechselt werden. Jude wollte den ohnehin überstrapazierten Schwestern nicht noch mehr Arbeit zumuten, aber die Schienen waren ihr ein Greuel, und sie erwog, sie abzumachen. Sie erinnerten sie an die eisernen Handschuhe, die Eltern in der viktorianischen Zeit ihren Kindern angezogen hatten, um sie am Masturbieren zu hindern.

Während sie überlegte, betrachtete sie Annas Gesicht, das zwar aufgedunsen und senfgelb, aber immer noch bemerkenswert schön war. Es war ihr so vertraut. Judes Finger und Zunge hatten jede Erhebung und jede Vertiefung wohl tausendmal liebkost.

Bald kreisten ihre Gedanken nicht mehr um Annas Schienen. Sie wurden immer ruhiger und klarer – bis ihr Bewußtsein ruhig und klar war wie ein sonnenglitzernder Hochgebirgssee. Und in diesem Moment fühlte Jude Annas Präsenz, als hätte sich Annas Herz plötzlich weit geöffnet, um sie zu umfangen und in sich zu bergen. Und in dieser Sekunde wußte Jude, daß ihre Liebe sich nicht einfach in nichts aufgelöst hatte. Sie hatte sich nur verwandelt, wie Wasser, das zu Dunst wird. Offenbar gab es noch eine andere als die körperliche Vereinigung.

Als dieser flüchtige Moment der Nähe entschwand, saß Jude einfach nur da und betrachtete diese Frau, die sie liebte und die sie, wie sie jetzt wußte, immer lieben würde. Aber hätte sie auch so fühlen können, wenn Anna nicht im Sterben läge? fragte sich Jude. Vor Annas Zusammenbruch hatte ihre Beziehung in einer Sackgasse gesteckt. War die unerläßliche Voraussetzung für Ewigkeitsliebe das Überschreiten der Schwelle zur Ewigkeit?

Als Jude etwas später auf ihrem Stuhl neben Annas Bett ein Manuskript für den Druck auszeichnete, fragte sie geistesabwesend: «Möchtest du Eis, mein Liebling?»

«Ja, bitte.»

Jude sah sie an. Ihre Augen waren geschlossen. Ihr Körper lag reglos da. «Anna, kannst du mich hören?»

Keine Reaktion.

«Wenn du mich hören kannst, beweg deine Hand.»

Kein Muskel zuckte, nur die Lippen spitzten sich dem Eis entgegen wie der Mund eines Neugeborenen, der die Brust sucht.

«Anna», sagte Jude, «du sollst wissen, daß die Zeit mit dir die glücklichste in meinem Leben war. Und obwohl ich nicht weiß, wie ich ohne dich weitermachen soll, bereue ich keinen einzigen Moment.»

Annas Hand kroch zu ihrer Brust empor und benutzte die Schiene, um einen Schorf abzuschubbern. Blut schoß hervor und lief ihre Seite hinunter, staute sich unter ihrem Nachthemd und sickerte dann hindurch in die sauberen weißen Laken.

«Verdammt, Anna, laß das!» schrie Jude und packte die Hand. Sie brach in Tränen aus. «Bitte, sprich mit mir. Ein letztes Mal, ehe du gehst.»

Annas Augen blieben geschlossen, ihre Lippen spitzten sich nach mehr Eis.

Jude sah Sandy reglos in seinem Krankenhausbett liegen, mit zerschmetterten Zähnen. Und Molly auf ihrer Bahre, der Schädel von Nähten überzogen wie ein Softball, das Gesicht lila wie eine überreife Pflaume. Und sie sah sich selbst vor so vielen Jahren am Bett ihrer Mutter stehen und «Erhebe dich zum Lob des Herrn» singen. Als ihre Mutter einfach nicht aufwachen wollte, schrie Jude ihr die Worte direkt ins Ohr – bis ihr Vater sie schließlich auf den Arm nahm und auf den Flur hinaustrug, wo sie weiter diesen albernen, sinnlosen Choral vor sich hinschluchzte.

16

Jasmines Büro stand in krassem Gegensatz zu ihren musealen, von gespenstischen Kreuzfahrern bewachten Privatgemächern ein paar Straßen weiter. In ihrem Haus war alles dunkel und gedämpft, aber hier empfingen einen blitzendes Chrom, schwarzes Leder und modernste Bürotechnik. Jude hatte Jasmine gerade einen amerikanischen Roman für ihr Programm vorgeschlagen. Er handelte von einer Liebesbeziehung zwischen zwei Krankenschwestern.

«Ganz normale Frauen, die ein ganz normales Leben führen und sich nun zufällig einmal lieben», schloß Jude und lehnte sich in dem Designer-Zahnarztstuhl vor Jasmines Schreibtisch in eine halb liegende Position zurück.

«Aber er ist zu lang», sagte Jasmine. «Und durch die Übersetzung würde das Ganze noch um ein Drittel länger. Und der Text ist zu langweilig – arbeiten, einkaufen, kochen, den Kindern bei den Hausaufgaben helfen. Unsere Leserinnen interessiert die Spannung im Vorfeld, nicht der tägliche Trott, der dann kommt.»

«Aber so ist das Leben.»

«Ihres vielleicht. Weil Sie nicht wissen, wie man sich amüsiert.»

Jude lächelte. Sie hatte noch kein einziges Buch ausgesucht, das Jasmine gefiel, und verstand nicht, warum Jasmine ihr weiter ihr Gehalt zahlte.

Jasmines Tür flog auf, und ein junger Mann marschierte herein. Er hatte ein attraktives Schmollgesicht mit ausgeprägten Wangenknochen, einer hohen Stirn und einem bläulichen Bartschatten.

«Ah, Robert», sagte Jasmine, die sich, sichtlich verblüfft, halb von ihrem Stuhl erhoben hatte.

Robert trug weite Bügelfaltenhosen, ein langärmliges Kunstfaserhemd mit zugeknöpftem Kragen und spitze Schuhe aus geflochtenem Leder. Schwulenschühchen, hätte Simon gesagt. Sein schwarzes Haar war oben punkig-stachlig und hinten lang, und in seinem einen Ohrläppchen hing ein kleiner Goldring. Ohne die dunklen, gequälten Augen von Jasmine zu wenden, ließ er sich unaufgefordert in einen der Sessel sinken, die Hände auf den Knien.

Sie saßen schweigend da. Jude wartete, daß Jasmine sie miteinander bekannt machte. Er war jung. Konnte er ihr Sohn sein? Jude hatte keine Ahnung, wie alt Jasmine war und ob sie überhaupt Kinder hatte. Sie hatte bereits jene Furchen um die Mundwinkel, die man in den späten Vierzigern bekam und durch die das Kinn aussah wie bei Charlie McCarthy. Aber wenn sie sich hatte liften lassen, war dieser Prozeß natürlich verzögert. Andererseits war ihr Körper so straff und wohlgeformt wie der einer Dreißigjährigen.

Robert war wütend auf Jasmine. Das verrieten seine finster zusammengezogenen Brauen. Und außerdem war offensichtlich, daß er Jude nicht leiden konnte. Aber warum? Ihres Wissens waren sie einander noch nie begegnet.

Vielleicht war er ja Jasmines Liebhaber. Trotz des unsichtbaren Ehemanns, den es laut Simon irgendwo gab, war Jude zu dem Schluß gekommen, daß Jasmine einen Hang zu Frauen hatte, denn bisher hatte sie sie fast immer mit einem Hofstaat treu ergebener weiblicher Angestellter gesehen. Aber falls ihr Jasmine an jenem Abend, als sie zum Essen bei ihr gewesen war, tatsächlich Avancen gemacht hatte – was sie nicht hätte beschwören können –, hatte Jude sie doch zurückgewiesen. Sie war keine Bedrohung für Robert. Warum sah er sie dann an, als hätte sie den Backofen mit seinem Soufflé aufgerissen?

«Sind Sie auch im Verlagswesen tätig?» fragte sie ihn schließlich.

«Fragen Sie mich nicht, was ich arbeite. Alle Amerikaner fragen einen das.»

«Was soll ich Sie denn fragen?»

Er seufzte. «Warum fragen Sie nicht beispielsweise: ‹Sind Sie *sportif*?›»

«Okay. Sind Sie *sportif*, Robert?»

Jasmine lächelte.

Robert seufzte. «So eine blöde Frage brauche ich nicht zu beantworten.»

Jude zuckte die Achseln. Sie hatte doch nur einen Mord verhindern wollen. Sie saß schweigend da und starrte auf das vergilbte Foto eines jungen Mannes mit Jasmines leicht verhangenen Augen, das in einem Silberrähmchen auf Jasmines Schreibtisch stand. Jasmines Freunde und Kollegen legten eine höchst irritierende Mischung aus tadellosen Manieren und atemberaubender Ungehobeltheit an den Tag. Sie sehnte sich nach New York, wo sie jetzt am liebsten an ihrem Computer «Indiana Jones und der versunkene Tempel von Atlantis» spielen wollte.

Schließlich stand Robert auf und marschierte ohne einen Blick zurück zur Tür hinaus.

«Wer ist Robert?» fragte Jude.

Jasmine wedelte mit ihrer üppig beringten Hand, als wollte sie eine lästige Fliege verscheuchen. Jude hatte zwar endlich den Mut aufgebracht, ihr ab und zu eine persönliche Frage zu stellen, aber Jasmine antwortete ihr nie.

Jasmine kam wieder darauf zurück, warum sich Krankenschwesternromane in Paris nicht verkaufen ließen. Jude gewann allmählich den Eindruck, daß ihre Leserinnen das Leben als eine Art Kreuzung aus einer griechischen Tragödie und einem Groschenroman sahen – nichts als Tumult, Verrat und Leiden. Vermutlich ginge es ihr ja genauso, wenn sie in einem Land aufgewachsen wäre, das seit Beginn der Geschichtsschreibung von allen Seiten Invasionen räuberischer Horden erlebt hatte, statt in einem Land, dessen Gründerväter versponnene Träumer gewesen waren, die geglaubt hatten, man könne seine Sorgen einfach hinter sich lassen und sich mit dem nächsten Schiff ins gelobte Land absetzen.

Ihr Blick wanderte immer wieder zu dem Foto auf Jasmines Schreibtisch zurück. Der junge Mann hatte große Ähnlichkeit mit Jasmine.

«Mein Bruder», sagte Jasmine, als sie bemerkte, daß Jude ihren Ausführungen über die Grenzen des Realismus in der Unterhaltungsliteratur keine rechte Aufmerksamkeit schenkte.

«Sie sehen ihm sehr ähnlich.»

«Das sagen alle. Aber er ist tot. Von den Deutschen gefoltert und erschossen. Er war Kurier für die Résistance. Er war fünfzehn. Ich war damals zehn. Ich dachte, ich müßte auch sterben, so gern hatte ich ihn. Aber ich bin nicht gestorben.»

Jude sah sie mit neuem Interesse an. Das war vielleicht Jasmines erste echte Äußerung über sich selbst. Sie wirkte verlegen und blies eine Wolke Zigarettenrauch aus wie ein Oktopus, der einem Angreifer Tinte ins Gesicht spritzt.

Jasmine wechselte rasch das Thema und kam auf Annas Lyrik-Anthologien zu sprechen. Sie habe beschlossen, probeweise einen solchen Band für französische Schülerinnen herauszugeben, da sie hoffe, die Mädchen würden ihre Schreibversuche vielleicht selbst ernster nehmen, wenn sie diese Art von Bestätigung bekämen, ehe ihnen die Hormone das Gehirn vernebelten. Jude erklärte sich bereit, den Band zusammenzustellen, meldete aber Zweifel an, ob ihr Französisch für Verhandlungen mit Schulen ausreiche.

«Martine kann Ihnen helfen.»

Jude nickte zurückhaltend.

«Das ist außerdem eine Chance, sie besser kennenzulernen», sagte Jasmine und sah Jude aus ihren leicht verhangenen Augen an. «Sie ist eine wunderbare Liebhaberin.»

«Das glaube ich», murmelte Jude, die sich fragte, woher Jasmine das wußte. «Aber ich bin im Moment nicht an einer neuen Beziehung interessiert.»

«Was *interessiert* Sie denn?» fragte Jasmine gereizt – eine ewig frustrierte Aphrodite.

«Mein Job. Paris. Die Franzosen.»

«Wenn Sie etwas über die Franzosen lernen wollen, müssen Sie sich eine französische Geliebte zulegen. Das würde auch Ihren Wortschatz erweitern.»

«Das klingt ja, als redeten Sie über einen Fortbildungskurs», lachte Jude.

«Das wäre es auch, glauben Sie mir.»

Die Tür ging wieder auf, und herein kam Martine mit einer Plastiktüte, die fast über den Boden schleifte. Ihr kinnlanges, glänzend-kastanienbraunes Haar war in der Mitte gescheitelt und zum Nacken hin stufig geschnitten. Ihre riesigen dunklen Augen, die aussahen wie Lakritzpastillen, waren mit Kajal umrandet, so daß sie ein wenig aussah wie ein vernachlässigtes Straßenkind. Unter ihrem marineblauen Seidenkostüm trug sie eine elfenbeinfarbene Seidenbluse, die weit genug offen war, um ein Spitzenhemdchen zu enthüllen.

Es war Samstag, und Jude trug Jeans, ein Big Apple T-Shirt und Cowboystiefel mit silbernen Zehenbeschlägen. Sie hatte nicht damit gerechnet, im Büro jemanden vorzufinden, als sie bei einem ihrer Spaziergänge durch Paris kurz hereingeschaut hatte, um ein paar Papiere zu hinterlegen. Ermattet von der täglichen Modenschau im Verlag, dessen Flure als Laufstege fungierten, genoß sie es, am Wochenende sämtliche Kleiderzwänge über Bord zu werfen.

«Ah, Martine», sagte Jasmine. «Wir haben gerade von dir geredet.»

Martine nickte Jude zu, ohne den Blick von Jasmine zu wenden.

«Wußten Sie schon, daß Martine auch Gedichte schreibt?» fragte Jasmine Jude.

Jude schüttelte den Kopf.

«Martine, hol ein Exemplar von deinem letzten Buch aus meinem Regal und signiere es für Jude.»

Martine tat, wie ihr geheißen. Dann streckte sie Jude das Buch hin, ohne sie anzusehen. Jude klappte es auf und las einen obskuren Satz über irgendwelche Geheimnisse zwischen ihnen, die der Enthüllung harrten.

«Merci beaucoup», sagte sie zu Martine, die nickte, ohne den Blick von Jasmine zu wenden.

«Und? Was hast du gekauft?» fragte Jasmine.

«Einen Rock», antwortete sie mit piepsiger Stimme. «Und einen Blazer. Ein Kleid und ein Paar Stiefel.»

«Sehr gut. Aber du mußt uns die Sachen vorführen.»

Martine verschwand nach nebenan.

«Sie ist eine sehr begabte Dichterin», sagte Jasmine.

«Ich freue mich darauf, ihr Buch zu lesen», sagte Jude. In Wahrheit fürchtete sie sich davor, denn Gedichte erinnerten sie immer an Anna.

«Es sind alles Liebesgedichte. An ihre letzte Geliebte, die sie inzwischen verlassen hat.»

Jasmine warf Jude einen bedeutungsschwangeren Blick zu. Aber was sollte das bedeuten? Jude wünschte, Jasmine würde sich einfach heraushalten und sie ihr Gift selbst wählen lassen. Sie konnte nun mal nicht auf Kommando lieben.

Martine erschien in einem zartlila Chiffonrock, der Seidenbluse und dem Spitzenhemdchen. Jude betrachtete sie und fragte sich, wie sie wohl versucht hatte, sich umzubringen. Sie sah weder Narben an ihren Handgelenken noch Würgemale an ihrem Hals. Tabletten vermutlich. Eine so verwöhnte Person wie Martine würde bestimmt nicht zu etwas so Unappetitlichem wie einem Messer oder einer Pistole greifen. Jude war beeindruckt von ihrer radikalen Reaktion auf das Scheitern der Liebe.

Jasmine musterte Martines makellose Erscheinung. «Ja, hübsch. Aber die Bluse – nein. Zieh sie aus.»

Martine knöpfte die Seidenbluse auf und streifte sie ab. Sie schwebte zu Boden wie ein Apfelblütenblatt im linden Frühlingswind. Martine stand jetzt in ihrem Spitzenhemdchen da, Gänsehaut auf Schultern und Dekolleté. Ob vor Kälte oder vor Erregung, konnte Jude nicht sagen.

«Und jetzt den Blazer», sagte Jasmine leise.

Martine nahm den cremefarbenen Kaschmirblazer und zog ihn über das Spitzenhemdchen.

«Nein», erklärte Jasmine. «*Absolument pas*. Nicht mit dem Unterhemd. Zieh es aus.»

Martine zog die Jacke aus und legte sie sorgsam über eine Stuhllehne. Dann streifte sie das Hemdchen ab und enthüllte hochangesetzte, feste Brüste mit kleinen, spitzen Brustwarzen. Sie zog die Jacke wieder über und knöpfte sie so zu, daß ein blasser Krater sichtbar blieb, flankiert von rund abfallenden Hügeln.

«Großartig», murmelte Jasmine und fixierte Martine. «Und jetzt probier das Kleid an.»

Martine huschte durch die Türöffnung ins Nebenzimmer. Vor ihrer beider Augen ließ sie langsam den Rock zu Boden gleiten. Dann bückte sie sich, um die Stiefel aus dem Karton zu nehmen, und Jude erspähte im Gitterschatten der Jalousien einen schwarzseidenen Tangaslip, einen Strumpfhaltergürtel und ein Paar schwarzbestrumpfte Beine in hochhackigen Schuhen.

Martine schleuderte die Schuhe von sich und schlüpfte in die Stiefel, die ihr bis übers Knie reichten und Stilettoabsätze hatten. Nachdem sie das schwarze Trikotkleid über ihre eindrucksvollen Dessous herabgelassen hatte, schritt sie auf

Jude und Jasmine zu, wobei der Schlitz in der Vorderfront des knöchellangen Rocks die hohen schwarzen Stiefel und dunkel bestrumpften Beine abwechselnd ent- und verhüllte.

Jude merkte, daß Jasmine sie jetzt beobachtete. Offenbar war es an ihr, den nächsten Spielzug zu tun, aber sie wußte nicht, worin er bestand. Martine hatte sie bisher keines Blikkes gewürdigt. Sie sah die ganze Zeit nur Jasmine an. Sie wirkte ängstlich. Jasmine unterzog sie irgendeinem Dressurakt und Jude ebenfalls – indem sie ihr Verlangen anstachelte und es dann zügelte. Jude überlegte, ob sie gehen sollte. Waren Martine und Jasmine ein Paar? Wenn ja, welche Rolle hatte Jasmine Jude zugedacht? Was wollte Martine? Sie mußte an Jasmines Vortrag über die Aprikosentörtchen denken, damals in Frankfurt. War Martine das Dessert du jour, das man genoß, ohne es zu berühren? Jude war Gast in diesem fremden Land. Sie wollte das Angemessene tun, aber was war das?

«Wo haben Sie die Sachen gekauft?» fragte Jude schließlich.

Langes Schweigen.

«Das ist nicht wichtig», murmelte Martine und sah Jude irritiert an.

Jasmine seufzte wie eine Lehrerin, die es mit einer begriffsstutzigen Schülerin zu tun hat.

Jude besann sich darauf, daß sie ein Wolfskind war. Der Wappenspruch ihrer Familie lautete: «Im Zweifel nichts wie weg.» Sie rappelte sich aus ihrem Chrom-Leder-Kippsessel hoch.

«Ich mache mich jetzt besser mal auf die Socken», sagte sie und zog ihre Jeansjacke über. «Paris ruft.»

Jasmine lächelte, vermutlich von Judes scheinbarer Gleichgültigkeit angetan. Vielleicht dachte sie ja, daß Jude das Spiel endlich lernte. Aber das einzige, was Jude einfiel, wenn sie sich in einer quälenden Situation befand, war zu flüchten, wie ihre Vorfahren es getan hatten. Eines Tages würde sie vielleicht ausharren, um ihre masochistischen Seiten zu erforschen, aber alles, was sie jetzt wollte, war ein Cheeseburger.

In der Métro in Richtung Porte des Lilas sann Jude über die Auffassung von Sex als Jagdsport nach. Anna und sie hatten die Liebe als mystisches Ritual betrieben, das sie für Stunden über dieses irdische Jammertal erhoben hatte. Der Reiz der Jagd oder die spirituelle Transfiguration – was war das wahre Ziel?

Am anderen Ende des Waggons hörte Jude eine Männerstimme mit Georgia-Akzent eine interessante Jazz-Version von «Desperado» singen, begleitet von Gitarre und Mundharmonika. Sie beugte sich vor und sah einen jungen Mann mit Pferdeschwanz, Stetson und Cowboystiefeln. Die Mundharmonika steckte in einem Halter, der um seinen Hals hing, so daß er abwechselnd spielen und singen konnte. Als er den Gang entlangkam, um Geld zu sammeln, gab sie ihm ein paar Centimes. Die Bahn hielt an einer Station, und die Tür öffnete sich zischend.

«Ich wünsche euch un bon weekend», rief er im Aussteigen den Fahrgästen zu. Als er Judes silberne Zehenbeschläge bemerkte, zeigte er mit dem Finger darauf und reckte dann anerkennend den Daumen in die Luft. Zwei Cowboys aus dem Süden auf einsamem Ritt durch Paris. Jude lächelte ihn an, während die Tür zuging und die Bahn sie, vermutlich für immer, aus seinem Leben trug.

An der Porte des Lilas marschierte sie westwärts, bis sie an ein als Bistro verkleidetes Burger-King kam. Sie bestellte sich einen Käse-Whopper, Pommes frites und eine Cola, um ihren plötzlichen Heimwehanfall zu lindern. Als der Mann hinter der Theke ihr das Tablett hinschob, sagte er: «Bon appetit, madame!»

Während sie draußen unter der Markise ihre fettigen Fritten verzehrte, sah sie Martine vor sich, in ihrem Spitzenhemdchen, Gänsehaut auf der entblößten Haut, die Augen auf Jasmines Gesicht geheftet. Was war da geschehen? Martine hatte sich bemüht, Jasmine zufriedenzustellen, die ihre Chefin und vielleicht ihre Geliebte war. Jude hatte sich bemüht, ihren Job zu behalten und ein höflicher Gast zu sein. Aber was hatte Jasmine gemacht? Es schien, als wollte sie Jude provozieren – oder auf die Probe stellen. Wollte sie Jude und Martine über ihren Schmerz hinweghelfen, oder versuchte sie lediglich, sie für ihre eigenen unergründlichen Zwecke zu manipulieren? Oder war das alles nur ein kleiner freundschaftlicher Scherz, um die Neue in die Clique aufzunehmen? Diese komplizierten Frauen waren eindeutig ein paar Spielklassen zu hoch für sie.

Wieder am Montmartre angekommen, ging Jude in die Pâtisserie *du coin*, um sich zum Abschluß von Spaziergang Nummer vier eine kleine Belohnung zu spendieren. *«Une tarte, s'il vous plaît»*, beschied sie den Mann hinterm Ladentisch, wobei sie *tarte* auf das englische Wort *art* reimte und sich mittendrin räusperte, um das *r* richtig hinzubekommen. Sie hatte das zu Hause geübt und glaubte, es jetzt zu beherrschen.

«Une quoi?» fragte der Mann und sah sie abfällig an.

«Une tarte», wiederholte sie, indem sie die Mundwinkel auseinanderzog, als spielte sie Oboe, und das Gurgeln übertrieb.

«Ah», sagte er, *«une tarte?»*

Für Jude klang es genau wie das, was sie eben gesagt hatte. *«Oui, une tarte.»*

«Mais, bien sûr. Une tarte.» Sein *r* klang wie das spielerische Knurren eines jungen Hundes. «Welche Sorte?»

«Poire», knurrte sie mit amerikanischem *r* zurück.

«Poire», korrigierte er.

Sie hatte Kuchen gewollt, keinen Sprachunterricht. *«S'il vous plaît»*, kapitulierte sie.

Erschöpft schleppte sich Jude die sechs Treppen zu ihrer Wohnung hinauf. Sie stieß die Glasfenster auf und atmete keuchend die frische Luft, die in dieser Höhe einigermaßen abgasfrei war. Es begann zu regnen. Der Eiffelturm verschwand fast in einer düsteren Wolke.

Während sie ihren Birnenkuchen auf einen Teller legte und eine Gabel aus der Schublade nahm, beschloß sie, im Fernsehen *«La Classe»* zu gucken. Allabendlich zogen in dieser Sendung berühmte französische Komiker alles durch den Kakao, was dem Rest der Bevölkerung heilig war. Jude ließ sich aufs Sofa fallen und schnappte sich die Fernbedienung. Ein als Matador verkleideter Komiker saß auf einem Hocker und sang zu Gitarrenklängen eine traurige Ballade. Der Refrain lautete: «Mein Stier ist tot. / Ich hab ihn heute nachmittag getötet. / Jetzt bin ich allein, und mein Herz ist schwer.»

Ein zweiter Komiker erschien im Kostüm einer Flamencotänzerin. Er begann würdevoll-verhalten mit den Absätzen aufzustampfen, mit seinen Kastagnetten zu klappern und dabei dem Matador über die Schulter glühende Blicke zuzuwerfen. Beide zogen allmählich das Tempo an, versuchten, sich gegenseitig zu übertrumpfen, und steigerten sich schließlich in eine hysterische Raserei ob des toten Stieres. Der Matador traktierte hektisch die Gitarre, und die Tänzerin wirbelte durch die Gegend wie eine klappernde Walküre. Lehrer und Klasse bogen sich vor Lachen.

Jude machte dem Spektakel mit der Fernbedienung den Garaus. Während sie so dasaß, den leeren Teller auf dem Schoß, begriff sie plötzlich, daß Jasmine und Martine an diesem Nachmittag im Büro ein ganzes Festmahl sinnlicher Reize aufgefahren hatten, um sie vom Rand des Grabes zurückzuholen. Aber sie war gegangen, ohne auch nur von den Häppchen zu kosten. Sie war wie ein halbverhungerter Hund, der nach jeder Hand schnappte, die ihm etwas zu fressen hinhielt. Sie hatte sich sehr unhöflich benommen, und Jasmine hatte wohl Anspruch darauf, daß sie sich entschuldigte.

Sie griff sich Martines Buch von dem Tischchen neben dem Sofa. Auf dem weißen Kartoneinband stand in dunkelroten Lettern der Titel *Le Cœur Sauvage*. Sie klappte ihn auf und las noch einmal Martines rätselhafte Widmung: «In der Hoffnung, daß wir eines Tages die verborgenen Kammern und geheimen Gänge zwischen uns ergründen.»

Jude beschloß, sie zu einem Mittagessen einzuladen. Martine war schön und intelligent. Jude bewunderte ihre Garderobe und ihre äußere Erscheinung. Sie hatten zwar einen schlechten Start erwischt, aber es sah doch so aus, als sei immer noch ein gegenseitiges Interesse vorhanden. Sie trauerten beide. Wenn sie nur Jasmines Fuchtel entkämen, würden sie sich vielleicht gegenseitig helfen können, ins Reich der Lebenden zurückzukehren.

Als das Telefon surrte, fiel Jude wieder ein, daß ja Samstag abend war. Falls Martine abnahm, würde das bedeuten, daß sie genauso einsam und allein war wie sie.

«Allô?» Sie klang betrunken, als hätte sie Drogen genommen oder gerade geschlafen.

«Hi. Hier ist Jude. Aus dem Verlag.»

«Oui?» Es klang zutiefst desinteressiert.

«Ich wollte Sie fragen, ob Sie vielleicht Lust hätten, morgen mittag mit mir essen zu gehen.»

Langes Schweigen. Jude hörte Stimmen im Hintergrund. Aber wenn Martine Gäste hatte, wäre sie doch nicht ans Telefon gegangen, oder?

«Pourquoi pas?»

«Wunderbar. Wann und wo?»

Sie schlug eine Brasserie namens Le Vrai Paris in der Nähe ihrer Wohnung südlich des Jardin du Luxembourg vor. So gegen eins.

«Ich freue mich darauf», sagte Jude.

«Et moi aussi. A très bientôt.»

Ihre Stimme war im Verlauf des Gesprächs fester geworden, und am Ende hatte sie regelrecht erfreut geklungen. Jude lehnte sich mit einem versonnenen Lächeln in ihrem Sessel zurück. Blitze zuckten jetzt um die *monuments* von Paris, und über dem Bois de Vincennes grollte Donner. Der liebe Gott rückt Möbel, hatte Molly immer gesagt. Jude fühlte sich zum erstenmal seit Monaten glücklich. Sie würde nette Kleinigkeiten für Martine kochen und sie auf dem Tisch am Fenster servieren, über den flimmernden Lichtern von Paris. Sie würde Martine aufheitern, ihr helfen, sich wieder lebendig und attraktiv zu fühlen. Und Martine konnte dasselbe für sie tun.

Jude saß im Vrai Paris und beobachtete das Kommen und Gehen der Gäste. Martine war schon eineinhalb Stunden zu spät. Jude hatte sich Kir über die weißen Jeans gekippt, und ihr Haar krauste sich, weil der Regen der Nacht in der heißen Nachmittagssonne verdampfte. Sie ging zur Toilette und kämpfte vergeblich mit den Kringellocken. Dann rief sie zum drittenmal bei Martine an. Aber noch immer meldete sich niemand.

Durch das offene Fenster eines Raums im ersten Stock drangen Akkordeonversionen populärer französischer Revue-Melodien auf die Straße hinaus. Auf jedes Stück folgte Gestampfe und Gejohle, als sei im Vrai Paris schwer was los. Aber Jude hatte lange genug hier gesessen, um mitzubekommen, daß sich das Programm wiederholte und das Ganze vom Tonband kam.

Auf dem Rückweg zu ihrem Tisch bestellte sie bei dem stämmigen Barkeeper einen weiteren Kir. Sie sah auf den Fernseher über seinem Kopf. Ein Matador in Nîmes stieß gerade einem Stier seinen Degen in den Nacken. Der schnaubende Stier sank im aufgewirbelten Staub der Arena langsam auf die Knie. Die Zeitlupenwiederholung zeigte den Schwung der Muleta, die dem Coup de Grâce voranging. Mit Körperverrenkungen und Armgefuchtel untermalt, bemängelte der Kommentator den Winkel der Schulter des Matadors zu den Hörnern des Stiers.

Der Stier, blutüberströmt und mit Fliegen bedeckt, wurde auf einer von Pferden gezogenen Bahre aus der Arena geschleift. Dann kam der nächste Stier herein. Trotzig und empört attackierte er sofort das wedelnde rote Cape. Jude drückte dem Stier die Daumen. Doch er war das einzige Geschöpf in ganz Frankreich, das nicht wußte, daß er keine Chance hatte. Der Picador beugte sich von seinem Pferd, um dem Stier seine Lanze zwischen die Schulterblätter zu rammen. Er trieb sie in kurzen Stößen in das Fleisch wie ein Liebeswerkzeug.

Jude begriff, daß nicht nur ihr Haar eine Katastrophe war; sie war außerdem versetzt worden. Aber warum? Sie zahlte und wanderte in ihren bekleckerten Jeans hinaus auf den Bürgersteig. Ein Amerikaner in einem T-Shirt mit dem Aufdruck DON'T FOLLOW ME, I'M LOST fing sie ab und fragte sie mit starkem Akzent nach dem Weg zur Notre Dame.

Zu betrübt, um sich mit Wegbeschreibungen herumzuschlagen, sagte sie: «*Je ne sais pas. Je suis Cherokee.*»

Er sah sie an und ging auf die andere Straßenseite.

Jude ging in den nächsten *tabac* und erstand ein Päckchen Marlboro Light. In der Sonne gegen einen Türpfeiler gelehnt, zündete sie sich eine Zigarette an. Sie fragte sich, was sie jetzt tun sollte, und untersuchte die Regungen ihrer Seele wie ein Arzt den Puls eines Sterbenden. Sie wollte nicht in ihre leere Wohnung zurück. Sie hatte die Leere gar nicht gespürt, bis sie gestern abend die Vorstellung zugelassen hatte, daß Martine dort mit ihr zusammen war. Ihre übereifrige Phantasie hatte sich die Realität zurechtgebogen. Martine war offenbar wie ein zu lange gebackenes Baiser – außen verlockend, aber innen steinhart.

Nach einer Weile bemerkte Jude ein halbes Dutzend korallenroter Rosen, die in einem Metallring in der steinernen Türfassung steckten. Darüber befand sich eine Tafel mit der Inschrift: *«Ici est tombé le 22 juillet 1943 Pierre Beaulieu, combattant pour la libération de la France.»* Rings um den Eingang war der Stein abgesplittert und zernarbt. Ein Résistancekämpfer war genau hier erschossen worden, wo sie jetzt stand. Sie sah ihn auf die Knie sinken, durchlöchert wie ein Gruyère, sah das Blut auf dem Boden und an der Tür...

Jude trat ihre Zigarette aus. Da sie von ihrer gestrigen Stadtdurchquerung noch einen heftigen Muskelkater in den Waden hatte, konnte sie nicht heute schon die nächste in Angriff nehmen. Sie beschloß, sich auf den Heimweg zu machen. Sie konnte ja vielleicht unterwegs in ein Kino gehen oder von zu Hause aus Simon auf Cape Cod anrufen.

Als sie über die Seine in Richtung Montmartre marschierte, kam sie an der Stelle vorbei, wo der Großmeister der Tempelherren nach sieben Jahren Folter auf dem Scheiterhaufen verbrannt worden war. Sie folgte der Route entlang der Seine, die die Müllfuhrwerke mit Marie Antoinette und Louis XVI. auf dem Weg zur Guillotine genommen hatten. Dann überquerte sie die Place de la Concorde, wo sich die Menschenmassen versammelt hatten, um den Enthauptungen beizuwohnen.

Auf dem Boulevard, der an der Madeleine vorbeiführte, kam sie an ein Café mit einer scharlachroten Markise: L'Elite. Sie blieb stehen und betrachtete die Gäste, die in Korbstühlen an kleinen runden Tischchen auf dem Bürgersteig saßen. Sie befanden sich auf blutgetränktem Boden. Und doch saßen sie hier und lachten und aßen und tranken, rauchten und flirteten. Genau wie Jasmine schienen sie sich darauf zu verstehen, das Leben zu genießen, trotz des Legats an Greueln, mit dem es befrachtet war, und trotz seines unausweichlichen Endes.

Und plötzlich begriff Jude, daß sie eigentlich nach Paris gekommen war, um diese Kunst zu erlernen. Aber sie hatte dagegen angekämpft, wie eine Fledermaus, die das Dunkel dem Tageslicht vorzieht. Sie hatte darauf beharrt, alles so zu machen, wie sie es gewohnt war. Es war nur richtig von Martine gewesen, sie heute zu versetzen. Jude war hier die Novizin. Es war an ihr, sich anzupassen. Sie mußte nicht unbedingt verstehen, was vor sich ging, um daran teilzunehmen.

Als sie um die Ecke zur Opéra bog, sah sie für einen Moment die weißen Kuppeln von Sacré Cœur über den Nachtlokalen und Ledergeschäften an der Place Pigalle in der Nachmittagssonne schimmern wie eine Fata Morgana der Heiligen Stadt inmitten einer Wüste.

Am nächsten Morgen erwachte Jude aus einem traumlosen Schlaf, als ein Trupp gurrender Tauben über ihr Dachfenster stürmte und auf glatten Krallen die Scheibe hinunterschlitterte. Durch ihre hohen Glasfenster fiel Tageslicht herein. Sie erhob sich und stieß sie auf. Schwalben schossen durch die frische Morgenluft. Die Zinndächer von Paris lagen, von einem nächtlichen Gewitter blank gewaschen, silbrig glänzend zu ihren Füßen, mit Backsteinkaminen bewehrt wie mit Burgzinnen. Fünf Frauen in wallenden Nachthemden standen jenseits des Hofs in fünf verschiedenen Stockwerken hinter schnörkeligen Eisengittern in offenen Fenstern und beschworen den goldenen Sonnenball im Osten wie eine Schwesternschaft von heidnischen Priesterinnen.

17

Jude lag nackt auf ihrem Wohnzimmerteppich in der Sonne, die durch die offenen Fenster hereinfiel. Auf Polsterkissen gebettet wie ein Pascha, genehmigte sie sich einen holländischen Mini-Zigarillo und ein Glas schäumendes Michelob. Das Klingeln des Telefons zerstörte jäh ihre Phantasie, am Strand von Cannes zu liegen und soeben von einem bedeutenden Hollywood-Regisseur entdeckt zu werden.

Es war Jasmine, die sie für den Abend in ein Striplokal einladen wollte. Jude zögerte. Der Besuch einer Tingeltangel-Show schien ein fragwürdiger Zeitvertreib für erklärte Feministinnen. In New York hatte sie einmal mit Sandy und Simon der deprimierenden Beckengymnastik ausgezehrter Heroinsüchtiger beigewohnt und nur Scham und Mitleid dabei empfunden.

«Sie müssen mitkommen», sagte Jasmine. «Es wird Sie amüsieren.»

Da sie Judes Boß war und diese beiden Sätze wie Befehle klangen, sagte Jude zu. Außerdem lautete ihre selbstgestellte Aufgabe momentan, die Pariser einfach bei ihren Vergnügungen zu beobachten, so, wie ein Katzenjunges von der Katze lernte, Milch aus einem Schälchen zu schlabbern. Durch die offenen Glasfenster sah sie zwei Tauben auf den Enden einer Fernsehantenne balancieren und vorsichtig auf und ab wippen. Selbst die Tauben verstanden es hier, sich zu amüsieren.

Jude stand schon unten auf dem Bürgersteig, als Jasmines Citroën vorfuhr. Jasmine stieg aus, in einem leuchtendblauen Seidenkleid, das ihre beachtlichen Kurven aufs vorteilhafteste zur Geltung brachte. Ihr folgte ein Mann mit üppigem Silberhaar und eindringlichen dunkelbraunen Augen.

«Jude, darf ich Ihnen meinen Mann Philippe vorstellen», sagte Jasmine. «Philippe, das ist meine bemerkenswerte junge Lektorin aus Amerika.»

«Enchanté», sagte er und ergriff Judes ausgestreckte Hand mit seinen beiden Händen. Er trug einen cremefarbenen Zweireiher mit Krawatte und Einstecktuch in Lachs- und Blautönen.

Jude war sprachlos angesichts dieses plötzlichen Auftritts einer weiteren Figur aus Jasmines Lieblingsserie. Es wurde langsam genauso kompliziert wie in «Unter der Sonne Kaliforniens». Martine und Robert waren ebenfalls ausgestiegen und begrüßten sie mit der Begeisterung einer Frau, die soeben eine Laufmasche in ihrem Strumpf entdeckt hatte. Martine trug eine Designer-Rockerkluft – schwarzer Ledermini, Netzstrümpfe, knöchelhohe Stiefeletten mit Pfennigabsätzen und eine stilisierte Motorradjacke mit so vielen Druckknöpfen und Reißverschlüssen, daß es eines Teams von Assistentinnen bedurft hätte, um sie alle zu schließen. Hinter ihr stand ein schmaler, blonder junger Mann mit dem Gesicht eines alternden Ministranten. Er hieß Jean-Claude.

Martine hatte die gescheiterte Verabredung im Vrai Paris mit keinem Wort erwähnt, und so hatte Jude sie schließlich eines Tages im Büro gefragt, was denn passiert sei. Sie hatte die Lippen geschürzt und achselzuckend erklärt, sie habe zufällig einen Freund getroffen und mit ihm einen Espresso getrunken. Dann habe sie festgestellt, daß es zu spät sei, sich noch mit Jude zu treffen, und statt dessen jemand anderen besucht. Sie hatte sich weder entschuldigt noch ein neues Treffen vorgeschlagen, und Jude hatte dann ebenfalls keine Anstalten mehr gemacht. Wenn man das in Paris so machte, würde sie es, getreu ihrem Gelöbnis, klaglos akzeptieren.

Obwohl sie sich fragte, ob Martine von Anfang an vorgehabt hatte, sie zu versetzen, um ihr klarzumachen, daß mit ihr nicht zu flirten war. Aber Jude hatte gar nicht mit ihr geflirtet. Im Gegenteil, sie hatte sich doch gerade bemüht, es nicht zu tun. Aber vielleicht hatte Martine eben nur einen kleinen Flirt gewollt, und es hatte sie verschreckt, daß Jude auch noch mit ihr essen wollte.

Wie auch immer – Martine und Jude waren jetzt ein effizientes Team, wenn es in Sachen Anthologie um Verhandlungen mit Nonnen, Schulleiterinnen und Lehrerinnen ging. Sie spazierten zwar gemeinsam zu diesen Terminen, aber Jude konnte nicht umhin zu bemerken, daß sie die einzige Frau in ganz Paris war, bei der Martine sich nicht einhakte, wenn sie neben ihr her ging. Sie war zu dem Schluß gekommen, daß Martine ihr nicht die kalte Schulter zeigte, um *le désir* zu provozieren. Sie konnte sie einfach nicht leiden.

Ein Ober im Smoking, mit glatt zurückpomadisiertem Haar wie ein Gangster aus einem alten Film, geleitete sie in einen Raum mit roter Tapete und rotem Teppichboden. Jasmine plazierte sie, Männlein und Weiblein im Wechsel, auf den Samtstühlen um den runden Tisch. Die übrigen Gäste im Raum waren offensichtlich überwiegend japanische und amerikanische Geschäftsleute, mit und ohne Gattin oder Begleiterin.

Der Ober brachte in einem silbernen Eiskübel Champagner und schenkte ihnen ein, während sie Judes Sonnenbräune erörterten. Offenbar war sie nicht die erste Person in Paris, die die Freuden des Sonnenbadens auf dem heimischen Wohnzimmerfußboden entdeckt hatte. Im Raum stand bereits ein kräftiger Nebel aus Zigarettenqualm, und nun wurden auch in ihrer Runde Gitanes verteilt und angezündet.

Die Bühne war von zwei riesigen weiblichen Aktstatuen flankiert. Als sich der pailettenglitzernde Vorhang hob, erschien ein Dutzend Frauen mit Beefeater-Mützen, Strumpfhaltergürteln, Netzstrümpfen und schwarzen Stiefeln – ansonsten waren sie nackt. Sie marschierten und salutierten wie aufgezogen zur Melodie von «Rule Britannia».

Aus dem Augenwinkel beobachtete Jude Jasmine, die zwischen Philippe und Robert wie eine wohlanständige Pariser Bürgersgattin wirkte. Nach allem, was Jude wußte, war sie wohl auch eine. Sie sah amüsiert zu, wie die Frauen ihre wohlgeformten langen Beine im Stechschritt schwangen. Jude fühlte zwar irgend etwas, aber Amüsement war es nicht. Schon deshalb nicht, weil sie nicht wußte, ob sie es unterhaltsam finden konnte, wenn andere Frauen zu Objekten gemacht wurden, um eine Horde Geschäftsleute zu ergötzen.

Die Beefeater gingen ab, und der Vorhang fiel. Als er sich wieder hob, stiegen orangefarbene Rauchwolken wie Nebel vom Bühnenboden auf. Eine Frau mit einem griechischen Athene-Helm und schmalen Goldspiralen um Hals und Taille vollführte eine Art Tempeltanz, die Füße breitbeinig aufgesetzt und die Knie gebeugt. Ihre erhobenen Arme waren in den Ellbogen rechtwinklig abgeknickt, und ihr Rumpf schwang und schnellte hin und her wie eine Zypresse in einem Hurrikan. Das Ganze war begleitet von markerschütternden Sitar-Klängen.

Die Lichter erloschen, und als sie wieder angingen, waren vier Tänzerinnen mit Athene-Helmen auf der Bühne. Jedesmal, wenn das Licht aus- und wieder anging, zuckte eine neue Zahl von golden behelmten griechischen Kriegsgöttinnen in dem wogenden Nebel. Gerade als sie austauschbar und ewig schienen – die Verkörperung der Essenz des Weiblichen –, fiel der Vorhang.

In der nächsten Nummer marschierte ein glatzköpfiger Mann mit einem mächtigen Bierbauch in einem Tarnanzug auf die Bühne. Er war mit Gewehren, Maschinenpistolen und Revolvern behängt. Mit haarsträubendem Akzent erzählte er eine sterbenslangweilige Kriegsstory mit viel nachgeahmtem Artilleriefeuer und Kampffliegergedröhne. Das Publikum brüllte vor Lachen über dieses amoklaufende Testosteronbündel, das in so krassem Kontrast zur berauschenden Sinnlichkeit der griechischen Göttinnen stand.

Der Vorhang sauste vor dem übergewichtigen Krieger herab wie das Fallbeil einer Guillotine. Gleich darauf hob er sich wieder, und eine Frau mit einem wallenden dunklen Pferdeschwanz wand sich zu geisterhaften Harfenklängen wie eine Python um einen großen roten Neonreifen. Ihr heller Körper erstrahlte in bunt blitzendem Scheinwerferlicht: lange Beine, muskulöse Arme und Schultern, volle, straffe Brüste, eine schmale Taille, die in einen festen, knabenhaften Po überging. Das pulsende Licht malte psychedelische Muster auf ihre Haut, während sie sich langsam durch und um den Reifen schlängelte und ihre perfekten nackten Gliedmaßen in dem Rund zu wechselnden geometrischen Mustern drapierte.

Jude sah gebannt zu. Mochte diese Darbietung auch moralisch problematisch sein, sie war das Erotischste, was sie je gesehen hatte. Zum erstenmal seit Beginn jener Monate an Annas Krankenhausbett regte sich wieder etwas in Jude. Hier war eine Frau, die sie lehren konnte, das Leben wieder zu genießen.

Durch die Schwaden von Zigarettenqualm sah Jude Martines Hand Roberts Unterarm streicheln. Ihre Augen wanderten kaum merklich in Judes Richtung.

Als das Publikum in Hochspannung war, verschwand die Pferdeschwanzfrau. Dann traten die anderen Frauen auf und glitten nacheinander auf einem Transportband über die Bühne. Sie trugen einen goldmünzengesäumten Kopfputz und posierten wie griechische Athleten.

Zu den Klängen eines Trauermarsches von Chopin traten

sechs der Frauen von dem Transportband herunter und durch die giftgrünen Neonkonturen eines großen Sarges. Sie formierten sich am vorderen Bühnenrand zu drei Paaren und vollführten ein stilisiertes Liebesspiel. Hände liebkosten die Luft unmittelbar über Brüsten oder Gesäßbacken, und Hüften näherten sich einander kreisend, ohne sich jemals zu berühren.

Indes glitten im Hintergrund immer neue Frauen in athletischen Posen auf dem Transportband über die Bühne. Und der Neonsarg versuchte, durch ständiges Wechseln der Farbe die Szenerie zu dominieren. Doch es gelang ihm nicht, die Blicke des Publikums von den faszinierenden Frauen im Vordergrund abzulenken. Drei von ihnen knieten jetzt vor drei anderen, das Gesicht auf Höhe des dunklen Schamdreiecks ihrer Partnerin. Die Kniende schob jeweils den Arm zwischen den Beinen der Stehenden hindurch, um sie mit einem festen Griff um die eine Gesäßbacke an sich zu ziehen. Und in diesem Moment erloschen die Scheinwerfer diskret.

Diese jungen Frauen waren nicht solche traurigen Gestalten wie das New Yorker Stripschuppenpersonal, dachte Jude. Sie waren Tempeldirnen, launische Göttinnen, autark, fern und unnahbar. Wie versierte Elektrotechnikerinnen kontrollierten sie die Ströme, die sie durchs Publikum jagten, erhöhten sie schrittweise die Spannung, um dann den Stekker zu ziehen. Die gemeinen Sterblichen im Zuschauerraum waren hier, um ihre Schönheit anzubeten, denn die war unsterblich, auch wenn ihre Hüterinnen es nicht waren. Und wie Göttinnen lohnten sie die Verehrung, die ihnen die Zuschauer erwiesen, allenfalls mit amüsiertem Spott. Das war eine Form von Weiblichkeit, die Jude nicht kannte und die auf die Frühzeit der Menschheit zurückgehen mußte, als der weibliche Körper noch als Quell allen Lebens verehrt worden war.

Sie lächelte, als sie diese ernüchternde Pointe begriff. Die

Frauen waren jetzt wieder auf der Bühne, mit den Beefeater-Mützen von vorhin. Die Augen der Schlangentänzerin mit dem dunklen Pferdeschwanz schienen Jude für einen Moment anzusehen, ehe sie durch sie hindurchguckten. Sie stellten sich in einer Reihe auf und wackelten wie Aufziehspielzeuge zu einem stümperhaften Potpourri aus «Stars and Stripes», «God Save the Queen» und «La Marseillaise» in die Kulissen. Das war ihr abschließendes Statement über das kämpferische Wesen des Mannes, das in jämmerlichem Kontrast zu ihrer unverhohlenen, geradezu unverschämten Sinnlichkeit stand.

Judes Grüppchen driftete den Bürgersteig entlang, in Richtung Champs-Élysées. Jasmine hatte sich bei Martine eingehakt, und Philippe tätschelte Jean-Claudes nahezu bartlose Wange, während er ihm etwas ins Ohr flüsterte. Robert tappte stumm neben Jude her wie ein gezähmter Bär. Sie setzten sich um einen Tisch auf einer Restaurantterrasse mit Panoramablick auf den Arc de Triomphe. Philippe orderte abermals Champagner und eine Platte Fruits de Mer, die auf einem Berg zerstoßenem Eis serviert wurden, mit dem man eine Leiche hätte konservieren können. Mit Hilfe von Werkzeugen, die den Folterkammern der Inquisition entsprungen schienen, pulten sie die nur halbtoten Meereskreaturen aus ihren raffinierten Panzern.

Während die anderen über die Show diskutierten, sah Jude von Jasmine zu Martine und wieder zurück. Sie waren nicht nur beide elegant und verführerisch, sondern obendrein intelligent. Jude ging auf, daß Paris womöglich die letzte Bastion des Matriarchats auf dieser Welt war. Überall – im Jardin de Luxembourg, in den Tuilerien, an der Fassade des Hôtel de Ville, auf der Place de la Concorde, bei der Opéra – fanden sich Frauenstatuen, nackt und bekleidet, Königinnen und Göttinnen, Priesterinnen und Heilige. Sie dachte an die provenzalischen Liebeshöfe des zwölften Jahrhunderts, wo sich Scharen ergebener Pagen den *grandes dames sans merci* gewidmet hatten, und an die Pariser Salons des achtzehnten und neunzehnten Jahrhunderts, wo Karrieren zerstört und Regierungen gestürzt worden waren. Wo sonst in der Welt waren Frauen so feminin und gleichzeitig so mächtig?

Jude konzentrierte sich wieder auf die Unterhaltung. Robert kritisierte, daß die Erotik im Strip-Lokal folklorisiert und in domestizierter Form Touristen zum Konsum feilgeboten wurde wie hawaiianischer Hula-Hula.

«Und was spricht dagegen?» fragte Jean-Claude, ein Arzt, wie Jude inzwischen mitbekommen hatte, der soeben von einem Hungerhilfe-Projekt in der Sahara zurückgekehrt war. «Wenn wir andere exotisch finden, warum sollten wir uns dann dagegen sträuben, daß andere uns exotisch finden? Schließlich sind wir nicht die Herrenrasse.»

Für Robert war der springende Punkt, daß die Touristen nicht mit der Sache selbst in Berührung kamen. Shows wie die von heute abend seien wie eine Schutzimpfung gegen eine tödliche Seuche. Den Touristen werde in einem sicheren Rahmen von gleichgültigen Profis eine winzige Dosis Erotik verabreicht. Danach könnten sie nach Iowa zurückkehren und sich einreden, sie hätten alles erlebt, was Paris zu bieten habe.

Jude mußte mit Bestürzung erkennen, daß ihr der Kern der Sache völlig entgangen war. Aber sie war immer noch in eine Wolke der Erotik gehüllt, und es fühlte sich keineswegs nach einer winzigen Dosis an. Im Gegenteil, sie wurde das Bild nicht los, wie die Frau mit dem Pferdeschwanz in dem tanzenden Regenbogenlicht ihre perfekten Formen in dem Neonrund spielen ließ.

Martine hatte Robert nachdenklich betrachtet. Jetzt sagte sie: «Du bist nicht der erste, der das sagt, Robert. Barthes nennt so etwas das Theater der Angst. Er meint, wir stellen die Übel des Fleisches zur Schau, um sie zu exorzieren. Nicht für irgendwelche Touristen, sondern für uns selbst. Wir trachten danach, den weiblichen Körper in einen Haushaltsgegenstand, in Besitz zu verwandeln.»

Robert sah ertappt drein. Er rang wohl mit der Frage, ob es besser für seine Ehre war, Barthes plagiiert zu haben oder jede Bekanntschaft mit ihm zu leugnen.

«Ich glaube, einige von uns fanden die Vorstellung gar nicht so reizlos», sagte Jasmine. «Ich zum Beispiel. Und Sie, Jude. Was sagen Sie dazu?»

Jude mühte sich, ihre komplexen Gedanken in ihr rudimentäres Französisch zu übersetzen. Am Ende sagte sie nur, sie habe es großartig gefunden. Ihr ging auf, daß sie in der französischen Sprache keine Persönlichkeit besaß. Kein Wunder, daß Martine immer so gelangweilt tat. Sie war es, und wer wollte es ihr verübeln?

Philippe bemerkte lächelnd, die französischen Männer bewiesen doch bewundernswerten Langmut, indem sie es mit mäkeligen Gefährtinnen aushielten, die Achtung als ein ihnen zustehendes Recht forderten, selbst aber erbarmungslos über die kleinen Schwächen der Männer herzogen.

Jean-Claude murmelte, vielleicht sei das ja der Grund, weshalb im Le Trap so viele Männer mit Ehering zu sehen seien. Jude reimte sich zusammen, daß das Le Trap eine Schwulenbar war, und aus der Art, wie Philippe und Jean-Claude sich ansahen, schloß sie, daß die beiden wohl etwas miteinander hatten.

Jasmine erklärte, unglücklicherweise drohten die charmanten kleinen Schwächen der Männer das Leben auf dieser Erde auszulöschen oder zumindest unerträglich zu machen.

Von den männlichen Schwächen ausgehend, begannen sie darüber zu diskutieren, ob Leidenschaft und Liebe in der Ehe unvereinbar seien. Die anderen kamen Jude vor wie Libellen, die für einen kurzen Moment schillernd und funkelnd bei einem Thema landeten, nur um sofort zum nächsten zu schwirren, so sprunghaft, daß sie kaum folgen, geschweige denn mitreden konnte.

«In der Ehe», sagte Philippe mit einem mokanten Lächeln in Jasmines Richtung, «wird die körperliche Liebe zum Anspruch und zur Pflicht. Sobald sie nicht mehr auf freier Entscheidung beruht, ist sie per definitionem nicht mehr leidenschaftlich. Und ihr könnt mir glauben –»

«Sie wollen also sagen», fiel ihm Martine ins Wort, «daß Pflichterfüllung etwas Rationales und Leidenschaft –»

«Aber ein Sklave kann durchaus leidenschaftlich –», warf Robert dazwischen.

Alle drei redeten jetzt gleichzeitig, und keiner hörte den anderen zu. Außerdem sprachen sie so schnell und mit so vielen umgangssprachlichen Ausdrücken, daß Jude niemandem folgen konnte. Sie saß einfach da und sah vom einen zum anderen. Philippe war für Jasmine eheliche Zuneigung, aber wer war Leidenschaft? Alle miteinander vielleicht. Jean-Claude wohl eher nicht, aber wer konnte das schon wissen?

Ein Knie drückte unter dem Tisch gegen ihres. Ob absichtlich oder nicht, vermochte sie nicht zu sagen. Sie musterte sämtliche Gesichter, entdeckte aber keinen Hinweis. Sie hatte keine Ahnung, wer hier wem was bedeutete.

Robert schrie auf Martine ein, jede Form von Kontrolle sei restriktiv. Und jede Form von Restriktion Tyrannei. Und jede Form von Tyrannei faschistisch. Und da Sprache immer Kontrolle sei, sei sie faschistisch.

«*Ah non*», murmelte Martine. «Benennen heißt entlarven, und entlarven heißt verändern.»

«Benennen heißt einschränken», insistierte Robert, «und einschränken heißt vernichten.»

Jude hatte plötzlich das Gefühl, daß keinem von beiden das Problem des Benennens so sehr am Herzen lag. Sie hatten sich nur auf entgegengesetzte Seiten geschlagen, um den Streit genießen zu können.

«*Donc*, wenn Sprache faschistisch ist», entgegnete Martine und blies Robert Rauch ins Gesicht, «sind Sie, der Sie so viel reden, ein Faschist, *n'est-ce pas?*»

Robert tobte. Jude begriff, daß sie es mit der berühmten *furia francese* zu tun hatte, der französischen Wut, jener plötzlichen Raserei, die die französischen Krieger auf den Schlachtfeldern des Mittelalters zum Entsetzen ihrer gelasseneren italienischen Gegner überkommen hatte. Aber Martine sah ihn nur gelangweilt an. Sie hätte den Benimmkurs nie bestanden.

Hinter Martines kastanienbraunen Haaren erhob sich der Arc de Triomphe. Vor über dreißig Jahren, dachte Jude, hatten die Tanten, Mütter und Großmütter ihrer Tischgenossen, nachdem ihre Männer auf den Schlachtfeldern im Norden dahingemetzelt worden waren, stumm auf diesem Bürgersteig gestanden, um den Präzisionsüberfall auf ihre wunderschöne Stadt zu beobachten. Die Nazis waren mit ihren Gewehren und Jeeps und Panzern und Pferden in einem schimmernden Nebel aus Staub und Abgasen durch den Arc de Triomphe gepoltert. Doch dann hatten die Frauen von Paris den Deutschen durch kleine tägliche Demütigungen so zugesetzt, daß sie bereuten, ihr Land jemals verlassen zu haben.

Jean-Claude hatte es irgendwie geschafft, trotz seiner schwachen Stimme die Bühne in Beschlag zu nehmen. Er resümierte gerade Stendhals Diskurs über die verschiedenen Arten von Liebe und ihre jeweiligen Stadien. Seine Ausführungen kreisten um die Relevanz von Worten für die gelebte Leidenschaft.

Wie Mark Twain es einmal von den Amerikanern und dem Wetter behauptet hatte, redeten die Pariser endlos über *l'amour*. Aber *tat* je irgend jemand etwas in dieser Richtung?

fragte sich Jude. Denn dieser unablässige Verkehr der Ideen zwischen ihren quecksilbrigen Gehirnen schien ihnen genügend Lust zu bescheren. Schließlich konnte ja auch nur ein Volk mit einem zu starken Ekel vor Körperflüssigkeiten so etwas wie das Bidet erfunden haben.

Als hätte sie ihre Gedanken gelesen, erklärte ihr Jasmine: «In Paris reden alle über die Liebe, aber nur etwa zweihundert Leute praktizieren sie tatsächlich.»

«Wir anderen schauen lieber zu», sagte Philippe.

Alles lachte.

Die anderen beschlossen, ihre Diskussion in einem privaten Club fortzusetzen. Jude wollte nicht mehr mitgehen, die Unterhaltung hatte sie bereits genug angestrengt. Sie boten ihr an, sie nach Hause zu fahren, aber sie erklärte, sie wolle lieber laufen. Auf Jasmines besorgte Reaktion hin versprach sie, ein Taxi zu nehmen. Aber nach New York fühlte sie sich in Paris so sicher, daß sie ganz naiv jederzeit und überallhin zu Fuß ging. Die anderen verabschiedeten sie mit Umarmungen und ein paar netten Worten über den gelungenen Abend.

Als Jude die Champs-Élysées in Richtung des Obelisken auf der Place de la Concorde hinunterging, fühlte sie sich glücklich. Ihr Lehrlingseifer schien sich zu lohnen. Die Gruppe, von der sie sich gerade verabschiedet hatte, schien sie zu mögen – bis auf Martine, die niemanden mochte. Und Jude konnte sie alle gut leiden. Zwischen Jasmine und ihr entwikkelte sich allmählich sogar eine richtige Freundschaft. Jasmines Spielchen waren Jude anfangs manchmal boshaft erschienen, aber inzwischen hatte sie begriffen, daß sie nur die französische Version eines Maori-Begrüßungsrituals waren und Neuankömmlingen das Gefühl geben sollten dazuzugehören. Und Jude fühlte sich jetzt dazugehörig. Sie hatte nicht mehr den leisesten Zweifel, daß die Franzosen die charmantesten und interessantesten Menschen dieser Welt waren und sie eine Menge von ihnen lernen konnte.

Judes Sinne waren hellwach von der Schönheit der Frauen auf der Bühne. Vom sonoren Klangfluß der Stimmen ihrer Tischgenossen, kontrapunktiert von Roberts *furia francese* wie von schmetternden Barocktrompeten. Vom Prickeln des Champagners, vom salzigen Geschmack der frischen Meeresfrüchte und der Duftmischung aus Tabak und Parfüm.

Ein warmer Nachtwind wehte von der Seine her und spielte mit ihrem Haar wie zärtliche Finger, und sie fühlte sich so angeregt, daß sie das Marrakech ansteuerte, eine Frauenkneipe im Marais, das jemand im Verlag einmal erwähnt hatte. In dem Lokal war eine Bar aus massiver Eiche mit hohen Hockern. Sie erklomm einen davon und bestellte sich einen Kir Royal. Nun konnte sie nach hinten in den Tanzraum schauen, der mit niedrigen Tischchen und Sesseln bestückt war. Die Decke ruhte auf bauchigen Marmorsäulen.

Jude begab sich in die Nähe der Tanzfläche und beobachtete, wie sich der Raum mit Frauen füllte. Sie waren überwiegend jung und leger gekleidet, aber Jude sah auch ein paar kesse Väter im Stil der fünfziger Jahre mit Anzug und Krawatte und den einen oder anderen Transvestiten mit Blondhaarperücke, Leder-Hot-pants und Strapsen. Einige Männer lungerten im Halbdunkel herum und beglotzten die Frauen mit den glasigen Augen eines Preisboxers, der gerade k. o. geschlagen wurde, aber noch nicht zu Boden gegangen ist.

Nun wurde getanzt, zu einer Mischung aus New-Age-Synthesizer und klassischer Gitarre, untermalt von etwas, das klang wie ein Trupp kohleschippender Grillen. Es schien ziemlich egal, ob man einen Partner hatte, da sich die meisten Tanzenden einfach nur im Rhythmus der Musik wiegten und sich dabei im zuckenden Stroboskoplicht in den Spiegelwänden betrachteten.

Gerade als Jude bemerkte, daß sie zuviel getrunken hatte, kam die Pferdeschwanzfrau aus dem Striplokal mit ein paar

Begleiterinnen herein. Jude erkannte sie in bekleidetem Zustand kaum wieder, aber der Pferdeschwanz war unverwechselbar, auch ihre Stirnlocken, die aussahen wie bei einem orthodoxen Juden. Sie trug kniehohe Ziegenlederstiefel, enge, verwaschene Jeans, ein weißes T-Shirt und eine Art Knochenschnitzerei-Amulett an einer Schnur um den Hals. Sie und ihre Freundinnen ließen sich zwei Tische weiter nieder, bestellten Drinks und zündeten sich Marlboros an. Jude spitzte die Ohren, um in der Pause zwischen den Stücken etwas von ihrer Unterhaltung mitzubekommen. Aber alles, was sie aufschnappen konnte, war ein Wort mit vielen Vokalen, offenbar der Name der Pferdeschwanzfrau: O-ii-aaa.

Nach einer Weile nahm eine der Frauen die Pferdeschwanzfrau bei der Hand und zog sie auf die Tanzfläche. Die beiden bewegten sich vollkommen synchron, die Augen geschlossen, nur Zentimeter zwischen sich. Jude fragte sich, woher sie so gut tanzen konnte. Vielleicht war sie ja Balletttänzerin und hielt sich mit dem Strip-Job über Wasser, während sie auf eine Chance an einer Bühne wartete. Aber fürs Ballett war sie andererseits nicht dünn genug.

Jude sah bewundernd zu, wie all diese Frauen verschiedenster Größe, Statur und Hautfarbe lachten und redeten und tanzten und flirteten. Irgendwann in naher Zukunft, sobald sie ihr Noviziat im Kloster der Lust abgeschlossen hatte, würde sie es ihnen hoffentlich gleichtun können. Nach ein paar Songs erhoben sich die Pferdeschwanzfrau und ihre Clique, um zu gehen. Kurz darauf ging Jude ebenfalls.

In der Nacht träumte Jude von ihr. Sie stand einfach nur da, in ihren Jeans und ihrem T-Shirt, und sah Jude stumm an. Dann war sie verschwunden. Jude wachte auf und war ganz verwirrt, als die Pferdeschwanzfrau nicht wirklich an ihrem Bett stand, so real war sie ihr erschienen. Sie sah auf die Uhr. Es war erst drei, also drehte sie sich um und schlief wieder ein.

Als Jude ein paar Tage später zu Fuß von der Arbeit nach Hause ging, beschloß sie das Wiederaufleben ihrer Lebenslust mit einem frühen Abendessen in einem Restaurant in der Nähe der Porte St. Denis zu feiern, das in ihrem *Guide to Gay Paris* drei Sterne bekommen hatte. Abgesehen von dem mächtigen steinernen Tor, das im vierzehnten Jahrhundert Teil der Stadtmauer gewesen war und jetzt mitten auf der Straße den Verkehr blockierte, dominierten Geschäfte für Koffer und Reisetaschen diese Gegend. Eine Prostituierte stand an der Ecke des Gäßchens, in dem das Restaurant lag.

Drinnen gab es nur ein Dutzend Tische. An zweien saßen noch einige weitere Prostituierte, davon eine ganz in Leder. Eine andere trug eine Federboa und ein schwarzes Band mit einem Kruzifix um den Hals. Sie schwatzten und lachten und aßen riesige Mengen, wohl um sich für eine lange Nacht zu rüsten. Bei ihnen saßen zwei Frauen in normaler Straßenkleidung. Die eine hatte, wie Jude bemerkte, langes schwarzes Haar, das ihr in einem Pferdeschwanz über den Rücken fiel.

Jude setzte sich. Eine nette Frau in schwarzen Lederhosen kam, um ihr das Tagesmenü zu erläutern und ihre Bestellung aufzunehmen. Während Jude ihren Sancerre trank und sich bemühte, nicht auf die Gruppe in der Ecke zu starren, fragte sie sich, ob ihr Gesicht der Pferdeschwanzfrau inzwischen wohl auch schon so vertraut war wie ihr deren Züge – die lange, schmale, leicht gekrümmte Nase, die hellblauen Augen, die sich verengten, wenn sie lächelte, die ausgeprägten Wangenknochen, die auch ohne Rouge rosig schimmerten. Jude hörte immer wieder das Wort mit den vielen Vokalen – *O-ii-aaa*.

Als die Prostituierten aufstanden, um an die Arbeit zu gehen, erhob sich die Frau mit dem Pferdeschwanz ebenfalls. Kurz ehe sie an der Tür angelangte, hörte Jude, wie jemand sie Olivia nannte. Dieses Rätsel war also wenigstens gelöst. Im Gehen wandte Olivia den Kopf in Judes Richtung. Als sich ihre Blicke trafen, meinte Jude, einen Funken des Wiedererkennens in den blaugrauen Augen zu sehen. Dann war sie verschwunden.

Der Anblick dieser Augen war Jude auf den Magen geschlagen, sie schob das Essen auf ihrem Teller herum und versteckte einen Entenschlegel unter einem Salatblatt. Sie überlegte, ob Olivia wohl eine Prostituierte war. Aber Olivia hatte nur Jeans und T-Shirt getragen. Das konnte doch kaum die entsprechende Arbeitskleidung sein.

Nachdem Jude bezahlt hatte, ging sie die Gasse hinunter und um die Straßenecke. Sie hielt nach Olivia und ihren Freundinnen Ausschau, entdeckte aber nirgends eine bekannte Gestalt. Einen Moment lang erwog sie, allein in das Strip-Lokal zu gehen, nur um Olivia noch einmal sehen zu können. Aber es war noch zu früh, und sie war nicht schick genug angezogen. Und außerdem wäre es ihr peinlich, allein dort aufzukreuzen und von den Obern als lüsterne Lesbierin entlarvt zu werden, und sie kannte keinen Mann, den sie zur Tarnung hätte mitnehmen können.

Aber sie fühlte, wie sich ein vages Verlangen in ihr regte, und sie wollte es nicht abwürgen. Sie beschloß, sich ein bißchen Erholung zu gönnen und das Leben von jetzt an leichter zu nehmen.

Während der nächsten Wochen las sie sich durch einen Stapel englischer und amerikanischer Romane und verfaßte Kurzgutachten für Jasmine. Sie schickte Postkarten an zwei Dutzend Freunde in New York. Sie plante Besuche bei Verlagen in London, Amsterdam und Kopenhagen. Sie legte sich ein neues Adreßbuch an, wobei sie etliche Adressen in Tennessee und New York wegließ und ein paar französische neu aufnahm. Und sie dünnte auch ihren Riesenstapel Visitenkarten aus. Bei vielen hatte sie nicht die leiseste Erinnerung, von wem sie sie hatte, obwohl sie zweifellos versprochen hatte, zu schreiben oder einen Termin für ein gemeinsames

Mittagessen vorzuschlagen. Das Leben war ein Motel, und ab und zu mußte man die Betten neu beziehen und alles für den nächsten Gast vorbereiten.

Am Morgen ihres Abflugs nach London, im Taxi nordwärts zum *Périphérique*, merkte Jude mit Bestürzung, daß sie bei jeder Frau, an der sie vorbeikamen, sofort einen schwarzen Pferdeschwanz suchte. Obgleich sie Olivia seit jenem Abend in dem Restaurant nicht mehr gesehen hatte, hatte sie doch, wie ihr jetzt klar wurde, ständig nach ihr Ausschau gehalten. Die Vorstellung, das jetzt in London drei Tage lang nicht zu können, war ihr plötzlich unerträglich. Je näher sie dem Charles-de-Gaulle-Flughafen kamen, desto größer wurde ihre Unruhe.

Am Abflug-Terminal fand eine Demonstration statt: Die Mechaniker der Air France streikten. Erleichtert wies Jude den Fahrer an, sie wieder nach Montmartre zu bringen. Während sie dieselbe Strecke zurückfuhren, unterzog Jude ihre verwirrten Gefühle einer ausgiebigen Prüfung. Das Ergebnis entsetzte sie. War sie im Begriff, sich in eine Frau zu verlieben, mit der sie noch nie ein Wort gewechselt hatte?

In der Nacht träumte sie wieder, daß Olivia in ihren Jeans vor ihr stand. Langsam verzog sie das Gesicht zu einem Lächeln. Dann sagte sie auf französisch: «Wenn du mich liebst, mußt du es mir sagen. Hab keine Angst, ich liebe dich auch.»

Als Jude am nächsten Morgen aufwachte, erinnerte sie sich an den Traum. Es war das erstemal, daß sie auf französisch geträumt hatte. Was hatte das zu bedeuten? Oder war es nur ihr einsames Hirn, das langsam durchdrehte? Es wäre doch absurd, eine Frau zu lieben, die sie nur dreimal am anderen Ende des Raums gesehen hatte. Und außerdem war sie fertig mit diesem ganzen Quatsch. Sie wollte nichts Schweres mehr – nur noch ein paar schöne Momente und ein bißchen Zärtlichkeit.

Am späten Abend desselben Tages saß Jude in einer Ecke im Marrakech, eine Dunhill in der einen und einen Kir in der anderen Hand. Der Reiz der Abendbeschäftigung, auf den Eiffelturm zu schauen, bis die Strahler um Mitternacht ausgingen, verblaßte allmählich. Sie wollte, daß jemand mit ihr hinaussah. Es war Zeit, wieder aus dem Witwendasein aufzutauchen. Bislang hatte sie mit drei Kandidatinnen *le regard* gewechselt, aber in keinem Fall hatte es gefunkt.

Sie drückte ihre Zigarette aus und sah zum Eingang. Und da stand Olivia, allein, in schwarzen Stretchhosen und einem weiten blauen Pullover. Sie suchte den Raum nach ihren Freundinnen ab, und sie schien enttäuscht. Sie setzte sich an einen Tisch und bestellte sich einen Drink, an dem sie nur sparsam nippte.

Sobald die Tanzfläche voll war, stand Olivia auf und schlängelte sich zur Mitte durch, wobei sie unterwegs einem Pärchen zunickte, das sie beim Namen gerufen hatte. Sie schlang die Arme um den Oberkörper, schloß die Augen und wiegte sich zur Musik wie eine Wasserpflanze. Als die Musik schneller wurde, löste sie die Arme, strich mit den Händen ihren Körper entlang und bewegte sich dazu sachte im Rhythmus.

Jude erwog, auf die Tanzfläche zu gehen und neben ihr zu tanzen, verwarf die Idee aber gleich wieder. Im Hully-Gully hatte sie es zu einer gewissen Meisterschaft gebracht. Ihr Boogaloo war ganz passabel. Aber dieser New-Age-Trance-Dance überstieg ihre Fähigkeiten.

Doch nachdem sie die Tanzenden eine ganze Weile beobachtet hatte, stand sie auf und begann, Olivias schlangenhafte Bewegungen zu kopieren. Langsam wand sie sich zwischen den sich wiegenden, zuckenden Leibern hindurch.

Jude tanzte jetzt neben Olivia und tat, als bemerkte sie sie gar nicht. Schließlich gestattete sie sich einen Seitenblick, nur um festzustellen, daß Olivia sie aus ihren blauen Augen ansah. Fast eine Minute schauten sie sich so an. Dann nickte Olivia langsam, als sei sie zu einer Entscheidung gelangt.

Sie schwenkten aufeinander zu und glitten im Gleichtakt vor und zurück wie zwei Kobras beim Paarungstanz. Dann warf Olivia verächtlich den Pferdeschwanz zurück und marschierte davon.

Jude war tief getroffen. Sie tanzte weiter, weil sie nicht wußte, was sie sonst tun sollte. Olivia beugte sich über ihren Tisch und nahm ihre Zigaretten an sich. Dann steuerte sie zum Ausgang. An der Tür blieb sie stehen, drehte sich um und sah Jude an. Jude stockte der Atem. Olivia deutete mit einer winzig kleinen Kopfbewegung nach draußen. Jude lächelte und bemühte sich, gelassen zu bleiben.

Olivia lächelte zurück. Jude zwängte sich durch die Menge in Richtung Ausgang. Olivia lächelte breiter, drehte sich zur Tür und ging nach draußen. Jude folgte ihr, und ihr Herz schlug einen Trommelwirbel.

Draußen war nichts von Olivia zu sehen. Jude stand allein auf der dunklen Straße und kam sich albern vor. Doch dann entdeckte sie sie unter einer Laterne an der Ecke. Sie sah sich nach Jude um.

Als Jude auf sie zuging, bog Olivia in die Querstraße ein. Jude bog ebenfalls um die Ecke. Und da stand Olivia, einen halben Block weiter. Jude trabte los, um sie einzuholen, aber Olivia begann ebenfalls zu rennen, wobei der Pferdeschwanz hin und her peitschte. Der Vollmond tauchte die schmalen Straßen in gelbes Licht, und die Häuser warfen dunkle Schatten wie am hellen Tag. Olivia huschte durch die Schatten wie ein Gespenst.

Außer Atem, verlangsamte Jude ihren Schritt. Sie hatte das ungute Gefühl, sich zum Narren zu machen, wenn sie diese junge Frau noch weiter durch die nächtlichen Straßen von Paris hetzte. Außerdem hatte Olivia sie sowieso abgehängt. Sie konnte sie nirgends mehr entdecken. Sie sah ein paarmal die Straße hinauf und hinunter, aber Olivia blieb verschwunden.

Niedergeschlagen ging Jude auf der Suche nach einem Taxi in Richtung Seine. Es blieb ihr wohl nichts anderes übrig, als nach Hause zu fahren.

Aber dort, auf dem Pont Marie, stand Olivia, die Hände auf der Steinbrüstung. Sie wartete auf Jude und lächelte im Mondlicht.

Jude holte sie ein. Noch ehe sie sich überlegen konnte, was sie sagen sollte, legte Olivia den Zeigefinger auf die Lippen und schüttelte den Kopf. Dann streckte sie die Hand aus und streichelte mit den Fingerspitzen Judes glühende Wange. Jude erschauerte. Ihre Münder fanden sich, und Olivias Zunge liebkoste Judes Unterlippe.

Als Jude nach Luft schnappte, wirbelte Olivia herum und flitzte über die Brücke zur Ile St. Louis, während die silberne Seine um die Pfeiler leckte. Olivia bog in eine von Bäumen gesäumte Straße und stoppte vor dem Eingang eines Hauses mit einem mächtigen steinernen Löwen über dem Türsturz. Sie drückte den Schließcode, schob die schwere dunkelbraune Tür auf und trat ein. Als Jude keuchend bei der Tür ankam, fiel die Tür vor ihrer Nase ins Schloß.

Verwirrt ging Jude auf die andere Straßenseite, lehnte sich an die Mauer über dem Seineufer und sah zu dem Haus hinüber. Es war schon sehr spät, und das ganze Gebäude war dunkel. Nirgends ging ein Licht an, das ihr verraten hätte, wo Olivia wohnte. Jude begann sich zu fragen, ob sie das Ganze nur halluziniert hatte. So hundertprozentig verläßlich war ihre Verankerung in der Realität ja noch nie gewesen. Sie berührte die Stelle ihrer Lippe, die Olivias Zunge liebkost hatte. Sie prickelte immer noch.

Die Métro fuhr nicht mehr, aber Jude ergatterte schließlich beim Louvre ein Taxi. Die Fahrerin trug eine goldene Seidenbluse und jede Menge afghanischen Schmuck an Ohren,

Hals und Handgelenken. Sie wandte sich Jude zu und musterte sie im Schein der Armaturenbrettbeleuchtung. Sie hatte olivfarbene Haut und dunkle Augen und Brauen, und ihre Zähne blitzten weiß, als sie Jude erklärte, die Straße, die sie genannt habe, gebe es nicht.

Jude beharrte darauf, daß es sie gab.

Die Frau knurrte, sie fahre schon fünfzehn Jahre in Paris Taxi und habe noch nie von dieser Straße gehört. Also gebe es sie nicht.

«Aber die Sängerin Dalida hat am einen Ende gewohnt. Sie hat sich dort umgebracht.»

«Das kann nicht sein», sagte die Frau. «Wie soll Dalida sich in einer Straße umgebracht haben, die es gar nicht gibt?»

«Hören Sie, ich wohne selbst dort. Ich weiß, daß es sie gibt. Also suchen Sie sie bitte in Ihrem Straßenverzeichnis.»

Sie sah die Frau in dem Schummerlicht die Achseln zukken. «Wieso soll ich sie suchen, wenn ich genau weiß, daß es sie nicht gibt?»

Jude fragte sich, ob sie vielleicht beim Betreten des Marrakech in einem Schwarzen Loch gelandet und in einem parallelen Universum wiederaufgetaucht war. Schließlich konnte sie die Frau überreden, sie zur Place des Abesses zu fahren.

Als Jude den Platz beim Bateau Lavoir überquert hatte, stellte sie mit Freude fest, daß ihre Straße noch da war und schläfrig im Mondschein dalag. Sie kam zu dem Schluß, daß die Taxifahrerin wohl gewohnt war, Männer zu transportieren, die ihr dicke Trinkgelder gaben, nur um des Vergnügens willen, während der Fahrt ihr Profil betrachten zu können. Sie hatte keine Lust gehabt, ihre Zeit auf eine Frau zu vergeuden, und schon gar nicht auf eine, die verhext zu sein schien.

18

Jude begann, für die Dunkelheit zu leben. Nach der Arbeit ging sie in ihre Wohnung, wo sie ein Bad nahm, sich zurechtmachte und sich an ihre Glastür setzte und zusah, wie sich die Dämmerung auf die Stadt herabsenkte. Sie verbrachte die Zeit damit zu rätseln, in welchem der tausend Häuser zu ihren Füßen Olivia wohnte. Sie konnte Notre Dame sehen. Olivias Straße war irgendwo weiter östlich. Sobald es spät genug war, ging sie ins Marrakech und setzte sich an ihren Ecktisch. Aber zwei Wochen lang war nichts von Olivia zu sehen.

In der fünfzehnten Nacht ging Jude zu Fuß vom Marrakech zur Ile St. Louis, auf demselben Weg, den sie damals im Mondschein zurückgelegt hatten. Hinter ihr stieg der Halbmond empor, und sie stand an der Mauer am Seineufer und starrte auf Olivias dunkles Haus. Alle paar Minuten fuhr ein *bateau mouche* vorbei und strahlte sie mit seinen Scheinwerfern an. Aber sie harrte aus, an die Mauer gelehnt, bis der Mond seinen höchsten Punkt erreicht hatte und der Morgendämmerung entgegenzusinken begann.

Dann wanderte sie zurück zum Montmartre, schlief ein paar Stunden und ging in den Verlag, wo vielleicht gerade eine Mittagspausendebatte darüber im Gang war, ob der Verlust von Elsaß-Lothringen im Krieg gegen Preußen das französische Streben nach einem Kolonialreich angeheizt hatte. Während sie in dem wandernden Lichtmuster unter der durchbrochenen Kuppel saß und dem Gespräch zu folgen versuchte, merkte sie, wie ihr das Kinn auf die Brust sackte.

Als sie wieder aufwachte, schlüpfte sie von ihrem Stuhl und zur Tür hinaus in ihr Büro. Sie griff sich das Telefonbuch. Aber sie wußte ja Olivias Nachnamen nicht. Also rief sie bei dem Strip-Lokal an und fragte nach Olivias Privatnummer. Sie erklärte, sie sei eine Freundin aus Amerika. Die Frau am anderen Ende wollte wissen, wieso sie Olivias Nummer nicht habe, wenn sie eine Freundin von ihr sei. Während Jude noch grübelte, was sie auf diese Fangfrage antworten sollte, legte die Frau auf.

Die ganze nächste Woche stand Jude jede Nacht unter dem abnehmenden Mond an der Seinemauer und wartete auf Olivia. Aber sie erschien nicht. In der siebten Nacht kam Jude plötzlich der Gedanke, daß Olivia vielleicht bei jemand anders schlief. Hatte sie eine Beziehung mit einer von den Frauen, die mit ihr in dem Lokal oder im Restaurant gewesen waren? Einen Moment lang wurde Jude vor Eifersucht ganz flau. Sie stützte sich mit einer Hand auf der Steinbrüstung ab und versuchte, sich zu sagen, daß sie Olivia doch noch nicht einmal kannte.

Sie sah hinunter auf das Wasser, auf dem die silbernen Lichtbahnen von den Straßenlaternen schlingerten, und fragte sich, warum sie immer am Ufer irgendeines Flusses endete – des Holston, des Hudson und jetzt der Seine –, besessen von Gedanken an jemanden, der verschwunden war.

In der nächsten Nacht wanderte sie, in Begleitung einiger anderer blumenbewehrter Besessener, mit einer Handvoll lavendelfarbener Tulpen durch die Gassen und Hinterhöfe rings um das Strip-Lokal, auf der Suche nach dem Bühneneingang. Nach einstündigem Ausharren vor einer Stahltür, von der sie befunden hatten, daß sie die richtige sein mußte, tat sich endlich etwas. Alle hielten den Atem an. Ein weißer Pudel tänzelte heraus, hob das Bein und pinkelte an die Wand. Sein Herrchen, das aussah wie Peter Lorre, schielte aus der Türöffnung boshaft zu ihnen herüber.

Schließlich beschloß Jude, doch als zahlender Gast in den Club zu gehen, um Olivia wenigstens noch einmal auf der Bühne sehen zu können. In Läden wurde sie manchmal mit *Monsieur* angesprochen, wegen ihrer Jeans und Stiefel und ihrer androgynen Figur und weil viele französische Männer androgyn waren. Sie ging also zum Friseur und ließ sich eine stachlige Punk-Frisur schneiden. Sie experimentierte mit ihrem Augenstift, bis sie eine ziemlich überzeugende Bartwuchs-Imitation hinbekam. Sie bandagierte sich die Brüste mit einer elastischen Binde. Dann zog sie ein schwarzes T-Shirt, einen schwarzen Seidenblazer, Jeans und ihre Cowboystiefel an. Zur Probe ging sie auf dem Weg in den Club in mehrere Etablissements. Und zur Abwechslung einmal war sie hocherfreut, als alle sie *Monsieur* nannten.

In der Straße zu den Champs-Élysées fiel sie in einen breitbeinigen Cowboygang. Es war sehr erholsam, nicht mehr von Männeraugen verschlungen zu werden und sämtliche Warnsysteme abschalten zu können. Als ihr eine Frau in einem Minikleid entgegenkam, sah sie auf deren Beine und ließ dann den Blick den Körper hinaufgleiten. Die Frau blickte sie kurz an und sah dann verächtlich zur Seite, ruckartig wie bei einem Tango. Jude grinste. Kein Wunder, daß die Männer ihre erotischen Privilegien nicht aufgeben wollten.

Der Ober in dem Strip-Lokal nannte sie ebenfalls *Monsieur*, als er ihr einen Platz auf einer Sitzbank gleich vor der Bühne anwies und ihr einen Scotch brachte. Doch als die Beefeater auftraten, war Olivia nicht darunter. Während Jude deprimiert zusah, wie die anderen Frauen ihre Nummer heruntertanzten, fragte sie sich, ob Olivia vielleicht im Urlaub war. Wohin würde so ein wunderbares Geschöpf wohl reisen? Nach Griechenland, befand Jude, um sich dort mit all den anderen Göttinnen zu verlustieren.

Martine und Jude saßen im Konferenzraum und sichteten

Beiträge für die Anthologie. Jude mühte sich zu erklären, daß die Schüler in New York zwar manchmal Probleme mit der englischen Grammatik und Syntax gehabt hatten, ihre Gedichte aber dennoch voller Kraft und Kreativität gewesen waren. Diese französischen Gedichte hingegen waren zwar technisch perfekt, die Bilder und Metaphern aber in etwa so originell wie ein Fast-food-Menü. Es fiel ihr schwer, in einer fremden Sprache taktvoll zu sein. Irgendwann merkte sie, daß sie Martine geduzt hatte.

Martine erwiderte, sie müßten den Lehrerinnen ein paar Leitlinien an die Hand geben, damit es ihnen leichter fiel, ihre Schülerinnen zu ermutigen. Mit übertrieben kritischem Gesichtsausdruck sagte sie jedesmal betont *vous*. Jude ging auf, daß kein Mensch hier in Paris sie je duzte. Sie war immer noch die andere, ein Gast. Trotzdem ging es ihr nahe, daß sie bei Martine solche Verachtung hervorgerufen hatte. Sie verstand nicht, wieso. Sich mit ihr anfreunden zu wollen war wie der Versuch, einen Barracuda zu tätscheln. Jude schrieb das Unterfangen als aussichtslos ab und kehrte mit einem bedauernden Achselzucken zum *vous* zurück.

Die Tür ging auf, und Jasmine kam herein. Sie setzte sich an den runden Tisch und begann sie zu löchern, wie viele Seiten der Gedichtband haben würde und wann sie damit rechneten, ein fertiges Manuskript vorlegen zu können.

Während Jasmines und Martines Stimmen vor sich hinmurmelten, sah Jude Olivia nackt neben sich auf ihrem Wohnzimmerteppich liegen, umspielt von Sonnenstrahlen, während draußen vor dem offenen Fenster die Schwalben vorbeischossen.

«Jude, können Sie Genaueres dazu sagen?» fragte Jasmine.

Jude fuhr zusammen. «Tut mir leid. Ich habe die Frage nicht mitbekommen.»

«Ich habe Martine gerade von Ihrem Handbuch für die Schulen erzählt», sagte Jasmine und sah sie forschend an.

«Oh, ja.» Sie begann zu erklären, wie das Handbuch den einzelnen Schulen helfen konnte, selbst Unterrichtsprojekte und Schreibwettbewerbe auf die Beine zu stellen.

Die Tür ging wieder auf, und herein kam Giselle, ein halbes Dutzend Baguettes im Arm wie ein Sortiment Baseballschläger. Cecile, Robert und noch ein paar andere folgten ihr.

Während alle übrigen Essen hin und her reichten und Mineralwasser in Gläser gossen, sagte Jasmine zu Jude: «Dieser neue Kurzhaarschnitt sieht wirklich gut aus.»

«Danke.»

«Ist irgendwas? Sie wirken ein bißchen angegriffen.»

«Ich bin einfach nur müde. Letzte Nacht ist es spät geworden.»

«Ah», sagte Jasmine und musterte sie prüfend, «haben Sie eine neue Freundin, die Ihnen den Schlaf raubt?»

«Nein, das kann man so nicht sagen.» Geheimniskrämerei war einer keimenden Freundschaft nicht gerade zuträglich, aber Jude war nicht danach, Jasmine von Olivia oder von ihrem neuerlichen Besuch in dem Strip-Lokal zu erzählen. Und außerdem – was gab es schon zu sagen?

«Schade», sagte Jasmine lächelnd. «Aber vielleicht hätten Sie Lust, am Wochenende in mein Haus in der Picardie zu kommen? Da könnten Sie sich ein bißchen erholen. Ich würde Ihnen ein großes Himmelbett aus dem siebzehnten Jahrhundert zur Verfügung stellen. Mit frischer Leinenbettwäsche und einem duftig-weichen Plumeau aus Gänsedaunen. Ich würde Ihnen Blumen aus dem Garten ins Zimmer stellen und Ihnen Pâté und Champagner auf einem Tablett ans Bett bringen.»

Während sie das sagte, warf sie Jude *le regard* zu. Jude fühlte, wie Jasmines Einladung sie so warm und weich umfing wie das Gänsedaunenplumeau. Aber sie war sich nicht sicher, was genau diese Einladung beinhaltete. Bei Jasmine klang die banalste Alltagsaktivität wie eine Passage aus dem Kamasutra. Obwohl sie nicht sagen konnte, ob es wirklich so gemeint war. Aber sie wollte ohnehin nicht weg aus Paris. Sie wollte sich nicht der Chance entziehen, Olivia doch noch zu finden. Alles, was sie auf dieser Welt wollte, war, auf der Ile St. Louis in Olivias Armen zu liegen.

«Das klingt wundervoll, und ein anderes Mal würde ich schrecklich gern kommen», erwiderte Jude. «Aber dieses Wochenende habe ich leider schon etwas vor.»

Jasmine forschte in ihrem Gesicht nach einem Hinweis darauf, um was für eine Verabredung es sich handeln konnte, aber Jude bemühte sich sehr, ihr keinen zu geben.

Als Jasmine gegangen war, verließ auch Jude mit einer Entschuldigung die Mittagspausenbesprechung, um in ihr Büro zurückzukehren. Sie ließ sich in ihren Schreibtischstuhl plumpsen und sah auf den Stadtplan von Paris an ihrer Wand. Die mäandernden roten Routen verwoben sich allmählich zu einem Netz. Sie nahm den Telefonhörer ab und wählte Simons Nummer in New York.

Dort war jetzt früher Morgen, und Simon klang verschlafen, als er fragte: «Na, was macht die hartnäckigste Ewigkeitsliebende von ganz New York?»

«Es ist überhaupt nicht zum Lachen, Simon. Es ist mal wieder soweit.»

«Du hast dich verliebt?»

«Ich glaube schon.»

«Teufel noch mal, Jude, man kann dich wirklich keine Minute allein lassen.»

«Mach dich ruhig über mich lustig, Simon, aber sag mir, was ich tun soll.»

«Nimm's leicht. Genieß es. Du bist in Paris. Erzähl mir von ihr.»

«Sie hat dunkles Haar und blaue Augen.»

«Wer hätte das gedacht. Und was macht sie beruflich?»

«Sie ist Tänzerin.»

«Ballett?»

«Nicht direkt.»

«Revue?»

«Nachtclub.»

Simon lachte leise. «Verstehe. Hartes Gewerbe. Dann hast du also beschlossen, dich ins wilde Leben zu stürzen?»

«Ich habe gar nichts beschlossen. Diese Dinge laufen nicht rational.»

«Bei dir nicht, so viel steht fest. Wie alt?»

«Jung.»

«Liebt sie dich auch, oder ist das wieder so eine aussichtslose Sache?»

«Keine Ahnung.»

«Du hast sie nicht gefragt?»

«Ich habe noch nie mit ihr geredet. Ich habe sie in einer Strip-Show tanzen sehen. Und dann habe ich sie in einer Frauenkneipe wiedergesehen. Und einmal hat sie mich auf der Brücke zur Ile St. Louis geküßt, als ich ihr auf dem Heimweg nachgelaufen bin.»

Langes Schweigen. «Großer Gott, Jude», sagte Simon. «Mach Nägel mit Köpfen.»

«Das versuche ich ja. Deshalb rufe ich dich doch an.»

«Hefte dich an ihre Fersen. Lern sie kennen. Setz dich ihren nervigen kleinen Gewohnheiten aus. Schau zu, wie sie in ihren Zähnen stochert und an ihren Nägeln kaut.»

«Ich kann sie nicht finden. Ich bin mir nicht mal sicher, daß sie nicht nur ein Hirngespinst ist.»

«Jude, warum gehst du nicht zu Jasmine und bittest sie um Urlaub? Komm nach New York und besuch deine Freunde. Ich schätze, du bist da drüben zuviel allein. Das klingt gar nicht gut.»

«Vielleicht werde ich das tun, aber zuerst muß ich sie finden», sagte sie. «Falls sie existiert.»

«Okay, aber wenn du sie nicht findest, dreh nicht gleich durch. Ruf mich an. Ich setze mich ins nächste Flugzeug und komme. Brüte nicht stoisch vor dich hin. Und denk dran, daß es hier auf der anderen Seite des Ozeans eine Menge Leute gibt, die dich mögen und toll finden.»

Nachdem sie Simon gedankt hatte, verließ sie den Verlag. Sie marschierte direkt zur Ile St. Louis, wild entschlossen, eine Wendung des Schicksals herbeizuführen. Da erst Nachmittag war, war der Nacht-Schließcode an Olivias Haustür noch nicht in Funktion. Jude drückte die Tür auf und durchquerte den mosaikgepflasterten Hof. Sie nahm die Metalltreppe, schritt die Flure auf allen fünf Stockwerken ab und inspizierte jede einzelne Tür. Aber sie fand keinerlei Indiz dafür, hinter welcher Olivia wohnen könnte.

Der Verzweiflung nahe, ging sie wieder hinunter auf die Straße und zurück zu der Brücke in Richtung Montmartre. Die Menschen auf den Straßen trugen ihre Baguettes für das Abendessen umher wie riesige Phalli. An der Stelle, wo Olivia sie geküßt hatte, falls sie es denn getan hatte, blieb sie stehen und sah auf das Wasser, das um die Pfeiler strudelte. Sie fragte sich, ob sie im Begriff war, den Verstand zu verlieren – oder ihn bereits verloren hatte.

Als sie noch einen letzten Blick auf das Haus warf, sah sie Olivia aus der mächtigen rotbraunen Tür treten. Sie trug einen kurzen Rock und ein Trägerhemd und hatte Bücher unterm Arm. Jude wirbelte herum und flitzte über die Brücke zurück. Olivia eilte zur Rive Gauche hinüber und schlängelte sich durch das Gewimmel in den kleinen Straßen, und Jude rannte hinter ihr her. Aber Olivia huschte so schnell dahin wie der Schatten eines fliegenden Vogels.

Schließlich blieb Olivia unter dem Portal eines alten Vorlesungsgebäudes der Sorbonne stehen und drehte sich um. Sie sah Jude direkt ins Gesicht und lächelte. Dann verschwand sie durch die Tür.

Entzückt, sie endlich wiedergefunden zu haben, beschloß Jude, daß sie mit ihr reden mußte. Sie konnte nicht mehr schlafen, und wenn, dann träumte sie von Olivia. Sie war abgemagert. Sie konnte sich nicht mehr auf ihre Manuskripte konzentrieren. Sie konnte den Lektoratssitzungen nicht mehr folgen. Mit Olivia zu sprechen würde sie vielleicht von diesem Fluch befreien. Vielleicht würde Olivia ihr ja sagen, sie sei widerwärtig und pervers. Aber alles wäre besser als diese letzten Wochen mit einem Phantom.

Während Jude in einem Café vor ihrem *crème* saß und das Portal des Universitätsgebäudes beobachtete, malte sie sich ihr gemeinsames Leben aus. Offenbar studierte Olivia, wenn sie nicht gerade damit beschäftigt war, andere in den Wahnsinn zu treiben. Jude würde sie unterstützen, bis sie mit dem Studium fertig war, damit sie ihren Job aufgeben konnte. Sie hatte so verletzlich gewirkt, allein auf dieser Bühne im rotierenden Buntlicht der Scheinwerfer. Jude wollte sie beschützen. Der Gedanke, daß diese widerlichen Geschäftsleute sie nackt tanzen sahen, erfüllte sie mit Ekel. Außerdem war diese Arbeit gefährlich. Wenn einer von ihnen ihr nachschlich?

Sie könnten sich ja eine Wohnung in Paris und eine in New York nehmen, damit keine ihr Zuhause aufgeben mußte. Vielleicht würde es Olivia ja in Tennessee gefallen. Dann könnten sie zusammen die Hütte mit Blick auf die Smokies bauen, so, wie sie es mit Molly und Anna geplant hatte. Olivia war noch jung, also hatte sie hoffentlich keinen Mann und keine Kinder am Bein. Jude freute sich darauf, mit einer Person lange genug zusammenzusein, um sich irgendwann mit ihr so richtig schön zu langweilen. Sie würde mit Vergnügen zugucken, wie ihr Haar grau und ihr Gesicht faltig wurde und ihre vollkommenen Brüste zu hängen begannen. Sie würden sich umeinander kümmern, wenn sie krank wurden, und Olivia konnte ihr die Hand halten, wenn sie starb, so, wie sie Annas Hand gehalten hatte.

Studenten kamen aus dem Universitätsgebäude, aber von Olivia keine Spur. Jude zahlte und ging hinüber zu dem Portal. Sie fragte einen jungen Mann, was für eine Lehrveranstaltung hier stattfinde, und er sagte, anglo-amerikanische Philosophie. Olivia studierte also Philosophie. Sie würde den Arbeitsrhythmus einer Professorin haben, und sie würden im Sommer und in den Weihnachtsferien verreisen können.

Olivia war immer noch nicht aufgetaucht. Jude ging in das muffige alte Gebäude und steckte den Kopf in den Vorlesungssaal. Er war leer, bis auf ein paar zerknüllte Papiere auf dem Boden vorn beim Rednerpult. Olivia mußte sich durch einen Nebenausgang verdrückt haben. Jude wurde ärgerlich. Da saß sie und plante ihre Zukunft, und Olivia war ihr wieder entschlüpft. Der einzige Weg aus diesem endlosen Alptraum bestand wohl darin, sich noch tiefer hineinzustürzen. Sie kehrte also auf die Ile St. Louis zurück und postierte sich an der Mauer vor Olivias Haus. Hier würde sie stehenbleiben, bis sie sie zu fassen bekam.

Sie musterte lange die schmiedeeisernen Gitter vor sämtlichen Fenstern in Olivias Block. Sie fragte sich, ob die Gitter an französischen Gefängnissen wohl genauso kunstvoll gestaltet waren. Keine zwei Muster waren gleich, wie bei Schneeflocken. Dann sann sie über diesen abgedroschenen Vergleich nach. Niemand hatte sämtliche Schneeflocken dieser Welt gesehen. Woher wollten die Wissenschaftler also wissen, daß es keine zwei gab, die sich glichen? Sie hätte wetten können, daß ein paar doch identisch waren.

Sie senkte den Blick und sah eine Frau mit einem grünen Michelin-Führer vor sich stehen. Die Frau fragte in einem Französisch, das noch schlimmer war als ihr eigenes, ob sie wisse, in welchem Haus sich Camille Claudels Atelier befunden habe.

«Tut mir leid», sagte Jude. «Ich weiß es nicht.»

«Ich schätze, es muß das da mit der rotbraunen Tür sein»,

sinnierte die Frau. «Da drinnen ist sie wahnsinnig geworden, als Rodin nichts mehr von ihr wollte.»

«Ach», sagte Jude beklommen.

Nach ein paar Stunden taten ihr die Füße weh. Sie ließ sich auf dem Gehweg nieder, den Rücken an die Mauer gelehnt, und studierte das Fallrohr der Dachrinne an Olivias Haus. Es war mit einem goldenen Fischschuppenmuster verziert. Am unteren Ende mündete es in einen Fischkopf mit runden Augen und einem weit geöffneten Maul, aus dem bei Regen das Wasser herausströmte. Jude fragte sich, wieso Olivia in so einem vornehmen Haus wohnte. Vielleicht war ihr Vater Diplomat und hatte keine Ahnung, womit sich seine Tochter ihr Taschengeld verdiente, wenn er im Ausland weilte. Oder vielleicht war sie ja auch tagsüber Au-pair-Mädchen bei einer reichen Familie und nachts eine Göttin.

Als die untergehende Sonne der Dämmerung wich, begann Jude zu frösteln. Sie knöpfte die Jacke ihres Baumwollhosenanzugs zu und schlug den Kragen hoch. Dann ließ sie die Geschichte mit Olivia noch einmal Revue passieren, von dem Moment an, als sie sie in dem Neonreifen auf der Bühne des Strip-Lokals zum erstenmal gesehen hatte, bis zu diesem Nachmittag, als sie in dem Sorbonne-Gebäude verschwunden war: die Blicke, die sie gewechselt hatten, ihre eigenen nächtlichen Träume, die Minuten auf der Tanzfläche des Marrakech, das Mondschein-Wettrennen zur Ile St. Louis, die Szene auf dem Pont Marie, Olivias Fingerspitzen auf ihrer Wange, Olivias Zunge, die ihre Lippe liebkoste.

Und jetzt endlich wurde Jude klar, was geschehen war: Olivia hatte gerade genug von sich gezeigt, um Judes Interesse zu wecken. Dann hatte sie sich entzogen, damit Jude spürte, daß sie ihr fehlte. Und dieser Mangel erzeugte jetzt Judes wildes Verlangen, wie Martine bei jener ersten Mittagspausendiskussion im Verlag dargelegt hatte.

Aus einem offenen Fenster im obersten Geschoß von Olivias Haus drang jetzt das Schreien einer Frau. Judes Nackenhaare sträubten sich. Jemand war in Not. Womöglich Olivia? Als das Schreien noch lauter wurde, sprang Jude auf. Sie überlegte verzweifelt, was die Telefonnummer der Pariser Polizei war. Sie hielt Ausschau nach jemandem, der wüßte, was zu tun war, aber die Bürgersteige lagen in beiden Richtungen verlassen da.

Doch dann gingen die Schreie in ein ersticktes Stakkato von *Ouis* über. «Oui ... oui ... oui ... oui ...» Wie ein verirrtes Ferkel. Nur *l'amour*, begriff Jude, nicht *la mort*. Sie ließ sich wieder auf den Gehweg sinken.

«*Merde, ça me fait mal ...*», stöhnte die Frau oben im Haus. «*Plus. Plus. Plus. Oui, plus ...*»

Jude lehnte den Kopf an die Mauer und schloß die Augen, während die Frau keuchte: «Um Gottes willen, hör noch nicht auf, du dreckiges Schwein!»

Jude holte tief Luft und versuchte, an etwas anderes zu denken – etwa daran, wie viele *bateaux mouches* hier wohl täglich vorbeikamen. Während sie rechnete, stieß die Frau ein paar schrille Schreie aus, wie ein Bussard, der auf eine Feldmaus herabstößt. Dann verstummte sie. Jude war sich ziemlich sicher, daß sie den Orgasmus vorgetäuscht hatte. Sie selbst war in Schweiß gebadet.

Jude streckte ihre Beine auf dem Gehweg aus und musterte ihre Hosen und die hochmodischen Cowboystiefel mit den ziselierten silbernen Zehenbeschlägen. Was tat sie hier, im Staub eines Pariser Bürgersteigs, vor dem Haus einer exotischen Tänzerin, die sie gar nicht kannte? Diesmal war sie in die Fallgrube gestürzt. Jetzt verstand sie, was Molly, Sandy und Anna zu Menschen hingezogen hatte, die ihnen Schmerz zufügten. Es war die Verheißung, das einsame Selbst von einer Macht ausgelöscht zu finden, die man für größer als die eigene erklärt hatte. Es war Ewigkeitsliebe, die Amok lief.

Ihr Kopf kippte vornüber. Schließlich sackte ihr das Kinn auf die Brust. Als die Dunkelheit hereinbrach, schlief sie.

Als sie die Augen wieder öffnete, war der Himmel über ihr schwarz, mit einem leisen Goldschimmer von den Lichtern der Stadt. Und Olivia näherte sich gerade mit wehendem Pferdeschwanz dem Portal unter dem steinernen Löwen und verschwand in ihrem Haus. Aber Jude war so überrascht, daß sie keinen Laut herausbrachte.

Dem Durchdrehen nahe, blieb sie an der Mauer sitzen und zerbrach sich den Kopf, was sie jetzt tun sollte. Der Nacht-Schließcode war jetzt sicher schon in Funktion, also würde sie nicht ins Haus kommen. Außerdem wußte sie ja immer noch nicht, in welcher Wohnung Olivia wohnte. Sie bemerkte etwas Rundes neben sich auf dem Bürgersteig. Sie streckte die Hand aus und berührte es zaghaft. Es war glatt. Als sie es mit den Fingerspitzen betastete, merkte sie, daß es ein Apfel war. Sie nahm ihn und musterte ihn im Schein der Straßenlaterne an der Ecke. Es war ein perfekter gelber Delicious. Sie beschnupperte ihn. Wenn er nun vergiftet war, wie bei Schneewittchen? Einen Moment lang mußte sie an die rollenden goldenen Kugeln auf ihrer zerschmetterten Atalanta-Vase denken.

Aber er mußte von Olivia sein, begriff sie mit einem freudigen Schauer. Sie mußte sich hingehockt und ihn behutsam neben Judes Hand auf dem Gehweg deponiert haben. Plötzlich von Hunger und Durst gepackt, biß Jude in den Apfel. Der Saft rann ihr über die Hand und übers Kinn.

Während sie so an der Mauer lehnte und den Apfel verschlang, ging hinter den Gardinen der hohen Glasfenster einer Wohnung im dritten Stock Licht an. Jude sah hinauf, und hinter dem Tüll tauchte die Silhouette einer nackten Frau auf. Sie begann sich langsam zu unhörbarer Musik zu wiegen. Die Hände strichen über Brüste und Schenkel, und ein Pferdeschwanz schwang und wippte hin und her.

In Judes Kopf tosten Ozeanwellen, und durch ihre Adern flatterten die samtenen Flügel von tausend Faltern. Sie warf das Kerngehäuse über die Mauer in ihrem Rücken, schlang die Arme um den Oberkörper und saß zitternd da. Das Licht erlosch, und das ganze Haus war jetzt wieder dunkel.

Jude lehnte die ganze Nacht reglos an der Mauer, wach, aber wie betäubt. Eine streunende Katze kam und rieb sich schnurrend an ihr. Sie roch nach verdorbenem Fisch. Ab und zu rollte drüben auf der Rive droite ein einsames Auto vorbei. Die silberne Seine klatschte unten gegen das Steinufer wie windgepeitschte Wäsche auf einer Leine.

Als in der ersten zarten Morgenröte in den Kastanien am Fluß die Vögel zu zwitschern begannen, rappelte Jude sich endlich auf und machte sich auf die Suche nach einem Café. Nachdem sie im Quartier Latin eines gefunden hatte, das gerade öffnete, ging sie auf die Toilette, um sich Hände und Gesicht zu waschen. Sie musterte sich im Spiegel. Ihre Augen, mahagonibraun wie die ihres Vaters, waren stumpf vor Müdigkeit und hatten tiefe dunkle Ringe. So konnte es nicht weitergehen. Demnächst würde die Polizei kommen und sie in eine Irrenanstalt stecken wie einst Camille Claudel. Vielleicht sollte sie Simons Rat folgen und nach New York zurückkehren.

Doch nach einem *crème* und einer *tartine* an einem Tisch des Cafés war sie schon etwas gelassener. Sie erstand also noch ein paar weitere *tartines* mit Butter und nahm sie mit hinüber auf die Ile St. Louis, wo sie sich an den Türpfeiler von Olivias Haus lehnte und wartete. Schließlich kam ein Mann mit einer Aktenmappe heraus, und sie huschte durch die Tür, ehe sie zufiel. Sie stieg die Treppe bis zum dritten Stock empor. Ihrer Berechnung nach gehörte das Fenster, an dem die Silhouette erschienen war, zur letzten Wohnung auf der rechten Seite, und so klingelte sie mit feuchten Händen und klopfendem Herzen an der entsprechenden Tür.

Da sich nichts rührte, klingelte sie noch einmal.

Beim dritten Klingeln öffnete Olivia, in einem königsblauen Chenille-Morgenmantel und mit offenem Haar, das ihr wie ein dunkler Schleier ums Gesicht hing. «*Oui?*» sagte sie verschlafen.

«Ich habe uns was zum Frühstück mitgebracht.» Jude zeigte auf die Tüte mit den *tartines*. «Wir müssen miteinander reden.»

«Pardon, Madame, aber wer sind Sie?»

Verdattert sagte Jude: «Sie wissen genau, wer ich bin, Olivia. Ich heiße Jude.»

«Nein, ich kenne Sie nicht.» Sie machte Anstalten, die Tür wieder zu schließen.

«Aber Sie haben mich schon dutzendmal gesehen», sagte Jude flehend.

«Tut mir leid, aber Sie müssen sich irren.»

Jude sah sie hilflos an. «Tja, dann entschuldigen Sie bitte, Madame.» Sie wandte sich wie betäubt zum Gehen, um nicht vor Schmerz und Verzweiflung in Tränen auszubrechen.

«Ach ja», sagte Olivia, als Jude gerade ansetzte, zur Treppe zurückzugehen. «Jetzt erinnere ich mich. Was wollen Sie?»

Jude drehte sich wieder um, hoffend, erleichtert und ärgerlich. «Was wollen *Sie*?»

«Ich möchte gar nichts», sagte sie lachend. «Ich bin doch nicht diejenige, die in aller Herrgottsfrühe an einer fremden Haustür klingelt.»

Jude starrte sie an, sie empfand plötzlich Abneigung und fürchtete, Olivia würde es merken und ihr die Tür vor der Nase zuknallen. «Und warum wollten Sie dann neulich nacht im Marrakech, daß ich Ihnen hinterherlaufe? Warum haben Sie mich auf dem Pont Marie geküßt? Warum haben Sie mir heute nacht den Apfel hingelegt? Warum haben Sie an Ihrem Fenster für mich getanzt?»

«Ich weiß nicht, wovon Sie reden. Das ist wirklich sehr ärgerlich.»

«Allerdings!» Jude feuerte ihr die *tartines* vor die Füße und stampfte den Flur hinunter.

«Warten Sie!» rief Olivia.

Jude blieb stehen, den Kopf gesenkt wie ein wütender Stier. Sie drehte sich nicht um. Es war scheußlich, aber wenigstens war es vorbei. Sie wollte gar nicht daran denken, welchen Preis es sie gekostet hätte, noch einmal so töricht zu sein und ein Phantom zu lieben.

«Kommen Sie zurück.»

Jude zögerte und dachte an ihren Familienwahlspruch: «Im Zweifel nichts wie weg.»

«S'il te plaît», sagte Olivia sanft.

Das war das erste Mal, daß jemand hier in Paris Jude mit *tu* angesprochen hatte. Wenn sie gewußt hätte, daß der Weg zum Herzen anderer Leute hierzulande über Wutausbrüche führte, hätte sie sich eine Menge falsches Gelächle sparen können. Sie ging zurück zu Olivia, die auf die Tüte mit den *tartines* hinabsah. Jude bückte sich, hob die Tüte auf und gab sie ihr.

«Komm rein», sagte Olivia und trat zur Seite.

Sie gingen durch einen schmalen Flur in eine kleine Küche, die nach abgestandenem Katzenfutter roch. Jude setzte sich an einen quadratischen Holztisch. Sie wechselten ein paar Worte über die Stärke des Kaffees und Judes Wünsche bezüglich Milch und Zucker.

«Und was bedeutet das alles?» fragte Jude schließlich.

«Was bedeutet was?» Olivia goß Kaffee und heiße Milch in zwei riesige Tassen und legte die ramponierten *tartines* auf einen Teller.

«Na ja, deine Vorstellung heute nacht am Fenster zum Beispiel?»

«Das bedeutet, was immer du darin sehen möchtest.»

Jude begriff jetzt, warum sich so viele französische Männer den Kreuzzügen angeschlossen hatten – um den französischen Frauen zu entkommen.

«Dann hat es dir also gar nichts bedeutet?»

«Eine kurze Phantasie zwischen zwei Menschen ist doch etwas Schönes, oder?»

Jude sah sie an, während die beiden Worte *kurz* und *Phantasie* in ihr Bewußtsein sackten. Aber es erleichterte sie, daß Olivia nun immerhin eine gewisse Mitverantwortung für dieses Desaster übernahm. «Vielleicht», sagte sie. «Wenn beide Beteiligten wissen, daß es eine Phantasie ist. Wenn nicht, wird eine Seite leiden.»

«Jeder muß auf sein eigenes Herz aufpassen, oder nicht?»

«Wenn wir in Amerika jemanden lieben, passen wir auch auf sein Herz auf.»

Olivia musterte Jude, als sei sie ein aufgespießter exotischer Schmetterling, der wild dagegen anflatterte, dem Formaldehyd zu erliegen. «Du hast dich also in mich verliebt», sagte sie sachlich, als ginge es um die Mangopreise im Supermarkt.

«So kann man es wohl sagen. Ja.» Jude durchschaute jetzt die Regeln dieses Spiels: Wer sich zuerst verliebte, hatte verloren. Sie hatte verloren. Sie hatte gedacht, es ginge darum, über das Spiel hinauszugelangen, zum Eigentlichen. Aber jetzt war ihr klar, daß es nichts gab als das Spiel. Jenseits des Spiels war nichts. Nur ein neues Spiel mit jemand anderem. Paris war ein einziges großes Disneyland des Begehrens.

«Aber das ist verrückt. Du kennst mich doch gar nicht.»

«Wenn ich dich kennen würde, würde ich dich vielleicht nicht mal mögen.» Jude lachte laut, als sei sie inzwischen tatsächlich wahnsinnig geworden.

Olivia riß erschrocken die Augen auf. Sie legte die Hand auf Judes Unterarm und schob sich näher an sie heran, offensichtlich fasziniert von der Gefahr, die Jude jetzt plötzlich darstellte. Jude mußte lächeln: *sie*, die Barbarin ante portas! Olivia ahnte ja nicht, wen sie vor sich hatte – Cherry Ames, den helfenden, heilenden Engel der Kranken.

«Weißt du, Olivia», sagte Jude leise, «es wäre alles sehr viel leichter für mich, wenn du mich einfach in Ruhe gelassen hättest.»

Olivia blinzelte verdutzt. «Aber wieso sollte ich es dir leichter machen wollen?»

«Das ist wahrscheinlich einfach so eine primitive, kulturlose Idee von mir.»

«Jetzt bist du sarkastisch, und das ist gar nicht nett.» Sie stand auf, ergriff Judes Hand und zog sie hoch. Sie führte sie durch den Flur in ein mit verstreuten Kleidern übersätes Schlafzimmer. Ein hohes Glasfenster mit Gardinen ging zur Seine hinaus.

Sie lehnte sich in die Kissen und breitete die Arme aus, wobei sich ihr Morgenrock löste. «Komm», sagte sie sanft.

Jude stand da und sah Olivias perfekten Körper in der Morgensonne, ihr glänzendes, dunkles Haar auf dem weißen Kissen. «Sollten wir uns nicht erst mal ein bißchen kennenlernen?»

«Ist das nicht die beste Art?» fragte Olivia lächelnd.

Jude dachte an ihr Gelübde, nicht mehr darauf zu beharren, alles so zu machen, wie sie es gewohnt war. Olivia bot ihr ihren herrlichen Körper dar, und sie wollte zuerst über ihr inneres Kind plaudern? Mit zitternden Händen zog sie sich so graziös wie irgend möglich aus und glitt dann zu Olivia auf das Bett, wobei sie sich fühlte wie einer der sieben Zwerge, der sich Schneewittchen näherte.

Feine Sonnenlichtfinger zwängten sich durch den Gardinenspalt vor Olivias hohem Fenster. Sie sah Jude in die Augen und stöhnte und flüsterte, wenn es angemessen war. Und sie gebrauchte ihre verschiedenen Körperteile mit bewundernswertem technischem Können. Aber Jude begriff bald, daß ihr Herz und ihre Seele anderswo waren, geschützt von ihrem perfekt arrangierten Fleisch. Für Olivia war auch dies nur eine Vorstellung.

Als sie hinterher dalag, Olivias glänzendes Haar auf ihrer Brust wie ein frisch geschnittenes Büschel Heu, hielt sich Jude vor Augen, daß das erste Mal immer ein bißchen unbeholfen war. Es dauerte eine Weile, bis man die Vorlieben der neuen Person kannte. Außerdem war Olivia noch jung. Jude würde es genießen, sie zu erwecken, sie in all die Wonnen der Berührung einzuführen, so, wie Anna es mit ihr getan hatte. Es hatte keine Eile.

«Und jetzt mußt du gehen, damit ich schlafen kann», sagte Olivia freundlich. «Heute nacht muß ich arbeiten.»

Jude sah ihr in die Augen, die jetzt im Sonnenlicht trübtürkis waren, mit kleinen durchscheinenden butterkaramelfarbenen Ringen um die Pupillen, genau wie bei Molly. «Wann kann ich wiederkommen?»

«Aber das war es doch, wofür du gekommen bist, oder?» Sie schien perplex. «Und jetzt weißt du, daß es mit mir auch nicht spektakulärer ist als mit irgend jemand anderem.»

«Na ja, ich muß zugeben, so berauschend war es nicht», sagte Jude. «Aber das macht nichts. Wir können ja dran arbeiten.»

Olivia stützte sich auf und sah Jude an. Ihr Blick war belustigt und irritiert. «Warum sollte man an etwas arbeiten wollen, was als Vergnügen gedacht ist?»

«Na ja, damit es für uns beide noch schöner und befriedigender wird.»

«Aber ich bin zufrieden», sagte sie. «Du nicht, das sehe ich. *Mais ce n'est pas grave*. Es ist doch immer enttäuschend, oder? Verglichen mit dem, was man sich erträumt hat?»

Dem mochte Jude nicht zustimmen. «Jedenfalls bin ich nicht deswegen gekommen», sagte sie und hatte das Gefühl, in grundlose Gewässer abzutreiben. «Ich bin hierhergekommen, um dir zu sagen, daß ich dich liebe.»

«Ah, ja. Das habe ich ganz vergessen. Du glaubst, daß du mich liebst.»

«Nein, ich weiß, daß ich dich liebe.» Aber wie Simon prophezeit hatte, erschien ihr Olivia um so weniger liebenswert, je besser sie sie kannte.

«Wenn man liebt, möchte man doch tun, was die geliebte Person will, *n'est-ce pas*?» fragte Olivia, jetzt ganz die Philosophiestudentin.

Jude ahnte, was jetzt kam. Sie wappnete sich.

«Und mein Wunsch ist, daß du jetzt gehst und dein Leben genießt und daran zurückdenkst, wie du an einem Sommermorgen auf der Ile St. Louis eine schöne Stunde mit einer Frau verbracht hast, die du in jeder Hinsicht hinreißend fandest.»

Das war die charmanteste Abfuhr, von der Jude je gehört hatte. Verbissen lächelnd stand sie auf und begann, ihre Unterwäsche anzuziehen. «Ich hätte nie herkommen sollen.»

Olivia schürzte die Lippen und sagte achselzuckend: *«Ce n'est rien.»*

Für dich ist es nichts, dachte Jude, während sie in ihre Hosen schlüpfte und ihr seidenes T-Shirt überzog. Für mich ist es alles. Aber das ist nicht dein Problem.

Olivia stand auf und schlüpfte in ihren Morgenrock. Jude fuhr in ihre Jacke und folgte ihr den Flur entlang.

«Tut mir leid, wenn ich dich enttäuscht habe», murmelte Olivia, als sie Jude zur Tür hinausließ. «Ich wollte dir nur einen Gefallen tun. Aber du mußt wissen, daß du nicht die erste Person bist, die mich durch Paris verfolgt wie ein hungriges Gespenst.»

Während Jude unter dem steinernen Löwenkopf auf den Bürgersteig hinaustrat, dachte sie, daß Katzen vermutlich nicht wußten, wie sich ihre Krallen für die Mäuse anfühlten, mit denen sie spielten. Sie stapfte auf den Pont Marie und starrte lange hinunter in die Seine. Sie fragte sich, ob sie springen sollte. Sie wäre nicht der erste Mensch, der für eine schöne Tänzerin starb – wenn auch vielleicht die erste Frau. Der Feminismus war wirklich eine tolle Sache. Sie beschloß, nicht zu springen. Bei ihrem Glück würde sie nur in einem *bateau mouche* voller junger Baptisten aus Tennessee landen. Und außerdem würde ihr Simon ein solches Klischee nie verzeihen.

Sie machte auf dem Absatz kehrt und marschierte in Richtung Süden, betäubt und benebelt wie die einzige Überlebende eines Flugzeugabsturzes. Während sie den Jardin du Luxembourg umrundete, sann sie darüber nach, wie sie ihr restliches Leben hinter sich bringen sollte, jetzt, da abermals alle Freude und aller Sinn daraus entwichen waren wie die Luft aus einem kaputten Wasserball. Olivia verstand sich auf ihr Handwerk – den Köder auswerfen, den Haken einmal kurz anrucken, sobald Jude angebissen hatte, und sie dann an Land ziehen. Aber warum? Machte es ihr Spaß zuzugucken, wie ein anderes Geschöpf zuckend und schnappend auf dem Trockenen lag und nicht die mindeste Ahnung hatte, wie es wieder ins Wasser zurückgelangen sollte?

An der Avenue du Général Leclerc entdeckte sie den Eingang zu den Katakomben. Das Labyrinth von ehemaligen Steinbrüchen zog sich hier unter ihren Füßen rund dreihundert Kilometer durch den Untergrund. Im achtzehnten Jahrhundert hatte man die Gebeine von sechs Millionen Toten aus überfüllten Friedhöfen dort unten eingelagert.

Nachdem sie den Eintrittspreis entrichtet hatte, stieg sie die steinerne Wendeltreppe hinunter und landete am Anfang eines schummrigen, feuchtkalten Gangs, ein ganzes Stück unterhalb der Kanalisation und der Métro. In den steinernen Türsturz waren die Worte «Halt! Dies ist das Reich des Todes!» eingeritzt. Jude ging dennoch weiter.

Zu beiden Seiten des Gangs waren Knochen aufgeschichtet, die knubbeligen Enden bildeten eine Art Mauerwerk. In Brusthöhe erstreckte sich eine Reihe Schädel, so säuberlich nebeneinander angeordnet wie Kokosnüsse in einem Obstgeschäft. Gelegentlich zog sich eine senkrechte Schädelsäule von der Decke bis zum Boden, so daß sich ein Kreuzmuster ergab.

Jude folgte dem düsteren Schotterpfad, wie ihr schien, kilometerweit, ohne einem einzigen Menschen zu begegnen. Von der Decke tropfte Wasser. Hier und da zweigte ein vergitterter Seitengang in die Finsternis ab. In diesem Labyrinth hatte sich im Zweiten Weltkrieg das Hauptquartier der Résistance befunden. Zu Zeiten der alten Römer hatten die Frühchristen hier ihre Gottesdienste abgehalten. In diesen Gängen hatten Schmuggler ihre Ware gelagert und Verbrecher sich vor dem Arm des Gesetzes versteckt.

Auf einem Stein neben einem Durchgang entdeckte Jude Zeilen aus einem Gedicht von Lamartine, die Anna ihr einmal auf dem Weg durch den Central Park vorgetragen hatte:

> Ins Meer versinkt die klagende Woge.
> Mit dem Wind dahin, das flüchtige Blatt.
> Die Dämmerung verlischt in den Abend,
> Der Mensch in den Tod.

Gleich dahinter lagen Gebeine vom Cimetière des Innocents, wo die Hugenotten, die man aus der Seine gefischt hatte, begraben worden waren. Jude blieb stehen und betrachtete die fleckig-gelben Oberschenkel- und Schienbeine ihrer entfernten Verwandten. Aber ihr Schicksal war nicht weiter ungewöhnlich. Jede Gruppe hatte ihre Opfer und ihre Schergen.

Nachdem sie sich umgesehen hatte, um sich zu vergewissern, daß niemand sie beobachtete, kletterte sie ein Gittertor hinauf und zwängte sich zwischen der obersten Stange und der Decke des Gangs hindurch. Sie ließ sich auf der anderen Seite hinunter und blieb einen Moment stehen. Wenn sie erst einmal losmarschierte, würde sie nicht mehr zurückfinden. Sie hatte von Menschen gelesen, die in diesen Tunneln verschwunden und erst Jahrhunderte später als Skelette gefunden worden waren.

Sie stützte sich mit den Händen an den feuchten Felswänden ab, kraxelte in ihren Cowboystiefeln die steinige Schräge empor und folgte dem Seitengang. Sie stapfte weiter und weiter, leuchtete sich mit dem Mini-Lämpchen an ihrem Schlüsselbund den Weg und nahm an jeder Gabelung blindlings irgendeinen Gang, bis sie völlig die Orientierung verloren hatte. Sie erinnerte sich an einen Artikel über einen Mann, der sich hier unten verirrt hatte und in eine Felsenkammer gestolpert war, in der riesige Haufen von Katzenköpfen lagerten, aber keine Körper. Das Restaurant in der Straße darüber hatte als besondere Spezialität ein unvergleichliches Kaninchenragout serviert.

Als ihr Stunden vergangen schienen und sie sich kurzatmig und mit schmerzenden Waden dahinschleppte, stieß sie plötzlich auf eine Wand. Um sich tastend, stellte sie fest, daß sie sich in einem mehr oder minder runden Gelaß befand, aus dem kein anderer Ausgang hinausführte als der enge abschüssige Stollen, durch den sie gerade gekommen war.

Sie räumte genügend Steine beiseite, um sich ein Plätzchen auf dem Boden zu ebnen, ließ sich fallen. Warum sollte sie sich nicht im Reich des Todes ihr Lager aufschlagen? Grausamkeit war das Gesetz des Reiches über der Erde. Liebe war das einzige Gegengift, aber die Suche nach ihr führte nur zu noch mehr Schmerz. Das Leben war ein Sack-Canyon ohne Wendeplatz.

Sie nahm ihre Handtasche als Kopfkissen, streckte sich aus und deckte sich mit ihrer Jacke zu. Umgeben von den Überresten von sechs Millionen Menschen, die ihre letzte Reise schon hinter sich hatten, versuchte sie sich vorzustellen, wie es wohl war, zu sterben. Anna könnte es ihr erzählen. Aber wenn Anna noch da wäre, wüßte sie es nicht, und außerdem hätte sich Jude dann gar nicht erst in den Katakomben verirrt.

Annas Kinder, die von ihren Colleges nach Hause gekommen waren, weil es so schlecht stand, hatten sich endlich verzogen. Sie hatten den ganzen Abend an Annas Krankenhausbett gesessen, in Jeans und Rugby-Trikots und mit mürrischen Gesichtern.

Dann erschien eine von Annas Schülerinnen mit einer Flöte und einem Notenständer, um Anna «Jesu, du unser Verlangen» vorzuspielen. Das mißtönende Gepiepe erfüllte das Zimmer wie das Gezeter eines gefolterten Rotkehlchens. Jude sah, wie Anna sich mühte, die geschienten Hände an die Ohren zu heben. Jude bugsierte die Schülerin behutsam zur Tür hinaus.

In der anschließenden Stille nahm Jude Annas eine Hand in ihre Hände. Sie löste die Klebepflaster und wickelte die Mullbinde ab, bis die Schiene zu Boden fiel. Dann ging sie auf die andere Seite des Bettes und machte dasselbe mit der anderen Hand. Sie sah zu, wie Annas Finger zum Leben erwachten und sich leise bewegten. Sie befreite Annas Hände meistens so lange, bis eine Schwester es merkte und ihr befahl, sie wieder einzuwickeln. Anna war froh, wenn sie ihre Finger bewegen konnte, und Jude liebte es, die Wärme ihrer Hände zu fühlen, wenn sie sie hielt und mit Lotion einrieb und die Nägel schnitt und feilte.

Sie nahm den Becher mit dem zerdrückten Wassereis und führte den Löffel genau in dem Moment an Annas Mund, als Anna die Lippen spitzte, um zu signalisieren, daß sie etwas wollte. Die Momente fast schon unheimlicher Nähe zwischen ihnen waren immer häufiger geworden und inzwischen zu einem Dauerzustand verschmolzen. Irgendein Instinkt sagte Jude, wann und wo sie Anna kratzen und wann sie ihr Eis einflößen sollte. Zwischen ihnen herrschte jetzt jene vollkommene Harmonie, die ein Paar nur erreichen kann, wenn ein Teil im Koma liegt.

Jude hörte sich zu ihrem eigenen Erstaunen mit leiser, steter Stimme ein Gedicht aufsagen, das Anna oft rezitiert hatte, wenn sie zusammen durch das Apfelblütengestöber im Central Park spaziert waren:

Es dauert nicht das Weinen noch das Lachen,
nicht Liebe, nicht Verlangen und nicht Haß:
Sie haben kein Gewicht in uns, nachdem
das Tor wir erst durchschritten.
Sie dauern nicht, die Tage voller Wein und Rosen.
Aus einem Traum von Nebel
führt unser Weg ein Stück hinaus und mündet dann auch
wieder
In den Traum.

Danach saß Jude ganz still da und paßte ihren Atem Annas Atemrhythmus an, wie sie es immer bei der Liebe getan hatte. Und sie hörte sich ruhig und sachlich sagen: «Dann ist es jetzt wohl soweit, Anna? Zeit, zu gehen. Geh nur. Es ist okay. Ich komme schon klar. Jim kommt schon klar. Deine Schüler kommen schon klar. Deine Kinder kommen schon klar. Wir machen das schon. Geh nur. Hab keine Angst. Es ist alles okay.» Mehrere Minuten lang wiederholte sie diese Sätze, weil ihr klar war, daß Anna sie jetzt loslassen mußte und daß sie dabei Judes Hilfe brauchte. Ein Schluchzen steckte in ihrer Kehle, während sie die nötigen Sätze wie eine Litanei vor sich hin sagte.

Aber dann sprang sie abrupt auf, als hätte sie ein Bienenschwarm attackiert. Und auf einmal war sie nur noch wütend. Sie wollte nicht mehr in diesem trübseligen Krankenhauszimmer hocken und zugucken, wie irgendwelche Blumensträuße von Annas Schülern vor sich hinwelkten und durch neue ersetzt wurden und wie der Körper, den sie geliebt hatte, verfiel. Sie hatte Tage hier zugebracht. Wochen. Monate. Andere Frauen in ihrem Alter waren draußen und tanzten und sangen und liebten sich. Verdammt, warum konnte Anna sich nicht beeilen und sterben und es hinter sich bringen?

Jude ging mit großen Schritten in die entfernte Ecke des Zimmers und warf sich in einen Sessel. Sie lehnte sich zurück, schloß die Augen und atmete stoßweise.

Sie sah sich nach Molly um, aber Molly hatte sie schon vor Jahren im Stich gelassen. Also sprang sie auf ihr Pferd und galoppierte allein den Strand entlang, daß die Hufe unter ihr hämmerten und das spritzende Salzwasser ihr Hemd durchtränkte. Vor einer Düne glitt sie von dem schnaufenden Pferd und sah zu, wie die türkisfarbenen Wellen sich krümmten und brachen, heranrollten und zurückfluteten, tosend und zischend, und Schaumlippen hinterließen und Muscheln wie winzige abgebrochene Zähne.

Jude öffnete die Augen und beobachtete, wie sich das weiße Laken auf Annas Brust hob und senkte, der Blasebalg, der ihre Flamme in Gang hielt.

Und dann merkte sie, daß sich das Laken nicht mehr regte. Sie stand auf und ging hinüber zum Bett. Anna atmete nicht mehr. Jude nahm Annas eine Hand zwischen ihre Hände und starrte ungläubig auf ihr ruhiges gelbes Gesicht.

«Gute Reise, Anna», brachte sie schließlich flüsternd heraus.

Anna holte einmal tief und rasselnd Luft, reckte den Kopf so weit nach vorn, daß sie fast ins Sitzen kam, und schien, die leeren Lapislazuliaugen weit geöffnet, auf etwas am anderen

Ende des Zimmers zu starren. Dann atmete sie aus, die Lider schlossen sich flatternd, und ihr Kopf sank in die Kissen zurück.

Jude durchlief ein heftiger Schauer, als hätte Annas Seele gerade ihren eigenen Körper durchwandert und sie bis an die Schwelle des Todes mitgerissen.

Dann fühlte Jude Euphorie aus ihrer Magengrube aufsteigen und ihren ganzen Körper durchdringen. Und plötzlich war sie erfüllt von dem sicheren Wissen, daß Anna soeben ihren schorfpockigen Körper wie eine welke Hülle hinter sich gelassen und sich aufgemacht hatte.

Jude stand lange Zeit einfach nur da und hielt Annas allmählich erkaltende Hand, unfähig, auch nur begreifen zu wollen, was in diesem Körper, den sie so gut gekannt hatte, gewesen war, was jetzt nicht mehr da war. Und wohin es entschwunden war.

Jude berührte mit den Fingerspitzen den Boden aus gehauenem Fels. Es war stockfinster. Kein Laut, außer dem Tropfen des Wassers und dem Hämmern ihres eigenen Herzens. Sie war im Reich des Todes, umgeben von jenen, die die Antwort auf diese Fragen wußten. Sie war hier gelandet wie eine Taube in ihrem Schlag. Einst hatten diese sechs Millionen Skelette allesamt in den Straßen über ihrem Kopf geliebt und gelitten. Jetzt lagen sie hier unten, säuberlich aufgeschichtete Hohlkugeln und Röhren aus Kalk, endlich zur Ruhe gekommen.

Jude wurde klar, daß sie vom Leben nur noch eines wollte: es hinter sich lassen. Es war Samstag, und der Montag war ein Feiertag, also würde sie vor Dienstag niemand vermissen. Sie überlegte, ob die Eintrittskartenverkäufer wohl die Besucher zählten. Wenn bis zur Schließungszeit jemand fehlte, würden sie dann eine Suchaktion starten? Wenn ja, mußte sie bis dahin schon tot sein. In ihrer Handtasche hatte sie ein Fläschchen Aspirintabletten gegen Menstruationskrämpfe. Eine Mitbewohnerin an der Vanderbilt-Universität hatte sich angeblich mit einer Flasche Aspirin umgebracht.

Während sie ihren Tod plante, wurde sie plötzlich schläfrig. Da sie ihre letzte Reise ausgeruht und wach antreten wollte, schloß sie die Augen, um noch ein wenig zu dösen, eingelullt vom Tippeln der Ratten, das wie ein leises Wispern aus dem samtigen Dunkel kam. Das gefürchtete Reich des Todes war in Wahrheit ein friedlicher Ort. Die Straßen über ihr, das war die Welt, wo der Schmerz lauerte und der Schrecken regierte.

Judes Mutter, Molly, Sandy, Anna und Judes Tennessee-Großeltern pflanzten auf dem Kliff, wo sie und Molly ihre Hütte hatten bauen wollen, Lilien. Unten wand sich das grüne Flußtal den dunstverhangenen Bergen entgegen. Spottdrosseln riefen in den Wildwoods, die von Judasbaum- und Hartriegelblüten in Rosa, Rot, Lila und Weiß prangten. Jude buddelte den ganzen Nachmittag unter einer heißen Frühlingssonne in der dampfenden Erde.

Nach getaner Arbeit kamen die anderen herüber, die Hände lehmverkrustet.

Anna, jetzt wieder gesund und wohlbehalten, sagte: «Jude, wir sind hier glücklich, und wir möchten, daß du dort glücklich bist.»

Die anderen nickten.

«Wie soll ich ohne euch alle glücklich sein?» fragte Jude.

«Du mußt es versuchen», sagte Molly.

«Es ist noch zu früh für dich, Jude», sagte Sandy mit seinem charmanten Lächeln.

«Eine Dame aus Virginia bringt sich nicht um», sagte ihre Großmutter.

«Hör zu, mein Liebling», sagte ihre Mutter, «wenn du erst einmal lieben kannst, ohne ein Objekt zu brauchen, dann BIST du Liebe. Und dann wirst du es eilig haben, in die Liebe einzuge-

hen und diesen seltsamen Ort zu verlassen, der so schön ist und doch so entstellt von Haß.»

«Wir sind immer bei dir, Jude», sagte ihr Großvater und wies mit einer Handbewegung auf die anderen. «Eine Wolke von Begleitern, die über dich wachen.»

Sie lösten sich einer nach dem anderen auf, wurden das Sonnenlicht, das auf dem Fluß glitzerte, der Wind, der in den Blüten der Wildwoods spielte, und der Nebel, der durch die Senken driftete und die Gipfel und Kuppen der Berge verhüllte.

Jude wußte nicht mehr, wo sie war. Irgendwo, wo es so finster war wie in einem Grab und auch so still, bis auf ein stetes Tropfen. Dann fiel ihr wieder ein, daß jetzt für sie der Moment gekommen war, sich mit ihrem Fläschchen Aspirin das Leben zu nehmen. Doch plötzlich erschien ihr das eine ausgesprochen hirnrissige Idee.

Sie setzte sich auf. Sie hatte Kopfschmerzen. Sie hatte keine Ahnung, ob es Tag oder Nacht war und wie lange sie geschlafen hatte. Sie stand auf. Ihr war schwindlig, und sie mußte sich mit einer Hand an der Wand abstützen. Sie grabbelte auf dem Boden nach ihrer Handtasche. Der Lederriemen war durchgenagt. Die Tasche an sich gepreßt, marschierte sie den Gang entlang. Sie strebte in die Richtung, aus der sie gekommen zu sein glaubte, und leuchtete nur ab und zu mit dem Lämpchen an ihrem Schlüsselbund, damit die Batterie länger hielt. Es war unwahrscheinlich, daß sie zurückfinden würde. Vermutlich würde sie unter den Straßen von Paris herumwandern, bis sie die Kräfte verließen. Dann würde sie sich irgendwo hinsetzen und warten, daß ihr der Hunger und die gierigen Ratten ein Ende machten. Falls sie je gefunden wurde, würde niemand wissen, daß es ein versehentlicher Selbstmord gewesen war.

Als sie, wie ihr schien, etliche Stunden stumpf und stur dahingetrottet war, sah sie zu ihrem Erstaunen vor sich einen schwachen Lichtschimmer. Bald darauf hörte sie die hallende Stimme eines französischen Kindes der dazugehörigen Mutter erklären, tote Leute seien langweilig.

Als sie bei dem Hauptgang angelangte, kletterte sie zum Schrecken einiger deutscher Touristen über das Gitter zurück. Während sie die lange Wendeltreppe zur Straße hinaufstieg, freute sie sich, daß sie noch am Leben war. Der Tod würde früh genug kommen. Eines Tages würde dieses vertrackte Leben einfach von ihr abblättern wie Haut nach einem bösen Sonnenbrand.

Sie trat in die bernsteinfarbene Abenddämmerung hinaus. Als sie den Barmann in einem Café nach dem Datum fragte, stellte sich heraus, daß sie zwei Tage im Untergrund verbracht hatte. An der Art, wie er sie ansah oder, besser gesagt, wegguckte, merkte sie, daß sie in ihrem zerknitterten Anzug und den kalkverkrusteten Schuhen ein ziemliches Schreckgespenst abgab.

Nachdem sie an der Place des Abbesses aus der Métro ausgestiegen war, wanderte sie, verwirrt wie Rip van Winkle, die Einkaufsstraße hinunter und starrte auf all die eßbaren Dinge, von denen die Läden überquollen – groteske Stachelwesen aus dem Meer, Stücke von neonfarben schimmerndem Fisch, streng riechende Käse in allen Formen und Farben, fruchtgefülltes, schokoladenverziertes und schlagsahnebedecktes Gebäck, Hühnchen an Drehspießen, wandhoch gestapelte Weine für jeden Anlaß, exotisches Obst und Gemüse aus den ehemaligen Kolonien, das sie geistesabwesend drückte und befühlte. Auf einmal hatte sie die Gier gepackt.

Zu Hause ließ sie die Badewanne vollaufen und goß etwas von dem Himbeerschaumbad hinein, das Jasmine ihr geschenkt hatte und das noch unangebrochen war. Sie streifte ihre widerlich dreckigen Kleider ab und musterte sich im Badezimmerspiegel. Zugegebenermaßen sah sie angezogen besser aus, aber schlecht war es nicht. Sie ließ sich in den Schaum sinken.

In sauberen Jeans und einem frischen T-Shirt deckte sie den Tisch an dem hohen Glasfenster für eine Person, richtig festlich, mit einer einzelnen korallenroten Rose in einer langhalsigen Vase, einem Setdeckchen nebst Serviette und einem Kerzenständer. In der Küche arrangierte sie weiße Mozarellascheiben im Wechsel mit dicken, saftigen Tomatenscheiben auf einem Bett aus knackigem Salat und gab dann feingehacktes Basilikum und Olivenöl darauf. Sie zerlegte das mit Kräutern gewürzte Huhn, das noch warm von dem Grillspieß im Geschäft war. Und sie schnitt ein knuspriges Demibaguette und legte die Stücke in ein Körbchen. Dann stellte sie alles zusammen mit einem Weinglas und einer gekühlten Flasche Sancerre auf ein Holztablett und trug es zum Tisch.

Während sie ein paar Schlucke trank und den Wein kühl und herb auf ihrer wattigen Zunge fühlte, sah sie zu, wie die orangerote Sonne hinter dem Bois de Boulogne versank und der Eiffelturm, das Panthéon, der Arc de Triomphe und der Invalidendom zu dunklen Silhouetten vor dem Horizont wurden, gebrochen durch die schwarzen Arabesken ihres Fenstergitters. Sie tunkte ein Stück Baguette in das Olivenöl und den Saft der Tomate und fragte sich, was vor zwei Tagen über sie gekommen war, daß sie ernstlich vorgehabt hatte, diese ganze wunderbare Welt hinter sich zu lassen, um in einem steinernen Kerker inmitten von Ratten und Knochen zu sterben.

19

Am nächsten Morgen auf dem Weg zur Arbeit machte Jude den üblichen Schlenker über die Ile St. Louis. Vor Olivias Haus stellte sie erstaunt fest, daß, ungeachtet ihrer Läuterung in den Katakomben, alles noch genauso war wie in den letzten Wochen – die kastanienbraune Tür mit dem Löwenkopf, die kunstvollen Schmiedeeisengitter vor den Fenstern, die Fischschuppen-Dachrinne, die Steinmauer über der Seine, die unermüdlichen *bateaux mouches*, die durch das silberne Wasser pflügten, die Amseln in den Kastanien am Ufer, die Touristen, die Camille Claudels Atelier suchten, ihre Reiseführer in der Hand.

Jude ließ ihren Blick zum dritten Stock emporschweifen. Das hohe Glasfenster von Olivias Schlafzimmer stand einen Spalt offen. Die Gardinen flatterten geisterhaft im leisen Wind. Olivia war jetzt vermutlich dort oben und schlief nach einer langen Nacht im Strip-Club.

Jede Zelle in Judes Körper schrie nach einem zweiten Versuch. Die Schließanlage war jetzt sicher schon außer Betrieb. Sie konnte einfach durch die kastanienbraune Tür gehen, die Treppe hinaufsteigen und an Olivias Tür klingeln. Vielleicht würde sich Olivia ja sogar freuen, sie zu sehen.

Unter Aufbietung ihrer gesamten Kraft schaffte es Jude, sich von dem Haus abzuwenden und Schritt um Schritt in Richtung Verlag zu trotten.

Während sie Olivia dort oben zurückließ, im Sonnenlicht dösend wie eine träge Löwin, leistete sie ihr im Geist Abbitte. Olivia hatte ein leichtes, poetisches Liebesspiel inszeniert, um Judes absurde Leidenschaft für sie auf eine Art und

Weise zu entschärfen, die Judes Würde nicht verletzte. Wenn sie es nur in diesem Sinn hätte akzeptieren können, hätten sie beide für den Rest ihres Lebens eine süße Erinnerung mitgenommen. Aber Jude hatte darauf bestanden, *Romeo und Julia* zu spielen, sich in ihrer Erdhöhle zu verkriechen und den Tod als ihren Zeugen anzurufen. Als sie die Treppe zu ihrem Büro hinaufstieg, wurde ihr klar, daß sie nichts weiter war als ein verklemmtes angelsächsisches Arschloch.

Giselle saß an ihrem Schreibtisch, als Jude vorbeiging. «*Bonjour*, Jude», rief sie.

Jude guckte durch ihre Tür. «*Bonjour*, Giselle», antwortete sie. «Wie geht's?»

«Gut, danke. Wie war Ihr Wochenende?»

Jude lächelte hintergründig. «Ganz schön.»

«Waren Sie weg?»

«Gewissermaßen», sagte Jude.

Giselle sah sie fragend an, das Gesicht von kupferfarbenen Präraffaelitenlocken umrahmt.

«Nicht weg aus Paris. Ich habe nur eine kleine touristische Unternehmung absolviert. Die Katakomben.»

Giselle verzog das Gesicht. «Nicht gerade heiter, was?»

«Mir hat es gefallen», sagte Jude. «Aber leben möchte ich da nicht.»

Giselle lachte.

Jude verbrachte den Vormittag an ihrem Schreibtisch. Sie nahm sich Annas Übungsheft vor, das schreibenden Schülern helfen sollte, ihre eigene Stimme zu finden, und begann, Teile davon zu übersetzen und umzuschreiben. Sie und Martine hatten beschlossen, den Schulen solche Übungshefte zukommen zu lassen, in der Hoffnung, daß sie die Mädchen so zu originelleren Gedichten anregen würden. Sie mußte daran denken, wie Anna und sie sich diese Übungen ausgedacht hatten. Es war eine glückliche Zeit gewesen, in der

Liebe und Arbeit nahtlos ineinander übergegangen waren. Das Mißliche am Glück war, daß man in der Situation selbst immer glaubte, es würde ewig anhalten, und es deshalb gar nicht so dankbar genoß, wie man es täte, wenn einem klar wäre, welch seltenes und kostbares Geschenk es war.

Jude ließ den Stift sinken und legte den Kopf auf die Schreibtischplatte. Gerade hatte sie begriffen, was mit Olivia falsch gelaufen war. Sie war von Olivias äußerer Schönheit fasziniert gewesen. Sie hatte um diese äußere Schönheit eine Phantasie gesponnen, statt zu versuchen, zu ihrer inneren Schönheit vorzudringen. Kein Wunder, daß Olivia gekränkt gewesen war und sich gerächt hatte.

Jude griff zum Telefon. Dann fiel ihr ein, daß sie noch immer weder ihren Nachnamen noch ihre Telefonnummer wußte. Sie nahm ein weißes Blatt Papier und ihren Stift und begann, Olivia einen Erklärungs- und Entschuldigungsbrief zu schreiben. Doch mitten in ihrem Bemühen, die Schuld für alles auf sich zu nehmen, hielt sie plötzlich inne. Wie sollte irgend jemand über Olivias äußere Schönheit hinaus zu ihrer inneren Schönheit vordringen, wenn sie sich weigerte, sich hinzusetzen und mit einem zu reden wie ein normaler Mensch? Außerdem stellte Olivia ihren verflixten Körper zur Schau wie ein Bäcker seine Buttercremetorten. Jude zerriß den Brief und ließ die Fetzchen in den Papierkorb flattern wie halbtote Motten.

Es war schon Zeit für die Mittagspause, und so stand sie auf und ging durch den Flur in den Konferenzraum, wo bereits ein halbes Dutzend Kolleginnen Evian trinkend und Brathuhn knabbernd in dem wandernden Lichtmuster saß. Jude nickte allen zu, setzte sich hin, riß sich ein Stück Baguette ab und nahm sich ein Hühnerbein.

Der *débat du jour* war heute die Frage, ob die moderne Gesellschaft an sexueller Repression oder an sexueller Obsession krankte. Ceciles Team vertrat die Ansicht, daß die

Kapitalisten die Sexualität durch repressive Gesetze und mit den Mitteln der Religion kontrollierten, um Libido in Leistung umzulenken. Martines Team beharrte darauf, daß die moderne Gesellschaft im Gegenteil eine Sexbesessenheit erzeuge, um ihre Mitglieder durch diese Droge gefügig zu machen – so, wie man den amerikanischen Indianern Alkohol und den Schwarzen in den Ghettos Heroin verabreiche, um Aufstände zu verhindern.

«Aber wir sind uns doch wohl einig», sagte Cecile und nahm ihre große, rotrandige Brille ab, um in die Runde zu blicken wie ein NATO-Kommandeur, «daß sich jede Diskussion über den gesellschaftlichen Stellenwert von Sexualität um die Machtfrage zentrieren muß?»

Martine dachte einen Moment nach, musterte ihre Team-Genossinnen und nickte dann widerstrebend. Sie haßte Übereinstimmung.

Jude war endlich dahintergekommen, daß Gesprächskunst hierzulande damit begann, sich eine Behauptung – wie etwa die, daß Sex-Shows sexy seien – herauszugreifen und die gegenteilige Meinung zu vertreten. Sie wagte also ihren ersten Kopfsprung in das Wasser der Mittagspausenkontroversen, indem sie stockend erklärte, Amerikaner seien oft mehr an den lustvollen körperlichen Empfindungen bei der Liebe interessiert als an Manipulation und Macht.

Alle sahen sie an, als sei sie ein Kindergartenkind in einem Doktorandenseminar.

«Aber die Amerikaner verstehen ja auch nichts von Erotik», sagte Martine. «Deshalb ist es ja unmöglich, sich von ihnen angezogen zu fühlen. Sie sind viel zu direkt.» Sie biß das kugelige Ende eines Hühnerknochens ab und saugte das Mark heraus. Die meisten anderen nickten zustimmend.

Sie hatte sich also von Jude nicht angezogen gefühlt? Oder war dies nur eine weitere Provokation? Plötzlich hatte Jude die Nase voll von Martines schlechten Manieren. Sie hatte nicht den Mut gehabt, sich Jude offen zu zeigen. Sie hatte sich immer nur hinter ihren perversen Spielchen versteckt. Sie hatte keine Ahnung, wer Jude wirklich war. Und dabei hatte sich Jude genauso wie Martine ihre Sporen im Rodeo *de l'amour* verdient. Sie hatte mehrere Verwundetenabzeichen auf dem Schlachtfeld der Liebe erworben. Sie war auf dem Bauch durch die schlammigen Gräben der Verzweiflung gerobbt. Sie hatte in den Schützenlöchern unerwiderter Zuneigung dem Tod ins Auge gesehen. Sie hatte Ehrerbietung und Respekt seitens ihrer Mitkämpferinnen verdient und nicht Verachtung.

Jude fühlte, wie ihre rezessiven französischen Gene sich aufbäumten, über den Benimmkurs triumphierten und einen jähen Anfall von *furia francese* produzierten. In ihrem holprigen Französisch erklärte sie ihren Kolleginnen, daß die ältesten Kulturen der Welt wie Indien, China oder Persien eine Ars erotica besäßen, die die Menschen nicht lehre, einander zu beherrschen, sondern sie darin unterweise, sich gegenseitig Lust zu bescheren. Und daß die einzelnen Formen dieser Lust genauestens klassifiziert seien, nicht in Kategorien von verboten und erlaubt, sondern nach Kriterien wie Qualität, Intensität, Dauer und spirituelle Bedeutung. Sie erklärte ihnen, daß die Sitte, Kinder zu zwingen, ihre sexuellen Gelüste als «Sünden» zu beichten, und sie so zu lehren, ihren eigenen Körper zu verachten, eine vergleichsweise neue, regional begrenzte Seuche sei. Und daß ihre endlosen, langweiligen Debatten über Sex und Geschlechtlichkeit für sie eine Art Vorspiel darstellten, so, wie manche Leute ihre durch Mißbrauch oder Scham blockierten Sinne mit der Peitsche zu einer Reaktion zu treiben suchten. Daß jedoch anderswo auf der Welt Menschen von Natur aus mit einer unerschöpflichen erotischen Energie ausgestattet seien, die sie nach Belieben mobilisieren könnten, ohne auf mühsame Tricks angewiesen zu sein. Daß manche Leute Sex als ein normales menschliches Bedürfnis ansähen und nicht als ein finsteres Intrigenspiel, das nur dazu diente, ihnen *la liberté* zu rauben. Daß kein Amerikaner, der über eine einigermaßen gesunde Selbstachtung verfüge, auf sie irgendeine Anziehung ausüben wollen würde, weil sie dafür viel zu verdreht seien und außerdem Tintenfisch und Kutteln äßen. Daß die Welt alt sei und Frankreich jung. Daß die Welt groß sei und Frankreich klein. Daß das Leben außerhalb ihres geheiligten Hexagons nicht unbedingt so liefe, wie sie es sich vorstellten. Und daß sie gefälligst aufhören sollten, alles und jeden außerhalb ihrer selbst zu demontieren, und lieber bei sich selbst beginnen sollten.

Schonungslos machte Jude der Frustration über Martine und Olivia Luft, indem sie eine Verallgemeinerung auf die andere klatschte, so, wie sie es all die Wochen bei ihnen beobachtet hatte. Sie tat es so lange, bis sie eine ganz schwindelnd hohe Sandburg errichtet hatte – ein Werk, das erst zu bröckeln begann, als ihr klar wurde, daß sie soeben ihren Job verloren hatte. Normalerweise hätte sicher irgend jemand ihre Tirade unterbrochen und sie daran gehindert, sich zugrunde zu richten, aber es hatte sie offenbar alle so verblüfft, sie sprechen zu hören – und noch dazu mit solchem Ingrimm –, daß niemand ein Wort gesagt hatte.

Es folgte eine lange Pause, während der alle mehrmals blinzelten. Dann streckte Cecile Jude ihr Päckchen Gitanes hin, eine Einladung, zu ihrem Trupp zu stoßen. Jude lehnte ab.

Giselle streckte ihr Baguette über den Tisch wie ein Florett, damit Jude sich ein Stück abbrechen konnte, wenn sie wollte – was nicht der Fall war.

Martine betrachtete Jude mit ganz neuem Interesse und murmelte: *«Mais tu as bien parlé.»*

Aber Jude war es egal, ob Martine es reizvoll fand, genauso verächtlich behandelt zu werden, wie sie alle anderen behandelte. Wie Gary Cooper in *Zwölf Uhr mittags* stand sie auf, straffte die Schultern, sah durchs Fenster hinaus in die hochstehende Sonne und stapfte in ihren silberbeschlagenen Cowboystiefeln zur Tür hinaus.

Auf der Straße angekommen, hatte Jude keine Ahnung, was sie jetzt tun sollte. Alles, was sie wirklich wollte, war, auf die Ile St. Louis zurückzukehren. Und sich mitten auf dem Bürgersteig vor Olivia auf die Knie zu werfen und sie um eine neue Chance zu bitten, mehr Leichtigkeit zu beweisen. Freiwillig eine Ewigkeitsliebe aufzugeben, solange die andere Person noch auf Erden wandelte, war etwas ganz und gar Unerhörtes. Und doch wußte Jude, daß es genau das war, was sie tun mußte, wenn sie ein weiteres Wochenende in den Katakomben vermeiden wollte.

Sie schlängelte sich durch die Passantenscharen, bis sie den Jardin du Luxembourg erreichte, wo sie die nachts zu säuberlichen Mustern gerechten hellen Sandwege entlangspazierte, vorbei an Ringelblumen, Geranien und Beifußblüten, die in Reih und Glied strammstanden wie ein Paraderegiment. Vorbei an Palmen, Oleander- und Orangenbäumchen in viereckigen grünen Kästen. Vorbei an symmetrisch drapiertem Efeu. Sie gelangte zu einem Käfig, in dem Hunderte von Obstbäumchen an Spalieren wuchsen, zur Form von Menora-Leuchtern verrenkt und fixiert wie Ketzer auf dem Streckbett, die reifenden Früchte in weiße Plastiktütchen gehüllt.

Durch ein Bataillon Limonenbäumchen, deren Blattwerk zu Quadern gestutzt war, erspähte Jude eine Bronzelöwin mit einem toten Strauß zu ihren Füßen. Und gleich dahinter einen Hirsch mit Kuh und Kalb, im morgendlichen Äsen erstarrt, als hätten sie Betäubungsprojektile getroffen.

Jude ging ein paar Stufen hinunter, die von zwei versteinerten Löwen bewacht wurden. Und dort im Zentrum des golfplatzkurzen Rasens, auf einem hohen steinernen Sockel, stand Artemis, einen Köcher mit Pfeilen auf dem Rücken und an ihrer Seite einen jungen Hirsch. Auch sie war mitten in der Bewegung erstarrt, so daß sie jetzt in der Sommersonne und im Winterwind in ihrer wehenden Tunika dort oben stehen mußte. Ein Dutzend französischer Königinnen, die mit ihren prunkvollen Gewändern und Kronen wie Transvestiten wirkten, sahen von der Rundterrasse aus mitleidlosen Steinaugen auf Artemis herab.

Während Jude die arme gefangene Göttin der Wildnis betrachtete, fragte eine Stimme in ihrem Inneren: «Was tut ein Wolfskind wie du in diesem versteinerten Wald, über den eine Horde eiskalter Granittransvestiten herrscht?»

Jude marschierte zügig zu Jasmines Haus. Sie musterte die steinernen Götter, die den Balkon auf ihren Schultern trugen, und klingelte. Die portugiesische Bonne führte Jude ins Wohnzimmer, wo sie sich unter den mürrischen Blicken der Kreuzritter-Ahnen in einem unbequemen Louis-Seize-Sessel niederließ.

Als Jasmine schließlich erschien, in einem schwarzen Satinmorgenrock mit magentaroten Art-Nouveau-Lilien, unterbreitete Jude ihr den Beschluß, nach New York zurückzukehren.

«Aber Sie sind doch gerade erst gekommen», sagte Jasmine mit einem konsternierten Lachen. «Wir haben unser Bestes getan, damit Sie sich hier wohl fühlen. Das ist doch hoffentlich der Fall?»

Die Bonne brachte ein schwarzes Lacktablett mit einer Kaffeekanne, Tassen und Untertassen.

«Sie waren alle sehr nett zu mir.»

«Aber warum wollen Sie dann weg?» Sie stellte die Tassen auf die Untertassen.

«Ich bin Ihnen hier keine große Hilfe, Jasmine. Sie haben nicht eins von den Büchern herausgebracht, die ich empfohlen habe.»

«*Mais doucement*, Jude. Das kommt schon noch. Sie lernen. Das Leben ist lang. Seien Sie nicht so ungeduldig.» Sie drückte vorsichtig das Sieb der Kaffeekanne hinunter. Dann füllte sie die Tassen und reichte Jude eine.

«Und ich füge mich hier ein wie ein Banjo-Spieler in ein Streichquartett.»

«Ich habe Ihnen doch gesagt, daß Sie lernen müssen, das Spiel mitzuspielen.»

«Ich fürchte, ich lerne sehr langsam.»

«Ah.» Jasmine nickte und musterte eine Weile schweigend ihre langen malvenfarbenen Nägel. Dann sah sie auf und sagte: «Simon hat angerufen. Er sagte mir, Sie hätten sich in eine offenbar recht unpassende Person verliebt.»

«Meine Güte», rief Jude aus. «Was glaubt er denn, wer er ist – mein Vater?»

«Er war sehr besorgt um Sie.»

«Der hat es gerade nötig», knurrte Jude. «In seinem Bett geht es zu wie in Jones Beach am Unabhängigkeitstag.»

«Er hatte Angst, Sie könnten vielleicht... etwas Unbesonnenes tun. Ich habe das ganze Wochenende versucht, Sie telefonisch zu erreichen. Ich muß gestehen, daß ich mir auch schon Sorgen gemacht habe.»

Jude schwieg, während Jasmine sie aus schmalen Augen ansah.

«Diese unpassende Person erwidert Ihre Liebe nicht?» fragte sie sanft.

Jude schüttelte den Kopf.

«Aber Sie wissen doch, daß wir im Verlag Sie alle sehr mögen?»

«Das ist wohl vorbei», sagte Jude beim Gedanken an ihren Ausbruch in der Mittagspause.

Jasmine lächelte. «Martine hat angerufen, kurz bevor Sie kamen. Sie sagt, sie seien alle sehr beeindruckt von dem, was Sie beim Mittagessen gesagt hätten – ohne Ihre Meinung zu teilen, *naturellement*.»

«Naturellement pas.»

«Warum wollen Sie dann nicht bleiben? Sie werden bald eine neue Liebe finden. Martine zum Beispiel.»

Jude sah sie an. «Ich will keine neue Liebe. Ich will Olivia. Aber sie will mich nicht. Also muß ich gehen. Wenn ich bleiben würde, wäre es für mich ein ständiger Kampf, ihr nicht hinterherzulaufen.»

«Warum sind Sie so stur in der Liebe?» fragte Jasmine. «Menschen kommen und gehen. Nur das Verlangen bleibt.»

Jude gab ihre Imitation eines nonchalanten französischen Achselzuckens zum besten. «Vielleicht liegt es daran, daß ich Widder bin. Jasmine, der Punkt ist, daß ich hier einfach auf der falschen Party bin. Liebe als Kriegskunst ist nun mal meine Sache nicht.»

Jasmine lächelte. «Natürlich müssen Sie tun, was Sie für richtig halten», sagte sie. «Aber ich für mein Teil möchte Sie nicht verlieren. Unsere Freundschaft steht doch gerade erst am Anfang. Und wer weiß, was noch daraus werden kann?» Sie sah Jude in die Augen.

«Jasmine, lassen Sie es gut sein.»

«Tja, anscheinend sind Sie wild entschlossen zu leiden», sagte sie, verärgert, weil Jude auf dieses Register nicht ansprang.

«Darin bin ich gut. Das habe ich mein Leben lang getan.»

Zum Abschied küßten sie sich ein paarmal auf die Wangen wie pickende Hühner. Dann versicherten sie sich gegenseitig, daß sie sich schreiben und telefonieren und sich wie bisher auf Messen treffen würden, aber Jude fragte sich, ob es wirklich dazu kommen würde. Manchmal wuchs zwar die Zuneigung mit der Entfernung, aber oft genug galt auch, aus den Augen, aus dem Sinn.

In dem Reisebüro ein paar Ecken weiter erklärte Jude dem attraktiven jungen Mann in der marineblauen Uniform, sie brauche ein Flugticket nach New York.

«*Mais bien sûr,* Madame», sagte er mit einem strahlenden Lächeln. «Einen Flug nach New York. Und wann möchten Sie fliegen?»

«So schnell wie möglich. Wann gehen denn Flüge?» Sie hatte sich erboten, noch so lange zu bleiben, bis Jasmine einen Ersatz für sie gefunden hätte, aber Jasmine hatte erklärt, sie habe den Job eigens für Jude kreiert und brauche niemand anderen. Martine könne das Lyrikprojekt allein zu Ende führen.

«Ah, Madame, von Paris gehen ständig Flüge nach New York. Sie brauchen nur zu entscheiden, wann Sie fliegen möchten, und ich gebe Ihnen ein Ticket. Eh, voilà! Schon sind Sie in New York City.»

«Oh», sagte Jude, schon froheren Mutes bei der Aussicht auf ein rasches Entkommen. Bald würde sie auf Simons Terrasse am Cape sitzen und auf die Brandung schauen. Sie sah schon vor sich, wie ihn die Geschichte ihrer Gespensterjagd auf der Ile St. Louis erheitern würde. Sie würden tun, was sie schon so oft füreinander getan hatten – den Schmerz weglachen. «Dann würde ich gern morgen nachmittag fliegen.»

«Aha», sagte er mit seinem charmanten Lächeln. «Madame wünschen also für morgen nachmittag einen Flug von Paris nach New York?»

«Genau. Paris – New York. Morgen nachmittag.» Plötzlich hatte es Jude schrecklich eilig, wieder zu Hause zu sein, wo sie nicht mehr die andere zu sein brauchte, die man verführte und zerstörte, damit sie sich nicht als Trägerin von etwas Neuem entpuppte, das womöglich das Alte über den Haufen werfen könnte.

«Ah, Madame, es tut mir schrecklich leid», sagte er mit entzückter Miene. «Aber morgen nachmittag können Sie nicht von Paris nach New York fliegen, weil es vor nächstem Montag keine Plätze mehr gibt.»

Jude lachte laut los.

Er sah sie an, sichtlich schockiert von der Erkenntnis, daß er sich ganz allein mit einer Irren in seinem Reisebüro befand. «Pardon?»

«Ich bin mir fast sicher, Sie würden es nicht verstehen.»

Am folgenden Montag sah Jude aus dem Flugzeugfenster hinab auf den Wald von Wolkensäulen; Geschmackspapillen im Schlund des Himmels. Sie saß zurückgelehnt da, während für ihre Sitznachbarin, eine Vassar-Studentin auf der Heimreise von ihrem Auslandsjahr in Paris, Drinks, Essen, Kopfhörer, Decken, Kissen und Duty-free-Waren angeliefert und wieder entsorgt wurden. Aus reiner Gewohnheit suchte Jude die bauschigen Wolkenstalagmiten auf irgendeine Spur von ihrer Mutter oder Molly ab, aber alles, was sie sah, war ein Spitzenmuster aus Eiskristallen an der Flugzeugscheibe.

Während das Flugzeug durch die wattig-weißen Schluchten tauchte, begriff Jude plötzlich: Die Objekte ihrer Liebe waren zwar weitgehend Geschöpfe ihrer eigenen Phantasie gewesen, die Liebe, die sie für sie empfunden hatte, aber war real. Ewigkeitsliebe bestand in der Liebe selbst, nicht in den Chimären, die sie auslösten. Und diese Liebe gehörte ihr. Sie *war* sie. Sie war das einzige an ihr, was überleben würde, wenn das Flugzeug jetzt, in diesem Moment, abstürzte. Sie, Jude, war nichts als ein Funke, der sich nach der Flamme sehnte. Und dieses Sehnen selbst war der Beweis für die Existenz der Flamme.

Jude sah ihre Nachbarin aufstehen und zur Toilette gehen. Wenn Simon ihr ihren Lektorenjob nicht wiedergab, könnte sie immer noch Texte für Barry Manilow schreiben. Eine Stewardeß blieb im Gang stehen und stützte sich mit dem Ellbogen auf der Sitzlehne vor Jude ab. Sie hatte das dunkle Haar in einem Zopf hochgesteckt. Ihr rotgoldenes Halstuch paßte zu ihrem Lippenstift.

«Sie haben noch gar nichts bestellt, seit wir in Paris abgeflogen sind», sagte sie. «Kann ich denn gar nichts für Sie tun?» Ihre tiefblauen Augen studierten Jude eingehend.

Jude erwiderte ihren Blick ausgiebig. «Wer weiß?» antwortete sie schließlich.

Die Frau zog eine dunkle, geschwungene Augenbraue hoch. *«Et pourquoi pas?»* murmelte sie, und um ihre Mundwinkel spielte der Hauch eines Lächelns.

Dank

Ich danke meinen Lektorinnen Carole de Santi und Carol Edwards, meiner Verlegerin Elaine Koster und meiner Agentin Gloria Loomis für ihre unschätzbare Hilfe bei diesem Buch. Dank auch meiner Tochter Sara Alther, die, wie sie sagt, «bei dieser ganzen Schreiberei von Anfang an dabei war». Dank an Françoise Gilot, die mich durch Paris führte und mir wichtige Einblicke in den kreativen Prozeß eröffnete; an Jan Hokenson, die mir ihr Zimmer mit Aussicht am Montmartre überließ; an Carey Caplan, die ein wunderbares Gespür für Titel hat und deren treffsicherer Kritik dieses Manuskript von Fassung zu Fassung wichtige Verbesserungen verdankt. Dank auch an Max und Sissy Strauss für die Erweiterung meiner Opernkenntnisse und an Jody Crosby, Sandra Norton, Andy Senesac, Christine Tissot, Vicky Wilson und Evan Zimroth für die sorgfältige Lektüre und die fruchtbaren Vorschläge.